도로시 L. 세이어즈

20세기를 대표하는 추리소설 작가이자 저술가이며 번역가 그리고 신학자이다.

도로시 L. 세이어즈는 목사이자 교구 성당 학교의 교장이었던 아버지의 영향으로 어릴 때부터 학구적인 환경에서 자랐다. 1912년 옥스퍼드 대학교에 입학, 현대 언어와 중세 문학을 공부하였고 1920년에는 옥스퍼드 대학교 문학 석사 학위를 취득하였다. 그녀는 당시 옥스퍼드의 학위를 취득한 최초의 여성이었다.

도로시 L. 세이어즈는 대학 졸업 후 교사 등을 거쳐 광고 회사의 카피라이터로 일하면서 1923년 첫 소설 《시체는 누구?》를 발표하였다. 그녀의 페르소나 피터 윔지 경이 탐정으로 등장하는 첫 작품으로, 이 시리즈는 장·단편을 비롯해 마지막 작품 《In The Teeth of The Evidence》까지 향후 15년 동안이나 계속된다. 피터 윔지 경 시리즈는 추리소설의 황금기(제1차 세계 대전과 제2차 세계 대전 사이의 기간)를 대표하는 걸작으로 훗날 평단의 높은 평가를 받으며, 그녀는 애거서 크리스티와 견줄 만한 명성을 얻게 된다.

도로시 L. 세이어즈는 죽기 직전까지 추리소설은 물론 시, 희곡, 문학 비평, 번역, 에세이에 이르기까지 실로 넓은 영역에서 저술 활동을 하였다. C. S. 루이스와 J. R. R. 톨킨, T. S. 엘리엇 등 당대 대표 작가들과 친분을 쌓았으며 1929년에는 G. K. 체스터튼, 애거서 크리스티, 로널드 녹스 등과 더불어 영국 탐정소설 작가 클럽을 결성하기도 했다.

《The devil to Pay》《He That Should Come》과 같은 종교 희곡과 《Begin Here》 같은 기독교 에세이를 틈틈이 써오던 도로시 L. 세이어즈는 제2차 세계 대전 이후 오직 기독교 연구에 매진하였는데, 그녀가 말년에 영역한 단테의 《신곡》은 현재까지도 탁월한 학문적 성취로 남아 있다.

SIGONGSA design 이희영

증인이
너무 많다

귀족 탐정 피터 윔지 II

도로시 L. 세이어즈 지음
박현주 옮김

시공사

§ 이 책은 1927년 HarperPaperbacks에서 출간된 《Clouds of Witness》를 원본으로 삼았습니다. 작품 연구와 역주의 일부를 작성하는 작업에 Yahoo Newsgroup의 The Lord Peter Wimsey Mailing list의 토론과 www.Dandrake.com의 주석이 큰 도움이 되었음을 밝힙니다. 작품에 등장하는 성경구절은 주로 《표준새번역 성경》을 기준으로 하였으나 문맥에 맞게 고친 부분이 있습니다. 본문에 등장하는 인용구절들도 기존의 번역서가 있는 경우에는 참고하여 문맥에 따라 수정하였습니다.
— 옮긴이 백

§§ 원주를 제외한 모든 각주는 옮긴이가 작성한 것입니다.

리들스데일 살인 사건과
덴버 공작 상원 재판 보고서

퉁 왕의 독특한 이야기는 진정한 결말이 없고, 그중에서도 이 이야기는 가장 고상한 방식으로 쓰이기는 했어도 명확한 결말이 없지요. 그렇지만 전체 서사에 선향線香과 고매한 정신이 스며들었고, 두 인물 모두 고귀한 출생이랍니다.

—《카이-룽의 지갑》[§]

[§] 1900년에 어니스트 브라마가 발표한 환상소설 단편집. 그중 이 제사는 아홉 번째 단편 〈그림쟁이 킨-옌의 걷잡을 수 없는 운명〉에 등장하는 말이다.

차례

1장 살의를 품고 11
2장 녹색 눈의 고양이 50
3장 진흙과 핏자국 88
4장 그리고 그의 딸, 겁에 잔뜩 질린 여자 127
5장 생 오노레 가와 드라페 가 154

6장 고집불통 메리 178
7장 곤봉과 총알 199
8장 파커, 진술을 받다 220
9장 고일스 227
10장 정오에는 아무것도 남지 않는다 253

11장 므리바 277

12장 알리바이 306

13장 마농 335

14장 도끼의 날이 내려오다 350

15장 악천후가 예상된다 378

16장 또 하나의 줄 386

17장 죽은 자도 말이 많다 397

18장 최후 변론 406

19장 누가 집으로 가지? 428

옮긴이의 말 439

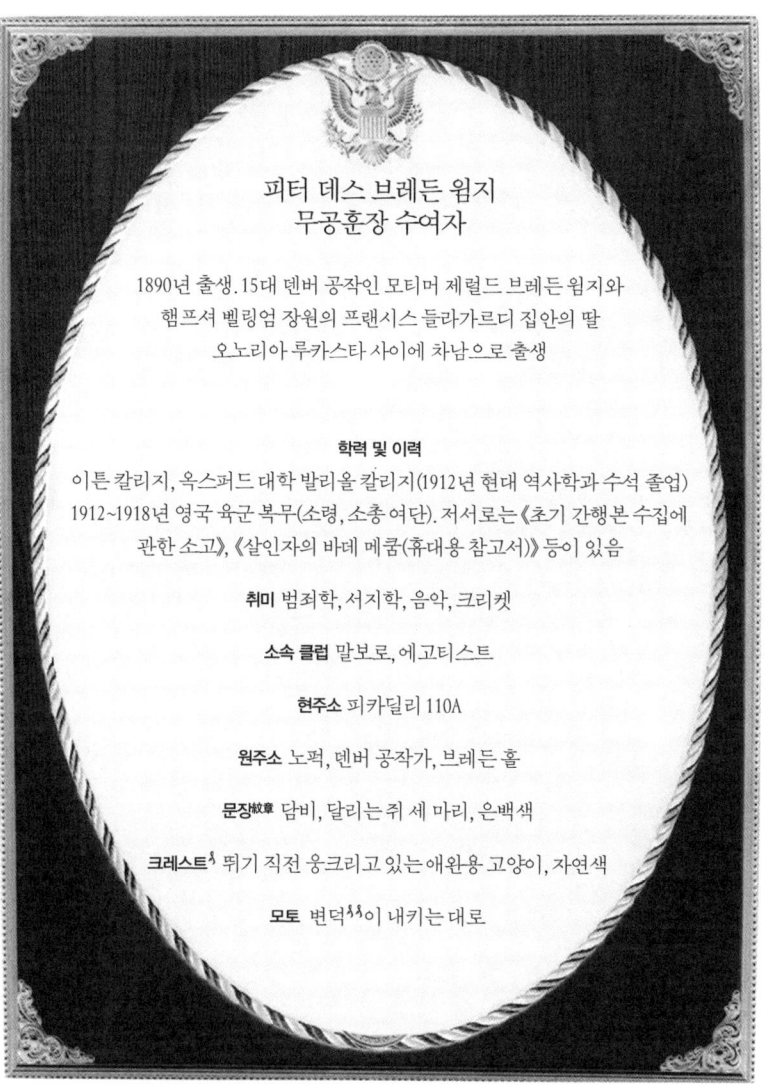

피터 데스 브레든 윔지
무공훈장 수여자

1890년 출생. 15대 덴버 공작인 모티머 제럴드 브레든 윔지와 햄프셔 벨링엄 장원의 프랜시스 들라가르디 집안의 딸 오노리아 루카스타 사이에 차남으로 출생

학력 및 이력
이튼 칼리지, 옥스퍼드 대학 발리올 칼리지(1912년 현대 역사학과 수석 졸업) 1912~1918년 영국 육군 복무(소령, 소총 여단). 저서로는 《초기 간행본 수집에 관한 소고》, 《살인자의 바데 메쿰(휴대용 참고서)》 등이 있음

취미 범죄학, 서지학, 음악, 크리켓

소속 클럽 말보로, 에고티스트

현주소 피카딜리 110A

원주소 노퍽, 덴버 공작가, 브레든 홀

문장紋章 담비, 달리는 쥐 세 마리, 은백색

크레스트§ 뛰기 직전 웅크리고 있는 애완용 고양이, 자연색

모토 변덕§§이 내키는 대로

---

§ 문장의 꼭대기 장식
§§ 변덕이라는 의미의 영어 단어 'whimsy'는 윔지와 거의 발음이 같다.

1장
살의를 품고

오, 누가 이런 짓을 저질렀습니까?
—〈오셀로〉[§]

피터 윔지 경은 호텔 모리스에서 준 시트를 덮은 채로 사치스럽게 누워서 기지개를 켰다. 그는 배터시 사건[§§]을 해결하느라 진을 뺀 후, 줄리언 프레크 경의 충고에 따라 휴가를 떠났다. 매일 아침 식사를 할 때마다 보이는 그린파크의 풍경이 갑작스레 진력이 나기도 한 참이었다. 간간이 경매에 나가 초판본을 사들인다고 해도 서른세 살 난 남자의 운동으로는 충분치 않다는 사실을 깨달은 탓도 있었다. 런던에서 일어나는 범죄들

[§] 셰익스피어의 희곡 〈오셀로〉의 5막 2장에 등장하는 에밀리아의 대사. 그다음에 이어지는 데스데모나의 대사는 "아무도 아니야. 나, 나 자신이 저지른 일이지."이다.
[§§] 전작 《시체는 누구?》 참조.

은 지나치게 복잡했다. 결국 그는 아파트와 친구들을 버리고 코르시카 섬의 황야로 도망쳐 왔다. 지난 세 달 동안에는 편지도, 신문도, 전화도 끊어버렸다. 산을 타고, 코르시카 농민 여인네들의 야성적 아름다움을 조심스럽게 멀리서 눈으로만 감상하기도 하고, 벤데타복수라는 말의 어원지인 코르시카에서 그 속성을 관찰하면서 보냈다. 이런 환경에서 살인은 이성적으로 보일 뿐 아니라 귀엽다고까지 할 만했다.

윔지가 속내를 털어놓는 친우이자 탐정 조수이기도 한 번터는 문명인으로 단련해온 습관을 고귀하게 희생하여 주인이 구저분하게 면도도 하지 않고 돌아다니는 것을 눈감아주었고, 성실히 써왔던 카메라를 지문 기록용이 아니라 암벽투성이 경치를 담는 용도로 바꾸었다. 무척 기분 전환이 되는 경험이었다.

그러나 이제 피터 경은 피가 끓어 더 이상 가만히 있지 못할 처지에 이르렀다. 두 사람은 어젯밤 불결한 기차를 타고 파리로 돌아와서 짐을 찾았다. 커튼을 통해 들어온 가을볕이 협탁 위에 놓인 은 뚜껑이 덮인 병들 위로 어루만지듯 떨어지고 전등 갓과 전화기의 윤곽을 그렸다. 가까이에서 졸졸 흐르는 물소리가 들리는 것을 보니 번터가 목욕물(뜨거운 물과 찬물)을 받아놓고서 향 비누와 목욕 소금, 거대한 목욕용 스펀지를 늘어놓고 있는 듯했다. 코르시카에서는 미처 여유가 없어 누리지 못한 호사였다. 또 기다란 손잡이가 달린 목욕 솔도 있어 흥겹게 등을 박박 밀 수도 있었다.

"매일매일이 대조의 연속이지." 철학적이 된 피터 경은 졸린 목소리로 중얼거렸다. "산다는 일은 말이야. 코르시카, 파리, 그리고 런던······. 잘 잤나, 번터."

"편안히 주무셨습니까, 주인님. 좋은 아침입니다. 목욕물이 준비되어 있습니다."

"고맙네."

피터 경은 햇빛을 보고 눈을 깜박였다.

근사한 욕조였다. 피터 경은 그 안에 몸을 푹 담그면서 그동안 어떻게 코르시카에서 살았을까 자문했다. 그는 행복하게 목욕물 속에서 허우적대며 노래 몇 소절을 흥얼거렸다. 거의 최면에 빠져 있는 상태 속에서 방을 담당하는 직원이 커피와 롤을 가지고 오는 소리가 간간이 들렸다. 커피와 롤이라니! 피터 경은 텀벙대며 몸을 일으켜 호화스러운 수건으로 닦고 오랫동안 고된 수행을 해온 육체를 비단 목욕 가운으로 감싼 후 욕실 밖으로 나갔다.

피터 경은 번터가 서랍장에 들어 있던 모든 옷가지들을 조용히 다시 챙겨 넣었음을 보고 깜짝 놀랐다. 놀란 가운데 다시 한 번 주위를 둘러보니 어젯밤에 거의 풀어보지도 않았던 가방들을 다시 싸놓았고 이름표를 붙여 여행 준비를 갖춰놓은 상태였다.

"번터, 무슨 일인가? 여기서 2주일은 묵을 예정이잖아."

"죄송합니다, 주인님."

번터는 공손하게 대답했다.

"하지만 〈타임스〉 지를 읽으시면 (비행기 편으로 매일 아침 배달되어 온다더군요. 여러 여건을 고려해보건대 아주 신속합니다.) 주인님께서 즉시 리들스데일로 가고 싶다고 하실 게 분명해서요."

"리들스데일!"

피터가 외쳤다.

"어떻게 된 거지? 형에게 무슨 변고라도 생긴 건가?"

번터는 대답 대신 피터 경에게 신문을 건네며 머리기사를 펼쳤다.

리들스데일 심리

덴버 공작

살인 혐의로 체포

피터 경은 최면에 걸린 사람처럼 글자를 뚫어져라 쳐다보았다.

"주인님께서 뭐 하나 놓치고 싶지 않을 듯하셔서요. 그래서 제 마음대로……."

피터 경은 정신을 추슬렀다.

"다음 기차는 언젠가?"

"죄송합니다, 주인님. 주인님께서 가장 빠른 경로로 가고 싶어 하시리라 생각했습니다. 외람되지만 항공 편으로 빅토리아 호에 두 좌석을 예약해두었지요. 11시 30분에 출발입니다."

피터 경은 시계를 보았다.

"10시군. 잘했어. 자네 말이 옳아. 세상에! 제럴드 형이 살인 혐의로 체포되다니! 형 걱정이 이만저만 아니겠어. 내가 경찰이나 법정 일에 끼어드는 것을 그렇게 싫어하더니만, 이제 형이 가게 생겼잖아. 피터 윔지 경이 증인석에 서는 것만도 형의 입장에서는 아주 언짢은 일이었는데, 덴버 공작이 피고석에 서게 되었으니 최악이지. 이런 이런. 그나저나 아침 식사는 하고 가야겠는걸."

"네, 주인님. 심리 전체 설명이 신문에 나와 있습니다."

"그래. 그나저나 사건 담당이 누군가?"

"파커 씨입니다."

"파커? 그거 잘됐군. 파커야 괜찮은 친구니까! 그 친구가 어쩌다 이 사건을 맡게 되었는지 궁금하군. 상황이 어때 보이나, 번터?"

"이런 말씀 드려도 될는지 모르지만 제 생각에 수사는 아주 재미있게 되어가고 있습니다. 증거를 보건대 몇몇 점들은 암시하는 바가 상당히 크다고나 할까요."

"범죄학적 관점에서 보면 재미있다고 해야겠지."

피터 경은 자리에 앉아 명랑하게 카페오레를 마시면서 대꾸했다.

"하지만 형은 입장이 몹시 난처하겠지. 형은 범죄학과는 별로 성향이 맞지 않으니까 말이야. 뭔가?"

"아, 네! 신문 기사로는 개인적인 이해관계는 없다고 하는군요."

목요일 새벽 3시경, 덴버 공작의 사냥 별장인 리들스데일 로지의 온실 문 밖에서 데니스 캐스카트 대위의 시체가 발견된 사건의 심리가 오늘 요크셔의 노스 라이딩에 위치한 리들스데일에서 열렸다. 증언에 따르면 피해자가 사건 발생 전날 저녁 덴버 공작과 말다툼을 벌였다고 한다. 그 후에 집 옆에 붙은 작은 덤불에서 총을 맞았다. 공작의 소유로 알려진 권총이 사건 현장 가까이에서 발견되었다. 사건 평결은 덴버 공작에게 불리하게 돌아갔다. 공작의 여동생인 메리 윔지 양은 피해자와 정혼한 사이로, 증언을 한 후에 기절했고 현재는 몸이 심히 좋지 않아 로지에 머물고 있다. 덴버 공작 부인은 어제 런던에서 서둘러 와서 심리에 참석했다. 상세 기사는 12면에 계속.

'불쌍한 제럴드 형!'
피터 경은 12면을 넘기면서 생각했다.
'불쌍한 메리! 걔가 그 남자를 정말 좋아했는지는 모르겠지만 말이야. 어머니야 항상 그렇지 않다고 말씀하셨지만 메리는 자기 속마음을 털어 놓는 애가 아니라서 말이지.'
상세 기사는 리들스데일이라는 작은 마을에 대한 묘사로 시작됐다.

덴버 공작은 최근 그 마을에 사냥철을 위한 작은 별장을 얻었다. 비극이 일어났을 당시 별장에는 공작 외에도 다른 손님들이 있었다. 공작 부인이 자리에 없었으므로 메리 윔지 양이 여주인 역할을 대신 맡았다. 다른 손님들은 마치뱅크스 대령 부부, 프레더릭 아버스노트 훈작사, 페티그루-로빈슨 부부, 그리고 죽은 데니스 캐스카트였다.

첫 번째 증인은 덴버 공작 본인으로, 자신이 시체를 발견했다고 주장했다. 공작은 10월 14일 목요일 새벽 3시경 온실 문 옆을 지나 집으로 들어가는데 발에 뭔가가 챘다고 한다. 전기 손전등을 켜고 보니 데니스 캐스카트의 시체가 발치에 쓰러져 있었다. 즉시 시체를 뒤집어보니 캐스카트의 가슴에 난 총상이 보였다. 그는 완전히 숨이 끊어진 상태였다. 덴버 공작이 시체 위로 몸을 숙이고 있는데 온실 안에서 비명소리가 들려 올려다보니 메리 윔지 양이 경악에 찬 얼굴로 쳐다보고 있었다. 메리 양은 온실 문에서 나오자마자 이렇게 외쳤다.

"세상에, 제럴드, 오빠가 그 사람을 죽였군요!"

(좌중 동요)[8]

검시관   그 말에 놀라셨습니까?

공작   글쎄요, 전체적인 사건에 너무 충격을 받고 놀라서

---

[8] (원주) 이 기사는 본질적으로 피터 경이 〈타임스〉 지에서 읽은 기사와 동일하기는 하지만 당시 속기로 기록한 보고서를 파커 씨가 몇 군데 수정하고 확장해서 주석을 단 형태이다.

요. 동생에게 이렇게 말한 것 같습니다. '보지 마.' 그랬더니 그 애가 이러더군요. '아, 데니스네요. 대체 무슨 일이 일어난 거죠? 사고가 있었나요?' 나는 시체 옆에 남았고 동생은 사람들을 깨우라고 집으로 보냈습니다.

검시관   동생 메리 웜지 양이 온실에 계실 것을 미리 알았습니까?

공작   실은 나도 전체적으로 너무 경황이 없던 터라, 그 생각은 미처 못했습니다.

검시관   동생분은 어떤 옷차림이셨습니까?

공작   파자마 차림은 아니었던 것 같은데요. (좌중 웃음) 외투를 입고 있었던 것 같습니다.

검시관   메리 웜지 양은 고인과 약혼한 사이라고 알고 있습니다만.

공작   그렇습니다.

검시관   고인과 잘 아시는 사이였습니까?

공작   돌아가신 아버님의 오랜 친구분의 아들 됩니다. 그쪽 부모님께서는 다 작고하셨지요. 그 친구는 주로 해외에서 생활했던 것으로 압니다. 저하고는 전쟁 중에 우연히 만났고 1919년에 그가 덴버로 와서 머물게 되었지요. 제 누이하고는 올해 초에 약혼했습니다.

검시관   공작님과 가족분들은 동의하셨습니까?

공작   아, 네. 그럼요.

검시관　캐스카트 대위는 어떤 사람이었습니까?

공작　뭐, 그 친구는 사히브[§]이고, 그게 다지요. 1914년에 입대하기 전까지 무얼 했는지는 모릅니다. 자기 수입으로 먹고 사나 보던데요. 그 부친이 꽤 부유했었거든요. 명사수이고 게임에 능하고, 뭐 그렇지요. 나쁜 평판을 들어본 적은 없습니다. 그날 저녁까지는요.

검시관　무슨 말이었습니까?

공작　그게…… 실은 기묘하기 짝이 없는 이야기라서요. 토미 프리본이 한 얘기가 아니었더라면 믿지 않았을 겁니다.

　　　　(좌중 동요)

검시관　외람되지만 무슨 일 때문에 고인을 비난했는지 확실히 들어야겠습니다.

공작　그게, 정확히 말해서 그 사람을 비난하지는 않았습니다. 지금도 하지 않지요. 제 오랜 친구가 은밀히 말하더군요. 물론 저는 다 오해일 수도 있다고 생각했고, 그래서 캐스카트에게 갔습니다. 그렇지만 놀랍게도 그 친구는 사실상 인정하더군요! 그래서 둘 다 화가 나버렸고 캐스카트는 내게 욕을 하면서 집 밖으로 뛰쳐나갔습니다.

　　　　(다시 한 번 이는 동요)

검시관　다투신 건 언젭니까?

---

§　인도인의 관점에서 본 백인 신사를 말한다.

공작　　수요일 밤입니다. 마지막으로 본 모습이었죠.

(이전과 비교할 수 없이 커다란 동요)

검시관　자, 자, 정숙해주십시오. 그럼 공작님, 기억나는 대로 다툰 과정을 정확히 묘사해주시겠습니까?

공작　　그게, 이렇습니다. 그날은 하루 종일 황야에 나가 있다가 저녁 식사를 일찍 마치고 9시 반쯤 다들 슬슬 들어가 볼까 하던 차였습니다. 제 누이와 페티그루-로빈슨 부인이 올라갔고, 당구실에서 마지막으로 한 판 치고 있는데 제 하인인 플레밍이 우편물을 가지고 들어왔습니다. 우편물은 보통 저녁 늦게 오는데, 저희 집이 마을에서 4킬로미터 정도 떨어져 있어서지요. 아니, 그때 저는 당구실에 있지 않았습니다. 혼자 총기실에 있었습니다. 몇 년 동안 왕래가 없던 옛날 친구가 편지를 보냈더군요. 톰 프리본이라고 대학에서 만난 친구인데…….

검시관　무슨 대학이죠?

공작　　아, 옥스퍼드 크라이스트처치 대학입니다. 편지에 이집트에서 누이의 약혼 소식을 보았다고 썼더군요.

검시관　이집트요?

공작　　그 친구, 톰 프리본이 이집트에 있었다는 말입니다. 그래서 한동안 편지가 없었나 봅니다. 프리본은 기술자입니다. 전쟁 후에 이집트에 갔다가 나일강 원류 어딘가에 있는 모양입니다. 신문을 정기적으로 받아보지 않는다는군요. 친구는 미묘한 문제인데 참견해서 미안하지만 캐스카트의 정체를 아느냐고 물었습니다. 전쟁 중에 캐스카트를 파리에서 만났는데 카드 게임에서 속임수를 써서 먹고산다는 겁니다. 프리본은 진실임을 맹세할 수 있다면서 프랑스인가 어디인가에서 일어났던 주먹 다툼 얘기도 자세히 적었습니다. 자기가 끼어들면 내가 화를 버럭 낼 건 알지만—프리본에게 낸다는 말이죠—신문에서 그 남자 사진을 보고는 꼭 알려줘야겠다고 생각했답니다.

검사관 편지를 받고 놀라셨습니까?

공작 처음에는 믿을 수 없었지요. 편지 보낸 사람이 톰 프리본이 아니었다면 당장 벽난로에 편지를 쑤셔 넣었겠지요. 하지만 프리본의 말이라 해도 어떻게 받아들여야 할지는 모르겠더군요. 제 말은, 영국에서 일어날 법한 일이라고 보기는 어렵지 않느냐는 거죠. 프랑스 사람들이야 별일 아닌데도 법석을 떨지 않습니까. 하지만 프리본 그 친구는 허튼소리를 하는 사람이 아니라서요.

검사관 그래서 어떻게 하셨습니까?

공작 뭐, 보면 볼수록 마음에 안 들었지요. 하지만 그대로 놔둘 수는 없어서 최선책으로 캐스카트에게 가서 직접 따져봐야겠다 생각했습니다. 사람들이 다 위층으로 올라가는 동안 저는 앉아서 그런 생각을 하다가 위층으로 올라가서 캐스카트의 문을 두드렸습니다. 캐스카트가 '뭐야?' 아니면 '젠장, 누구야?'라고 했나. 뭐 그런 비슷한 말을 했고 저는 안으로 들어갔습니다. '이보게, 잠깐 얘기 좀 할 수 있겠어?' '뭐, 그럼 짧게 하시든가요.' 그렇게 대답하더군요. 전 놀랐습니다. 보통은 그렇게 무례한 사람이 아니거든요. '실은 좀 언짢은 편지를 받았네. 그래서 만사를 말끔하게 해결하려면 자네와 직접 이야기를 하는 게 제일 좋겠다 싶어서 말이야. 편지는 내 대학 친구가 보낸 건데, 아주 점잖은 사람이야. 자네를 파리에서 만났다더군.' '파리요!' 그는 평소와는 너무 다르게 불쾌한 태도로 대꾸했습니다. '파리라니! 도대체 뭣 때문에 파리 얘기를 하고 싶단 겁니까?' '뭐, 그런 식으로 말하지 말게. 상황에 따라 오해가 있을 수도 있으니까.' '그래서 결론이 뭡니까?' 캐스카트가 말했습니다. '할 말 있으면 빨리 하시고 잠이나 주무세요.' 그래서 내가 이랬지요. '알았네, 그럼 하지. 프리본이라는 친구가 있는데, 자네와는 파리에서 알고 지내던 사이라더군. 그 친구 말로는 자네가 카드 게임 사기를 쳐서 돈을 번다는 거야.' 이렇게 말하면 그 친구가 털어놓을 줄 알았더니 고작 이렇게만 대답했습니다. '그게 뭐요? 그게 어떻다고요?' 그래서 제가 이랬지요. '그래, 물론 증거도 없이 무턱대고 믿을 만한 종류의 일은 아니지.' 그런데 캐스카트가 이상한 말을 하지 뭡니까. '믿음이 뭐가 중요합니까. 그저 사람에 대해서 알고 있는 것일 뿐인데.' '부인하지 않겠다는 건가?' 이렇게 물으니까 '내가 부인해봤자 무슨 소용이 있습니까.'라고 대답하더군요. '결단은 스스로 내려야죠. 반박할 수 있는 사람은 아무도 없습니다.' 그러더니 거의 탁자를 뒤엎을 뻔하면서 벌떡 일어나 이렇게 말했습니다.

'뭐라고 하시든 뭘 하시든 제가 알 바 아닙니다. 그냥 나가주시기만 하세요. 가만히 좀 놔두라고요!' '이거 보게.' 제가 그랬습니다. '그런 식으로 받아들일 필요는 없잖아. 그대로 믿는다고는 안 했네. 실은 뭔가 오해가 있었겠거니 생각하던 참이야. 다만 자네는 메리와 약혼한 사이인 만큼 알아보지도 않고 모른 척할 수는 없었지. 그렇지 않겠어?' 그랬더니 캐스카트가 이렇게 대답하더군요. '아, 그런 걱정은 하실 필요 없겠네요. 이제 깨졌으니까요.' '깨져? 뭐가?' 그랬더니 그 친구가 이러지 뭡니까. '우리 약혼요.' '약혼이 깨져? 하지만 어제도 메리와 약혼 얘기를 했는데.' '아직 메리에게는 말하지 않았습니다.' '거참, 이렇게 고약한 일이 있나! 대체 네깟 게 뭐라고 감히 내 여동생을 차?' 뭐, 저는 그렇게 한참 지껄였습니다. '나가, 너 같은 자식이랑 얘기해봤자 소용도 없지.' 캐스카트는 이러더군요. '그렇지 않아도 그럴 작정이었습니다.' 그러면서 나를 밀치고 휙 나가더니 아래층으로 쿵쿵 내려가 현관문을 쾅 닫으면서 뛰쳐나갔습니다.

검시관 그래서 어떻게 하셨습니까?

공작 제 침실로 뛰어갔죠. 침실 창문으로 온실이 내려다보이니까요. 거기서 그 친구에게 바보 같은 짓 하지 말라고 소리쳤습니다. 비가 억수같이 내리고 있었고 날씨가 지독히 추웠거든요. 캐스카트는 돌아오지 않았고, 저는 플레밍에게 온실 문을 열어두라고 했습니다. 생각을 고쳐먹고 다시 자러 올 수도 있으니까요.

검시관 캐스카트의 행동을 어떻게 설명할 수 있을까요?

공작 적당한 설명이 없습니다. 그저 어안이 벙벙하더군요. 하지만 뭔가 편지 내용에 대해 눈치를 채고 이제 게임은 끝났다고 생각하지 않았나 싶습니다.

검시관 이 얘기를 다른 사람에게 하셨습니까?

공작 아니요, 뭐 좋은 얘기라고. 게다가 아침까지는 가만히 놔두는 편이 좋겠다 싶었습니다.

검시관 그래서 그다음에는 손 놓고 계셨단 말입니까?

공작 네. 그 친구를 따라 나가고 싶진 않았습니다. 너무 화도 났고요. 게다가 캐스카트가 곧 마음을 돌릴 거라고 생각했으니까요. 밤공기가 그렇게 찬데 야회복 재킷 한 벌만 걸치고 나갔으니.

검시관 그래서 조용히 잠자리에 들고 다시는 고인을 보지 못했단 말입니까?

덴버 네. 그러고 나서 새벽 3시에 온실 바깥에서 시체에 걸려 넘어진 겁니다.

검시관 아, 그렇군요. 그럼 어쩌다가 그 시간에 밖에 나가셨는지 말씀해주시겠습니까?

공작 (망설이며) 잠이 잘 오지 않았습니다. 산책이나 할까 생각했지요.

검시관 새벽 3시에요?

공작   네. (갑자기 떠올랐다는 듯이) 뭐, 아내도 집에 없었고. (방 뒤쪽에서 웃음이 터지고 사람들이 웅성댄다.)

검시관 정숙해주십시오. ……그럼 10월 밤 그런 시간에 일어나 비가 쏟아지는 정원으로 산책을 하러 나갔다는 말입니까?

공작   네, 그저 산책을 좀. (좌중 웃음)

검시관 침실을 나간 게 몇 시입니까?

공작   음, 아, 2시 반 정도입니다.

검시관 어느 쪽으로 나가셨나요?

공작   온실 문으로요.

검시관 나갈 때는 시체가 거기 없었습니까?

공작   아, 없었습니다!

검시관 있었으면 분명히 봤겠지요?

공작   그럼요! 있었으면 시체를 타고 넘어갔어야 했을 테니까요.

검시관 정확히 어디로 가셨습니까?

공작   (모호하게) 아, 그저 좀 돌아다녔습니다.

검시관 총소리는 못 들으셨습니까?

공작   못 들었습니다.

검시관 온실과 덤불에서 멀리 떨어진 곳까지 가셨습니까?

공작   그게…… 좀 멀리까지 갔습니다. 그래서 아무 소리도 못 들었나 봅니다. 그랬겠지요.

검시관 한 4백 미터 가셨습니까?

공작 그랬던 것 같습니다. 아, 네. 그 정도 갔습니다!

검시관 4백 미터 넘어서까지 가셨습니까?

공작 어쩌면요. 날씨가 추워서 성큼성큼 걸었거든요.

검시관 어느 방향으로요?

공작 (눈에 띄게 망설이며) 집 뒤쪽을 어슬렁거렸습니다. 잔디 볼링장 쪽으로요.

검시관 잔디 볼링장요?

공작 (좀 더 자신 있게) 네.

검시관 하지만 4백 미터도 넘게 갔다면 영지를 벗어나지 않았을까요?

공작 아, 그게. 네, 그랬던 것 같습니다. 네. 황야 위도 좀 걸었습니다.

검시관 프리본 씨가 보냈다는 편지를 보여주시겠습니까?

공작 아, 물론이죠. 찾을 수 있다면요. 주머니에 넣어둔 줄 알았는데, 경찰청 사람에게 보여주려고 했더니 없어졌더군요.

검시관 우발적으로 없애버리신 건 아닐까요?

공작 아닙니다. 분명히 넣어뒀는데. 아! (여기서 증인은 당황스러워하더니 얼굴을 붉혔다.) 생각났습니다. 없애버렸습니다.

검시관 그것 참 안타깝군요. 어쩌다 그러셨습니까?

공작 잊어버리고 있었는데 지금 생각났습니다. 영영 사라진 것 같습니다.

검시관 봉투는 남겨두시지 않았을까요?

   (증인은 고개를 저었다.)

검시관 그러면 편지를 받았다는 사실을 입증할 수 있는 증거를 배심원들에게 보여주실 수 없겠군요?

공작 플레밍이 기억하지 못하고 있다면 그렇지요.

검시관 아, 그렇군요! 그런 식으로 확인해볼 수도 있겠습니다. 고맙습니다, 공작님. 증인으로 메리 윔지 양을 요청합니다.

비극적 사건이 일어난 10월 14일 새벽까지는 고인의 약혼녀였던 귀족 아가씨가 나타나자 사람들은 동정심을 보이며 수군댔다. 메리 윔지는 살결이 희고 날씬했으나 원래 장밋빛이었던 볼은 잿빛으로 질렸고 슬픔에 푹 잠긴 모습이었다. 상복 차림의 윔지 양은 나지막한 소리로 증언하여 간간이 들리지 않을 때도 있었다.[§]

애도를 표한 후, 검시관은 물었다.

검시관 고인과 약혼한 지는 얼마나 되었습니까?"

증인 여덟 달 정도 됩니다.

검시관 처음 만나신 곳은 어딥니까?

증인 런던에 있는 올케 언니의 친정에서였습니다.

[§] (원주) 이 부분의 설명은 파커 씨의 보고서가 아니라 신문에서 인용했다.

검시관 그게 언제죠?

증인 작년 6월이었습니다.

검시관 약혼에는 만족하고 계셨나요?

증인 그럼요.

검시관 당연히 캐스카트 대위의 이런저런 면을 많이 보셨을 텐데요. 과거사에 대해서 말씀을 많이 들으셨습니까?

증인 별로 많이 듣지는 못했습니다. 우리는 서로에게 비밀을 털어놓지는 않았어요. 보통은 공통의 관심사에 대해 이야기했죠.

검시관 공통 관심사가 많으셨나 보죠?

증인 아, 네.

검시관 혹여 캐스카트 대위의 마음속에 뭔가 다른 생각이 있다는 눈치는 받으신 적이 없고요?

증인 별로 그런 적은 없습니다. 요 며칠 걱정거리가 있어 보이기는 했습니다.

검시관 파리에서 보냈던 때에 대해서 이야기하던가요?

증인 파리의 극장과 오락거리에 대해서 말은 했습니다. 파리에 관해서라면 훤한 사람이었죠. 지난 2월에 친구들과 함께 파리에 갔는데, 그 사람이 우리에게 관광 안내를 해주었습니다. 약혼한 직후였어요.

검시관 파리에서 카드 게임을 한 이야기도 했습니까?

증인 기억나지 않습니다.

검시관 결혼에 대한 이야기인데요, 돈 문제에 대해서 협의를 하셨나요?

증인 그런 얘기는 없었던 것 같습니다. 결혼 날짜도 아직 정해지지 않았습니다.

검시관 항상 경제적으로 여유 있어 보였습니까?

증인 그런 듯합니다. 그 점에 대해 생각해보지는 않았어요.

검시관 경제 상황이 어렵다고 불평하지는 않았나요?

증인 그런 불평은 누구나 하죠. 그렇지 않나요?

검시관 캐스카트 대위는 명랑한 성격이었습니까?

증인 기분이 잘 바뀌는 사람이었습니다. 연 이틀 같은 기분이었던 적이 없어요.

검시관 고인이 약혼을 깨고 싶어 했다는 말을 오빠분이 지금 막 하셨는데요. 이 사실을 알고 계셨습니까?

증인 처음 듣는 이야기입니다.

검시관 왜 그런 말을 했는지 이유를 아십니까?

증인 전혀 모르겠습니다.

검시관 다툰 적도 없으시고요?

증인 없습니다.

검시관 그럼 메리 양이 알고 있는 한, 수요일 저녁까지는 아직 고인과 약혼한 상태였고 곧 결혼할 계획이었다는 말씀이시죠?

증인 네…… 네, 그럼요. 물론입니다.

검시관 이런 괴로운 질문 드려서 죄송합니다만, 고인은 자해를 저지를 만한 사람이었나요?

증인   아, 그런 생각은 해보지 못했습니다. 모르겠습니다. 그랬을지도 모른다고 생각합니다. 그렇다면 답이 되겠군요. 그렇겠네요.

검시관   자, 메리 양. 굳이 지나치게 애쓰지는 마시고요, 천천히 하십시오. 수요일 밤과 목요일 새벽에 보고 들은 상황을 좀 말씀해주시겠습니까?

증인   저는 9시 반 정각에 마치뱅크스 부인, 페티그루-로빈슨 부인과 함께 침실로 올라왔습니다. 다른 남자분들은 다 아래층에 계셨어요. 데니스에게 잘 자라는 인사를 했는데, 그때는 여느 때와 별다르지 않았습니다. 우편물이 왔을 때 저는 아래층에는 없었고요. 제 침실로 곧장 갔습니다. 제 방은 집 뒤쪽에 있어요. 페티그루-로빈슨 씨가 10시경 올라오는 소리가 들리더군요. 페티그루-로빈슨 부부의 침실이 제 옆방입니다. 다른 신사분들도 뒤이어 올라오셨어요. 오빠가 위층으로 올라오는 소리는 듣지 못했습니다.

10시 15분쯤 되었을 때, 두 남자가 복도에서 큰소리로 말하는 소리가 들렸습니다. 그러고 나서 누군가 아래로 뛰어 내려가 현관문을 쾅 닫는 소리도 들렸고요. 그다음에 복도를 빨리 걸어가는 발걸음 소리가 나더니 마지막으로는 오빠가 침실 문을 닫는 소리도 났습니다. 그 후에는 저도 잠자리에 들었습니다.

검시관   소란의 원인이 궁금하지는 않았나요?

증인   (무관심하게) 개 때문에 무슨 일이 있나 보다 했습니다.

검시관   그다음에는 어떻게 됐습니까?

증인   3시경에 깨어났습니다.

검시관   어째서 깨어나셨나요?

증인   총소리가 났습니다.

검시관   깨어난 후에 소리를 들으신 겁니까?

증인   설핏 선잠을 자고 있었나 봅니다. 총소리는 아주 똑똑히 들었습니다. 총소리가 분명하다고 생각했어요. 몇 분 동안 귀를 기울이다가 무슨 일이 있는지 알아보러 아래층으로 내려갔습니다.

검시관   어째서 오빠나 다른 남자분들을 부르지 않았나요?

증인   (경멸하듯) 왜 그래야 하죠? 그저 밀렵꾼들이겠거니 했고, 그런 새벽에 불필요한 소란을 피우고 싶지 않았습니다.

검시관   총소리는 집 가까이에서 들렸나요?

증인   상당히 가까웠던 듯합니다. 하지만 자다가 깼으니까 정확히 말하긴 어렵죠. 그런 경우에는 좀 더 크게 들리니까요.

검시관   집 안이나 온실 안에서 난 것 같지는 않았습니까?

증인   아니요. 바깥이었습니다.

검시관   그런데 혼자서 아래층에 내려가셨군요. 아주 담대하신데요, 메리 양. 바로 가셨습니까?

증인   바로는 아니었습니다. 몇 분 동안 생각을 좀 했죠.

그다음에는 맨발에 산책화를 신고 두꺼운 외투와 모직 모자를 걸쳤습니다. 침실을 나갔을 때는 총소리가 나고 5분 정도 지난 후였을 겁니다. 저는 아래층으로 내려가서 당구실을 지나 온실로 갔습니다.

검시관 어째서 그 길로 가셨나요?

증인 현관이나 뒷문으로 가서 빗장을 풀기보다는 그쪽이 더 빨랐으니까요.

이 시점에서 리들스데일 로지의 평면도가 배심원에게 전달되었다. 로지는 널찍한 2층 집으로 소박한 양식으로 지어졌으며, 집주인인 월터 몬태규는 현재 미국에 거주하고 있는 터라 사냥철 동안 덴버 공작이 임대해 쓰고 있었다.

증인 (말을 이어) 온실 문 앞에 갔을 때 한 남자가 문밖에서 땅에 쓰러진 무언가 위에 몸을 숙이고 있었습니다. 남자가 고개를 들었을 때, 오빠인 것을 알고 깜짝 놀랐지요.

검시관 누군지 알아보기 전에는 무슨 일이라고 생각했습니까?

증인 별로 생각이 없었습니다. 너무 순식간에 일어난 일이라서요. 강도가 아닐까 생각했던 것도 같습니다.

검시관 공작님께서 말씀하시기를, 메리 양이 공작님을 보자 "세상에, 제럴드. 오빠가 그 사람을 죽였군요!"라고 외치셨다

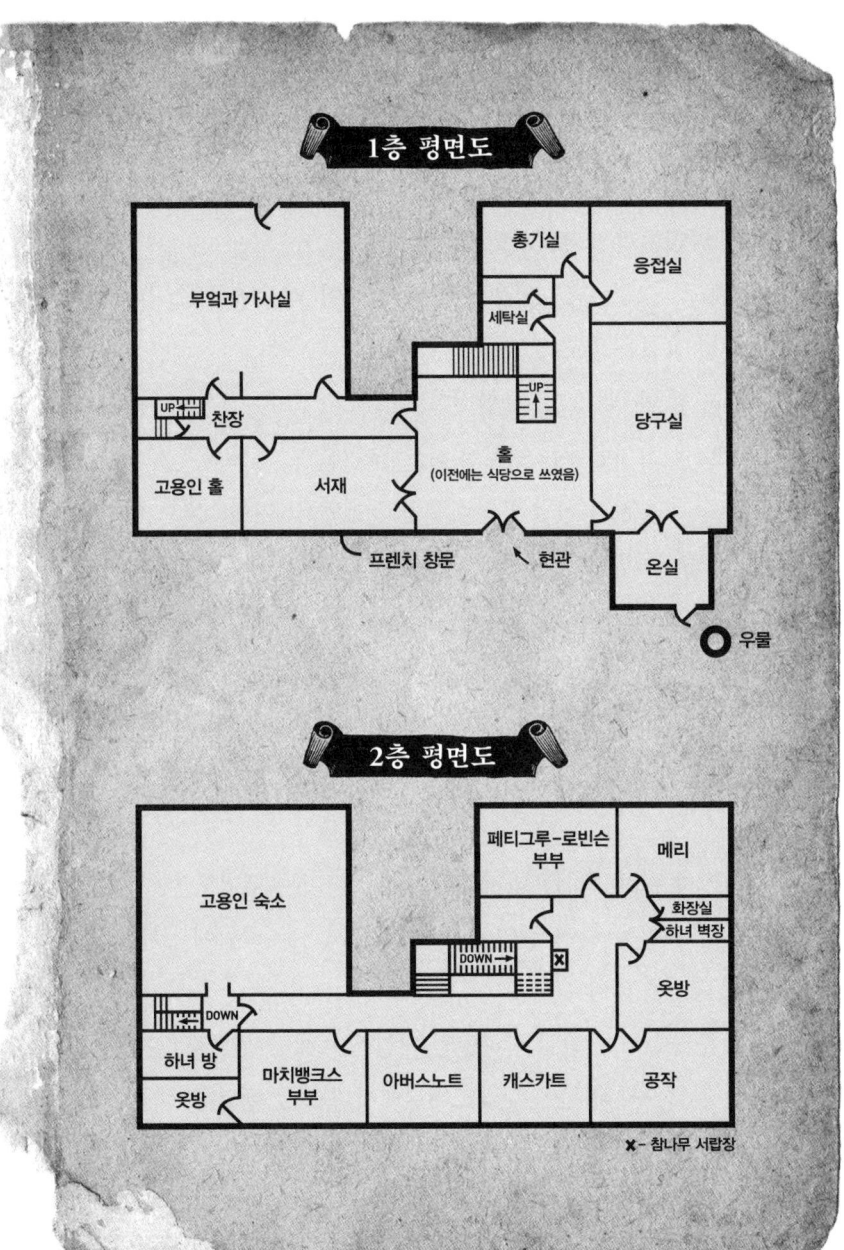

는데요. 왜 그랬는지 말씀해주시겠습니까?

증인 (아주 창백해져서) 오빠가 강도랑 맞닥뜨려서 자기 방어를 위해 총을 쐈다고 생각했습니다. 그때 제가 생각할 여유가 있었는진 모르겠지만요.

검시관 그럴 수도 있겠군요. 공작님이 리볼버를 소지하고 있다는 사실을 알고 있었습니까?

증인 아, 네. 그런 듯합니다.

검시관 그다음에는 어떻게 하셨습니까?

증인 오빠가 사람을 불러오라고 했어요. 아버스노트 씨와 페티그루-로빈슨 씨 부부의 방문을 두드렸습니다. 그러고 나니 갑자기 어지러워서 침실로 들어가 암모니아수를 맡았습니다.

검시관 혼자서요?

증인 네. 모두들 여기저기 뛰어다니면서 소리를 질러대서요. 참을 수가 없었어요. 전…….

여기서 이제까지는 나지막한 목소리이기는 했어도 아주 의연하게 증언을 하던 증인이 갑자기 쓰러지는 바람에, 부축을 받아 퇴장을 해야 했다.

다음으로 나온 증인은 하인인 제임스 플레밍이었다. 그는 수요일 저녁 9시 45분에 리들스데일에서 편지를 배달한 것을 기억했다. 편지 서너 통을 총기실에 있는 공작에게 전했다고 한다. 하지만 그중 이집트 소인이 찍힌 편지가 있었는지는 기억하지 못했다. 그는 우표를 수집하지 않았다. 그의 취미는 서명 수집이었다.

다음으로는 프레더릭 아버스노트 훈작사가 증언을 했다. 그는 다른 사람들과 같이 10시가 되기 좀 전에 잠자리에 들었다. 잠시 후 덴버가 혼자 올라오는 소리를 들었다. 몇 시쯤 되었는지는 모르겠다. 그때 양치질을 하고 있었다. (웃음) 옆방과 복도에서 언성이 높아지더니 말다툼하는 소리를 분명히 들었다. 누군가 계단을 맹렬히 내려가는 소리도 들었다. 머리를 내밀어보니 덴버가 복도에 있었다. "어이, 공작님, 무슨 소동입니까?"라고 물었더니 공작이 무어라 대답했지만 잘 들리지 않았다. 덴버는 침실 안으로 뛰어 들어가더니 창문 밖을 향해 외쳤다. "멍청한 짓 하지 마, 자네!" 그는 정말로 노발대발한 듯했지만, 프레디는 그다지 대단하게 생각지 않았다. 덴버는 항상 쉽게 화를 냈지만 뒤끝은 없었다. 그가 볼 때 공작은 실제보다 겉으로만 요란한 사람이다. 캐스카트랑 알고 지낸 지는 오래지 않았다. 언제나 괜찮은 사람이라고 생각은 했다. 아니, 사실 좋아하지는 않았다. 하지만 괜찮은 친구이고 단점은 별로 보지 못했다. 캐스카트가 카드 게임에서 속임수를 썼다는 말은 한 번도 들어보지 못했다! 아, 물론 사람들이 카드 게임에서 속이지 않나 계속 감시하진 않는다. 사람들이 평소에 할 만한 일은 아니지 않나. 한번은 몬테카를로에서 그런 적이 있기는 했다. 그렇지만 그는 그런 일을 폭로하는 데 익숙하지 않았다. 소동이 일어나고 나서야 비로소 눈치챘다. 메리 양을 대하는 캐스카트의 태도나, 캐스카트를 대하는 메리 양의 태도에서 딱히 별다른 이상을 눈치채지는 못했다. 뭔가 이상한 낌새를 챈 것 같진 않다. 그 자신은 관찰력이 좋은 사람이라고 할 수는 없다. 천성상 남의 일에 끼어들지 않는다. 수요일 밤에 일어난 다툼은 자기가 상관할 바가 아니라고 생각했다. 곧 잠자리에 들었다.

검시관   그날 밤 더 들은 소리는 없습니까?
아버스노트   메리가 깨우기 전까지는요. 비척비척 내려가 보니 덴버가 온실 안에서 캐스카트의 머리를 씻기고 있더군요. 우리는 그의 얼굴에 묻은 자갈과 진흙을 털어줘야 한다고 생각했습니다.
검시관   총소리는 못 들으셨습니까?
아버스노트   못 들었습니다. 워낙 잠에 깊이 빠져 있어서요.

마치뱅크스 대령과 그 부인은 서재라고 불리는 방 위에서 잤다. 실은 서재보다는 흡연실에 가까웠지만. 둘 다 11시 30분에 했던 대화에 대해 똑같이 말했다. 마치뱅크스 부인은 대령이 잠자리에 든 후에도 편지를 몇 통 써야 해서 깨어 있었다. 두 사람은 대화하는 소리와 누군가 뛰어가는 소리도 들었지만 별로 신경 쓰지 않았다. 마침내 대령이 말했다. "자, 여보. 이제 11시 반이야. 내일 일찍 출발해야 해. 늦게까지 안 자고 그러고 있다가는 피곤해서 아무 일도 못할걸." 이런 말을 한 까닭은 마치뱅크스 부인이 스포츠에 열심이고 다른 사람들과 함께 사냥을 다니기 때문이다. 부인은 대답했다. "곧 잘게요." 대령은 말했다. "한밤중까지 기름을 낭비하는 사람은 당신뿐일걸. 모두 다 잠자리에 들었다고." 마치뱅크스 부인은 대답했다. "아니, 공작도 아직 깨어 있는걸요. 아래 서재에서 왔다 갔다 하는 소리를 들었어요." 마치뱅크스 대령이 귀를 기울이니 역시 소리가 났다. 두 사람 다 공작이 다시 올라오는 소리는 듣지 못했다. 그날 밤, 다른 소리는 듣지 못했다.

페티그루-로빈슨 씨는 내키지 않는다는 기색을 역력히 보이면서 마지못해 증언했다. 그와 부인은 10시에 잠자리에 들었다. 캐스카트와 다투는 소리는 들었다. 무슨 일이 벌어지지 않을까 무서워서 페티그루-로빈슨 씨가 문을 열었더니 때마침 공작이 이런 말을 하는 소리가 들렸다. "내 누이에게 다시 한 번만 말을 걸었다가는 네 녀석의 뼈를 죄다 부러뜨려 놓을 테다!" 꼭 그 말은 아니더라도 그런 비슷한 말이었다. 캐스카트는 아래층으로 뛰어 내려갔다. 공작은 얼굴이 붉으락푸르락했다. 공작은 페티그루-로빈슨 씨를 보진 못했지만 아버스노트 씨에게 몇 마디 하고 침실로 뛰어 들어갔다. 페티그루-로빈슨 씨는 방에서 뛰어나와 아버스노트 씨에게 말을 걸었다. "이봐, 아버스노트." 아버스노트는 아주 무례하게도 면전에 대고 문을 쿵 닫아버렸다. 공작은 밖으로 나와서 그에게는 눈길 한 번

안 주고 쓱 지나치더니 계단 머리로 갔다. 페티그루-로빈슨 씨는 공작이 플레밍에게 캐스카트 씨가 나갔으니 온실 문을 열어놓으라고 명하는 말을 들었다. 그런 후에 공작은 돌아왔다. 페티그루-로빈슨 씨는 공작이 지나갈 때 붙잡고서 다시 물어보았다. "이봐, 덴버, 무슨 일이요?" 공작은 아무 말도 안 하더니 아주 결연하게 침실 문을 닫았다. 하지만 나중에 11시 30분 정각이 되자 페티그루-로빈슨 씨는 공작의 침실 문이 열리더니 복도를 슬금슬금 걸어가는 발걸음 소리가 나는 걸 들었다. 아래층으로 내려가는 소리인지는 분간할 수 없었다. 욕실과 화장실이 복도 끝에 있기 때문에 누가 둘 중 하나라도 들어갔으면 소리를 들었을 것이다. 돌아오는 발소리는 듣지 못했다. 잠이 들기 전에 여행용 시계가 12시를 치는 소리를 들었다. 공작의 침실 문이 열린 건 확실하다. 그 방 문은 경첩이 유달리 삐걱거리기 때문이다.

    페티그루-로빈슨 부인도 남편의 증언을 확인해주었다. 부인은 자정이 되기 전에 잠들어서 깊이 곯아떨어졌다. 부인은 초저녁에는 깊이 잠들지만 새벽에는 선잠을 자는 습관이 있었다. 그날 저녁 집 안에서 소란이 일어 잠을 제대로 못 자 화가 난 상태였다. 실은 10시 30분에 잠이 들었는데, 페티그루-로빈슨 씨가 한 시간 후 잠을 깨워 발소리 좀 들어보라고 했다. 이런저런 이유로 부인은 두 시간밖에 푹 자지 못했다. 부인은 2시경에 다시 깨서 메리 양이 부르러 왔을 때는 맑은 정신으로 깨어 있었다. 부인은 맹세컨대 그날 밤 내내 총소리는 못 들었다고 했다. 부인이 자는 방 창문은 메리 양의 창문 옆으로, 온실과는 반대편이었다. 부인은 어린 시절부터 창문을 열어놓고 잠드는 데 익숙했다. 검시관에게 질문을 받자 페티그루-로빈슨 부인은 그 대답으로 메리 윔지 양과 고인 사이에서 진정한 애정을 느낀 적은 한 번도 없었다고 말했다. 두 사람은 매우 소원해 보였지만 그런 것이 요새 유행이었다. 두 사람이 의견이 맞지 않아 싸우는 모습을 본 적은 없었다.

런던에서 급히 소환되어 온 리디아 캐스카트 양은 고인에 관한 증언을 했다. 캐스카트 양은 죽은 대위의 고모이며 유일하게 생존해 있는 친척이었다. 고인이 아버지의 유산을 물려받은 이후로는 거의 본 적이 없었다. 그는 친구들과 파리에서 살았는데, 고모가 보기에 못마땅해할 만한 유의 사람들이었다.

"동생과 나는 별로 사이가 좋지 않았어요."

캐스카트 양은 말했다.

"그리고 동생은 조카아이를 열여덟 살이 될 때까지 외국에서 교육을 시켰어요. 나는 항상 데니스의 사고방식이 너무 프랑스적이 아닌가 했지요. 동생이 죽은 후, 데니스는 제 아비의 바람대로 케임브리지를 다녔어요. 나는 데니스가 성년이 될 때까지 유언 집행인이자 후견인으로 남았습니다. 동생은 살아 생전 평생 나를 무시해놓고 어째서 죽을 때가 되어 그런 책임을 내게 지웠는지 모르지만, 어찌 되었든 거절하고 싶진 않았어요. 나는 데니스가 방학이 되면 머물다 갈 수 있도록 항상 대문을 열어놓았지만, 그 아이는 보통 부잣집 친구들이랑 어울려 다녔죠. 그 친구들 이름은 하나도 생각나지 않네요. 데니스가 스물한 살이 되자, 1년에 만 파운드를 받을 수가 있었어요. 출처가 어딘지는 모르지만 어디 외국 부동산인 걸로 알아요. 나는 유언 집행으로 얼마간 돈을 상속받았지만, 즉시 안전한 영국 증권으로 전환했지요. 데니스는 어떻게 했는지 모르겠네요. 그 애가 카드 게임에서 속임수를 썼다고 해도 하등 놀랄 일이 아니에요. 그 애가 파리에서 어울려 다니는 무리가 여간 질이 나빴어야지. 직접 만난 적은 없고 얘기만 들었어요. 프랑스에는 가본 적이 없어서요."

사냥터지기인 존 하드로가 다음으로 소환되었다. 그와 아내는 리들스데일 로지 정문 안 작은 오두막에서 살았다. 부지는 8만 평방미터 정도로 주변에는 굵은 말뚝을 둘러 박았다. 밤에는 문을 닫는다. 하드로는 수요일 밤 12시 10분 전에 오두막 가까이에서 총소리를 들었다고 했다. 오두막 뒤에는 4만 평방미터 정도 되는 식림지가 있다. 하드로는 밀렵꾼이라고 생각했다고 증언했다. 밀렵꾼들이 가끔씩 토끼를 사냥하러 오곤 했다. 그는 총을 들고 그 방향으로 나가보았지만 아무도 볼 수가 없었다. 그는 자신의 손목시계로 봤을 때 1시경에 집에 돌아왔다.

검사관   그 와중에 총을 쏜 적이 있습니까?

증인   없습니다.

검사관   밖에 나가신 적도 없고요?

증인   네, 없습니다.

검사관   다른 총소리는 못 들으셨습니까?

증인   그 총소리 말고는 못 들었습니다. 집에 오자마자 곯아떨어졌다가 운전사가 의사를 부르러 가는 바람에 깨어나서요. 그게 한 3시 15분 정도 됩니다.

검사관   밀렵꾼들이 그처럼 오두막 가까이까지 오는 건 드문 일이 아닙니까?

증인   네, 드물죠. 밀렵꾼들은 보통 식림지 반대편으로 해서 황야 쪽으로 갑니다.

    소프 박사가 불려와서 시체를 확인했다는 증언을 했다. 그는 리들스데일에서 거의 20킬로미터 넘게 떨어진 스테이플리에 살았다. 리들스데일에는 진찰할 만한 의사가 없었다. 기사가 새벽 3시 45분에 의사의 집 대문을 두드려 깨웠고 의사는 옷을 재빨리 챙겨 입고서 즉시 기사와 함께 출발했다. 리들스데일에 도착했을 때는 4시 반이었다. 소프 박사는 고인을 처음 보고서는 사망 시각을 세 시간이나 네 시간 전으로 추정했다. 총알이 폐를 관통했고 과다 출혈과 질식으로 사망했다. 즉사는 아니었던 것 같고 한참 동안 사경을 헤맨 것으로 보인다. 사후 검진을 해보았더니 총알이 흉곽에서 방향을 틀었다. 자해인지 아니면 지근거리에서 다른 이가 쏘았는지 보여주는 증거는 없었다. 다른 폭력의 흔적도 없었다.

스테이플리 관할서 소속의 크레이크스 경위가 소프 박사와 함께 차를 타고 현장으로 왔다. 그가 시체를 보았을 때, 시체는 온실 문과 바깥의 뚜껑 덮인 우물 사이에 반듯이 등을 대고 누워 있었다. 새벽이 되자마자 크레이크스 경위는 집과 영지를 조사했다. 온실로 향하는 길에 점점이 떨어져 있는 핏자국을 보았다. 시체가 질질 끌린 흔적이었다. 이 길은 영지의 정문에서 현관으로 향하는 주도로로 이어진다. (도면도 제시) 두 길이 합쳐지는 자리에서 덤불 숲이 시작되어 길 양쪽을 따라 정문과 사냥터지기의 오두막까지 늘어서 있다. 핏자국은 덤불 숲 한가운데에 있는 작은 공터까지 이어졌다. 집과 정문 사이의 절반쯤 되는 거리였다. 여기서 경위는 피가 잔뜩 고여 있는 웅덩이와 피에 젖은 손수건, 리볼버를 발견했다. 손수건에는 'D. C.'라는 머리글자가 있었고 리볼버는 미국식의 작은 권총으로 아무런 표식도 없었다. 경위가 도착했을 때 온실 문은 열려 있었고 열쇠는 안에 있었다.

경위가 보았을 때 고인은 야회복에 정장 구두 차림이었고 모자나 외투는 없었다. 온몸이 젖어 있었고 피칠갑이 된 부분 말고는 질질 끌려가는 바람에 진흙이 잔뜩 묻어 있고 엉망으로 헝클어져 있었다. 주머니에는 담뱃갑과 작고 납작한 주머니칼이 들어 있었다. 서류를 찾아 고인의 침실을 수색했으나 이제까지 단서가 될 만한 증거들은 발견되지 않았다.

  다음으로는 덴버 공작이 다시 나왔다.

검시관   고인이 리볼버를 소지하고 다니는 것을 본 적이 있으신지요?

공작   종전된 후로는 없습니다.

검시관   총을 가지고 다니는지 모른다는 말씀이시죠?

공작   전혀 모르겠습니다.

검시관   이 리볼버의 주인이 누구인지 짐작도 안 가시겠네요?

공작   (화들짝 놀라서) 그건 제 리볼버인데요. 서재 탁자 서랍에 넣어두었습니다. 어떻게 그걸 가지고 계신 거죠?

    (좌중 동요)

검시관   확실합니까?

공작   확실합니다. 요전 날에도 캐스카트에게 줄 메리 사진을 찾으려고 서랍을 뒤지다가 권총을 봤습니다. 그때 이렇게 놔두니 녹이 슬었다고 말한 기억이 납니다. 녹 자국이 있군요.

검시관   장전해두셨습니까?

공작   그럴 리가요! 어째서 권총이 거기 있었는지도 모르겠습니다. 전에 군대에서 쓰던 오래된 물건들하고 같이 속을 비워 청소해놓았고, 8월에 리들스데일에 왔을 때는 사냥 물품들과 함께 두었습니다. 그때 탄약통도 옆에 있었던 것 같습니다.

검시관   서랍은 잠갔습니까?

공작   네. 하지만 열쇠를 구멍에 꽂아두었습니다. 아내는 제가 조심성이 없다고 언제나 타박하죠.

검시관   거기 리볼버가 있다는 사실을 아는 사람이 또 있습니까?

공작   플레밍이 알 겁니다. 다른 사람은 모르겠군요.

영국 경찰청 파커 경감은 금요일에야 도착해서 면밀한 수사를 펼칠 겨를이 없었다. 여러 정황으로 미루어보아 그는 비극의 현장에 직접 사체를 발견한 이들 외에 다른 사람이 있었던 것 같다고 생각했다. 그러나 지금 당장은 아무 말도 하지 않기로 했다.

검시관은 뒤이어 증언들을 시간순으로 재구성했다. 10시, 혹은 그 이후 고인과 덴버 공작은 다퉜고, 그런 다음 고인은 집을 떠나 살아 있는 동안에는 돌아오지 않았다. 페티그루-로빈슨 씨의 증언에 따르면 공작은 11시 30분에 계단을 내려갔고 마치뱅크스 대령은 그 이후에 곧 서재에서 움직이는 소리가 났다고 했다. 문제의 리볼버를 평소에 보관해두는 곳이 바로 서재였다. 이 증언과는 반대로 공작은 새벽 2시 30분까지는 침실을 떠난 적이 없다고 진술했다. 배심원들은 이렇게 엇갈리는 진술에 무게를 얼마나 두어야 할지 고려해봐야 할 터이다. 그 다음으로 한밤에 들렸다는 총소리에 관한 문제가 있다. 사냥터지기는 12시 10분 전에 총소리를 들었지만 밀렵꾼이 쏘았겠거니 생각했다. 실상 근처에 밀렵꾼들이 돌아다녔을 가능성도 아주 많다. 반면 메리 양은 새벽 3시에 총소리를 들었다고 진술했지만, 이는 의사가 리들스데일에 4시 30분에 도착했을 때 고인이 이미 죽은 지 서너 시간이 지났다고 한 증언과는 대치된다. 또 고인은 상처를 입은 이후에도 한동안 살아 있었다고 한 소프 박사의 증언도 기억해두어야 할 것이다. 그러면 사망 시각을 밤 11시에서 12시 사이로 추정할 수 있고, 사냥터지기가 총소리를 들은 시각과도 일치한다. 그런 경우에 배심원은 메리 윔지 양이 듣고 깨어난 총소리는 무엇이었는지 의심해봐야 할 것이다. 물론 그 총소리 역시 밀렵꾼이 쏜 총소리라고 해도 딱히 불가능한 일은 아니다.

그다음으로는 덴버 공작이 3시경 발견했다는 고인의 시체를 보자. 시체는 작은 온실 문 바깥, 뚜껑을 덮어둔 우물 옆에 쓰러져 있었다. 의학적 증거로 보았을 때, 고인에게 치명상을 입힌 총격은 집에서부터 도보로 7분 거리인 덤불에서 일어났으며 고인은 거기서부터 집까지 질질 끌려왔다는 데 의심의 여지가 없다. 고인의 사인은 확실히 폐에 입은 총상이다. 배심원들은 고인이 자기 손으로 총을 쏘았는지 다른 사람이 쏘았는지를 결정해야 할 것이다. 만약 후자라면 사고인지, 정당 방어인지, 살의를 품고 미리 계획을 했는지도 결정해야 한다. 자살이라면 고인의 성격과 상황에 대해 알려진 사실을 고려해야 한다. 고인은 활력이 절정에 이른 젊은이이고 상당한 재산의 소유자로 보인다. 군대 경력도 훌륭하고 친구들 사이에서 인기도 많았다. 덴버 공작은 여동생과의 결혼을 허락할 정도로 고인을 좋게 생각했었다. 겉으로 확연히 드러나지 않았을지는 몰라도 약혼 관계 역시 아주 원만했었다는 증언도 있다. 공작은 수요일 밤에 고인이 약혼을 깨겠다고 선언했다고 확실히 말했다. 고인이 약혼녀에게 아무런 언질도 주지 않은 채 설명이나 작별의 편지도 쓰지 않고 그저 뛰어나가 자살했다는 것을 믿을 수 있을까? 또 배심원들은 공작이 고인에게 둔 혐의도 고려해봐야 한다. 공작은 고인이 카드 게임에서 속임수를 썼다고 비난했다. 이 심리에 관련되어 있는 사람들이 속한 사회에서는 카드 게임 속임수와 같은 비열한 행동은 살인이나 간통만큼이나 수치스러운 일로 여겨진다. 아마도 그러한 비난을 은근히 비친 것만으로도, 근거가 있든 없든 명예에 민감한 신사라면 자살을 결심할지도 모른다. 그렇지만 고인이 명예를 중히 여기는 성격이었을까? 고인은 프랑스에서 교육을 받았고 정직에 관한 프랑스 식 관념은 영국적 관념과는 차이가 있다. 검시관 본인은 변호사로서 프랑스 사람들과 사업 관계를 맺어본 적이 있지만, 배심원들 중 프랑스에 가본 적이 없는 사람들은 이런 다른 기준을 용납해야만 한다. 불행하게도 혐의를 자세히 고발하고 있다는 그 편지는 제출되지 못했다. 다음으로는 자살을 할 경우 머리를 쏘는 것이 좀 더 일반적이지 않나 자문해봐야 한다. 어떻게 고인이 리볼버를 손에 넣었는지도 질문해봐야 한다. 마지막으로 누가 시체를 집까지 끌고 갔는지, 어째서 생명의 불꽃⁸이 미약하게나마 남아 있었을지도 모르는데 집안 사람들을 깨워서 도움을 청하지 않고 그렇게 수고로운 일을 자처했는지도 고려해봐야 할 사항일 것이다.

배심원들이 자살 가능성을 제외하면 사고사와 과실치사, 살인이 남는다. 사고사라고 하면, 고인이나 다른 사람이 덴버 공작의 리볼버를 무슨 목적이었든 간에 그날 밤 꺼내와서 그저 들여다보았든지 청소를 했든지 그냥 한번 쏴보았든지 하다가 실수로 발사되어 고인을 사고로 죽였다고 가정하고, 사고사에 걸맞은 판결을 내려야 한다. 그런 경우, 그 사람이 누구이든 간에 시체를 문까지 끌어다 놓은 행동을 어떻게 설명해야 할까?

이어서 검시관은 과실치사에 관한 법적 규정에 대해 말했다. 아무리 모욕적이고 위협적인 단어를 쓴다고 해도 다른 사람을 죽이는 행위에 대한 변명이 될 수는 없고, 당사자 간의 충돌은 갑작스러워야 하고 미리 계획하지 않아야 한다. 가령 공작이 집에 머무른 손님을 다시 데려와 집에서 재울 생각으로 밖으로 나갔다가 고인이 주먹을 휘두르고 살의를 가지고 공격해왔다면 어떨까? 그렇다면 손에 무기를 들고 있던 공작은 정당 방어로 총을 쏜 셈이니, 그저 과실치사가 된다. 하지만 그런 경우

---

⁸ (원주) 검시관이 쓴 표현 그대로이다.

에도 공작이 어쩌다 손에 무기를 들고 고인을 찾으러 나갔는지 질문해봐야 한다. 그리고 이게 사실이라고 한다면 공작의 증언과는 직접적으로 대치된다.

마지막으로, 살인 판결을 내릴 만큼 살의가 있었다는 증언이 충분히 근거가 있는지 살펴봐야 할 것이다. 어떤 인물이 고인을 죽일 만한 동기나 수단, 기회가 있었는지를 고려해봐야 한다. 또 이런 정황들이 다른 가설들보다 그 인물의 행위를 더 합리적으로 설명할 수 있는지도 봐야 한다. 그리고 정말 이런 동기나 수단에 딱 들어맞는 사람이 있고, 그 사람의 행동이 수상쩍거나 비밀스러웠으며 고의적으로 사건과 관련이 있을지도 모르는 증거를 숨겼다거나 (여기서 검시관은 공작의 머리 위를 넘겨다보며 무척 강조했다.) 수사의 방향을 흩트릴 의도로 증언을 조작했다면, 이런 정황만으로도 유죄 추정을 하기에 충분하니 배심원들은 그 사람에 대해 고의적 살인 판결을 내려야 할 의무가 있다. 또 이러한 면을 고려해볼 때 배심원들은 자신의 판단력으로 온실 문 쪽으로 고인을 끌고 간 사람이 도움을 청할 목적이었는지, 정원 우물에 시체를 유기할 목적이었는지를 판단해야 한다고 검시관은 덧붙였다. 크레이크스 경위의 증언에 의하면 시체가 발견된 자리 가까이에 우물이 있다고 하니 말이다. 만약 고인이 살해당한 것이라는 결론에 이르렀지만 아직 범인이 누구인지 확실히 판단할 수 없다면, 일단은 미지의 범인에게 살인 판결을 내려도 된다. 하지만 만약 특정한 인물을 살인 용의자로 보아도 정당하다고 생각한다면 그 사람의 명예를 존중한답시고 자신들의 의무를 방기해서는 안 될 것이다.

　이처럼 극도로 명백한 암시에 이끌린 배심원들은 오랫동안 심의를 한 끝에 제럴드, 덴버 공작에게 고의적 살인이라는 판결을 내렸다.

*2*장
녹색 눈의 고양이

그리고 여기 코를 땅에 박고 있는
사냥개를 위해 건배하자.
— 〈마셔라, 강아지야, 마셔라〉 §

어떤 이들은 아침 식사를 하루 끼니 중 가장 즐거운 식사로 여긴다. 그처럼 강건하지 않은 다른 이들은 아침을 가장 괴롭게 여기고, 그중에서도 일요일 아침 식사는 최악이라 생각한다.

리들스데일 로지의 아침 식탁에 모여 있는 이들은 얼굴을 보아 하니 감미로운 반성이나 주님의 사랑이라는 잘못된 이름이 붙은 그날을 칭송할 기분이 아니었다. 화났거나 당황한 표정이 아닌 사람은 프레디 아버스노트 훈작사뿐으로, 그는 아무 말

---

§ 1874년에 G. J. 화이트-멜빌이 만든 〈마셔라, 강아지야, 마셔라〉라는 사냥 및 술자리 노래의 일부. 사냥개는 경찰의 은유로도 쓰인다.

없이 훈제 청어에서 가시를 단번에 발라내는 일에만 골똘히 몰두했다. 공작 부인의 아침 식탁에 그처럼 평이한 생선이 올라와 있다는 것 자체가 집안 살림이 엉망이 되었다는 표시였다.

덴버 공작 부인은 커피를 따르고 있었다. 공작 부인이 가진 습관 중에서도 제일 남을 불편하게 하는 습관이었다. 부인이 그러고 있으면 아침 식사에 늦게 온 사람들은 자신들의 나태함을 뼈저리게 깨달을 수밖에 없었다. 공작 부인은 목도 길고 등도 긴 여자로, 자기 머리카락과 아이들을 꼼꼼하게 관리하는 성격이었다. 부인은 좀처럼 당황하는 법이 없었고, 분노를 겉으로 드러내지는 않았지만 그 때문에 상대방은 한층 더 분명히 알아챌 수 있었다.

마치뱅크스 대령 부부는 나란히 앉아 있었다. 두 사람 다 잘생기고 예쁜 외모는 아니었지만, 표현은 잘 하지 않아도 부부 간 금슬이 좋았다. 마치뱅크스 부인은 화가 나지는 않았지만 공작 부인이 막상 앞에 있는데도 가여워해줄 수가 없어서 당황스러웠다. 다른 사람을 가엾게 여길 때는 '불쌍한 사람'이라거나 '안됐다'라고 하는 법이다. 그런데 아무리 해도 공작 부인은 '불쌍한 사람'이라고 할 수 있는 사람이 아니었으니 유감을 적절하게 표시할 수가 없었다. 이런 탓에 마치뱅크스 부인은 우울했다. 대령은 당황하기도 했지만 화도 나 있었다. 당황한 것은 주인이 살인죄로 잡혀간 집안에서 뭐라고 해야 할지 당최 알 수가 없어서이고, 상처 입은 짐승처럼 슬며시 화가 난 것은 이처럼 불쾌한 일이 난데없이 벌어져 사냥철의 흥이 깨졌기 때문이었다.

페티그루-로빈슨 부인은 화가 난 정도가 아니라 노발대발하고 있었다. 소녀 시절, 부인은 학교 공책에 찍힌 모토를 생활화했다. 쿼쿠쿠에 호네스타(무엇이든 정직한 것). 부인은 항상 정말 점잖은 일이 아니면 생각하는 것 자체가 나쁘다고 믿어왔다. 이제 중년이 되었어도 부인은 여전히 흉악한 제목을 단 신문 기사들은 무시하는 습관이 있었다. "크리클우드에서 교사 폭행", "흑맥주 마시다 사망", "키스 한 번에 75파운드", "그녀는 남편을 꼬맹이라고 불렀다" 등. 부인은 그런 일들을 알아봤자 무슨 소용이 있는지 모르겠다고 말했다. 부인은 공작 부인이 없는 리들스데일 로지에 오자고 했을 때 순순히 따랐던 일을 후회했다. 부인은 메리 양을 좋아하지 않았다. 부인은 메리 양을 독립적인 젊은 처녀의 표상으로 보고 못마땅하게 여겼다. 게다가 메리 양은 전쟁 중 런던에서 간호사로 근무하면서 볼셰비키 남자랑 불미스러운 사건을 일으키기도 하지 않았나. 데니스 캐스카트 대위도 마음에 들지 않기로는 매한가지였다. 부인은 그렇게 뻔하게 잘생긴 젊은이를 좋아하지 않았다. 물론 페티그루-로빈슨 씨가 리들스데일에 오기를 원했기 때문에 부인은 남편 옆을 지킬 수밖에 없었다. 이런 불운한 결말은 부인 잘못이 아니었다.

페티그루-로빈슨 씨 역시 화가 났는데, 그 이유는 단순하게도 경찰청에서 나온 형사가 발자국을 찾아 집 안과 부지를 수색하는 작업을 도와주겠다고 했는데도 거절당했기 때문이었다. 이런 사안에 경험이 많은 연장자로서 (페티그루-로빈슨 씨는 군 치안검사를 지냈다), 그는 친히 형사에게 자신을 마음껏 활용하라고 나섰다. 그런데 그 남자는 그를 단칼에 거절했을 뿐만 아니라, 무례하게도 온실에서 나가달라고 명령하는 게 아닌가. 페티그루-로빈슨 씨가 메리 양의 관점에서 사건을 재구성해주고 있었는데도.

이러한 분노와 당황스러운 감정들은 형사 본인이 그 자리에 있는 탓에 더 악화되어 한층 더 뼈저렸다. 형사는 트위드 양복 차림의 조용한 젊은이로, 탁자 한쪽 끝에서 변호사인 머블스 씨 옆에 앉아 커리를 먹고 있었다. 이 사람은 금요일에 런던에서 내려와 지방 관할서 사람들의 잘못을 바로잡고 크레이크스 경위의 의견에 강하게 반대했다. 그는 만약 수사 정보가 공공연히 공개되면 공작을 체포하라는 결론을 미리 내리는 것이나 마찬가지라며 공개하지 않았다. 또한 모든 사람들을 하나하나 재조사한다는 이유로 기분 언짢은 사람들을 공식적으로 붙잡아놓는 바람에, 이 끔찍한 일요일 동안 사람들은 불쌍하게도 한데 옹기종기 모여 있어야 했다. 또 알고 보니 이 형사는 피터 윔지 경하고 절친한 친구임이 밝혀져서 사냥터지기 오두막에 숙소를 정하고 로지에서 아침 식사를 하게 됨으로써 불쾌함이 절정에 이르렀다.

나이 지긋하고 소화 기관이 약한 머블스 씨는 목요일 밤에 황급히 왔다. 그는 심리가 아주 부적절하게 행해졌으며 그의 의뢰인 또한 아주 고집불통이라고 생각했다. 그는 종일 왕립 변호사인 임피 빅스 경에게 연락을 하려고 종종걸음을 쳤으나 빅스 경은 주말 내내 연락처 하나 없이 사라져버렸다. 머블스 씨는 이제는 약간 말라버린 토스트를 먹고 있었고, 그를 '선생님'이라고 부르며 버터를 건네준 형사에게 호감을 느꼈다.

"교회 가실 분 있으세요?"

공작 부인이 물었다.

"테어도어와 나는 가고 싶어요." 페티그루-로빈슨 부인이 말했다. "폐가 안 된다면. 아니면 그냥 걸어갈 수도 있겠네요. 그렇게 멀지는 않으니."

"족히 4킬로미터는 될걸요."

마치뱅크스 대령이 말했다. 페티그루-로빈슨 부인은 그에게 감사의 눈길을 보냈다.

"물론 차로 가셔야죠. 저도 갈 테니까."

공작 부인이 말했다.

"정말 가시게요?" 프레디 훈작사가 말했다. "내 말은, 사람들의 시선을 좀 받으시지 않을까 해서요."

"프레디, 그러든 말든 그게 뭐 대수겠어요?"

공작 부인이 대답했다.

"그게, 제 말뜻은 이 주변의 벼락부자들은 모두 사회주의자나 감리교파라서…….”

"그 사람들이 감리교파라면 영국 국교 교회에 안 오겠죠."

페티그루-로빈슨 부인이 끼어들었다.

"그런가요?" 프레디가 반박했다. "구경거리가 있으면 그 사람들도 올걸요. 왜, 그 사람들에게는 장례식보다는 재미있지 않겠습니까."

"경건한 일에는 우리의 사적인 감정보다도 의무가 우선이죠." 페티그루-로빈슨 부인이 단호히 말했다. "특히 사람들이 너무나도 해이해진 오늘날에는요."

부인은 이렇게 말하면서 프레디 훈작사를 흘끔 쳐다보았다.

"아, 제 말은 신경 쓰지 마십시오, 부인." 젊은이는 붙임성 있게 말했다. "제가 하고픈 말은 그자들이 불쾌하게 굴어도 제 탓은 하지 마시라는 거지요."

"누가 프레디 탓을 하겠어요?"

공작 부인이 말했다.

"말하자면 그렇다는 겁니다."

프레디 훈작사가 대꾸했다.

"머블스 씨는 어떻게 생각하시나요?"

공작 부인이 물었다.

"부인의 의도는 아주 존경스러운 것이고 칭찬해야 마땅합니다만 음, 불쾌한 유명세에 휘말릴 수 있다는 아버스노트 씨의 말씀이 맞는 것 같습니다. 음, 저도 독실한 기독교 신자입니다만은, 아주 고통스러운 상황에는 꼭 예배에 참석해야 할 의무가 있다고 생각지는 않습니다."

변호사는 조심스레 커피를 저으며 말했다.

파커 씨는 멜버른 경의 언명§을 마음속으로 떠올렸다.

"뭐, 어쨌거나 헬렌의 말대로 그게 뭐 대수겠어요? 누군들 부끄러워할 일도 없잖아요. 분명히 뭔가 바보 같은 실수가 있었지만, 그렇다고 해서 교회에 가고 싶은 사람이 가지 못할 바는 없다고 봐요."

마치뱅크스 부인이 말했다.

"못 갈 이유가 없지. 그렇고말고, 여보."

대령이 다정하게 말했다.

"우리는 잠깐 가보자고. 그쪽 길로 잠깐 산책을 나갔다가 설교 전에 나오면 되잖아. 그게 좋을 것 같은데. 우리는 덴버 공작이 아무런 잘못도 저지르지 않았다고 굳게 믿고 있다는 것을 보여주는 거야."

"당신, 벌써 잊어버렸어요? 난 집에서 불쌍한 메리와 함께 있어주겠다고 약속했어요."

마치뱅크스 부인은 남편에게 상기시켰다.

"아, 그랬지, 그래. 나도 참 정신없기는. 메리 양은 어때?"

---

§ 멜버른 경은 영국 수상을 지낸 사람으로 1898년에 "종교가 사생활의 영역까지 침범하도록 놔두면, 일이 난감해진다."라는 말을 했다고 한다.

대령이 물었다.

"지난밤에는 아주 안절부절못하더라고요. 불쌍해라. 오늘 아침에는 잠깐 눈을 붙인 것 같아요. 아가씨에게는 충격적인 일이었으니까."

공작 부인이 대신 대답했다.

"속을 들춰보면 축복할 만한 일인지도 모르죠."

페티그루-로빈슨 부인이 한마디 했다.

"여보!"

그 남편이 부인을 말렸다.

"임피 경에게 언제 소식이 올지 궁금하네요."

마치뱅크스 대령이 서둘러 화제를 돌렸다.

"아, 네. 정말 그렇지요. 그분의 영향력으로 공작의 마음도 돌아서기를 바랍니다."

머블스 씨가 끙끙 대답했다.

"물론이죠." 페티그루-로빈슨 부인이 말했다. "모든 사람을 위해서라도 공작님이 입을 열어야죠. 그런 시간에 바깥에서 무엇을 하고 있었는지. 공작님이 말을 안 하면 억지로 알아내기라도 해야죠. 세상에! 그게 바로 형사들이 할 일 아니겠어요?"

"형사들이 가장 꺼리는 일이 그겁니다."

파커가 갑자기 끼어들었다. 그는 한동안 아무 말 없이 잠자코 있던 터라 모두가 화들짝 놀랐다.

"그러니까 형사님이 곧 사건을 해결해주실 거라 기대하고 있답니다, 파커 씨. 어쩌면 진짜 살, 아니 용의자를 벌써 체포하셨는지도 모르죠."

마치뱅크스 부인이 말했다.

"아직은 아닙니다. 하지만 곧 잡아내도록 최선을 다하겠습니다."

파커는 이렇게 대답하고는 싱긋 웃으면서 덧붙였다.

"게다가 아마 곧 수사에 도움을 받을 테니까요."

"누구에게서 말이오?"

페티그루-로빈슨 씨가 질문했다.

"공작 부인의 시동생 되시는 분에게서요."

"피터요? 파커 씨는 분명 우리 집안 식구의 아마추어 같은 추리를 비웃으실 거예요."

공작 부인이 말했다.

"그럴 리가요. 읾지는 게으르지만 않다면 영국에서 가장 훌륭한 탐정일 겁니다. 연락이 되기만 한다면요."

"아작시오에 전보를 쳐두었다오, 유치 우편으로. 하지만 피터가 거기 언제 전화를 해볼지는 모르겠군. 영국에 언제 돌아올지에 대해서는 아무 말 하지 않았다오."

머블스 씨가 대답했다.

"그 친구는 참 괴짜지." 프레디가 눈치 없이 말했다. "하지만 이 자리에 있어야 할 텐데. 내 말은 덴버 형님에게 무슨 일이 일어나기라도 한다면, 그가 가장이 되지 않겠습니까? 꼬마가 자라서 성년이 될 때까지는."

이 말이 끝난 후에 다들 찜찜해서 입을 다물고 말았다. 그때 지팡이가 우산대에 꽂히는 소리가 똑똑히 들려왔다.

"누가 왔나 봐요."

공작 부인이 말했다.

그때 문이 춤추듯이 삐걱 열렸다.

"안녕하십니까, 여러분."

새로 온 이는 명랑하게 인사했다.

"다들 어떻게 지내셨어요? 안녕하셨어요, 헬렌 형수님. 대령님, 지난 9월에 저한테 반 크라운 빌려가시고는 아직도 안 갚으셨어요. 안녕하십니까, 마치뱅크스 부인, 페티그루-로빈슨 부인. 아, 머블스 씨, 이렇게 혹독한 날씨에 어떻게 지내세요? 굳이 일어날 필요 없네, 프레디. 자네에게 불편을 끼치기는 싫으니까 말이야. 파커, 이 친구. 자넨 참 믿을 만한 사람이야. 언제나 현장에 찰싹 달라붙어 있다니까. 다들 식사 끝나셨어요? 좀 더 일찍 일어나려고 했는데 말이죠, 내가 코를 골고 있어서 번터가 차마 깨우지 못했다지 뭡니까. 지난밤에 거의 불시에 도착할 수도 있었는데, 새벽 2시가 되어서야 도착하는 바람에요. 그때 들이닥쳤다가는 다들 싫어하실 것 같아서. 아, 뭐라고요, 대령님? 빅토리아 호를 타고 파리에서 런던으로 날아왔어요. 그다음에는 노스이스턴에서 노샐러튼으로. 도로가 어찌나 험하던지. 리들스데일 바로 아래서 타이어에 펑크가 났지 뭡니까. '로드 인 글로리' 여인숙의 침대가 또 얼마나 불편하던지. 오늘 아침에는 운이 좋으면 여기 와서 마지막으로 남아 있는 소시지라도 먹을 수 있겠구나 했는데 말이죠. 뭐라고요! 영국 가정에서는 일요일 아침에 소시지가 없다고요? 하느님 맙소사, 도대체 세상이 어떻게 되어가는 건지! 예, 대령님? 아, 헬렌 형수님, 제럴드 형이 이번에는 아주 큰일났다면서요. 뭐요? 애초에 형 혼자 남겨두시질 말았어야죠. 형님이 언제나 말썽거리에 휘말리는 것을 아시잖아요. 그게 뭔가? 커리? 고맙네. 자, 그렇게 쪼잔하게 굴 필요는 없지 않나. 나는 사흘 동안이나 여행해서 온 사람이라고. 프레디, 토스트 좀 건네주게. 뭐라고요, 마치뱅크스 부인? 아, 네. 그렇죠. 코르시카는 참으로 좋은 곳이었습니다. 눈동자가 까만 남자들이 허리띠에 총을 차고 다니고, 명랑하고 예쁜 아가씨들이 많은 동네였지요. 번터 이 친구는 여관 주인의 딸하고 사귀기도 했다니까요. 아시다시피 번터는 정말 온순하기 짝이 없는 친구잖습니까. 정말 그럴 줄은 생각조차 못했다니까요, 안 그래요? 참 나! 출출하네요. 헬렌 형수님, 형수님에게 엷은 크레이프로 된 비단 속옷을 파리에서 구해다 드리려고 했는데요, 파커가 나보다 앞서서 핏자국을 찾을까 봐 서둘러 짐을 싸서 온 겁니다."

페티그루-로빈슨 부인이 일어섰다.

"테어도어, 교회 갈 준비를 해야겠어요."

"차를 준비시켜 놓을게요."

공작 부인이 말했다.

"피터 도련님, 물론 도련님 얼굴을 다시 보니 무척이나 기쁘답니다. 연락처도 남기지 않고 가서 얼마나 불편했다고요. 필요한 게 있으면 뭐든 말씀하세요. 시간에 맞춰 오셨으면 제럴드를 보실 수 있었을 텐데 아쉽네요."

"아, 괜찮아요." 피터 경이 명랑하게 대꾸했다. "감옥으로 만나러 갈 거거든요. 집안에서 범죄가 나면 좀 더 편의 시설을 많이 쓸 수가 있으니까. 하지만 폴리가 가엾군요. 걔는 좀 어떻습니까?"

"오늘은 건드리지 말고 가만히 놔두어야 해요."

공작 부인은 결연히 말했다.

"전혀 그럴 생각 없어요. 그 애를 만나는 일은 나중에 해도 되니까요. 오늘은 파커와 내가 회포를 풀 거예요. 저한테 죽이는 발자국을 죄다 보여줄 겁니다. 그게, 형수님, 험한 말을 쓴 게 아니라 특질을 설명하는 말이었어요. 발자국이 모두 쓸려가지 않았으면 좋겠군요. 다 쓸려가 버렸어?"

"그렇진 않네. 대부분은 화분 밑에 있더라고."

파커 씨가 대답했다.

"그러면 빵과 마멀레이드 좀 건네주게나." 피터 경이 부탁했다. "그리고 하나하나 사건을 좀 설명해봐."

교회로 출발하는 사람들 덕에 좀 더 인도적인 분위기가 피어났다. 마치뱅크스 부인은 계단을 쿵쿵 뛰어올라 메리에게 피터가 왔다고 알렸고, 대령은 커다란 시가에 불을 붙였다. 프레디 훈작사는 일어나서 기지개를 켠 다음 난롯가 옆의 팔걸이의자에 앉아 발을 놋쇠 창살 앞에 올려두었고, 그동안 파커는 돌아가서 커피 한 잔을 따랐다.

"그럼 자네도 신문을 봤겠지."

파커가 슬쩍 떠보았다.

"아, 그럼, 심리까지 읽었네. 이렇게 말해도 될지 모르겠지만 자네들이 약간 고전하고 있는 것 같던데."

"참 망신스러운 일이지." 머블스 씨가 대신 대답했다. "망신이야. 검시관 행동이 그게 뭔가. 그렇게 사건을 요약해버리면 안 되는데. 무지한 촌부들로 구성된 배심원들에게 뭘 바랄 수 있었겠나? 게다가 그처럼 세부적인 사항까지도 다 나오도록 놔두다니! 내가 좀 더 일찍 오기만 했더라도……."

"부분적으로는 내 책임이야, 윔지."

파커는 참회하듯 말했다.

"크레이크스는 나를 싫어할 거야. 스테이플리 서의 총경이 그 친구를 건너뛰고 우리에게 연락했거든. 소식을 듣자마자, 난 주임 경감님한테 가서 사건을 맡겠다고 자청했지. 오해나 어려움이 있다면, 내가 그 사건을 맡자마자 자네도 뛰어들 테니까. 맡고 있던 위조 사건 때문에 정리할 일이 몇 가지 있었고 이런저런 일도 수배해놓아야 해서 간신히 저녁 특급 열차를 타고 내려올 수 있었어. 금요일에 왔을 때 크레이크스와 검시관은 벌써 짝짜꿍이 수작을 하고 그날 아침 심리를 다 맞추어놓았지 뭔가. 정말 우습지 뭐야. 그러고는 아주 극적으로 그 대단한 증언들을 내놓을 준비를 해놓았더라고. 나는 부지를 한번쓱 훑어볼 시간밖에 없었어. (이런 말 해서 미안하네만 크레이크스와 관할서 경찰들이 다 헤집어놔서 엉망이 되었지.) 정말로 배심원들 앞에 내놓을 만한 게 없더군."

"힘내게. 자네 탓을 하는 것은 아니니까. 게다가 추적하는 편이 재미있잖아."

웜지 경이 위로했다.

"사실 우리는 훌륭하신 검시관님께 별로 인기가 없는 것 같아." 프레디 경이 말했다. "잘난 척하는 귀족들과 부도덕한 프랑스인인 거지. 피터, 자네가 리디아 캐스카트 양을 못 만나봐서 얼마나 아쉬운지 몰라. 그 숙녀분을 아주 좋아했을 텐데. 골더스 그린으로 돌아가면서 시체도 가지고 가셨다네."

"오, 그래. 시체에 뭐 더 이상 불가사의한 점이 있을 것 같진 않아."

웜지가 대꾸했다.

"없지. 의학적 증거는 이제까지로 봐서는 무난해. 허파에 총을 맞았고, 그게 다라네."

파커의 말이었다.

"하지만 이걸 기억해야지." 프레디 경이 다시 말했다. "캐스카트는 자살한 게 아니야. 나는 덴버의 이야기를 뒤집고 싶지 않아서 아무 말 하지 않았지만, 캐스카트가 기분이 언짢았고 태도가 아주 고약했다는 얘기들은 사실이 아냐."

"어떻게 알았나?" 피터가 물었다.

"그게 말이야, 캐스카트와 나는 잠자러 갈 때 함께 올라왔거든. 나는 약간 기분이 안 좋았어. 주식은 좀 떨어졌지, 아침에는 총을 쏘는 족족 빗맞았지, 대령하고 부엌 고양이 발가락 개수에 대해서 내기를 했다가 지기까지 했거든. 그래서 나는 캐스카트에게 세상 참 지겹다고 했나, 뭐 그런 비슷한 말을 했어. 그랬더니 그 친구가 이러는 거야. '별로 그렇지 않은데. 정말 좋은 세상 아닙니까. 내일은 메리에게 날짜를 정하자고 할 생각입니다. 그다음에는 파리에 가서 살아야죠. 거기서는 사람들이 섹스를 제대로 이해하고 있으니까.' 내가 뭔가 모호하게 대답을 했더니 그 친구는 휘파람을 불면서 가버리더군."

파커는 심각한 표정을 지었다. 마치뱅크스 대령은 헛기침을 했다.

"음, 음. 캐스카트 같은 남자를 설명할 길이 없지 않나. 설명이 불가능하지. 프랑스에서 자란 친구인 데다가, 직선적인 영국인하고는 전혀 달라. 항상 감정 기복이 심했던 사람이지. 오르락내리락. 그럼, 피터, 자네와 파커 씨가 뭔가 찾아내길 바라겠네. 불쌍한 덴버를 이처럼 감옥에 갇힌 신세로 놔둘 수는 없지 않나. 얼마나 불쾌하겠어. 불쌍한 친구, 올해는 사냥감도 아주 많은데. 뭐, 파커 씨가 사건 현장을 한 바퀴 돌며 수사하겠지요? 당구나 한 판 칠까, 프레디?"

"좋고말고요." 프레디 훈작사가 대답했다. "그렇지만 저한테 점수 좀 떼어주고 하셔야 할걸요, 대령님."

"무슨 소리야. 자네 실력도 훌륭하던데."

대령은 기분이 좋아져서 응수했다.

머블스 씨는 물러갔고, 윔지와 파커는 식탁 위로 서로 마주 보았다.

"피터, 내가 여기 온 게 잘한 일인지 모르겠네. 자네가 만약……"

형사가 운을 뗐다.

"이봐, 친구." 피터는 진지하게 말했다. "서로 체면치레는 집어치우자고. 이번 건도 다른 사건이나 마찬가지로 수사할 거야. 불편한 일이 밝혀지더라도, 다른 사람 아닌 자네가 밝히는 편이 차라리 낫지. 이 사건은 그 자체만으로 보면 드물게 재미있는 사건이고, 나는 실력을 다 발휘해 수사할 걸세."

"자네가 괜찮다면……"

"자네가 여기 오지 않았더라면, 내가 와달라고 청했을 거야. 자, 이제 일 얘기나 해보자고. 물론 나는 제럴드 형이 범인이 아니라는 전제 하에서 수사에 착수하고 있네."

"나도 자네 형님이 범인이 아니라는 것은 확신하네."

파커도 동의했다.

"아니, 아니. 그건 자네의 성격에 맞지 않아. 성급한 결론을 내리지도 않고 믿을 만한 말도 하지 않잖아. 자네는 내 희망에 찬물을 휙 끼얹고 내 결론을 의심하는 역할을 해야지."

"참 나! 어디서부터 시작하고 싶나?"

피터는 곰곰이 생각했다.

"캐스카트의 침실부터 시작해보자고."

침실은 보통 정도의 크기였고, 하나 있는 창문으로는 현관이 내다보였다. 침대는 오른편에 놓였고, 창문 옆에는 화장대가 있었다. 왼쪽에는 벽난로가 있고 그 앞에는 팔걸이의자와 작은 필기용 책상이 놓여 있었다.

"모든 것이 그대로네. 크레이크스도 그 정도 상식은 있는 친구야."

파커가 말했다.

"그래, 잘됐네. 제럴드 형은 캐스카트를 사기꾼이라고 비난했을 때, 캐스카트가 벌떡 일어나면서 탁자가 넘어질 뻔했다고 그랬지. 그러면 바로 이 필기용 책상일 거고, 캐스카트는 여기 팔걸이의자에 앉아 있었겠군. 그래, 그랬을 거야. 그래서 의자를 확 뒤로 미는 바람에 여기 양탄자가 구겨졌군. 봐! 여기까지는 아주 좋아. 자, 그럼 여기서 뭘 하고 있었을까? 책을 읽고 있진 않았을 거야. 주변에 책도 없고. 게다가 곧장 밖으로 뛰쳐나간 뒤로 다시 돌아오지 않았다는 건 우리도 아는 사실이지. 좋아. 그럼 무언가를 쓰고 있었을까? 아니, 압지가 깨끗하군."

"연필로 썼을 수도 있잖아."

파커가 반론을 제기했다.

"그 말이 맞네. 찬물 끼얹기는. 그럴 수도 있겠군. 그래, 뭔가 쓰고 있었다면 제럴드가 들어왔을 때 쓰고 있던 종이를 주머니에 쑤셔 넣었겠지. 여기에는 없으니까. 그렇지만 그렇게 한 것도 아니야. 그랬다면 시체에서 발견되었을 테니까. 그러니 글을 쓰고 있었던 것은 아니라는 결론이 되지."

"종이를 다른 데다 버리지 않았다면 그렇겠지. 아직 땅을 다 찾아보지는 않았거든. 그리고 약간 계산을 해보면—하드로가 11시 50분에 총소리를 들었다는 설을 받아들인다면 말이야—한 시간 반 동안의 행적이 묘연해."

"그렇군. 그럼 캐스카트가 뭔가 쓰고 있었다는 증거는 없었다고 하자고. 그럼 되겠지. 자, 그다음에는……."

피터 경은 돋보기를 꺼내 팔걸이의자의 표면을 면밀히 관찰한 다음 그 의자에 앉았다.

"별로 도움이 되는 단서는 없군. 계속해보자면, 캐스카트는 지금 내가 앉아 있는 자리에 앉아 있었겠지. 무언가를 쓰고 있진 않았고. 이 방에 손을 대지 않은 것이 확실한가?"

"확실해."

"그는 담배도 피우지 않았어."

"왜 피우지 않았다고 생각해? 덴버 공작이 들어오자 시가나 궐련 꽁초를 벽난로 속에 던져버렸을 수도 있잖아."

"궐련은 아니야. 그랬다면 바닥이나 난로 창살 부근에서 흔적을 발견했을 거야. 가벼운 재는 그 정도는 날리지. 그렇지만 시가라면…… 글쎄, 흔적을 남기지 않고 시가를 피웠을 수도 있겠지. 그렇지만 피우진 않았을 거라 생각하네."

"어째서?"

"왜냐하면 제럴드의 설명에는 나름대로 진실이 있다고 믿거든. 신경질적인 남자가 자기 전에 편안히 앉아서 시가를 피우는 섬세한 즐거움을 누릴 여력이 어디 있겠나. 게다가 꼼꼼하게 재까지 모아서 다 치우다니. 반대로 프레디 말이 맞아서 캐스카트가 여느 때와 다르게 기분이 좋고 인생에 만족하고 있었다면, 그렇게 했을지도 모르지."

"아버스노트 씨가 모든 이야기를 다 지어냈다고 생각하나?" 파커는 조심스레 물었다. "나한테는 그런 사람으로는 안 보이던데. 그런 이야기를 지어내려면 상상력이 풍부하고 악의가 있어야 하는데, 어느 쪽으로든 보이지 않네."

"나도 알아."

피터 경이 대꾸했다.

"프레디는 어릴 때부터 알고 지내온 사이지만, 그 친구야 파리 한 마리도 못 죽이지. 게다가 무슨 이야기든 지어낼 만한 재치도 없어. 하지만 제럴드 형이야말로 캐스카트와의 사이에 있었다고 하는 극적인 사건을 지어낼 만큼 재치가 없는 사람이라는 것이 마음에 걸리네."

"한편으로는 공작이 캐스카트를 쐈다고 한다면, 그런 이야기를 만들어낼 동기가 있는 게 아닌가. 머리를 쥐어짰을 테니 말이야. 내 말뜻은, 뭐든 중요한 일이 걸려 있으면 사람 머리가 아주 잘 돌아간다는 거지. 그리고 이야기가 황당무계한 건 이야기를 지어내는 데 익숙지 않다는 뜻 아니겠어."

"맞는 말일세. 뭐야, 이제까지 내가 한 추측을 자네가 다 깔아뭉개버렸군. 됐네. 내 머리는 피투성이가 되었으나 굴복하진 않으니.§ 캐스카트는 여기 앉아서……."

"자네 형님이 한 말이지."

"훼방 놓지 마. 그 친구가 앉았다는 건 분명해. 적어도 누군가 앉기는 앉았겠지. 방석에 앉아 있던 자국이 남았으니까."

"그전에 앉았을 수도 있는 일이잖아."

"무슨 소리. 다들 하루 종일 야외에 있었어. 사두개인들처럼 의심 좀 하지 말게, 찰스. 난 캐스카트가 여기 앉아 있었다고 할 거야. 어, 어이! 이봐!"

피터는 앞으로 몸을 숙여 창살 너머를 쳐다보았다.

"여기 뭔가 탄 종이가 있네, 찰스."

"알아. 나도 어제 그 종이를 발견하고 이만저만 흥분하지 않았네만, 방마다 그런 게 좀 있더군. 이 집에서는 사람들이 낮에 외출하면 침실 난롯불을 꺼두었다가 저녁 먹기 한 시간 전에

---

§   19세기 말의 영국 시인 에드워드 어니스트 헨리의 시에서 인용.

다시 붙인다는데. 집에는 요리사와 하녀 한 명, 플레밍밖에 없는데 그렇게 많은 사람들을 다 대접하려면 할 일이 많겠지."

피터는 불에 그을린 종잇조각을 주웠다.

"자네 암시가 틀렸다고 못하겠군."

피터 경은 슬프게 대답했다.

"이 〈모닝 포스트〉 조각을 보니 그 추측이 사실이야. 그러면 캐스카트는 여기 갈색 의자에 잠자코 앉아 있었다고 해야 하는 건가. 그러면 더 이상 알아낼 수 있는 게 없잖아."

피터는 일어나더니 화장대로 갔다.

"기북 등껍질 세트라, 마음에 드는데. 게다가 향수는 '베세 드 수아저녁의 입맞춤'로군. 아주 좋은 향수인걸. 나는 처음 보지만. 번터에게 알아보라고 해야겠어. 손톱 손질 도구도 아주 멋지군. 자네도 알다시피 나도 깔끔하고 단정하게 꾸미는 것을 좋아하지만, 캐스카트는 항상 지나치게 꾸민다는 인상을 주는 사람이었어. 불쌍한 자식! 이제는 골더스 그린에 묻히겠지. 나는 그 친구를 한두 번밖에 만나지 못했네. 알 건 잘 아는 친구라는 인상이던데. 메리가 그 친구와 약혼했다는 이야기를 듣고 놀라기는 했지만 실은 메리에 대해서도 별로 아는 게 없거든. 메리는 나보다 다섯 살 어리고, 전쟁이 발발했을 때 학교를 떠나 파리로 갔었지. 내가 거기 갔을 때는 메리는 다시 돌아와서 간호와 사회 복지 일을 했고. 그래서 그 애를 아주 가끔씩밖에 보지 못했어. 그때는 걔가 세상의 정의를 바로잡겠다는 계획에 불타서 나하고는 할 얘기가 별로 없었지. 그다음에는 약간 쓸모없는 평화주의자 녀석에게 빠졌던 것 같고. 그리고 자네도 알겠지만 내가 좀 아팠잖아. 게다가 바버라에게 차였으니 다른 사람들의 연애사에 상관할 기분이 아니었지. 그러다가 결국 아텐베리 다이아몬드 사건에까지 얽혔으니. 그러다 보니 결과적으로는 내 누이동생인데도 이상할 정도로 잘 모른다는 말이지. 하지만 걔 남자 취향은 바뀐 것 같던데. 캐스카트는 매력이 있다고 어머니가 그러시더군. 남자들은 다른 남자를 잘 볼 줄 모르지만, 어머니들 말씀은 언제나 정답이니까. 이 친구 서류들은 어떻게 되었나?"

"여기엔 별로 남겨놓은 게 없더군." 파커가 대답했다. "콕스 은행 차링 크로스 지점의 수표첩이 하나 있는데 발행된 지 얼마 안 된 데다가 별로 도움이 안 돼. 영국에 있을 때 편리하게 쓰려고 소액 현금 계좌를 하나 만들어놓은 정도지. 수표는 주로 자기 앞으로 발행하거나 가끔 호텔이나 양복점에 지불했더군."

"통장은?"

"중요한 서류들은 다 파리에 있는 것 같아. 강변 어디에 아파트가 있다던데. 지금 파리 경찰과 연락 중이라네. 올버니에도 방을 빌렸다더군. 내가 거기 갈 때까지 봉쇄해달라고 전해 놨네. 내일쯤 런던에 올라가 볼 생각이었어."

"그래, 그러는 게 좋겠지. 지갑은 없던가?"

"아, 여기 있네. 지폐를 다 합하면 30파운드 정도 되는 현금이 있었고 와인 상점 카드, 그리고 승마 바지 한 벌의 계산서가 있더군."

"편지는 없었어?"

"한 줄도 없던데."

"그렇군. 편지를 보관해놓는 부류는 아니었나 봐. 자기 보존 본능이 지나칠 정도로 강한데."

"그래. 실은 나도 고용인들에게 편지에 대해서 물어봤지. 그 사람들 말로는 편지를 상당히 많이 받기는 했다던데, 남겨두는 법이 없었다는 거야. 게다가 캐스카트가 쓴 편지에 대해서는 잘 모르더라고. 밖으로 보내는 편지는 우편가방에 넣어두면, 우편가방은 그대로 우체국으로 가지고 가서나 개봉이 되지. 아니면 그랬는지 아닌지는 모르지만 우체부를 직접 불러서 건넸다고 하니까. 하지만 일반적인 인상으로는 편지를 자주 쓰진 않은 듯해. 하녀 말로는 쓰레기통에서 구겨 넣은 편지지조차도 보지 못했다더군."

"거참 엄청나게 도움이 되는 이야기로군. 잠깐만. 여기 만년필이 있어. 아주 근사한 제품이야. 전체 케이스도 금으로 된 오노토 제품이라. 이런! 안은 텅 비었군. 이걸 가지고서 어떤 추리를 할 수 있을지 모르겠어. 게다가 연필도 없고. 그 친구가 편지를 쓰고 있었다는 자네의 추정은 틀렸다고 하고 싶군."

"난 그런 추정 한 적 없는데." 파커는 부드럽게 대꾸했다. "자네 말을 인정하겠네."

피터 경은 화장대에서 일어나 옷장을 살펴보고 침대 옆 외다리 탁자에 놓인 책 두세 권도 들추어보았다.

"《페도크 여왕의 불고기집》과 《자수정 반지》 불어판,[§] 《남풍》,[§§] (우리 젊은 친구는 자기 수준에 어울리는 책을 읽는군.) 《쿠트라 가의 막내아들 연대기》,[§§§] (쯧쯧, 찰스!) 《마농 레스코》.[§§§§] 흠! 이것 말고 이 방에서 더 살펴봐야 할 게 있을까?"

"없을 것 같은데. 이제 어디로 가려나?"

"그 친구의 행적을 따라가 봐야지. 잠깐만. 다른 방에는 누가 있나? 아, 그래. 여기가 제럴드 형 방이지. 헬렌 형수님은 지금 교회에 갔고. 그럼 들어가 볼까. 물론 이 방도 털고 쓸고 닦아서 제대로 살펴볼 수가 없는 지경이겠지?"

"그럴 것 같네. 공작 부인이 본인 침실에 들어가지 못하도록 할 수가 없어서."

"그랬겠지. 여기가 제럴드 형이 몸을 내밀고 소리를 질렀다던 창문이군. 흠. 여기 난로 창살 너머에도 아무것도 없네. 당연하겠지. 그 이후에도 계속 난로를 피웠을 테니. 제럴드 형이 프리본에게 받았다는 편지를 어디다 두었을까?"

[§] 둘 다 아나톨 프랑스가 1890년대에 출간한 소설들이다.
[§§] 노먼 더글러스가 1917년에 출간한 소설로 티레니아 해에 있는 가상의 섬을 배경으로 성적, 도덕적 논란이 되는 내용을 다루고 있다.
[§§§] 프랑스 작가 아벨 에르망의 연작소설 중 한 권. 1910년대에 출간되었다.
[§§§§] 1731년에 출간된 아베 프레보의 소설. 기사 데그리외와 허영심 많은 여자 마농 레스코의 비극적 사랑을 그린 이야기다.

"자네 형님은 누구에게도 아무 말도 않고 있다네." 파커가 대답했다. "머블스 씨가 아주 고역을 겪은 모양이야. 공작은 그저 없애버렸다고만 하고 있으니. 머블스 씨는 그건 이상하다고 하고. 정말 그렇지. 여동생의 약혼자에게 그런 심각한 비난을 할 작정이라면 자신이 화를 내는 이유를 설명해줄 수 있는 증거가 필요하지 않겠나? 아니면 자네 형님은 '가장으로서 결혼을 허락할 수 없네. 이걸로 끝이야.'라고 말해버리는 그런 사고방식을 가지셨나?"

"제럴드 형은 착하고 깔끔하고 점잖으며, 순수 혈통의 퍼블릭 스쿨 출신 모범생이지만 아주 멍청이기도 해. 하지만 형이 그 정도로 구태의연한 사람이라고 생각하진 않네."

"그렇지만 편지를 가지고 있다면, 왜 내놓지를 않나?"

"글쎄, 정말 왜일까? 옛날 대학 친구가 이집트에서 보낸 편지에 보통 그렇게 부끄러울 만한 내용이 있을 리는 없잖아."

"자넨 그런 생각은 안 하나 보군." 파커는 짐짓 말을 던졌다. "혹여 이 프리본이라는 분이 그, 형님이 공작 부인에게 털어놓고 싶지 않은 과거사를 편지에 쓰지는 않았을까?"

피터 경은 잠깐 말을 멈추고 죽 늘어놓은 장화들을 멍하니 살폈다.

"그럴 수도 있겠지. 가볍기는 했어도 그런 사건들이 있기는 했으니까. 헬렌 형수님이 그 사실들을 알게 된다면 두고두고 써먹겠지." 그는 신중하게 휘파람을 불었다. "그래도 목이 걸려 있는데······."

"웜지, 정말로 자네 형님이 교수형 당할지도 모른다는 생각을 하고 계실 것 같나?"

"머블스 씨가 아주 직설적으로 말해준 것 같은데."

"그랬지. 하지만 정말로 정황적 증거들만을 바탕으로 귀족 신분인 형님을 살인죄로 교수형에 처할 수도 있다는 것을 형님이 상상이나 하고 계시겠냐는 말이지."

피터 경은 이 말을 곰곰이 생각해보았다.

"빈말로라도 형이 상상력이 풍부하다고는 할 수 없지." 그는 인정했다. "하지만 귀족들도 교수형에 처해지고도 남을 것 같은데. 귀족들은 타워 힐에서 참수형을 하진 않잖아?"

"찾아보지. 하지만 페러스 백작은 1760년에 교수형 당하긴 했어."

"하지만 하기는 했다는 거야? 아, 그래. 어쨌거나 옛날 이교도들이 복음서를 말할 때 이야기니 아주 오래전 일이겠지. 사실이 아니기를 바라야지."

"사실이고말고." 파커가 대꾸했다. "교수형 후에는 사지를 절단해서 해부도 했어. 하지만 그런 조치는 이제는 없어졌지."

"제럴드 형에게 그 얘기를 해야겠는걸. 그러면 사태의 심각성을 깨닫게 될지도 몰라. 형이 수요일 밤에 신은 장화가 어느 건가?"

"이것. 그렇지만 바보들이 다 닦아버렸네."

"그렇군." 피터 경은 씁쓸히 말했다. "음! 끈을 무릎까지 묶는 묵직한 장화로군. 이런 걸 신었다간 피가 머리끝까지 솟구치겠는데."

"형님은 거기에 각반까지 두르셨더라고. 자, 이거."

"정원에 잠깐 산책 나가는 것치고는 준비가 아주 꼼꼼하군. 하지만 자네가 지금 막 하려는 말대로 그날 밤은 비가 왔으니까. 형수님에게 제럴드 형이 불면증이 있었는지 물어봐야겠어."

"내가 벌써 물어봤네. 부인 말로는 보통은 잠 못 들고 그러는 일은 없었다던데. 하지만 가끔씩 치통 때문에 불편해했던 적은 있었다네."

"이가 아프다고 그 추운 밤에 산책 나가는 사람이 어디 있겠어. 자, 아래층으로 내려가자고."

두 사람은 마치뱅크스 대령이 연속적으로 득점을 올리고 있는 당구실을 지나 작은 온실로 들어갔다.

피터 경은 국화꽃들과 구근이 담긴 상자들을 음울하게 둘러보았다.

"이 꽃들, 지나치게 싱싱하잖아. 내 말인즉, 정원사가 여기 매일 슬쩍 들어와서 꽃에 물을 주도록 가만 놔뒀다는 뜻이야?"

"그래." 파커는 사과했다. "내가 허락했어. 그렇지만 여기 깔개 위로만 걸어다니라고 엄격하게 말해두었지."

"잘했네. 그럼 이걸 걷어. 일을 시작해볼까."

피터 경은 눈에 돋보기를 대고 바닥 위를 조심스럽게 기었다.

"다들 이쪽으로 들어온 것 같군."

"그렇네." 파커가 대답했다. "발자국 대부분은 신원을 확인했어. 사람들이 들어왔다 나갔지. 이게 공작의 발자국. 바깥에서부터 들어왔지. 그러다가 여기 시체에 걸려 넘어졌어. (파커는 바깥 문을 열고 깔개를 들어 밟혀 짓뭉개지고 피로 얼룩진 자갈들을 보여주었다.) 공작은 시체 옆에 무릎을 꿇었지. 여기 무릎하고 발가락 자국이 있어. 그다음에는 온실을 지나 집으로 들어갔고. 문 안쪽 검은 진흙과 자갈 위에 흔적이 선명하게 찍혀 있지."

피터 경은 발자국 위에 조심스레 쪼그려 앉았다.

"여기 자갈이 부드러운 게 다행이네."

"그래, 여기 일부분뿐이야. 정원사 말로는 여기 수조에서 양동이 물을 담느라고 하도 왔다 갔다 해서 이 부분이 뭉개지고 엉망이 된 거라더군. 우물에서 수조에 물을 길은 다음 양동이로 나른다고 해. 올해는 특히 상태가 심해서 몇 주 전에 새 자갈을 깔았다는군."

"하는 김에 저기 길까지도 다 깔 일이지."

피터 경은 툴툴거리면서 야트막한 흙더미 위에서 비틀비틀 균형을 잡았다.

"뭐, 여기까지는 제럴드 형의 말을 뒷받침해주는군. 여기 화단 가장자리 위는 코끼리가 지나갔나 봐. 이건 누군가?"

"아, 그건 순경이야. 몸무게가 115킬로그램은 되겠던걸. 그 친구는 신경 쓸 필요 없어. 그리고 여기 덧댄 자국이 있는 고무 밑창은 크레이크스. 여기저기 많이도 돌아다녔지. 짓눌린 듯 보이는 자국은 침실 슬리퍼를 신고 나온 아버스노트이고 덧신을 신은 자국은 페티그루-로빈슨 씨가 남긴 거야. 여기까지는 모두 무시할 수 있겠지. 그리고 여기, 문지방 위에는 무거운 신발을 신은 여자 발자국이야. 이건 메리 양의 것이겠지. 자, 여기 우물 가장자리에도 하나 더 있어. 시체를 살펴보러 왔을 때 생겼나 봐."

"정말 그렇군." 피터가 대답했다. "그런 다음 다시 왔어. 신발에 붉은 자갈 조각이 끼었겠지. 자, 그건 괜찮고, 어허!"

온실 바깥에는 작은 식물들이 놓인 선반이 몇 개 있었고, 그 아래에는 축축히 젖고 황량해 보이는 흙 화단 위에 뾰족뾰족한 선인장과 드문드문 자란 공작고사리가 옆으로 죽 아무렇게나 심겨 있었다. 그 앞에는 커다란 국화 화분을 주르르 놓아 화단을 가렸다.

"뭘 찾아냈나?"

파커는 친구가 쑥 들어간 화단 안을 들여다보는 모습을 보고 물었다.

피터 경은 두 화분 사이에 긴 코를 들이밀었다가 뺐다.

"누가 여기 뭘 내려놓았나?"

파커는 서둘러 그 자리로 갔다. 선인장들 사이에 분명히 모서리가 있는 직사각형 모양 물체의 자국이 나 있었다. 화분 뒤흙 위에 나 있어 시야에서 가려진 자리였다.

"제럴드 형의 정원사가 겨울에도 선인장을 가만 놔두지 못하는 양심적인 사람이 아니라서 얼마나 다행인지 몰라. 그 친구가 열심이었다면 이렇게 축축 늘어지는 선인장을 죄다 살려놓았겠지. 오! 진홍색 고슴도치 같은 험악한 식물이라니. 자네 한번 재보게."

파커는 자국을 측정했다.

"가로 76센티미터, 세로 15센티미터야. 그리고 상당히 무겁군. 흙이 푹 꺼지고 주변의 선인장들이 뭉개졌어. 무슨 막대기 같은 것이었을까?"

"내 생각엔 아닌 것 같아. 저 바깥쪽 자국이 더 깊어. 가장자리 부분이 부피가 있고 불룩한 물건으로, 풀 위에 기대놓은 것 같아. 내 개인적인 의견을 묻는 것이라면 여행가방이라고 하겠네."

"여행가방!" 파커가 외쳤다. "어째서 여행가방인가?"

"그러게, 정말 왜 여행가방일까? 가방은 여기 오래 놓여 있었던 것 같지는 않아. 낮에는 눈에 확 띄었을 테니까. 누군가가 가방을 갖고 있다가—대강 새벽 3시경이라고 해두자고—들키고 싶지 않아서 여기 잘 쑤셔 넣어둔 것 같은데."

"그럼 언제 가져갔단 말인가?"

"즉시 가져갔겠지. 적어도 해가 뜨기 전에는 가져가지 않았을까. 그렇지 않았다면 크레이크스 경위가 못 봤을 리가 없으니까."

"의사의 진료가방은 아닐까?"

"아니야. 의사가 바보가 아니라면. 온갖 지식과 수단을 다 동원해서 시체 옆에 가방을 손쉽게 펼쳐놓고 기구를 꺼내야 할 판에 뭐하러 불편하게 가방을 저렇게 한참 떨어진 자리, 그것도 축축하고 더러운 곳에 놓아두겠나? 그럴 리가 없지. 크레이크스나 정원사가 사건 이후에 물건을 늘어놓은 게 아니라면, 수요일 밤에 제럴드나 캐스카트, 어쩌면 메리가 뭔가를 거기 처박아두었다는 얘기겠지. 다른 사람들이 뭔가를 숨겨두었다고 보기는 힘드니까."

"그렇지." 파커가 응수했다. "한 사람만 빼고."

"그 사람이 누군데?"

"미지의 인물."

"그 사람이 누구냐니까?"

대답 대신 파커는 나무들을 죽 늘어놓은 곳으로 의기양양하게 걸어갔다. 그 위에는 조심스럽게 덮개가 덮여 있었다. 파커가 기념상을 덮어놓은 천을 벗기는 주교 같은 분위기로 덮개를 벗기자, V자 모양의 발자국이 드러났다.

"이건 누구의 발자국도 아니야. 이제까지 본 적도 들어본 적도 없는 사람의 발자국이란 뜻이지."

"만세!"

피터가 외쳤다.

가파른 언덕 가장자리를 내려가며
작은 발자국을 따라갔다네.[주]

(이 발자국은 약간 크기는 하지만 말이야.)
"그 정도로 운이 좋진 않아." 파커가 한마디 했다.
"이건 오히려 이쪽에 가깝지."

흙 둔덕에서부터 따라갔다네.
한 발짝, 한 발짝.
널빤지 한복판에 이르렀을 때
발자국은 온데간데없이 사라져버렸지!

"훌륭한 시인이야, 워즈워드는." 피터 경은 음미했다. "종종 그런 느낌이 들었지. 자, 이제 살펴보자고. 남자 발자국이고, 사이즈는 10호 정도. 굽이 닳았고 왼쪽 안쪽을 덧댔군. 땅이 단단한 오솔길에서부터 이어지는데 거기는 발자국이 없고. 그리고 시체로 향했어. 여기, 피웅덩이가 보이지. 약간 이상하지 않아? 자네는 그렇게 생각 안 해? 아니라고? 뭐 아닐 수도 있겠지. 시체 아래에는 발자국이 없었나? 엉망이 되어서 모른다고. 그래, 이 미지의 인물은 멀리까지 갔군. 여기 깊이 찍힌 발

[주] 윌리엄 워즈워드의 〈루시 그레이의 연가〉 중 한 구절.

자국이 있어. 캐스카트를 우물에 던져 넣으려고 했던 걸까? 그때 소리가 들리지. 그래서 화들짝 놀라 몸을 돌리고 발뒤꿈치를 들고서 덤불 속으로 들어갔군, 맙소사!"

"그래. 발자국은 숲 속의 풀길 위로 나와서 거기서 끝나버려."

"흠! 그럼 그 발자국은 나중에 따라가 보자고. 그래, 어디에서부터 시작되었다고?"

두 친구는 함께 집에서부터 뻗어 있는 오솔길을 따라 나섰다. 온실 앞의 좁은 땅을 제외하고는 자갈이 오래되고 단단해서 흔적을 거의 남기지 않았고, 특히 지난 며칠은 비가 와서 다 씻겨 내려갔다. 하지만 파커는 웜지에게 몸을 질질 끌고 온 흔적과 핏자국들이 어디 있었는지 보여줄 수 있었다.

"어떤 종류의 핏자국이던가? 문지른 얼룩이었나?"

"그래, 주로 문지른 얼룩이었다네. 조약돌들도 여기저기 흐트러지고. 자, 여기에 이상한 게 있네."

풀숲 가장자리 땅에 선명히 찍힌 손자국이었다. 손가락들은 집 쪽을 가리키고 있었다. 자갈길 위에는 두 줄의 긴 고랑이 파였다. 길과 화단 사이를 가르는 풀 위로 피가 떨어져 있고, 풀의 가장자리는 찢기고 짓밟혔다.

"마음에 안 드는군."

피터 경이 말했다.

"흉하지?"

파커도 동의했다.

"불쌍한 녀석! 여기서 버텨보려고 노력을 했군. 그럼 온실 옆에 떨어진 핏자국도 설명이 돼. 하지만 어떤 미친 자식이 아직 완전히 숨이 끊어지지도 않은 시체를 끌고 가려고 했단 말이야?"

피터가 말했다.

몇 미터 앞에서 오솔길은 주도로로 이어졌다. 이 오솔길의 경계에는 나무들이 늘어서 있고, 점점 길이 퍼지면서 잡목 숲 안쪽으로 들어갔다. 오솔길 두 개가 교차하는 지점에는 불분명한 자국이 있었고, 다시 20미터 정도 지나자 길은 다시 덤불 안으로 휘어졌다. 커다란 나무 한 그루가 이전에 쓰러졌는지 그 자리에 작은 공터가 생겼고, 그 한가운데에 방수천을 조심스럽게 펼쳐 못을 박아놓았다. 대기에는 버섯과 낙엽의 냄새가 짙게 배어 있었다.

"비극의 현장."

파커는 짤막히 말하며 방수천을 벗겼다.

피터 경은 슬프게 내려다보았다. 외투에 푹 파묻혀 회색 목도리를 둘둘 감은 피터 경은 길고 좁은 얼굴까지 더해 우울한 황새 같은 인상을 풍겼다. 쓰러진 남자가 몸을 뒤틀면서 낙엽이 이리저리 쓸리고 축축한 땅에 움푹 들어간 자국을 남겼다. 어떤 자리에는 많은 양의 피가 고이면서 스며들어 땅이 더 짙은 색으로 변했고, 스페인 포플러 나무에서 떨어진 노란 잎들은 가을의 흔적을 잃은 채 검붉은 녹빛으로 물들어버렸다.

"여기서 손수건과 리볼버를 발견했어." 파커가 말했다. "지문이 있나 살펴보았지만 비와 진흙 때문에 다 엉망진창이 되어 버렸지."

윔지는 돋보기를 꺼내더니 바짝 엎드려 배로 천천히 기며 그 자리를 구석구석 조사했다. 파커는 아무 말 없이 그의 뒤에서 따라갔다.

"캐스카트는 여기서 오르락내리락했군." 피터 경이 말했다. "담배는 피우지 않았고, 마음속으로 뭔가를 생각하거나 누군가를 기다리고 있었어. 이게 뭐지? 아하! 여기 10호 발자국이 다시 나왔군. 저쪽에 있는 나무 사이로 들어가 버렸어. 몸싸움 흔적은 없고. 그건 이상한데! 캐스카트는 가까이에서 총을 맞지 않았나?"

"그래. 셔츠 앞섶이 그을려 있었지."

"그렇지. 그렇게 가까이에서 총을 쏘는데도 왜 가만히 있었을까?"

"내 생각에 10호 발자국의 주인과 약속이 있었다면 그가 아는 사람이었겠지. 그러니까 가까이 다가서는데도 의심하지 않았던 거야."

"그렇다고 한다면 대화는 다정하게 진행되었겠군. 어찌 되었든 캐스카트 쪽에서 보면. 하지만 리볼버는 여전히 난제야. 10호는 어떻게 제럴드의 리볼버를 가져간 거지?"

"온실 문이 열려 있었잖아."

파커는 모호하게 대답했다.

"제럴드 형하고 플레밍 말고 다른 사람들은 그 사실을 모르잖아." 피터 경이 반박했다. "게다가 10호가 이리로 들어와 서재로 가서 리볼버를 찾아 들고 도로 나와 캐스카트를 쐈다는 말을 하려는 건가? 방법치고는 서툴잖아. 그자가 총을 쏘려고 했다면, 애당초 왜 총을 들고 오지 않은 거지?"

"캐스카트가 리볼버를 가지고 왔다고 보는 게 좀 더 그럴듯하겠지."

파커가 대답했다.

"그러면 어째서 몸싸움의 흔적이 없는 거야?"

"어쩌면 캐스카트 본인이 쏜 건지도 몰라."

"그러면 어째서 10호는 시체를 눈에 띄는 위치에 끌어다 놓고 도망가버린 걸까?"

"잠깐만." 파커가 말을 막았다. "이건 어때? 10호는 캐스카트와 약속이 있었어. 가령 협박할 목적이었다고 하자고. 캐스카트는 그자의 의도를 9시 45분에서 10시 15분 사이에 알아챘어. 그러면 캐스카트의 태도가 바뀐 것도 설명이 되고, 아버스노트 씨와 공작 둘 다 진실을 말했다고 봐도 되잖아. 캐스카트는 자네 형님과 다툼을 벌인 후에 격렬히 뛰쳐나왔어. 그는 약속을 지키기 위해 여기로 왔고, 오르락내리락하며 10호를 기다렸지. 10호는 와서 캐스카트와 담판을 벌여. 캐스카트는 그에게 돈을 주겠다고 하지. 10호는 더 달라고 버텨. 캐스카트는 그런 돈은 없다고 해. 10호는 그러면 비밀을 폭로하겠다고 협박하지. 그러자 캐스카트가 이렇게 반박하는 거야. '그러면 악마한테 가야할걸. 나도 지금 갈 테니까.' 그러면서 캐스카트는 이미 쥐고 있던 총으로 자기를 쏴. 10호는 후회하지. 그는 캐스카트가 아직 숨이 붙어 있다는 걸 알아. 그래서 반은 끌다시피, 반은 들다시피 해서 그를 집 쪽으로 데리고 가. 그는 캐스카트보다 체구가 작고 힘이 별로 없어서 시체를 옮기기가 힘들지. 두 사람이 막 온실 문 앞에 이르렀을 때 캐스카트가 마지막으로 출혈을 일으키며 숨이 끊어져 버려. 10호는 갑자기 자기가 새벽 3시에 다른 사람의 부지 안에 시체와 단둘이 있으니 설명을 해야 할 입장에 처했다는 것을 깨달아. 그는 캐스카트를 내려놓고 도망가지. 그때 덴버 공작이 등장해서 시체에 걸려 넘어진 거야. 그런 상황을 상상해보게."

"그거 좋군." 피터 경이 말했다. "참으로 좋은 추리야. 하지만 그러면 이 사건들이 다 언제 일어났다는 건가? 제럴드는 시체를 새벽 3시에 발견했어. 의사는 여기 4시 반에 왔고. 그런데 캐스카트가 죽은 지 한참 되었다고 진단했잖아. 아주 좋아. 자, 그러면 내 누이가 3시에 들었다던 총소리는 어떻게 된 건가?"

"이보게나, 자네 여동생에게 무례를 범하고 싶진 않네. 이렇게 말해도 될까? 새벽 3시에 들은 총소리는 밀렵꾼이었다고 한다면."

"밀렵꾼이려니 해야지." 피터 경이 말했다. "자, 파커. 난 정말 자네 얘기가 잘 맞아떨어진다고 생각하네. 일단은 그 설명을 받아들이자고. 이제 해야 할 일은 10호를 찾는 거야. 캐스카트가 자살했다는 증인이 되어줄 수 있을 테니. 형의 입장에서 보면 그것만으로도 판결은 결정되겠지. 하지만 내 자신의 호기심 차원에서 볼 때는 궁금하기 짝이 없네. 10호는 무엇으로 캐스카트를 협박했을까? 온실에 여행가방을 놓아둔 사람은 누굴까? 제럴드 형은 새벽 3시에 정원에서 무엇을 했을까?"

"글쎄. 일단 10호가 어느 쪽에서 왔는지 흔적을 되짚어보는 일부터 시작할까."

"어이, 어이!"

두 사람이 시체를 끌고 간 자국을 찾아 되돌아갔을 때 윔지가 외쳤다.

"여기 뭔가 있네. 이거야말로 보물찾기야, 파커!"

진흙과 낙엽이 쌓인 한가운데서 윔지는 반짝거리는 작은 물건을 끄집어냈다. 그의 손가락 끝에서 흰색과 녹색이 번득였다.

그 물건은 여자들이 팔찌에 달고 다니는 부적용 장신구로, 반짝이는 에메랄드 눈이 박힌 자그마한 다이아몬드 고양이였다.

8장
진흙과 핏자국

다른 점들은 다 나름대로 아주 훌륭해요. 하지만 혈통이 없어요. ……우리는 말하죠. "자, 저거야. 저게 바로 혈통이지!" 그게 사실이에요. 딱 가리킬 수 있죠. 의심의 여지가 없어요. ……우리는 정말 혈통이 있어야 해요.
―《데이비드 코퍼필드》[§]

"지금까지 말이야."

피터 경은 10호 발자국의 주인공이 남긴 흔적을 따라 작은 숲 속을 힘겹게 나아가며 입을 열었다.

"나는 항상 이렇게 개인 장신구들을 질질 흘리고 다니는 고마운 범인들은―여기 버섯이 짓눌린 자국이 있군―추리소설 작가들이 자기 편하자고 만들어낸 산물인 줄 알았지. 이 일을 제대로 하려면 앞으로도 배워야 할 게 많겠네."

"뭐, 자네가 탐정일을 시작한 지도 얼마 안 됐잖아."

[§] 찰스 디킨스의 《데이비드 코퍼필드》 25장에 등장하는 워터브룩 씨와 햄릿의 아주머니와의 대화.

파커가 응수했다.

"게다가 저 다이아몬드 고양이가 범인 것인지도 확실하지 않잖아. 자네 식구들 물건일 수도 있고, 며칠 전에 떨어진 것일 수도 있어. 미국에 갔다는 그 뭐라고 하는 집주인 물건이거나 이전에 세 들었던 사람 것일 수도 있으니, 여기 몇 년 동안이나 떨어져 있었던 건지도 모르지. 여기 꺾인 나뭇가지는 우리 친구가 남긴 흔적인가 보네."

"식구들에게 물어보지. 마을 사람 중에 잃어버린 고양이를 찾는 사람이 있었는지도 알아보고. 이건 진짜 다이아몬드야. 잃어버렸으면 찾는다고 난리를 피우고도 남을 물건이지. 난 범인의 흔적을 놓쳤는데."

"괜찮아. 내가 찾았으니까. 여기 나무뿌리에 걸려 넘어졌나 봐."

"그것 고소한데."

피터 경은 등을 펴며 사악하게 말했다.

"인간의 골격 구조는 이렇게 수색 작업을 오래 하는 탐정 노릇에 적합하도록 되어 있지 않은 것 같아. 사람이 네 발로 걷거나 무릎에 눈이 박혔다면 훨씬 더 실용적일 텐데."

"인류 창조를 목적론적으로 파악하기는 어렵지." 파커는 온화한 어투로 말했다. "아! 여기가 정원 울타리로군."

"그럼 여기서 그자가 넘어갔군."

피터 경은 꼭대기 위에 철책이 부서진 자리를 가리켰다.

"여기 구두 뒷굽이 닿으면서 움푹 팬 자리가 있고, 앞으로 손과 무릎을 짚었군. 흠! 나 좀 받쳐주게. 고마워. 오래전에 부서진 곳인걸. 미국에 있다는 몬태규 씨는 울타리 관리를 좀 더 잘해야겠어. 10호는 또 여기 철조망에 코트가 걸려 찢어졌어. 버버리 코트 조각을 남겨놓고 갔군. 운이 좋은데! 반대편에는 깊고 축축한 도랑이 있어. 이제 그쪽으로 뛰어내려 보겠네."

주르르 미끄러지면서 쿵 하는 소리가 들리는 것을 보니, 피터 경은 자신의 의도를 실현한 모양이었다. 냉정하게 버려진 파커는 주위를 둘러보고 1백 미터 앞에 있는 문을 향해 뛰어가다가, 우연히 별장에서 나오던 사냥터지기 하드로의 도움을 받아 단정하게 문으로 나갈 수 있었다.

"그건 그렇고, 결국 수요일 밤에 밀렵꾼이 있었다는 흔적은 찾았습니까?"

파커가 하드로에게 물었다.

"아니요. 죽은 토깽이 한 마리 없던구먼요. 아가씨가 잘못 들었거나, 내가 들었던 캐스카트 대위님이 총 맞는 소리든가 했겠지요."

"그럴 수도 있겠군요. 저기 울타리에 철조망이 부서진 지 얼마나 됐는지 압니까?"

"한두 달 되었는데요. 빨리 고쳐야 하는데 수리하는 사람이 아파서."

"여기 문은 밤에는 잠가놓겠지요?"

"그러믄요."

"누구든지 들어오려면 하드로 씨를 깨워야겠죠?"

"그럼요, 그리 해야죠."

"지난 수요일 이 울타리 근처에서 어슬렁대는 수상한 사람 보지 못했습니까?"

"없었는뎁쇼. 하지만 제 마누라는 봤을지도 모릅니다요. 어이, 여보!"

남편이 부르자 하드로 부인이 문간으로 나왔다. 어린 남자아이가 부인의 치맛자락을 붙들고 있었다.

"수요일요?"

부인은 반문했다.

"아니요, 어슬렁대는 사람은 못 봤는데요. 난 항상 뜨내기들이 여기 오지 않나 감시하고 있어요. 여기는 무척 외딴 곳이기는 하지만요. 아, 참, 그게 어떤 청년이 모터사이클을 타고 들렀던 날이었나?"

"모터사이클을 탄 청년?"

"그랬던 것 같네요. 타이어가 펑크 났다고 했고 물 한 통만 달라고 하던데."

"그게 답니까?"

"여기가 어디인지, 누구 집인지도 물었어요."

"덴버 공작이 여기 산다고 말했습니까?"

"아, 네. 그랬더니 그 사람도 남자분들이 여기 사냥하러 많이 오는 것 같다고 하던데요."

"본인은 어디서 왔다고 했습니까?"

"위어데일에서 와서 쿰버랜드로 여행 중이라고 했어요."

"여기는 얼마나 머무르다 갔습니까?"

"반 시간 정도요. 그러고는 시동을 걸더니 킹스 펜턴 쪽으로 펄쩍펄쩍 뛰면서 가버렸어요."

부인은 피터 경이 길 한가운데에서 손을 마구 흔들고 있는 오른쪽을 가리켰다.

"어떤 사람이었습니까?"

보통 사람들처럼 하드로 부인도 묘사에는 약했다. 부인은 잠깐 생각하더니 젊고 키가 큰 편 같기는 하지만 검은 머리도 금발도 아니었고 모터사이클을 타는 사람들이 흔히 입는 긴 외투에 허리띠를 둘렀다고 말했다.

"귀족 계급이었습니까?"

하드로 부인이 망설이자, 파커는 마음속으로 이 낯선 젊은이가 그다지 신사처럼 보이지는 않았으리라고 매김했다.

"혹여 번호판을 보지는 못하셨겠죠?"

부인은 보지 못했다고 했다.

"하지만 사이드카가 달려 있었어요."

부인은 덧붙였다.

피터 경이 더욱더 격렬히 손을 흔들자, 파커는 서둘러 그에게 가서 합류하기로 했다.

"빨리 올 일이지, 수다쟁이 같으니."
피터 경이 말도 안 되게 쏘아붙였다.
"여기 도랑이 참 대단한데."

이러한 도랑에서부터 미풍이 일어
나무들을 입 맞추듯 스쳐도
미미한 소리 하나 나지 않았고
이러한 도랑에서부터
우리 친구는 트로이의 성벽을 올라
기름진 진흙 속에 신발 밑창을 닦았겠지.

"내 바지 꼴 좀 보게!"
"이쪽에서 오르자면 약간 가파른데." 파커가 말했다.
"그렇지. 여기 도랑 안에 서서 울타리가 부서진 자리에 한 발을 올려놓고, 한 손으로 꼭대기를 잡고 올라간 거야. 10호는 키가 아주 크고 힘도 세며 민첩한 사람이로군. 나는 손이 꼭대기에 닿기는커녕 발을 올리기도 힘든걸. 내 키가 175센티미터인데도. 자네는 닿나?"

파커는 182센티미터였으나 한 손을 뻗으니 벽 꼭대기에 간신히 닿았다.

"상태가 좋으면 될 것 같은데. 꼭 갖고 싶은 물건이 놓여 있거나 술 한잔 들이켜면."

"그렇겠네." 피터 경이 대답했다. "그러면 10호는 키가 어마어마하게 크고 힘도 세다고 추론해도 되겠지."

"그가 키가 어마어마하게 작고 약한 사람이라는 추리를 한다면 부적당하겠지."

"오! 그래, 자네 말이 맞네. 그건 좀 부적당해."

"그럼 확실히 해두자고. 등이나 다리로 받쳐줄 공모자는 없었겠지?"

"그 공모자가 발이 없거나 몸을 지탱할 만한 다른 수단이 있는 사람이 아닌 다음에야 없다고 할 수 있겠지."

피터 경은 오롯이 찍혀 있는 발자국 두 개를 가리켰다.

"그나저나 이 친구는 캄캄한 어둠 속에서 어떻게 못이 빠진 자리를 금방 알고 찾았을까? 마치 이 동네 사람이거나 이전에 답사를 와본 것 같은데."

"그 질문에 대한 답과 관련하여 하드로 부인에게 지금 막 전해 들은 재미있는 '가십거리'에 대해 얘기해주겠네."

"흠!"

윔지는 이야기를 들은 끝에 헛기침했다.

"흥미로운걸. 리들스데일과 킹스 펜턴에서 탐문을 해보는 게 좋겠어. 그럭저럭 10호가 어디에서 왔는지를 알게 되었군. 그럼 캐스카트의 시체를 우물 옆에 놔둔 후에는 어디로 간 거지?"

"발자국은 수렵 금지 구역 쪽으로 이어졌어." 파커가 대답했다. "거기서 놓쳐버렸네. 낙엽과 고사리들이 바닥에 깔려 있어서."

"뭐, 고되고 힘든 수색 작업을 다시 할 필요는 없잖나." 그의 친구가 반대했다. "이 남자는 들어오긴 했고 지금은 여기 없으니, 나간 거지. 그리로 나갔다면 하드로가 봤을 걸세. 하지만 온 길로 가지도 않았어. 그랬으면 자취가 남았겠지. 그러므로 다른 길로 간 거야. 자, 벽을 돌아서 걸어가 볼까."

"그러면 왼쪽으로 돌아야지. 그게 수렵 금지 구역 방면이니까. 아마도 숲을 가로질러 갔을 거야."

"맞아. 거참. 교회가 아니니까 태양의 운행과 반대 방향으로 돌아도 괜찮겠지. 교회 얘기가 나왔으니 말인데, 형수님이 돌아오고 있어. 자, 움직이자고."

두 사람은 차로를 가로질러 오두막을 지났다. 길에서 벗어나 울타리를 따라가다 보니 너른 공터가 나왔다. 이윽고 두 사람은 찾던 것을 발견했다. 울타리 위에 박힌 철 담장못에 무슨 조각이 외로이 대롱대롱 걸려 있었다. 거의 시적인 흥분 상태에 빠진 윔지는 파커의 도움을 받아 위로 올라갔다.

"이거다!" 윔지는 소리를 질렀다. "버버리 코트 허리띠야! 여기선 조심하지 않았군. 목숨 걸고 도망친 사람의 발자국이야. 그러다가 버버리가 걸려 찢어진 거지. 울타리를 넘으려고 펄쩍펄쩍 뛰었나 본데. 하나, 둘, 셋. 세 번 만에 담장못을 잡았군. 그러면서 위로 기어올랐지. 울타리에 긁힌 자국이 있어. 그런 후에 꼭대기에 닿았고. 아, 여기 틈 사이에 핏자국이 있네. 손이 찢어졌군. 그리고 뛰어내렸어. 코트를 억지로 끌어내리고 허리띠가 매달려 있는데도 그냥 놔두고 갔네."

"자네도 좀 뛰어내리지그래." 파커가 투덜거렸다. "내 쇄골이 부러지겠어."

피터 경은 순순히 내려와 손가락으로 허리띠를 쥐고 섰다. 가느다란 회색 눈은 불안하게 들판 위를 떠돌았다. 갑자기 그는 파커의 팔을 잡더니 씩씩하게 저 멀리 있는 벽을 향해 걸어갔다. 시골식으로 모르타르를 바르지 않은 야트막한 돌담이었다. 여기서 그는 테리어 개처럼 코를 앞으로 내밀고 혀를 어색하게 잇새에 살짝 깨물고서 주변을 훑더니 갑자기 파커를 향해 몸을 돌리며 펄쩍 뛰어올랐다.

"〈마지막 음유시인의 노래〉[§] 읽어봤나?"

"학교에서 많이 들어는 봤지. 왜?"

"그 시에 고블린의 심부름꾼이 나오거든. 아주 쓸데없는 순간에 '찾았다! 찾았다!'라고 외치는 애지. 항상 그 인물이 성가신 골칫거리라고 생각했는데, 이제 그의 기분을 알겠군. 여기 보게."

벽 아래로 바짝 붙은 자리에, 대로에서 직각으로 이어져 있는 좁은 흙길 깊숙이 사이드카의 바퀴자국이 찍혀 있었다.

[§] 월터 스콧 경이 지은 서사시.

"아주 좋은 물건인데." 파커 씨가 칭찬하는 어투로 말했다. "앞바퀴에는 신형 던롭 타이어를 끼웠군. 뒷바퀴는 여전히 구형이지만. 사이드카 타이어는 각반으로 막았어. 이거 대단하군! 길에서 나온 바퀴자국이 다시 길로 돌아갔다 이거지. 그 친구는 호기심 많은 사람이 길을 지나가다 들고 도망가거나 번호판이라도 적어놓을까 봐 모터사이클을 여기다 숨겨놓았었군. 그다음에는 두 다리로 걸어 낮에 봐두었던 빈틈으로 가서 넘어갔어. 캐스카트 사건이 있은 후에는 겁이 나서 수렵 금지 구역으로 튀었다가 최단경로를 타고 이쪽으로 돌아왔어. 자, 그럼."

파커는 벽 위에 걸터앉아 공책을 꺼내더니 알아낸 자료를 바탕으로 남자의 인상착의를 적기 시작했다.

"상황이 제리 형에게 약간 유리하게 돌아가기 시작하는군."

피터 경은 벽에 기대어 부드럽지만 정확하게 음조를 짚어가며 바흐 곡의 한 소절을 휘파람으로 불기 시작했다. "시온의 아이들"이라는 〈시편〉 구절로 가사가 시작되는 모테트였다.

"일요일 오후라는 걸 발명해낸 멍청이가 누군지 모르겠어."

프레디 아버스노트 훈작사가 불평했다.

그는 심술궂게 덜그럭덜그럭 소리를 내며 서재 난로에 석탄을 더 던져 넣었고, 이 소리에 마치뱅크스 대령이 졸다가 깨어 한마디 했다.

"응? 아, 그래. 맞는 말이야."

그러고는 다시 잠들어버렸다.

"투덜대지 말게, 프레디."

피터 경은 아주 신경 거슬리게 하는 태도로 필기용 책상 서랍들을 죄다 열었다 닫고, 프렌치 창문의 빗장을 하릴없이 앞뒤로 튕겨보느라 여념이 없었다.

"제리 형이 지금 얼마나 심심해할지 생각해봐. 형한테 편지 한 줄 써줄까 싶네."

피터 경은 다시 책상으로 가서 종이 한 장을 집어 들었다.

"사람들이 이 방에 편지 쓰러 자주 오나? 혹시 자네 알아?"

"전혀 모르겠는데." 아버스노트가 대답했다. "나는 한 번도 쓴 적이 없어서. 전보 치면 되지 편지는 뭐하러 써? 사람들에게 답장 받고 싶어서? 덴버는 편지를 쓸 일이 있으면 여기서 썼겠지. 그리고 하루나 이틀 전쯤 대령님이 펜하고 씨름하는 것을 본 적도 있고. 그렇죠, 대령님? (대령은 자기 이름이 나오자 자다가 꼬리 밟힌 개처럼 툴툴댔다.) 그런데 왜? 잉크가 없나?"

"그냥 궁금해서."

피터는 평온하게 대답했다. 그는 압지판 맨 위에 놓인 종이를 종이칼로 잘라 들고 불빛에 비춰보았다.

"자네 말이 맞네. 자네 관찰력에 1백 점을 줘야겠는걸. 여기 제리 형의 서명이 있고, 대령님 서명도 보여. 크고 구불구불한 글씨는 여자 글씨 같고."

피터 경은 종이를 다시 들여다보더니 고개를 저으며 종이를 접어 지갑에 끼워 넣었다.

"단서라 할 만한 건 없어 보여. 하지만 모르는 일이니까. '질 좋은 뭐를 다섯 뭐' 이런 내용이 쓰여 있는데, 아마 뇌조 얘기인 것 같아. 'oe', 'fou', 그런 글자들도 보여. 뭐, 가지고 있다고 손해 볼 건 없겠지."

피터 경은 편지지를 다시 펼쳐놓고 글을 쓰기 시작했다.

제리 형에게
여기 내가 왔어. 가문의 탐정이 추적을 하고 있지.
진짜 흥미로워…….

대령은 코를 드르렁드르렁 골았다.

일요일 오후. 파커는 리들스데일을 돌아보며 녹색 눈의 고양이와 사이드카를 탄 젊은 남자에 대해 탐문하러 차를 타고 킹스 펜턴으로 나가고 없었다. 공작 부인은 누워 있었다. 페티그루-로빈슨 부인은 남편을 데리고 씩씩하게 산책을 나갔다. 2층 어디에선가는 남편과 생각이 안전히 일치한 마치뱅크스 부인이 낮잠을 즐기고 있었다.

피터 경은 종이 위에 사각사각 글을 써내려가다 멈추었고, 다시 써내려가다 멈추었다. 그는 긴 턱을 손으로 괴고 창밖을 내다보았다. 갑자기 가는 빗줄기가 스치더니 간간이 부드러운 낙엽이 떨어지고는 했다. 대령은 여전히 코를 골아댔다. 불이 타닥타닥 타올랐다. 프레디 훈작사는 콧노래를 부르기 시작했고 손가락으로 팔걸이를 톡톡 두드리면서 장단을 맞췄다. 시곗바늘이 나른하게 5시를 향하며 티타임을 가리키자 공작 부인이 들어왔다.

"메리는 어때요?"

피터 경이 갑자기 난로 불빛 안으로 들어오며 물었다.

"아가씨는 정말 걱정이에요." 공작 부인이 대답했다. "이상할 정도로 신경이 날카롭다니까요. 아가씨답지 않아요. 사람들을 근처에 얼씬도 못하게 해요. 소프 선생님께 다시 와달라고 했어요."

"자리에서 일어나 아래층으로 오면 기분이 좀 좋아지지 않을까요?"

윔지가 제안했다.

"혼자 골똘히 생각에 잠겨 있는 것보다야 나을 것 같은데. 프레디와 이런저런 지적인 대화를 하면 기운이 좀 나지 않으려나."

"도련님도 참, 아가씨 처지를 모르세요?" 공작 부인이 면박을 주었다. "아가씨는 캐스카트 대령과 약혼한 사이였잖아요. 사람들이 다 도련님처럼 무심하진 않다고요."

"더 부치실 편지 없으십니까?"

하인이 우편가방을 들고 나타났다.

"아, 지금 내려가는 건가? 자, 여기 있네. 또 하나 있긴 한데, 1분만 기다려줄 수 있을까? 영화에서 나오듯이 재빨리 쓸 수 있으면 좋으련만."

윔지는 서둘러 편지를 쓰면서 덧붙였다.

"'릴리언에게. 당신의 아버지가 윌리엄 스눅스 씨를 죽였으니 이 편지를 가지고 가는 사람에게 1천 파운드를 주지 않으면, 모든 것을 당신 남편에게 폭로해버릴 테요. 디글스브레이크 백작.' 보통 이런 식이지. 펜 한 번 획 휘갈기는데 내용이 다 쓰인단 말이야. 여기 있네, 플레밍."

편지는 선대先代 덴버 공작 부인인 어머니 앞으로 보내는 것이었다.

192○ 11월 ○일, 월요일 자 〈모닝 포스트〉에 이런 기사가 실렸다.

모터사이클 유기 사건

어제 한 소몰이꾼이 기이한 물건을 발견했다. 발견자는 리플리에서 남쪽으로 20여 킬로미터 정도 떨어진 곳에 있는 연못으로 가축들을 데려가 물을 먹이는 습관이 있다고 한다. 발견 당시, 그는 소 한 마리가 연못에 오지 못하고 없어진 것을 발견했다. 소를 구하러 가보니 연못에 버려진 모터사이클에 칭칭 얽혀 있었다. 소몰이꾼은 다른 일꾼 두 명의 도움을 받아 모터사이클을 끄집어냈다. 그것은 더글러스 사 제품으로 진회색 사이드카가 달려 있다. 번호판과 허가증 보관대는 교묘하게 제거되고 없다. 연못은 수심이 깊은 편이라 모터사이클의 외관이 잠겨 있었다고 하니 잘 알 수는 없는 일이지만 일요일과 월요일마다 물 먹는 소떼들이 오고 가기 때문에 빠뜨린 지 일주일은 되지 않은 것으로 보인다. 경찰은 현재 모터사이클의 소유주를 찾고 있다. 앞타이어는 던롭 신제품이고 사이드카의 타이어는 각반으로 터진 부분을 막아놓았다. 오토바이는 상당히 낡은 1914년 모델이다.

"어디서 많이 들어본 소리 같은데."

피터 경은 생각에 잠겨 말했다. 그는 리플리로 가는 다음 열차가 몇 시인지 시각표를 확인하고 차를 준비시키라고 했다.

"그리고 번터 좀 오라고 하게."

번터는 주인이 외투와 씨름하는 순간에 막 도착했다.

"지난 목요일 신문에 실린 번호판 관련 기사가 뭐였지, 번터?"

주인이 물었다.

번터는 마치 마술을 부리듯 석간 신문에서 오려낸 조각을 쓱 꺼냈다.

번호판 괴사건

오늘 아침 여섯 시, 노스 펠코트의 세인트 사이먼스에 거주하는 너새니얼 풀리스 목사는 번호판 없는 모터사이클을 타고 가다 경찰 검문에 걸렸다. 목사는 번호판이 없는 것을 깨닫지 못하고 있다가 그 점을 지적받고 화들짝 놀란 듯했다. 목사의 설명에 따르면 새벽 4시경 10킬로미터 거리에 사는 교구민 한 명이 임종 직전이라 임종예배를 부탁한다는 급한 연락을 받았다고 한다. 목사는 황급히 모터사이클을 타고 가서, 예배를 하는 동안 한길가에 별다른 의심 없이 세워두었다. 풀리스 씨가 그 집을 5시 30분에 떠날 때만 해도 이상한 점을 눈치채지 못했다. 풀리스 씨는 노스 펠코트와 그 근교에서는 저명인사로, 그가 무분별한 장난에 당한 피해자일 뿐이라는 점은 거의 확실시되고 있다. 노스 펠코트는 리플리 북쪽에서 4킬로미터 정도 떨어진 곳에 위치한 작은 마을이다.

"리플리로 가야겠어, 번터."
피터 경이 말했다.
"네, 주인님. 저도 가야 할까요?"
"아니야. 그런데…… 내 누이를 시중드는 하녀가 누군가?"
"엘렌이라는 하녀입니다."
"그러면 자네의 화술을 엘렌에게 좀 발휘해주었으면 좋겠네."
"잘 알겠습니다."
"그 하녀가 내 누이의 옷도 수선하고 치마도 솔질하고 그러겠지?"
"그런 듯합니다."

"하녀가 무슨 생각을 하든 중요하지 않네. 자네도 알겠지?"

"전 여성들에게 그런 눈치를 흘리지는 않습니다. 그랬다가는 여성분들이 수선을 피울 수가 있거든요."

"파커는 언제 런던으로 떠났나?"

"오늘 아침 6시입니다."

때마침 번터가 탐문하기에 유리한 상황이 벌어졌다. 번터는 뒷계단에서 옷가지를 한 아름 안고 내려오는 엘렌과 부딪치고 말았다. 가죽장갑 한 켤레가 세탁물 더미 위에서 떨어지자 번터는 장갑을 주워 들고 미안해하는 태도로 그녀를 따라 고용인 홀까지 들어왔다.

"보세요."

엘렌은 짐을 식탁 위에 던져놓았다.

"이게 다 제가 했어야 하는 일이었어요. 제가 볼 때는 저게 다 그저 짜증 부리는 거예요. 머리가 아프다는 핑계로 솔질해야 할 옷도 있는데 사람을 방에 못 들어오게 하고, 그러다 사람들이 나가자마자 침대에서 벌떡 일어나 여기저기 돌아다니질 않나. 그러면서 뭐가 두통이에요. 하지만 봐요! 저야말로 머리가 지끈지끈 아프다고요. 주기적으로 머리가 쪼개질 것처럼 아프죠. 집에 불이라도 나서 무너지면 모를까, 두 발로 제대로 서 있을 수도 없을 정도예요. 나야말로 계속 누워 있어야 하는 사람인데. 얼마나 머리가 아픈지, 이마에 주름이 자글자글 잡혔다니까요."

"주름 같은 건 하나도 안 보이는데요, 뭘."

번터가 위로했다.

"하지만 자세히 못 봐서 그런지도 모르겠네요."

그러고 나서 번터는 주름을 찾아보겠다는 듯 가까이에서 빤히 들여다보았다.

"주름이라니요? 주인님이 런던에 두고 온 커다란 현미경을 가지고 와도 보일까 말까인데 뭘 그래요."

"어머나, 번터 씨."

엘렌은 벽장에서 스펀지와 벤젠 한 병을 꺼냈다.

"댁네 주인님은 그런 물건을 뭐에 쓰신데요?"

"뭐, 우리 취미가 아시다시피 범죄 수사다 보니, 사물을 아주 크게 확대해서 봐야 하는 경우도 있거든요. 위조 사건에서 필적 조사를 할 때 글자를 바꾸거나 지웠는지, 아니면 다른 종류의 잉크를 썼는지 볼 수 있죠. 혹은 모근을 보고 머리카락이 뽑힌 건지 그냥 떨어졌는지 알아내기도 합니다. 때로는 핏자국을 보기도 해요. 동물 피인지 인간의 피인지, 아니면 와인 자국인지 알아내려고요."

"그럼 그게 정말인가요, 번터 씨?"

엘렌은 트위드 치마를 탁자 위에 올려놓고 벤젠 병 뚜껑을 열었다.

"번터 씨와 피터 경이 그 모든 걸 다 알아낼 수 있다는 말이에요?"

"물론 우리가 분석 화학자들은 아닙니다. 하지만 주인님께서는 다방면에 손을 대고 계시지요. 그래서 수상해 보이는 것이 있으면 알아낼 수 있을 정도로 학식이 있으시답니다. 또 의심 가는 점이 있으면 저명한 과학 전문가들에게 의뢰를 하지요."

번터는 벤젠에 적신 스펀지를 들고 치마를 잡으려 하는 엘렌의 손을 자상하게 막았다.

"예를 들자면 여기 치맛단에 얼룩이 묻어 있지요. 옆 솔기 아래쪽에도 있고. 자, 그러면 이 사건이 살인 사건이라고 가정하고, 치마를 입었던 사람이 살인 용의자라고 한다면 이 얼룩을 조사해야겠지요."

여기서 번터는 주머니에서 돋보기를 쓱 꺼냈다.

"그러면 손수건을 적셔 한쪽 가장자리에 묻혀보죠."

그는 말대로 행했다.

"자, 보시다시피 붉은 얼룩이 묻어나죠. 그러면 치마를 뒤집고서 얼룩이 바로 스며들었는지를 봅니다. 그다음에는 가위가 있어야겠네요."

번터는 작고 날카로운 가위를 꺼냈다.

"안쪽 솔기 가장자리를 이처럼 작게 오려내는 거죠."

그는 말대로 했다.

"그러고는 작은 알약 상자에 넣습니다."

알약 상자는 마술처럼 안주머니에서 나타났다.

"다음으로 양쪽 면을 풀로 붙이고요. 위에는 '메리 웜지 양의 치마'라는 제목과 날짜를 적어놓습니다. 그런 후에 이 조각을 곧바로 런던에 있는 분석 전문가에게 보내면 그분이 현미경으로 관찰한 다음에 이게 토끼의 피며 묻은 지 며칠이나 되었는지를 알려주겠죠. 그러면 일은 끝입니다."

번터는 의기양양하게 말을 맺으며 손톱가위를 제자리에 돌려놓고 내용물이 든 알약 상자를 무심하게 주머니에 집어넣었다.

"그럼 그 전문가가 틀렸네요."

엘렌은 귀엽게 머리를 살짝 흔들었다.

"그건 토끼가 아니라 새 피예요. 아가씨가 그렇게 말했거든요. 현미경 따위로 장난치느니 곧장 당사자에게 가서 물어보는 게 더 빠르지 않아요?"

"토끼 피라고 한 건 그냥 예였을 뿐입니다."

번터가 설명했다.

"아가씨가 이런 자리에 피를 묻히시다니 이상하네요. 그러려면 그 위에 무릎을 꿇었어야 했을 텐데."

"그러게요. 피를 많이도 흘렸지, 불쌍하게도. 누가 분명히 별생각 없이 총을 쏴댔을 거예요. 공작님은 아니시고, 불쌍하게 돌아가신 대위님도 아니시고. 아마도 아버스노트 씨겠죠. 약간 함부로 총을 쏘시거든요. 그나저나 정말 엉망진창이네요. 이렇게 오래 묵혀놓았으니 얼룩을 빼기도 어렵겠어. 대위님이 죽은 날에는 빨래할 생각을 하지도 못했지 뭐예요. 그다음에는 검시관 심리가 있었고. 그건 또 얼마나 끔찍했다고요. 게다가 공작님이 그렇게 잡혀가시다니. 그래서 정말 심란해요. 나는 약간 예민한 성격이거든요. 어쨌든 하루나 이틀은 모두 뒤죽박죽이었던 데다가 아가씨는 방에 틀어박혀서 옷장 근처에도 가지 못하게 했고. 아가씨가 이러지 뭐예요. '아, 옷장 문은 가만 놔둬. 삐걱거리는 소리가 신경에 거슬리니까. 머리가 아프고 마음이 불안해서 그 소리도 참을 수가 없어.' 그래서 제가 이랬죠. '그냥 치마만 솔질하려고요, 아가씨.' 그랬더니 아가씨는 '내 치마는 따위 내버려둬.'라고 하는 거예요. '나가버려. 엘렌이 거기서 뒤적거리는 것만 봐도 비명을 지를 것 같아. 신경에 거슬려.' 참 나, 그런 소리까지 들으면서 굳이 뭐하러 하겠어요. 아가씨들은 팔자도 좋지. 귀하게 자라 막 성질부리는데도 신경쇠약이라고 하고.

나만 해도 애인 버트가 전쟁에서 죽었을 때 아주 마음이 갈가리 찢어졌죠. 눈이 빠지도록 펑펑 울었다니까요. 하지만 어째요! 계속 질질 짜고 있었으면 부끄러웠을 거예요. 그리고 우리끼리니까 하는 말인데, 메리 아가씨는 대위님을 그렇게 좋아하지도 않았어요. 좋은 말 한마디 한 적 없는데. 이 얘기를 요리사 아주머니에게 하니까 아주머니도 내 말이 맞다고 하셨어요. 대위님은 사람들에게 얼마나 잘하셨다고요. 물론 워낙 신사적이셔서 격에 어긋나는 말씀은 한마디도 안 하셨어요. 내 말은 다른 뜻이 아니라, 대위님 시중을 드는 건 편했다는 말이죠. 게

다가 용모가 얼마나 반듯하신 분이었는지 몰라요, 번터 씨."

"아, 그랬군요! 그럼 전체적으로 보아 아가씨께서는 예상 이상으로 심란해하신다는 말인가요?"

"뭐, 솔직히 말하자면 저는 그냥 성질부리는 것이라 생각해요. 아가씨는 결혼해서 집에서 벗어나고 싶었던 거예요. 아유, 얼룩 정말 안 빠지네! 바짝 말라붙었잖아. 아가씨와 공작님은 사이가 안 좋았어요. 아가씨가 전시에 런던에 있었을 때는 얼마나 재미있게 놀았는지 몰라요. 장교들 간호한답시고 공작님이 좋아하지 않는 온갖 이상한 치들하고 어울려 나다니고. 게다가 아주 천한 남자와 연애 같은 것도 했다고 요리사가 그러대요. 아마도 우리를 다 폭탄으로 날려버리고 싶어 하는 러시아 놈들하고 같은 출신이 아니었나 싶던데. 전쟁 중에 사람들을 그렇게 수없이 폭탄으로 죽여놓고도 성에 안 찼나 보죠. 어쨌거나 공작님이 정말 노발대발하셔서 용돈을 딱 끊어버리고 아가씨를 집으로 불러들이셨어요. 그 이후로 아가씨는 화를 내며 오빠분하고는 정을 딱 끊었죠. 이리저리 생각은 어찌나 많은지, 정말로 피곤하게 굴죠. 그래서 저는 공작님이 안됐어요. 공작님 생각이 딱 내 맘이라니까요. 딱하기도 하시지! 그런 데다가 이젠 천한 부랑자들처럼 살인죄로 감옥에 갇히기까지 하시다니!"

엘렌은 숨차하면서 피 얼룩을 다 뺀 뒤 잠시 말을 멈추고 허리를 폈다.

"얼룩을 문지르는 게 얼마나 힘들다고요. 팔이 다 아프네."

"제가 도와드릴까요?"

번터는 뜨거운 물과 벤젠 병, 스펀지를 써서 얼룩을 지우기 시작했다. 그는 치마를 뒤집어 뒤쪽 폭을 펼쳤다.

"이 진흙을 떼어낼 수 있는 솔 있어요?"

"어머, 눈은 어디다 팔아버리고 오셨어요?"

엘렌은 키득키득 웃었다.

"바로 앞에 있는데도 안 보이세요?"

"아, 그러네요. 하지만 좀 더 딱딱한 솔이 있었으면 해서요. 착한 아가씨니까 가서 정말 딱딱한 솔 하나만 가져다주면 제가 이 얼룩을 싹 다 빼줄게요."

"큰소리 치시기는!"

하지만 엘렌은 번터의 눈에 어린 칭찬의 눈빛에 마음이 누그러져서 덧붙였다.

"홀에 있는 옷솔을 가져다 드릴게요. 벽돌 조각만큼이나 딱딱하거든요."

엘렌이 방에서 나가자마자, 번터는 주머니칼과 알약 상자 두 개를 꺼냈다. 눈 깜짝할 새에 그는 치마 두 군데의 표면을 긁어낸 다음 새 라벨을 만들어 붙였다.

"메리 양의 치마에서 긁어낸 자갈 부스러기, 치맛단에서 15센티미터 떨어진 위치. 메리 양의 치맛단에서 나온 은모래."

번터가 날짜를 적고서 상자를 집어넣자마자 엘렌이 옷솔을 가지고 돌아왔다. 두 사람은 종 잡을 수 없는 잡담을 나누면서 한동안 솔질을 했다. 번터는 치마에서 나온 세 번째 얼룩을 보자 비판적인 눈빛으로 뜯어보았다.

"어이쿠! 아가씨가 이건 직접 빨려고 하셨나 보네."

"뭐라고요?"

엘렌이 큰 소리로 반문했다. 하녀는 자국을 찬찬히 살폈다. 한쪽 가장자리에는 얼룩이 문질러져 하얗게 되었으며 약간 기름때가 묻어 있었다.

"뭐, 내가 한 건 아니니까요. 그럼 아가씨가 하셨겠네요! 그런데 뭣 때문에 그랬을까? 게다가 계속 아픈 척하면서 베개에서 고개 한 번 들지 않더니만. 정말 앙큼하다니까."

"이전에 빠신 걸 수도 있겠죠?"

번터가 은근히 물었다.

"뭐, 아마도 대위님이 살해당한 후 심리가 열리기 전에 했을 수는 있겠네요."

엘렌이 동의했다.

"하지만 누가 그런 때에 굳이 새로 집안일을 배우려고 할까. 아가씨는 간호 일은 조금 하셨지만 집안일에는 손도 안 댔거든요. 그 일도 야무지게 잘했을 것 같지는 않지만."

"아가씨는 비누를 사용하셨군요."

번터는 벤젠으로 빡빡 밀면서 말했다.

"침실에서 물을 끓일 수 있습니까?"

"아가씨가 뭣 때문에 그러겠어요?"

엘렌은 재미있어하면서 반문했다.

"설마 아가씨가 주전자를 방에다 놓고 있으리라고 생각하는 건 아니죠? 내가 아침마다 차를 가져다줘요. 아가씨들은 물을 끓일 필요가 없다니까요."

"없으시겠죠. 하지만 어쩌면 욕실에서 가지고 올 수도 있지 않았으려나?"

번터는 이렇게 말하며 얼룩을 좀 더 면밀하게 살폈다.

"아주 아마추어적인 솜씨군요. 눈에 띄게 아마추어적인 솜씨. 그러다가 갑자기 그만두셨네. 아주 기운찬 아가씨지만 손재주는 별로 없으시구."

마지막 말을 들은 건 벤젠 병뿐이었다. 엘렌은 창문 너머로 얼굴을 내밀고 사냥터지기와 이야기를 하느라 정신이 없었다.

리플리의 경찰 총경은 처음에는 쌀쌀하게 피터 경을 맞았지만 그가 누군지 알고서는 사립탐정을 대하는 공적인 태도와 공작 가의 아드님을 대하는 공적인 태도를 섞어서 대했다.

"제가 온 이유는 다름이 아니고 저 같은 아마추어보다야 총경님이 사건 현장을 더 샅샅이 조사하실 수 있을 것 같아서요. 이미 이곳의 훌륭한 경찰들이 수사를 하고 있겠지요?"

"당연하지요."

총경은 대답했다.

"하지만 번호판을 모르고서 모터사이클을 추적한다는 게 쉬운 일이어야 말이죠. 본머스 살인 사건을 보시구려."

총경은 유감이라는 듯 고개를 저으며 시가를 받았다.

"처음에는 공작 댁 사건과 번호판 사건을 연결시킬 생각도 못했다오."

총경의 무신경한 어조를 들으니 피터 경이 여기까지 와서 지난 30분 동안 한 말을 듣고서야 비로소 두 사건 사이의 연관성을 깨달았다는 눈치였다.

"물론 그자가 번호판도 없이 리플리를 가로질렀다면 경찰들이 알아채고 검문을 했겠지만, 풀리스 씨의 번호판을 달고 달렸다면야 무사했겠지요. 뭐랄까, 잉글랜드 은행의 금고처럼 안전했다고 할까."

총경은 독창적인 비유로 말을 맺었다.

"분명히 그런 피해를 입은 목사님은 꽤나 놀라셨겠어요. 그저 짓궂은 장난으로 받아들이셨겠지만요."

"그랬다오." 총경이 동의했다.

"하지만 피터 경이 그런 이야기를 하셨으니 그자를 잡는 데 총력을 다해야지요. 그 사람을 찾았다는 말을 들으시면 공작님도 그렇게 딱한 처지에서 벗어나실지도 모르지요. 우리를 믿고 맡겨주셔도 좋소이다. 우리가 사람이나 번호판을 찾으면……."

"신의 가호를 빌어야죠."

피터 경이 뜬금없이 열의를 띠고 말을 끊었다.

"그렇지만 번호판을 찾느라고 시간을 낭비할 작정은 아니시 겠지요. 그자가 자기 번호판을 동네에 광고하고 다닐 거면 굳이 목사님의 번호판을 훔칠 까닭이 있었겠습니까? 일단 번호판만 찾으면 이름과 주소를 알게 될 텐데요. 번호판을 숨겨놓은 한, 경찰들이야 속수무책이지요. 주제넘은 말씀 드려서 죄송합니다만, 총경님이 헛수고를 하신다는 생각을 하니 참을 수가 없어서요. 연못 바닥을 훑고 쓰레기 더미를 헤집으며 있지도 않을 번호판을 찾아다니실 것 아닙니까. 그보다는 기차역을 뒤지면서 키 185에서 188센티미터 정도에 10호 구두를 신었으며 허리띠 없는 버버리 코트를 입고 한쪽 손에 깊이 베인 상처가 있는 젊은 남자를 찾는 편이 나으실 겁니다. 자, 여기 제 주소가 있습니다. 만약 뭔가 찾아내셨을 때 제게 알려주시면 감사하겠습니다. 아시겠지만 이 사건에서 제 형님의 입장이 너무 난처해서요. 형님은 민감하신 데다가 지금 신경이 날카로워진 상태랍니다. 그건 그렇고 저는 주거가 불분명해서요. 항상 여기저기 뛰어다니느라. 소식이 있으면 리들스데일과 런던 피카딜리 110번지 두 군데로 전보를 보내주십시오. 런던에 오시면 언제든지 연락 주시고요. 죄송하지만 지금 가봐야겠습니다. 해야 할 일이 많군요."

리들스데일로 돌아온 피터 경은 티테이블에 앉은 새 손님을 보았다. 피터가 들어가자 남자는 일어섰고 날카로우면서도 특색 있는 손을 배우 같은 태도로 내밀었다. 그는 배우는 아니었지만, 그 손이 극적인 효과를 한층 높이는 데 유용하다는 것을 알고 있었다. 장엄하고도 귀족적으로 생긴 머리와 얼굴은 인상적이었다. 생김새는 흠결 하나 없었고 눈은 냉엄했다. 선대 공작 부인은 이처럼 말한 적이 있었다.

"임피 빅스 경은 영국에서 가장 잘생긴 남자일 거야. 그 사람한테 끌리지 않는 여자가 없을걸."

임피 빅스는 사실 서른여덟 살이었고, 유려한 화술과 반대편 증인을 부드럽지만 무자비하게 심문하는 기술로 명성이 자자했다. 의외로 카나리아를 키우는 취미가 있는데 카나리아의 노랫소리와 레뷔촌극과 음악, 춤이 함께하는 익살극 말고는 달리 음악을 즐기지도 않았다. 그는 아름답고 깊이 울리지만 정교하게 조절한 목소리로 윔지의 인사에 답했다. 비극적 역설, 칼로 자르듯 날카로운 경멸, 거친 분노와 같은 감정으로 임피 빅스 경은 법정과 배심원들을 압도했다. 그는 무고한 자들을 살해한 범인들을 기소하고 범죄적 비방 행위를 변호했으며 다른 사람들을 쥐락펴락했지만 본인은 돌처럼 꼼짝도 하지 않았다. 윔지는 말로는 만나서 반갑다고 했으나, 목소리는 평소보다 좀 더 쉬어졌고 머뭇거렸다.

"제리 형을 만나보고 오시는 길입니까?"

피터 경이 물었다.

"갓 구운 토스트 좀 부탁하네, 플레밍. 형은 어떻게 지내고 있죠? 잘 있나요? 형 같은 사람은 그런 상황을 최대한 즐기기란 그른 것 같은데. 차라리 내가 그런 경험을 했으면 좋았을걸 그랬죠. 하지만 나는 가만히 갇혀서 다른 사람이 내 사건을 서투르게 망치는 꼴은 보고 싶지 않아요. 머블스 씨나 빅스 경을 두고 하는 말은 아닙니다. 제 얘기죠. 그러니까 제가 제리 형 입장이라고 했을 때 내 역할을 맡아줄 사람을 두고 하는 말이라는 거죠. 제 말 아시겠죠?"

"나도 임피 경에게 막 그런 말을 하는 참이었어요."

공작 부인이 말했다.

"새벽 3시에 뭘 했는지 제럴드의 입을 열게 하셔야 한다고요. 그때 내가 리들스데일에 있기만 했어도 그런 사건은 벌어지지 않았을 텐데. 물론 제리가 어떤 나쁜 짓도 저지르지 않았다는 건 우리 모두 알고 있죠. 하지만 배심원들도 그런 생각을 하리라는 기대는 할 수 없으니까요. 그런 하층 계급의 사람들은 너무 편견이 심하잖아요. 제럴드가 자기 처지를 모르고 입을 열지 않다니 정말 이상한 일이에요. 그이는 배려심이라고는 없다니까요."

"공작을 설득하기 위해 최선을 다하고 있습니다, 공작 부인."

임피 경이 대답했다.

"하지만 좀 참고 기다리셔야 할 것 같습니다. 변호사들은 작은 수수께끼가 있는 편을 좋아하죠. 모두들 앞서서 진실을 다 쏟아놓으면, 솔직한 진실만 말한다면 우리 같은 사람들은 모두

은퇴해서 노숙자 신세가 될 겁니다."

"캐스카트 대위는 참 수수께끼처럼 죽었지요."

공작 부인이 말했다.

"하지만 대위와 관련해서 나온 이야기들을 생각해보면 정말 신의 섭리처럼 보이기도 해요. 적어도 아가씨 입장에서 보면요."

"법정에서 배심원들에게 '신의 뜻에 의한 죽음'으로 무죄방면을 받을 수는 없을걸요, 형수님. 그렇겠죠, 빅스 경?"

피터 경이 끼어들었다.

"결혼해서 우리 집안 사람이 되길 바란 데에 대한 심판 같은 거라고 할 수 있겠습니까?"

"비합리적인 평결이 나는 경우도 있으니까요."

빅스는 건조하게 대꾸했다.

"노력해서 뜻하는 바가 배심원에게 전해질 수 있다면 좋죠. 언젠가 리버풀 순회재판에서 이런 일이 있었는데……."

빅스는 침착하게 과거 회상을 늘어놓으며 능숙하게 화제를 피해나갔다. 피터 경은 난롯불에 비친 빅스 경의 조각 같은 얼굴을 보았다. 그 모습을 보니 델피 신전에 있었다던, 전차 모는 전사 조각상의 냉엄한 아름다움이 떠올랐고, 그가 속내를 털어놓는 정도로 그와 비슷할 성싶었다.

저녁 식사가 끝나고서야 임피 경은 속내를 웜지에게 털어놓았다. 공작 부인은 잠자리에 들었고 두 남자는 서재에 단둘이 남았다. 피터는 번터의 시중을 받아 정장을 꼼꼼하게 차려입었고, 저녁 내내 평소보다 더 수다를 떨고 명랑했다. 그러나 이제 그는 시가를 한 대 물고 가장 큰 의자에 푹 기대앉아 침묵을 지켰다.

임피 경은 담배를 피우면서 반 시간 정도 바장였다. 그러다가 굳게 결심한 듯 방 반대편으로 가더니 피터의 얼굴을 더 잘 볼 수 있도록 독서용 전등을 갑작스레 켜고는 건너편에 앉았다.

"자, 윔지. 자네가 아는 얘기를 다 듣고 싶네."

"그러세요?"

피터는 일어나 독서용 전등을 끄더니 옆 탁자로 치워버렸다.

"하지만 증인을 이렇게 겁주시면 안 되죠."

피터는 이렇게 덧붙이더니 싱긋 웃었다.

"자네가 깨어 있기만 하면 켜든 끄든 상관없네. 그럼 말해보게나."

빅스는 태연하게 말했다.

피터는 입에서 시가를 빼고 머리를 한쪽으로 기울이며 생각에 잠겼다. 그러다 시가를 조심스럽게 뒤집어보더니 1, 2분 정도는 재를 털지 않고 두어도 괜찮겠다고 생각했는지 한참을 그대로 피우다가 결국 재가 떨어지자 시가를 다시 빼서 재떨이 정중앙에 재를 다 털어버렸다. 그는 진술을 시작했지만 여행가방 이야기와 번터가 엘렌에게서 얻어낸 정보는 뺐다.

피터는 반대 심문을 받는 듯한 입장에서 사실을 짜증스럽게 묘사했고 임피 경은 그 이야기를 듣다가 간간이 날카로운 질문을 던졌다. 그는 몇 가지를 적더니 윔지가 말을 끝내자 생각에 잠겨 공책을 톡톡 두드렸다.

"이걸로 사건을 만들어볼 수 있을 것 같아. 경찰이 자네가 말한 수상한 남자를 찾지 못하더라도 말이야. 물론 덴버가 입을 다물고 있는 탓에 곤란할 정도로 일이 복잡해졌지만."

빅스는 잠깐 동안 눈을 내리깔았다.

"경찰에게 이 남자를 찾아달라고 의뢰했다고 했지?"

"그래요."

"자네는 경찰을 무시하지 않았나?"

"그런 유의 일에는 아니죠. 그야 그들이 하는 전문 분야니까요. 설비도 다 갖추고 있고 잘하기도 하고."

"아, 그러면 이 남자를 찾을 거라고 기대하고 있는 거군?"

"그렇죠."

"아, 만약 이 남자를 찾으면 내가 맡은 사건은 어떻게 될 거라고 생각하나, 윔지?"

"내 생각은……."

"이것 봐, 윔지. 자넨 바보가 아니잖아. 시골 경찰인 양 행세해봤자 소용없어. 자넨 정말 이 친구를 찾으려고 하는 거야?"

"그렇고말고요."

"물론 자네 좋을 대로 하게나. 하지만 난 벌써 두 손이 묶여서 꼼짝도 못해. 차라리 이 남자를 찾지 않는 편이 나을지도 모른다는 생각은 해보지 않았나?"

윔지는 정말로 놀라 경계심이 풀어져서 변호사를 바라보았다.

"이것만 기억하게."

빅스는 진지하게 말을 이었다.

"만약 경찰이 무슨 증거를 찾거나 이 남자를 잡으면 나나 머블스, 다른 사람의 전문적 재량에 기대봤자 소용없어. 모든 게 샅샅이 파헤쳐져서 일상적 관점, 아주 보통 사람의 관점하에서 바라봐야 될 걸세. 여기 덴버 공작은 살인죄로 고발당했어. 그런데 내게 아주 작은 도움조차 주기를 완강히 거부하고 있다네."

"제리 형은 멍청이예요. 아직 깨닫지 못해 그렇지……."

"생각해보게."

빅스가 말을 끊었다.

"공작을 깨우쳐주는 게 내 할 일은 아니야. 공작이 한 말이라고는 '날 교수형에 처하지는 못해. 난 그 친구를 죽이지 않았어. 그 자식이 죽어서 잘됐다 싶기는 하지만, 내가 정원에서 뭘 하고 있었는지는 다른 사람이 알 바 아냐.' 그뿐이네. 그럼 자네에게 물어보겠네, 윔지. 이게 지금 덴버 같은 입장에 처한 남자가 취할 만한 합리적 태도라고 생각하나?"

피터는 "형은 분별이 없어서"와 같은 말을 중얼거렸다.

"이 다른 남자에 대한 얘기를 누가 덴버에게 해주었나?"

"심리에서 발자국 소리가 들렸다는 얘기가 나왔으니 어렴풋이 듣기는 했을 겁니다."

"경찰청에서 나온 사람이 자네 친구라고 하던데?"

"그래요."

"그럼 잘됐군. 적어도 입을 다물어주겠지."

"이봐요, 빅스. 이 남자 건은 아주 인상적이고 신기하기까지 한데, 무슨 말을 하고 싶은 겁니까? 이치를 잡을 수 있는데 잡아서는 안 된다는 게 무슨 뜻이죠?"

"대답 대신 다른 질문을 하지."

임피는 앞으로 몸을 약간 숙였다.

"어째서 덴버는 그자를 비호하는 걸까?"

임피 빅스는 그의 앞에서는 어떤 증인도 걸리지 않고 위증할 수 없다는 것을 자랑으로 삼고 있었다. 그는 이 질문을 하면서 상대의 눈길과 마주치지 않고 시선을 내려 윔지의 길고 유연한 입과 불안해 보이는 손을 아주 날카롭게 쳐다보았다. 빅스가 잠시 후 시선을 다시 위로 올리자 상대의 눈과 마주쳤다. 경계심이 어려 있고 속을 가늠할 수 없는 눈은 수많은 변화를 거치며 놀란 깨달음을 표현하고 있었다. 하지만 그때는 너무 늦었다. 빅스는 입가에 잡힌 미세한 주름이 스러지고 손가락의 힘이 아주 살짝 풀리는 것을 벌써 보았다. 처음 동작은 안도의 의미였다.

"맙소사!" 피터가 외쳤다. "그런 생각은 전혀 못 해봤네요.

변호사들은 정말 대단한 탐정이로군요. 그렇다고 한다면 좀 더 조심할걸 그랬네요. 성격이 워낙 급해서. 어머니가 항상 그러시듯이······.”

"자넨 영악한 친구야, 웜지.”

변호사가 말했다.

"그럼 내 생각이 틀렸는지도 모르겠군. 무슨 수를 써서라도 그 남자를 찾게. 그리고 부탁하고 싶은 게 하나 더 있어. 자네가 비호하고 있는 사람은 누군가?”

"이거 봐요, 빅스. 그런 질문이나 하자고 돈을 받는 건 아니잖습니까. 제발 법정에 설 때까지 그런 건 접어둬요. 우리가 알려준 자료를 가지고 가장 잘 이용하는 게 당신 할 일이지, 우리를 꼬치꼬치 심문하는 게 아니죠. 내가 캐스카트를 살해했다고 해봅시다······.”

"자넨 죽이지 않았잖나.”

"나도 내가 죽이지 않은 건 알아요. 다만 내가 죽였다면 당신이 그런 어조로 질문을 하고 나를 쳐다보도록 가만 놔두지는 않을 겁니다. 하지만 당신 충고에 따르는 뜻에서 이것만은 솔직히 얘기해두죠. 나는 그 친구를 죽인 범인이 누군지는 몰라요. 알면 말해드리죠.”

"말해줄 건가?”

"그럴 겁니다. 하지만 확실해질 때까지는 말하지 않을 생각입니다. 당신 같은 사람들은 작은 정황 증거만으로도 한참 써먹지 않습니까. 내가 나 자신을 의심하는 단계에 들어서기만 해도 변호사들이 나를 목매달아 버릴걸요."

"흠! 그나저나 자네에게 대놓고 말하겠네. 나는 이걸로 사건 성립이 안 된다고 주장하는 가장 쉬운 방법을 쓸 작정이야."

"증명이 되지 않는다고요? 뭐, 어쨌든 빅스, 내가 찾은 증거가 없다고 해서 형이 교수형을 당할 리는 없겠죠."

"물론이지."

빅스는 이렇게 말하고 속으로 덧붙였다.

'하지만 실은 그렇게 되지 않기를 바라는 거겠지.'

굵은 빗줄기가 넓은 굴뚝을 타고 내려와 장작 위에 철썩 떨어지자 불이 지지직 타올랐다.

크레이븐 호텔

스트란드, 웨스트 센트럴

화요일

윔지에게

수사 진척 상황을 알려주겠다는 약속대로 몇 자 적네만, 그다지 쓸 만한 소식이 없네. 올라가는 길에 나는 페티그루-로빈슨 부인 옆에 앉아서 부인을 위해 창문을 열고 닫고 짐을 지켜주었지. 부인 말로는 자네 여동생이 목요일 새벽에 집안 식구들을 깨웠을 때 맨 처음 갔던 방이 아버스노트 씨의 방이라더군. 부인은 이 상황을 약간 이상하다고 생각하는 것 같던데, 잘 생각해보면 당연하기도 해. 그 방은 계단 꼭대기에서 바로 맞은편에 있거든. 페티그루-로빈슨 부부의 방문을 두드린 사람이 아버스노트 씨라고 해. 그리고 페티그루-로빈슨 씨가 곧장 아래층으로 뛰어내려 갔다는군. 페티그루-로빈슨 부인은 그때 메리 양이 기절할 듯 보여서 부축해주려고 했는데 자네 누이는 부인을 뿌리쳤다는군. 페티그루-로빈슨 부인 말로는 아주 무례했다면서 "무척 거친 태도"로 도움을 주겠다는 요청을 모두 거절하고 자기 방으로 뛰어가서 문을 닫고 들어갔다는 거야. 페티그루-로빈슨 부인은 **본인 표현**으로는 "별 이상이 없는지 확인하려고" 문에 귀를 대고 들어봤는데, 메리 양이 안에서 왔다 갔다 하면서 벽장을 열었다 닫는 소리만 들려서 아래층 일에 상관하는 편이 낫겠다 싶어 그 자리를 떠났다고 하네.

이 얘기를 해준 사람이 마치뱅크스 부인이라면야 조사해볼 가치가 있는 얘기라고 생각했겠지만, 나 같아도 페티그루-로빈슨 부인과 둘이 있으니 당장 숨이 넘어가는 한이 있어도 혼자 방 안에 들어가고 싶었을 것 같아. 부인은 메리 양이 손에 아무것도 들고 있지 않았다는 것은 확신한다더군. 옷차림은 심리 때 묘사된 것과 똑같고. 파자마(페티그루-로빈슨 부인은 잠자리 옷이라고 표현했지만) 위에 긴 외투 차림, 튼튼한 신발, 모직 모자. 곧이어 의사가 왔을 때도 계속 같은 옷차림이었다는데. 또 약간 이상한 상황은 메리 양이 아버스노트 씨의 방문을 두드리기 전, 페티그루-로빈슨 부인이 복도 어딘가에서 쿵 소리를 확실히 들었다는 거야. (자네도 이미 알고 있겠지만 부인은 2시부터는 계속 깨어 있었으니까.) 아마도 별 뜻은 없는 얘기겠지만 그저 말해두려고.

런던에서는 어지간히도 고생했네. 자네 매부 후보는 아주 신중하기 그지없더군. 올버니에 있는 방은 수사적 관점에서 볼 때 완전히 사막이나 다름없었어. 영어로 된 청구서 몇 장과 영수증, 초대장을 제외하고는 서류도 하나 없었네. 초대장을 보낸 사람들 면면을 살펴보았지만 대부분 대위를 클럽이나 군대에서 알고 지냈다는 남자들이고 사생활에 대해서는 전혀 모르더군. 지난밤부터 오늘 아침까지 이 사람들을 만나고 돌아다녔네. 그건 그렇고, 대위가 포커를 아주 잘하기는 잘했다더군. 그렇지만 사기를 쳤다는 말은 없었어. 대체적으로 꾸준히 이기는 편이었지만 눈에 띄게 판을 싹쓸이하는 경우는 없었다지.

내 생각에 우리에게 필요한 정보는 파리에 있을 것 같아. 프랑스 경찰청과 크레디 리오네 은행에 편지를 써서 대위와 관련된 서류를 달라고 해놓았네. 특히 계좌와 수표첩 중심으로.

어제오늘 너무 과로를 해서 아주 기진맥진이 되었어. 먼 길 와서 밤새 종종 돌아다녔으니. 자네가 날 필요로 하지 않으면 난 여기서 서류를 기다리든가, 내가 직접 파리로 가겠네.

여기 있는 캐스카트의 책은 흔한 현대 프랑스 소설들이고 《마농 레스코》도 한 권 더 있더군. 서점 목록 용어로 하면 '진서珍書'라고 이름 붙일 만한 외설 소설들이지. 그 친구는 어딘가에서 인생을 즐기고 있었던 게 분명해.

자네라면 동봉된 청구서에 관심이 있을지 모르겠군. 본드 가에 있는 미용사가 보낸 거야. 내가 전화를 걸어보았지. 여자 미용사 말로는 영국에 있을 때는 매주 들렀었대.

일요일에 킹스 펜턴에 가서는 허탕만 쳤어. 그럴 거라고 했잖아. 이 친구는 거기에 간 적도 없는 것 같아. 황야 쪽으로 살금살금 올라가지 않았을까 해. 뒤져볼 가치가 있지 않을까? 백사장에서 바늘을 찾는 격이긴 하겠지만. 다이아몬드 고양이도 이상해. 집안 식구들에게 뭐 알아낸 건 없겠지? 10호 발자국의 물건 같진 않은데 말이야. 그렇지만 마을 사람들 중 누가 잃어버린 물건이라면 무슨 소문이라도 나지 않았겠는가.

그럼 잘 있게나.

찰스 파커

*4*장

그리고 그의 딸, 겁에 잔뜩 질린 여자[§]

여자들은 또한 창백하고 핏기가 없었다.
―《천로역정》

수요일 아침, 번터는 아직도 침대에 누워 있는 피터 경에게 번터가 파커 씨가 보낸 편지를 가지고 왔다. 모두들 노샐러튼에서 열리는 경찰-법원 절차에 참석하러 가는 바람에 집안은 괴괴했다. 물론 절차는 순전히 형식적이었지만, 가족의 뜻을 잘 전달할 대표가 참석하는 게 예법에 맞는 일이었다. 실로 선대 공작 부인이 그 자리에 와 있었다. 사건이 터지자 부인은 서둘러 아들 곁으로 왔고, 근처의 가구 딸린 셋집에서 의연하게 머물고 있었다. 하지만 젊은 공작 부인은 시어머니의 행

[§] 제목과 제사 둘 다 《천로역정》의 한 구절로서 '겁에 질린 여자'는 '낙담'의 딸이다.

동이 열의가 지나쳐서 위엄이 떨어진다고 여겼다. 선대 공작 부인을 혼자 있도록 놔두면 무슨 사건을 일으킬지 알 수가 없었다. 심지어 신문기자와 인터뷰를 할지도 모를 일이었다. 게다가 이런 위기 상황에서 아내가 있어야 할 자리는 남편의 곁이었다. 메리 양은 아팠으니 뭐라고 할 수가 없었다. 게다가 하나밖에 없는 형이 대중 앞에서 수모를 당하는 동안 피터는 파자마 차림으로 담배나 피우면서 집에 있기로 했다면, 달리 기대할 수 있는 일도 없었다. 피터는 어머니를 꼭 빼닮았다. 어쩌다 이런 괴짜 기질이 집안에 흘러들었는지 젊은 공작 부인은 도저히 알 수가 없었다. 선대 공작 부인은 점잖은 햄프셔 가문 출신이었기 때문이다. 어딘가에서 외국인 혈통이 섞여 들었으리라. 공작 부인의 의무 자체는 명확했고 부인은 그 임무를 이행할 작정이었다.

피터 경은 잠에서 깼지만 잠자면서 탐정 수사라도 한 듯 약간 피곤해 보였다. 번터는 주인에게 화려한 동양식 가운을 정성스럽게 입힌 다음 무릎 위에 쟁반을 놓아주었다.

"번터."

피터 경은 약간 성마르게 말했다.

"자네가 만든 카페오레만이 이 끔찍한 곳을 견딜 수 있는 힘이 되어주는군."

"고맙습니다, 주인님. 오늘 아침에는 날씨가 약간 쌀쌀해졌습니다만, 비가 오고 있지는 않습니다."

피터 경은 편지를 보면서 얼굴을 찡그렸다.

"신문에 난 새로운 기사가 있나, 번터?"

"급한 일은 없습니다, 주인님. 다음 주에 노스베리 홀에서 경매가 있답니다. 플리트화이트 씨의 장서입니다. 〈콘페시오 아만티스〉[§]의 캑스턴 판이 나온답니다."

"여기 얼마나 오래 처박혀 있을지 알 수 없는 상황에서 그런 얘기를 해봤자 무슨 소용인가? 책이나 읽으면서 범죄에는 애초에 손도 대지 말 것을. 참, 견본품은 러복에게 보냈나?"

"네, 주인님." 번터는 상냥하게 대꾸했다. 러복은 바로 그 '분석 전문가'였다.

"사실을 찾아내야 해. 사실 말이야. 어렸을 때는 언제나 사실을 싫어했지. 혐오스럽고 단단한 것이라 여겼어. 타협할 수 없는 것."

"네, 주인님. 제 어머니께서는……."

"자네 어머님? 자네에게도 어머니가 계신 줄은 몰랐는걸. 말하자면 자네는 세상에 나왔을 때부터 완성품인 것으로 생각했지 뭔가. 미안하네. 아주 무례한 말이었어. 날 용서해주게나."

"괜찮습니다, 주인님. 제 어머니는 켄트의 메이드스톤 근처에 살고 계십니다. 지금 일흔다섯이시지만 연세에 비해 아주 정정한 분이시지요. 이런 말씀 드려도 괜찮을지 모르겠지만요.

[§] 존 가워가 지은 중세의 연애시.

우리는 일곱 남매죠."

"그거 지어낸 얘기지, 번터. 나도 그 정도로 멍청하진 않다고. 자네와 비슷한 사람이 또 있을 리 있나. 미안하네, 자네를 방해했군. 어머님 얘기를 하려던 참이었지."

"제 어머니 말씀으로는 진실은 암소와 같은 것이라 합니다. 얼굴을 열심히 째려보면 도망가기 마련이라고요. 어머니는 정말 용감하신 분입니다."

피터 경이 한 손을 불쑥 뻗었을 때 번터는 훈련을 잘 받은 하인이라 이미 그 자리에 없었다. 그는 어느새 면도날을 갈고 있었다. 피터 경은 침대에서 벌떡 일어나 층계참을 가로질러 욕실로 갔다.

여기서 피터 경은 다시 기운을 차리고 목소리를 높여 〈노란 모래밭으로 오라〉§를 불렀다. 퍼셀의 곡에 흥이 돋은 그는 〈사랑의 열병으로 날아오르리〉를 한결 고양된 기분으로 불러댔다. 피터는 평소 습관과는 달리 욕조에 찬물을 받아놓고는 힘차게 자기 몸을 스펀지로 문질렀다. 그런 다음 수건으로 몸을 대충 닦고 욕실에서 번쩍 튀어나가다가 계단 머리에 있는 거대한 참나무궤 뚜껑에 세게 부딪쳐버렸다. 얼마나 심하게 부딪쳤던지 뚜껑이 충격에 들렸다가 항의하듯 쿵 떨어지며 닫혔다.

피터 경은 그 자리에 서서 뭐라고 투덜대면서 손바닥으로 다

---

§ 헨리 퍼셀의 오페라 〈폭풍우〉에 나오는 곡.

리를 살살 문질렀다. 그 순간 어떤 생각이 퍼뜩 떠올랐다. 그는 수건과 비누, 스펀지와 수세미, 목욕솔 및 다른 물건들을 내려놓고 궤 뚜껑을 조용히 열었다.

피터 경은 《노생거 사원》⁵의 여주인공과는 달리 뭔가 무시무시한 것이 안에 들어 있으리라고 기대하진 않았다. 하지만 결국 장 바닥에 반듯이 접힌 침대보나 덮개 말고 놀라운 물건을 보지 못한 것은 똑같았다. 그는 만족을 못하고 맨 위에 놓인 침대보를 조심스럽게 들어 계단 창문으로 들어오는 빛에 비추어 몇 분 동안 찬찬히 살폈다. 피터 경이 휘파람을 부드럽게 불며 다시 제자리에 돌려놓으려는데 누군가 숨을 훅 들이켜는 소리가 들려 깜짝 놀라 돌아보았다.

그의 여동생이 바로 팔꿈치 옆에 있었다. 동생이 다가오는 소리를 미처 듣지는 못했지만 여동생은 잠옷 가운 차림으로 두 손을 가슴 위에서 맞잡고 서 있었다. 푸른 눈은 거의 검은색으로 보일 정도로 흐려졌고 낯빛은 은빛 금발에 가까울 만큼 질렸다. 윔지는 손에 들고 있는 침대보 너머로 동생을 바라보았고 동생의 얼굴에 어린 공포는 오빠의 얼굴에 전해졌다. 갑자기 이상할 정도로 혈연적 유사성이 드러나며 두 사람의 얼굴은 꼭 닮아 보였다.

피터의 느낌은 자신이 마치 '꼬챙이에 찔린 돼지'처럼 한참

---

⁵ 제인 오스틴의 소설. 여주인공은 고딕소설을 읽고 엉뚱한 상상을 하는 인물이다.

동안 쳐다보았다는 것이었다. 실상 정신은 금방 차렸었다. 그는 침대보를 궤 속에 넣고 일어섰다.

"안녕, 폴리, 동생아."

그는 다정하게 불렀다.

"이제까지 어디 숨어 있었어? 널 처음 보는 것 같다. 최근에 힘든 일을 당했나 보구나."

피터 경은 팔을 여동생에게 둘렀지만, 동생이 움츠리는 게 느껴졌다.

"무슨 일이야?"

피터 경은 캐물었다.

"어떻게 된 거야, 꼬마? 여기 봐, 메리. 우리가 정답게 자주 만난 건 아니지만, 난 네 오빠잖아. 무슨 문제라도 있어? 내가 혹시……?"

"문제?"

메리가 반문했다.

"피터 오빠도 참 바보 같아. 물론 문제가 있지. 내 약혼자가 죽었고 큰오빠가 감옥에 있다는 거 몰라? 그 정도면 큰 문제 아니겠어?"

메리는 웃음을 터뜨렸고 피터는 갑자기 동생이 유혈이 낭자하는 소설에 나오는 인물처럼 말한다는 생각을 했다. 메리는 좀 더 자연스럽게 계속 말을 이었다.

"괜찮아, 피터 오빠. 정말로. 단지 머리가 좀 이상해. 내가 뭘 하고 있는지도 모르겠어. 오빠는 뭘 찾고 있는 거야? 너무 시끄럽게 소리를 내니까 나와본 거잖아. 문이 닫히는 줄 알았어."

"넌 다시 침대로 돌아가는 게 좋겠다." 피터 경이 권했다. "감기 걸리겠어. 어째서 여자애들은 이렇게 추운 날씨에 얇디얇은 잠옷만 입는 거냐? 자, 걱정하지 마. 나중에 네 방에 들를 테니 회포나 풀자."

"오늘은 말고. 오늘은 안 돼, 피터 오빠. 나 미쳐가나 봐."

'이젠 선정 소설 대사같이 말하는군.' 피터 경은 생각했다.

"오늘 제럴드 오빠 재판 아니야?"

"재판은 아니고." 피터 경은 상냥하게 동생을 방으로 데려가며 말했다. "그저 형식적인 거야. 치안판사가 고발 내용을 듣고 난 뒤에 머블스가 일어나서 변호사를 교용해야 하니 오직 공식적 증거만 제출되기를 바란다고 말하는 거야. 여기서 변호사란 빅스를 말하는 거지. 그런 다음 다들 체포의 근거에 대해 듣고 머블스는 제럴드의 변호를 유보하겠다고 말하지. 순회재판 전까지는 그게 다야. 순회재판은 대배심 앞에서 증거를 제시하는 거고. 허튼소리들만 잔뜩 늘어놓게 되겠지. 재판은 다음 달 초일걸. 그때까지는 너도 몸을 추스르고 건강해져야 한다."

메리는 몸을 떨었다.

"싫어, 싫어! 나 그냥 안 나가면 안 돼? 다시 한 번 그 일을 겪을 순 없어. 차라리 아픈 게 나아. 기분이 너무 안 좋아. 아니, 들어오지 마. 오빠랑 얘기하고 싶지 않아. 벨 눌러서 엘렌 좀 불러줘. 아니, 놔줘. 가! 오빠가 가버렸으면 좋겠어!"

피터는 약간 놀라면서 망설였다.

"끼어들어서 죄송합니다만 들어가시지 않는 게 좋겠습니다, 주인님."

번터의 목소리가 귓가에 들려왔다.

"그래 봤자 아가씨의 히스테리만 심해지십니다."

그는 주인을 문에서 부드럽게 끌어내면서 덧붙였다.

"두 분 다 기분만 상하세요. 결과도 비생산적이고. 선대 공작 부인께서 돌아오실 때까지 기다리는 편이 좋습니다."

"자네 말이 지당하군."

피터는 소지품을 집어 들려고 등을 돌렸지만 벌써 번터가 솜씨 좋게 앞질러 챙겨놓았다. 피터는 다시 한 번 궤 뚜껑을 들고 안을 들여다보았다.

"치마에서 뭘 찾아냈다고 했지, 번터?"

"자갈입니다. 그리고 은모래하고요."

"은모래라."

리들스데일 로지 뒤에는 황야가 저 멀리 위까지 뻗어 있었다. 갈색 히스는 촉촉했고 작은 시내들은 아무런 빛깔도 띠지 않았다. 저녁 6시였지만 해가 지지 않았다. 오로지 창백한 빛 덩이만이 짙은 하늘 뒤에서 동쪽에서 서쪽으로 하루 종일 이동했다. 모터사이클을 탄 남자의 흔적을 찾아 한참 돌아다니다가 허탕만 친 후에 터벅터벅 돌아오던 피터 경은 사교적인 성격 탓에 쓸쓸함이 사무쳐서 혼잣말을 했다.

"파커가 있으면 좋으련만."

피터는 이렇게 웅얼거리면서 양들이 지나는 길로 철벅철벅 걸어 들어갔다.

그는 곧장 로지로 향하지 않고 로지에서 4킬로미터 정도 떨어진 곳에 있는 농가를 향해 갔다. '그라이더스 홀'이라고 알려진 집이었다. 리들스데일 마을의 거의 정북쪽에 있는 곳으로, 넓게 펼쳐진 히스 숲 사이에 있는 척박한 골짜기 안 황야의 가장자리에 외로운 초소처럼 서 있는 곳이었다. 길은 웨멜링 펠이라고 하는 고지에서 굽이굽이 내려와 질척질척한 늪지대 가장자리를 돌아 리드 강을 건너 5백 미터 앞까지 뻗어 있었다. 그 길 끝에 농장이 있었다. 피터는 그라이더스 홀에서 무슨 소식이라도 듣지 않을까 하는 소박한 희망을 품기도 했으나, 한편으로는 작은 단서 하나라도 다 파헤쳐봐야겠다는 무뚝뚝한 결심도 단단히 하고 있었다. 하지만 파커의 수사 결과가 어찌되었든 개인적으로는 모터사이클이 고지대 도로 옆으로 지나갔으리라 확신했으며, 아마도 경찰 검문에 걸리거나 남의 눈에 뜨이지 않고 킹스 펜턴을 곧바로 통과해 갔을지 모른다 생각했다. 그래도 인근을 조사해보겠다고 말해놓았고, 그라이더스 홀은 인근에 있었다. 그는 파이프에 다시 불을 붙이기 위해 멈춰

섰다가 철벅철벅 걸어갔다. 길에는 일정한 간격으로 튼튼한 흰 말뚝이 박혀 있었고, 이윽고 울타리가 나왔다. 울타리를 친 이유는 골짜기 바닥에 이르자 확실히 알 수 있었다. 왼쪽으로 몇 미터 앞에서 시작되는 거친 갈대숲 사이에 질척질척한 검은 늪지가 있어, 물할미새보다 무거운 건 뭐든지 보글보글 피어오르는 거품 속에 빠져버릴 우려가 있기 때문인 듯했다. 윔지는 허리를 굽혀 발치에 떨어져 있는 찌그러진 통조림 깡통을 주워서 늪 속에 슬쩍 던져 넣었다. 깡통은 표면에 닿자마자 '쪽' 소리를 내며 순식간에 사라져버렸다. 기분이 축 처질 때면 우울 속에 푹 빠져버리는 본능대로 피터는 울타리에 슬프게 기대어 이런저런 잡념들에 정신을 내맡겼다. 1) 인간 소망의 허망함, 2) 가역성, 3) 첫사랑, 4) 이상주의의 타락, 5) 세계대전의 여파, 6) 산아 제한, 7) 자유 의지의 오류. 하지만 여기에서 우울함은 바닥을 쳤다. 발이 시리고 허기가 밀려오는 것은 물론, 앞으로도 갈 길이 한참 남아 있음을 깨달은 피터 경은 미끄러운 징검다리를 디디며 시내를 건너 농장의 정문으로 향했다. 문은 여느 다른 농장에서 볼 수 있는 것처럼 각목 다섯 개로 막은 형태가 아니었고, 견고하고 꼼짝도 하지 않게 생긴 문이었다. 한 남자가 그 문에 기대 지푸라기를 빨고 있었다. 윔지가 다가오는데도 남자는 꼼짝할 생각을 하지 않았

"안녕하세요." 귀족 청년은 한 손을 빗장에 대고 명랑하게 인사했다. "쌀쌀한데요. 그렇지요?"

남자는 아무런 대답을 하지 않았으나 문에 좀 더 몸을 기대고 숨을 내쉬었다. 그는 거친 질감의 코트와 바지 차림이었고, 각반은 두엄 범벅이었다.

　"물론 계절에 맞는 날씨겠지요? 양한테는 좋을 것 같은데. 털이 꼬불꼬불해질 테니까."

　피터 경은 말을 이었다.

　남자는 지푸라기를 입에서 빼더니 피터의 오른발 장화 쪽을 향해 침을 뱉었다.

　"늪에 동물이 많이 빠집니까?"

　피터는 계속 말을 걸며 무심하게 정문 빗장을 벗기면서 반대편에 기댔다.

　"집 주위에 울타리를 잘 쳐놓았기에 하는 말인데, 어둠 속에서는 약간 위험하겠지요? 뭐랄까, 친구와 잠깐 저녁 산책을 할 생각을 한다거나 하면?"

　남자는 다시 침을 뱉고 이마에 모자를 눌러쓰더니 짧게 말했다.

　"원하는 게 뭐요?"

　"뭐, 그냥 이 농장 주인을 잠깐 인사차 만나볼까 해서요. 말하자면, 동네 이웃 아닙니까. 외로운 시골이니까. 주인장이 안에 있으려나?"

　남자는 툴툴거렸다.

　"그 소리를 들으니 기쁘군요. 여기 요크셔 사람들이 그처럼 친절하고 손님을 환대하는 사람들임을 알게 되어서 참으로 즐거운걸. 당신이 누군지는 내 알 바 아니지. 언제나 떡하니 난롯가에 한 자리 차지하고 있는 사람 정도 아닐까. 미안한데, 내가 문을 열 수 없도록 당신이 문에 떡 버티고 있는 거 아냐? 뭐 모르고 그랬겠지만, 지금 당신이 서 있는 자리가 바로 지렛대에서 힘을 가장 잘 받는 위치라서. 그나저나 이 집 참 멋지군요! 아주 캄캄하고 우울한 게. 담쟁이 덩굴도 없고 장미가 자라는 포치도 없고, 교외에서 볼 만한 그런 장식 하나 없네. 여기 사는 사람이 누구요?"

남자는 한순간 피터 경을 위아래로 훑어보더니 대답했다.

"그림소프 씨요."

"아, 지금은 그 사람이 사나? 거참 놀랍군요. 내가 바로 만나보고 싶어 하던 사람인데. 농부의 전범으로 널리 알려진 사람이지? 노스 라이딩 어딜 가도 그림소프 씨 평판이 자자하더라고. '그림소프의 버터가 최고야.' '그림소프네 양털은 절대 흩어지지 않아.' '그림소프네 돼지고기는 포크 위에서 살살 녹는다니까.' '아이리시 스튜를 하려면 그림소프네 암양을 가져가요.' '그림소프네 쇠고기를 배에 집어넣으면 인생에 슬플 일이 없어.' 그래서 그림소프 씨 본인을 만나보는 게 내 일생의 소망이었다오. 그럼 당신은 그림소프 씨 밑에서 일하는 튼튼한 조수이자 오른팔이겠네. 동이 트자마자 침대에서 뛰어나오겠군요. 건초 향기를 맡으며 암소 젖을 짜려고. 저녁 그늘이 깊이 고여들 때 산에서 치던 온순한 눈망울의 양떼를 몰고 집으로 돌아가겠지? 저녁에는 붉은빛이 기분 좋게 타오르는 난롯가에 앉아 사랑스러운 아기들에게 옛날이야기를 해주겠지! 어쩌면 겨울에는 약간 단조로울지 몰라도 즐거운 인생이로군요."

이처럼 피터가 시적인 횡설수설을 쏟아놓자 그에 감동했는지, 아니면 지는 햇빛이 그리 어둡지 않아 피터 경이 손바닥에 쥐고 있는 금속의 희미한 빛을 보았는지 몰라도 어쨌거나 남자는 문에서 약간 비켜섰다.

"아주 고맙군요."

피터는 씩씩하게 남자를 지나쳤다.

"집에 가면 그림소프 씨를 만날 수 있겠지요?"

남자는 아무 말도 하지 않다가 웜지가 포석이 깔린 길을 10여 미터 정도 걸어가자 손을 흔들었지만 몸을 돌리지도 않았다.

"나리!"

"왜?"

피터는 상냥하게 대꾸하며 돌아보았다.

"개를 풀어놓을지도 몰라요."

"설마? 충실한 사냥개는 언제나 돌아온 탕자를 환영하게 마련이지. 가족들의 축하 장면 아니겠어. '오래전에 집을 나갔던 아들이 돌아왔구나!' 흐느끼고 여기저기서 말이 터지고, 기뻐하는 소작인들에게 맥주 한 잔씩 쭉 돌리고. 집이 떠나가도록 난롯가에 앉아서 즐거운 이야기를 나누며 주연을 벌이겠지. 잘 자요, 왕자님.§ 소들이 집으로 돌아오고, 개들이 이스르엘 성 밖에서 이세벨의 주검을 뜯어먹으며,§§ 봄날의 사냥개들이 겨울의 흔적을 찾을 때까지."

피터 경은 혼잣말로 덧붙였다.

"지금쯤이면 티타임도 끝났겠지."

농가 문 앞에 다가갔을 때 피터 경의 기분은 한결 좋아졌다. 그는 이런 식으로 불쑥 남의 집에 찾아가는 걸 좋아했다. 인생이 온통 잿빛으로 뿌옇게 보이는 순간, 다른 사람이라면 기운을 북돋우기 위해서 대마초를 피울 수도 있겠지만 그는 양심이 있고 성격이 다른 사람이므로 탐정 업무를 했다. 그럼에도 그는 딱히 탐정다운 기질은 없었다. 그라이더스 홀에서 탐문을 한다고 해도 별로 성과가 있으리라는 기대는 하지 않았다. 기대했다고 하면 문에 서 있는 뚱한 남자에게 지폐라도 몇 장 쥐여주며 원하는 정보를 뽑아냈을 터였다. 파커라면 그렇게 하고도 남았다. 그는 다른 짓이 아닌 수사를 하는 대가로 월급을 받았고 타고난 재능이나 교육(배로우 인 퍼니스에서 그래머 스쿨을 졸업했다)을 봤을 때도 제멋대로의 상상력에 좌우되어 곁길로 벗어나지도 않았다. 하지만 피터 경에게 세계는 곁가지 문제들로 이루어진 재미있는 미로였다. 그는 대여섯 개의 언어

---

§ 셰익스피어의 희곡 〈햄릿〉의 마지막에서 호레이쇼가 햄릿에게 하는 대사.
§§ 〈열왕기 상〉 21장 23절.

를 구사할 수 있는 존경받는 학자였고, 어느 정도 숙련된 기교와 이해력이 있는 음악가였으며, 독물학의 전문가이자 희귀본 수집가에다 런던 사교계의 명사였으며 인기 있는 소문거리를 퍼트리는 사람이었다. 그는 일요일 점심 12시 반에 톱햇과 프록코트 차림으로 〈세계 뉴스〉 신문을 읽으며 하이드파크를 거닐기도 했다. 이제까지 연구되지 않은 대상에 정열이 있어 대영박물관에서 세상에 알려지지 않은 팸플릿을 뒤지거나 소득세 징수원의 감동적인 역사를 밝히거나 자기 집의 하수시설이 어디로 흘러가는지를 조사했다. 지금 경우에는 우연히 지나가는 나그네에게도 습관적으로 개를 풀어놓는 요크셔 농부라는 흥미로운 문제를 맞아 그와 개인적인 면담을 하며 수사를 해봐야겠다는 의무감이 들었다. 결과는 예기치 않은 것이었다.

처음에 사람을 불렀지만 아무도 나오지 않기에 그는 다시 한 번 문을 두드렸다. 이번에는 뭔가 움직임이 있더니 뚱한 남자 목소리가 들렸다.

"아, 그럼 들어오라고 해. 젠장, 빌어먹을 것아."

뭔가 방에서 떨어지거나 던지는 소리 때문에 한층 더 강조되는 목소리였다.

문을 연 사람은 의외로 일곱 살 정도 되는 어린 여자아이였다. 머리가 아주 까맣고 예뻤으며 마치 뭐에라도 맞은 양 팔을 문지르고 있었다. 아이가 문지방을 막고 방어적으로 서 있노라니 아까 그 목소리가 짜증스럽게 으르렁댔다.

"누구쇼?"

"안녕하십니까?"

윔지는 모자를 벗으며 인사했다.

"이렇게 불쑥 찾아와서 미안합니다. 리들스데일 로지에 사는 사람입니다."

"그게 뭐?"

그 목소리가 따지듯이 물었다. 아이의 머리 위로 거대한 벽난로의 구석에서 담배를 피우고 있는 덩치가 크고 건장한 남자의 모습이 흐릿하게 보였다. 창문도 작고 땅거미가 내려 난롯불 이외에는 조명이라고는 없었다. 방은 큰 듯했지만 굴뚝 맨 끝 쪽에 놓인 높다란 참나무 등의자가 방에 가로로 길게 놓여 있고, 그 너머는 꿰뚫어볼 수 없는 어둠이 고여 동굴과도 같았다.

"들어가도 되겠습니까?"

윔지가 물었다.

"그러고 싶으면 그러든가."

남자가 고상하지 못하게 대답했다.

"문이나 닫아, 계집애야. 뭘 쳐다보고 있는 거야? 네 엄마에게 가서 버르장머리나 좀 고쳐달라고 해."

그야말로 가랑잎이 솔잎보고 바스락거린다고 나무라는 격이었으나, 아이는 긴 의자 너머 어둠 속으로 총총히 사라져버렸다. 피터는 문 안으로 들어섰다.

"그림소프 씨입니까?"

피터는 예의 바르게 물었다.

"그렇다면 어쩔 건데? 난 내 이름에 한 점 부끄러움도 없는 사람이야."

농부가 대꾸했다.

"그러시겠죠. 농장도 마찬가지고. 쾌적한 곳이군요." 피터 경이 말했다. "그건 그렇고, 내 이름은 윔지입니다. 실상 피터 윔지 경이라고 하죠. 아실지 모르겠지만 덴버 공작의 동생입니다. 이런 식으로 방해해서 미안합니다. 양이다 뭐다 바쁘겠죠. 하지만 이웃이니까 한번 들러도 괜찮지 않을까 해서요. 여긴 참 외로운 시골이죠. 난 옆집 사람들과 친하게 지내는 걸 좋아하는 사람이라. 또 사람들이 오밀조밀 모여 사는 런던에 익숙하기도 하고. 이 길로 지나가는 낯선 사람은 별로 없을 것 같은데요?"

"전혀 없소이다."

그림소프는 단정 지었다.

"뭐, 그러니까 더더욱 같은 동네 사람들끼리 똘똘 뭉치게 되겠죠." 피터 경은 밀고 나갔다. "런던에서는 낯선 사람들을 너무 많이 만나니까요. 뭐니 뭐니 해도 가족만 한 게 없죠. 편안하고. 그림소프 씨는 결혼은 하셨겠죠?"

"그게 당신이랑 대체 무슨 상관이오?"

농부가 딱딱거리면서 갑자기 사납게 덤비는 통에 윔지는 아까 들은 개들이 어디 있지 않나 초조하게 둘러보았다.

"아, 물론 상관은 없죠. 다만 저 귀엽게 생긴 아이가 딸인가 해서."

"내 딸도 아니라고 생각했으면 저 애새끼와 어미년 둘 다 목졸라 죽였겠지. 그런 말은 뭐하러 해?"

사실 일반적인 대화의 공식으로 생각해볼 때 이 말은 미진한 구석이 많아서 천성적인 수다쟁이인 피터 경은 뭐라고 대꾸하고 싶은 마음을 꾹 억누르느라 괴로울 지경이었다. 하지만 피터 경은 남자들이 흔히 쓰는 수단에 의존하기로 하고, 그림소프 씨에게 시가를 권하면서 속으로 이렇게 생각했다.

'이 집 부인은 정말 비참하게 사시겠군.'

농부는 시가를 딱 잘라 거절하더니 입을 다물어버렸다. 윔지는 자기 몫으로 시가에 불을 붙이고, 옆에 있는 남자를 바라보며 생각에 잠겼다. 그림소프는 겉보기에는 마흔다섯 살 정도로, 거칠고 억세며 세파에 찌든 남자로 어깨가 위로 불쑥 솟았으며 허벅지는 짧고 굵었다. 즉 성질 나쁜 불테리어 같은 외양이었다. 조심스레 말을 흘려봤자 이러한 생물에게는 통하지 않는다는 결론을 내린 피터 경은 좀 더 솔직한 방법을 쓰기로 했다.

"솔직히 말하자면, 그림소프 씨, 아무런 이유 없이 찾아온 건 아닙니다. 남의 집을 방문했으면 이유를 말하는 게 가장 좋지 않겠습니까? 물론 이렇게 만난 것만으로도 아주 반가우니 굳이 다른 이유가 필요하지는 않겠습니다만. 그렇지만 솔직히 어떤 젊은이를 찾고 있습니다. 내 지인인데, 조만간 이 동네에 들를 거라고 했거든요. 그런데 내가 그 친구와 엇갈리지 않았나 걱정이 되어서요. 지금 막 코르시카에 갔다 온 터라. 거긴 아주 재미있는 나라이기는 합니다만 약간 외딴 곳이지요. 그런데 내 친구가 한 말로 미루어보건대, 일주일 전쯤 여기 왔다가 내가 없다는 것을 알았나 봅니다. 그것도 내 운이죠. 하지만 명함을 남기고 가지 않아서 확실히는 모르겠네요. 혹시 오가다가 그런 사람 못 봤습니까? 사이드카가 달린 모터사이클을 타고 있는 덩치 큰 친구예요. 이 동네를 돌아보러 왔을지도 모르는데. 혹시 그런 사람 모릅니까?"

농부의 얼굴이 퉁퉁 부어오르더니 분노 때문에 얼굴이 검게 변했다.

"무슨 요일을 말하는 거요?"

남자는 탁한 목소리로 따졌다.

"지난 수요일 밤이나 목요일 새벽이 아닌가 하는데."

피터는 무거운 말라카 지팡이에 손을 대며 말했다.

"그럴 줄 알았지."

그림소프가 으르렁댔다.

"화냥년. 계집들은 다 그렇게 더러운 술수를 쓴다니까. 이거 보쇼, 귀족 나리. 그 자식이 나리 친구라고? 나는 수요일하고 목요일에는 스테이플리에 있었수다. 알고 하는 말 아뇨? 그리고 나리 친구도 알고 있었겠지. 내가 거기 가지 않았다면, 그

자식은 더 큰일이 났을걸. 그 자식이 나한테 잡혔으면 저 높이 그놈 관이 됐을 거요. 나리도 곧 그 신세가 될 거고. 그 자식이 다시 이리로 슬금슬금 기어오는 걸 잡기만 하면, 뼈도 못 추리게 해주고 그리로 나리를 찾아가라고 하겠소."

그림소프는 이런 놀라운 말들을 퍼부으며 불독처럼 피터의 멱살을 잡았다.

"그걸로는 안 되죠."

피터는 상대방이 화들짝 놀랄 정도로 손쉽게 손아귀에서 빠져나오며 신기하게도 그림소프의 손목을 끊어져라 꽉 틀어쥐었다.

"이건 현명한 행동이 아니죠. 그런 식으로 사람을 죽이면 쓰나. 살인이 얼마나 더러운 일인데. 검시관의 심리도 받고 그럴 텐데. 검사가 온갖 질문을 쏟아부을걸. 그리고 마지막에는 모가지에 밧줄 걸고 끝. 게다가 당신 수법은 약간 원시적이야. 꼼짝 말고 가만히 있어. 안 그러면 팔이 부러질 테니까. 이제 기분이 좀 낫나? 됐어, 자리에 앉아요. 상대가 교양 있게 질문하는데 그런 식으로 행동하다간 큰 코 다칠 거요."

"내 집에서 나가."

그림소프가 음침하게 말했다.

"나가지 말라 해도 가지요. 흥미로운 저녁 시간을 보내게 해주어 감사하군요, 그림소프 씨. 내 친구 소식을 모른다는 건 유감이지만……."

그림소프는 불경한 욕설을 퍼부으면서 벌떡 일어나더니 문으로 향하며 큰 소리로 외쳤다.

"자베즈!"

피터 경은 잠깐 동안 그 뒷모습을 바라보다가 방 주변을 두리번거리며 살폈다.

"여긴 뭔가 수상해. 저 사람은 뭔가 알고 있어. 사람 죽일 사내로군. 혹시……"

피터는 긴 의자 주변을 살피다가 한 여자, 짙은 그늘 속에 어렴풋이 떠오른 하얀 얼굴과 마주쳤다.

"당신?"

여자는 쉰 목소리로 낮게 헐떡였다.

"당신이에요? 여기 오다니 미쳤군요. 빨리, 서둘러요! 저 사람이 개들을 부르러 갔어요."

여자는 두 손을 그의 가슴에 대고 급하게 밀었다. 불빛이 그의 얼굴을 비추자, 여자는 소리 죽인 비명을 지르며 돌처럼 그 자리에 멈춰 섰다. 메두사의 머리를 본 이의 공포였다.

전설에 따르면 메두사는 미녀였다고 하는데, 이 여자도 마찬가지였다. 시원스런 하얀 이마 위에는 검은빛이 도는 머리카락이 엉겨 붙어 있고, 쭉 뻗은 눈썹 아래 눈동자는 파랬다. 큼지막한 입에는 정열이 어려 있고 생김새가 참으로 아름다워, 이렇게 긴장된 순간에도 16대나 내려온 봉건 영주의 특권의식이 피터 경의 핏속에서 일었다. 그는 본능적으로 두 손으로 여자의 손을 덮었으나 여자는 서둘러 몸을 빼며 움츠렸다.

"부인."

윔지 경은 정신을 추스르고 말했다.

"전 정말······."

수천 가지의 질문이 마음속에서 솟았으나 제대로 형체를 갖추기도 전에 집 뒤에서 울음소리가 길게 들리는가 싶더니 계속 이어졌다.

"도망, 도망쳐요!"

여자가 외쳤다.

"개들이 몰려와요! 세상에, 난 어떻게 되는 거지? 내가 죽는 꼴 보고 싶지 않으면 가요! 가, 가요! 날 불쌍히 여긴다면!"

"이봐요." 피터가 말했다. "내가 여기 남아 지켜주면······."

"여기 남으면 나를 죽이는 거예요." 여자가 말을 잘랐다. "가요!"

피터는 퍼블릭 스쿨에서 배운 전통일랑 내팽개치고 지팡이를 집은 후 그 자리를 빠져나갔다. 난폭한 짐승들이 뒤꿈치까지 바짝 쫓아왔다. 맨 앞에 오는 녀석을 지팡이로 내려치자 으르렁거리면서 뒤로 나가떨어졌다. 아까 본 남자는 아직도 문 옆에 기대서 있었고 그림소프가 거센 목소리로 도망자를 잡으라고 외치는 소리가 들렸다. 피터는 남자와 부딪쳤다. 개들과 남자들이 맞붙었고, 갑자기 피터는 문밖으로 내동댕이쳐졌다. 피터가 정신을 차리고 일어서서 줄행랑치는 동안 농부가 남자에게 뭐라고 욕하는 소리가 들렸고 남자는 어쩔 수 없었다고 대답했다. 그러자 겁에 질려 울부짖는 여자의 목소리가 이어졌다. 피터는 어깨 너머로 뒤돌아보았다. 남자와 여자, 이제 그 무리에 합세한 두 번째 남자가 개들을 뒤로 몰면서 그림소프를 설득하여 개들을 내보내지 못하도록 했다. 이들의 애원이 먹혀들었던지 농부는 음울하게 물러났고 두 번째 남자가 회초리로 내려치고 큰 소리로 위협해서 개들을 물러나게 했다. 여자가 뭐라고 말하자 남편은 격노해서 여자에게 덤벼들더니 나가떨어질 정도로 세게 쳤다.

피터는 잠깐 주춤하고 돌아갈까 싶었으나 그렇게 해봤자 상황만 악화될 것이 분명했으므로 돌아갈 수는 없었다. 그는 여자가 일어서서 숄로 얼굴에 흐르는 피와 먼지를 닦아내고 안으로 들어갈 때까지 기다렸다. 농부가 돌아보더니 그를 향해 주먹을 휘두르며 여자를 따라 들어갔다. 자베즈는 개들을 모아서 도로 몰고 갔고 피터의 친구가 다시 돌아와 문에 기댔다.

피터는 그림소프 부부가 들어간 문이 닫히기를 기다렸다. 그런 후 손수건을 꺼내 이미 반쯤 깔린 어둠 속에서 남자가 볼 수 있도록 조심스럽게 흔들었다. 남자는 미끄러지듯 문을 떠나 그에게 다가왔다.

"고맙소."

피터는 그의 손에 돈을 쥐여주었다.

"내가 고의는 아니지만 뭔가 실수를 저질렀나 본데."

남자는 돈을 보았다가 다시 피터의 얼굴을 보았다.

"부인 얘기만 나오면 아저씨는 항상 저래요. 부인 머리가 깨져서 피나는 꼴 보고 싶지 않으면 이 집에서 떠나는 게 좋을걸요."

"이봐요." 피터가 물었다. "혹시 지난 수요일쯤 모터사이클을 타고 이 근처를 돌아다니는 남자를 본 적 없나?"

"아뇨. 수요일? 그때는 아저씨가 스테이플리에 갔던 날이에요. 무슨 기계를 사러 간 걸로 아는데. 아무튼 난 못 봤어요."

"알았소. 혹시 본 사람을 알게 되면 내게 알려줘요. 여기 내 명함이 있소. 리들스데일 로지에 묵고 있지. 잘 쉬어요. 고마웠소."

남자는 명함을 받아 들더니 작별 인사 한마디 없이 꾸부정하게 어슬렁어슬렁 걸어가 버렸다.

피터 경은 옷깃을 세우고 모자를 눈까지 푹 눌러쓰고서 천천히 걸었다. 방금 일어난 영화적 사건 때문에 논리적 두뇌 회전이 제대로 되지 않았다. 그는 노력을 기울여 생각을 분류하고 일종의 순서대로 정리했다.

"첫 번째는 그림소프. 별거 아닌 일에 덤벼드는 남자지. 튼튼하고, 호감 가지 않는 인상. 불친절한 데다가 지배적인 성격이야. 아름다운 부인에 결부된 문제라면 질투하는 남자. 지난 수요일과 목요일에는 기계를 사러 스테이플리에 갔다. (문 앞에 서 있던 남자가 확인해주었으니 법적 절차의 단계에서는 믿을 만한 알리바이라고 할 수 있겠지.) 그래서 사이드카 달린 모터사이클을 탄 수상한 남자를 보지 못했어. 그 남자가 여기 있었다고 해도. 하지만 그림소프는 그 남자가 여기 왔었다고 생각하고 싶어하고 뭐 때문에 왔는지도 별로 의심의 여지도 없지. 이 점이 참 흥미롭다니까. 어째서 사이드카를 달고 왔을까? 달고 돌아다니기엔 거추장스러운 물건 아닌가? 좋아, 좋아. 하지만 우리 친구가 그림소프 부인 때문에 찾아왔다고 해도 데리고 가지 않은 건 분명하지. 이것도 좋아.

두 번째, 그림소프 부인. 아주 특이한 사람이지. 맙소사."

피터 경은 전율 넘치던 순간을 재구성하기 위해 잠깐 생각에 잠겼다.

"10호 발자국의 주인이 지금 내가 의심하고 있는 그 이유 때문에 왔다고 한다면, 충분히 그러고도 남을 만하다는 걸 인정해야 해. 부인은 남편을 몹시도 두려워하고, 그 남편은 단지 의심만으로 부인을 때려눕혀도 아무렇지 않게 생각하지. 부인에게 신의 가호를 빌고 싶지만, 나 때문에 상황만 더 악화되어버렸어. 그런 짐승과 결혼한 부인을 위해서 해줄 수 있는 일은 멀리 떨어져 있는 거야. 살인이나 일어나지 않으면 좋으련만. 한 번에 한 건만으로도 벅차다고. 어디까지 생각했더라?

아, 그래. 그림소프 부인은 뭔가 알고 있고, 누군가를 알고 있어. 부인은 그라이더스 홀에 와서는 안 될 사람과 나를 착각했지. 내가 그림소프와 얘기하고 있는 동안 부인은 어디 있었을까? 방에는 없었는데. 어쩌면 아이가 미리 알려주었는지도 모르지. 아니, 그건 말이 안 돼. 아이에겐 내가 누군지 말했으니까. 아하, 잠깐. 실마리가 보이는 건가? 부인은 창문을 내다보고 있다가 오래된 버버리 코트를 입은 남자를 보았어. 10호 발자국은 오래된 버버리 코트를 입은 남자야. 자, 그럼 잠깐 동안 부인이 나를 10호로 착각했다고 하자고. 그럼 부인은 어떻게 할까? 부인은 영리하게도 물러나 있을 거야. 내가 다시 나타날 만큼 멍청하다고는 생각할 수 없으니까. 그런데 그림소프가 개집 관리인을 부르면서 뛰어나갔지. 그러자 부인은 목숨을 걸고서 경고를 해주려고 한 거야. 부인의, 부인의, 뭐, 노골적이지만 애인이라고 할까. 부인의 애인에게 도망치라는 경고를 주려고. 하지만 부인은 찾아온 사람이 애인이 아니라 오지랖이 넓은 멍청이라는 걸 깨달았어. 또 한 번 의심을 받기 쉬운 입장이지. 부인은 멍청이에게 도망가야 둘 다 살 수 있다고 말해. 그래서 멍청이는 도망갔지. 그렇게 우아하진 못했지만. 이 흥미로운 드라마의 속편은 이어집니다. 언제? 나도 그게 정말 알고 싶다니까."

피터 경은 한참 동안 터벅터벅 걸었다.

"그렇다고 해도 이 모든 일들은 10호 발자국이 리들스데일 로지에서 뭘 했는지에 대해서는 아무런 실마리도 되지 않아."

피터 경은 자기 자신의 생각을 스스로 반박했다.

결국 산책이 끝날 무렵까지 어떤 결론에도 이르지 못했다.
"무슨 일이 일어나든 어쩔 수 없어."
피터는 혼잣말을 했다.
"부인의 생명에 위협만 되지 않는다면, 그림소프 부인을 다시 만나봐야겠군."

*5*장
생 오노레 가와 드라페 가

내 생각엔 고양이인 것 같은데요.
─〈H. M. S. 피나포어〉[8]

　　　　　　파커 씨는 생 오노레 가의 작은 아파트에 침울하게 앉아 있었다. 오후 3시였다. 파리는 수그러들긴 했어도 명랑한 가을 햇빛으로 가득했지만, 이 방은 북향이었고 평범하고 어두운 가구들이 들어찬 데다 버려진 분위기가 감돌아 사람 기분을 우울하게 했다. 여기는 점잖은 클럽 양식을 본떠 비품을 갖춰놓은 남성용 방이었다. 이제는 죽고 없는 주인의 비밀

---

[8] 〈H. M. S. 피나포어, 혹은 선원을 사랑한 아가씨〉는 동명의 배에서 일어나는 우스꽝스러운 사건을 그린 19세기 영국의 오페라이다. 이 오페라에서 피나포어 호의 선장은 자신의 딸이 평범한 선원과 사랑에 빠지자 이를 못마땅하게 생각하고 해군 대신과 결혼시키려 한다.

을 온전히 간직한 곳이었다. 진홍색 가죽을 씌운 안장 모양의 커다란 의자 두 개가 차가운 난로 옆에 놓여 있었다. 난로 장식 위에는 청동 시계가 놓여 있고, 그 옆으로는 윤을 낸 독일제 탄환 두 개, 돌로 만든 담배 단지, 길고 차가운 담뱃대가 꽂힌 동양풍의 놋쇠 그릇이 늘어서 있다. 가는 배나무 액자 속에 든 질 좋은 판화 몇 점과 샤를 2세 시대의 화려하게 꾸민 여성의 초상화도 한 점 있었다. 창문의 커튼은 진홍색이었고 바닥에는 민무늬 터키 양탄자가 깔렸다. 벽난로 반대편에는 유리문이 달린 높다란 마호가니 책장이 놓였고 그 안에는 영어와 불어로 된 고전 작품들, 역사와 국제정치학 도서 여러 권, 다양한 프랑스 소설들, 군대와 스포츠에 관한 주제를 다루는 작품들, 부가 도판이 딸린 《데카메론》의 유명한 불어 번역본이 한 권 꽂혀 있었다. 창문 아래에는 거대한 사무용 책장이 놓여 있었다.

파커는 고개를 저으며 종이 한 장을 꺼내 보고서를 쓰기 시작했다. 아침 7시에 커피와 롤로 아침 식사를 했다. 그다음에는 아파트를 샅샅이 수색했다. 아파트 수위와 크레디 리요네의 책임자를 면담했고 그 구역의 경찰서장도 만났다. 하지만 알아낸 사실이 거의 없었다.

캐스카트의 서류에서 알아낸 정보는 이 정도였다.

전쟁 전 데니스 캐스카트는 확실히 부유했다. 러시아와 독일에 상당히 투자했으며 샹파뉴 지방의 번창하는 포도원에 큰 지분을 갖고 있었다. 스물한 살에 자기 몫의 유산을 물려받은 후

케임브리지에서 3년 동안 체재했던 기간을 마무리하고, 여행을 두루 다니며 각국의 주요 인물들을 방문하고 외교 업무 분야에서 공부를 했다. 1913년부터 1918년까지 서류 상에 드러난 이야기는 아주 흥미로운 동시에 황당하고 울적하기까지 하다. 전쟁이 발발하자, 그는 모 주 소속 15연대에 임관하였다. 수표첩의 도움을 받아 파커는 젊은 영국인 장교의 경제 생활을 재구성할 수 있었다. 의상, 말, 장비, 여행, 휴가 중 주류와 식사, 브리지 도박 빚, 생 오노레 가에 있는 아파트 임대료, 클럽 가입비 등등. 이런 지출은 아주 절제되어 있었고 수입에 비례해볼 때 적당한 비율이었다. 꼼꼼하게 기입된 영수증이 책상 서랍 하나 가득 들어 있었고, 이 영수증을 수표첩이나 돌아온 수표와 비교해보니 거의 편차가 없었다. 하지만 이를 넘어서 캐스카트의 수입에는 커다란 구멍이 뚫려 줄줄 새는 중이었다. 1913년부터 자기 앞으로 발행한 거액의 수표가 4분기에 한 번씩 정기적으로 나타났으며, 가끔은 더 빈번히 보이기도 했다. 이 액수를 어디에 썼는지 찾기 위해 책상 서랍을 면밀히 조사했지만 영수증이나 지출 메모도 보이지 않았다.

　1914년에 세계 경제를 뒤흔든 전쟁이 통장에도 작게나마 반영되었다. 러시아와 독일에서 더 이상 돈이 입금되지 않았다. 전쟁의 여파가 포도원을 휩쓸고 일꾼들이 징병되자 프랑스 지분도 원래의 4분의 1로 떨어졌다. 전쟁 첫해 동안에는 프랑스 공채 투자에서 상당수의 배당액을 받았다. 그러다가 계좌에 불쑥 2만 프랑이 입금되었고, 여섯 달 후에는 다시 3만 프랑이 입금되었다. 그 후에는 급속히 예금액이 떨어졌다. 전선에서 온 간결한 쪽지에는 정부 국채를 팔라는 명령이 적혀 있어, 파커는 지난 6년간의 예금액이 물가 상승과 화폐가치 붕괴의 소용돌이 속에 다 쓸려 들어갔음을 짐작할 수 있었다. 배당액은 점차 줄어들더니 아예 멈춰버렸다. 그후에는 더욱 불길하게도 약속어음의 갱신 청구를 나타나는 지출 항목이 연이어 있었다.

1918년쯤에 상황은 극도로 나빠져서 몇몇 항목을 보니 외화로 도박을 해서 사태를 바로잡으려고 절박하게 노력했던 게 보였다. 은행을 통해 독일 마르크화와 러시아 루블화, 루마니아 레이화를 구매했다. 파커 씨는 이 항목을 보자 남 일 같지 않아 한숨지었다. 영국 그의 집 책상 위에도 이제는 실망스럽게도 12파운드짜리 판화에 지나지 않게 된 외국 통화들이 놓여 있다는 생각이 떠올랐기 때문이다. 그는 그 지폐들이 이제 휴지 조각이라는 것을 알았지만 단정한 성정 탓에 도저히 돈을 없애버릴 수가 없었다. 분명히 캐스카트도 마르크화나 루블화가 부러진 갈대처럼 아무런 쓸모가 없다는 것을 알고 있었으리라.

바로 이즈음에 캐스카트의 예금통장에는 다양한 액수의 현금이 입금되었다. 가끔 거액도 있고 소액도 있었는데 주기는 불규칙해서 딱히 일정하지 않았다. 1919년 12월, 거의 3만 5천 프랑에 해당하는 돈이 입금되기도 했다. 파커는 처음에는 캐스카트가 은행을 통하지 않고 별도로 숨겨놓은 채권에서 나온 배당액일지도 모른다고 생각했다. 파커는 증권이나 적어도 이에 관한 메모를 발견할 수 있을지 모른다는 희망으로 방을 샅샅이 뒤졌으나 허사였다. 그래서 결국은 캐스카트가 관련 서류를 비밀장소에 숨겼거나 문제의 입금액은 다른 수입 출처에서 나왔으리라는 결론을 내렸다.

캐스카트는 용케 거의 즉시 제대한 것으로 보였고 (분명히 저명한 정부 인사들과 이전에 교제가 있었던 덕이리라.) 그 후에는 리비에라에서 장기 휴가를 보냈다. 그런 다음 런던을 방문했는데, 그 시기에 7백 파운드를 얻어 그 당시 환율의 프랑으로 환전하여 상당한 금액이 입금되었다. 그때 이후로는 지출액과 영수증이 비슷한 양상이었고, 지출과 수입이 비슷한 편이었다. 시간이 흐름에 따라 자기앞수표 발행 액수가 커졌고 횟수도 잦아졌지만, 1921년에는 포도원에서 들어오는 수익이 회복의 조짐을 보였다.

파커 씨는 이런 정보를 자세하게 기록해놓고는 의자에 기대어 아파트를 둘러보았다. 그는 또다시 자신의 직업에 혐오감을 느꼈다. 이 직업에 종사하는 한 서로를 당연히 받아들이고 사생활을 존중하는 점잖은 신사 사회에서 유리될 수밖에 없다. 그는 꺼져버린 파이프에 다시 불을 붙이고 보고서를 계속 썼다.

크레디 리요네의 부장인 무슈 투르조에게 얻은 정보로 통장에서 나온 증거를 세세한 항목까지 확인할 수 있었다. 무슈 캐스카트는 최근에 지폐, 그것도 소액지폐로 지불했다. 한두 번은 잔고 이상 수표가 발행되어 은행이 대신 지급하기도 했지만 액수가 크지 않았고 보통 몇 달 안에 갚았다. 물론 캐스카트는 다들 그렇듯이 수익이 줄어들어 고생하고 있기는 했지만 계좌를 담당하고 있는 은행에 큰 불편을 끼치지는 않았다. 그 순간에도 잔고가 1만 4천 프랑 정도가 있었다. 무슈 캐스카트는 항상 호감 가는 사람이었지만 그다지 말을 많이 하지는 않았다. 트레 코렉트(아주 정확했다).

아파트 관리인이 준 정보는 이러했다.

무슈 캐스카트를 자주 볼 수는 없었지만 아주 신사적인 사람이었다. 언제나 드나들 때마다 "봉주르, 부르주아."라고 말했다. 가끔 손님들이 찾아오곤 했는데 주로 정장을 한 신사분들이었다. 신사분들은 카드 파티를 벌였다. 무슈 부르주아는 여자 손님을 방에 안내한 적은 없다고 한다. 그렇지만 딱 한 번, 지난 2월에 트레 콤므 일 포(불가피하게) 약혼녀가 데리고 온 숙녀분들을 위해 오찬을 연 적이 있다. 약혼녀 분은 운 졸리 블롱드(금발 미녀)였다. 무슈 캐스카트는 아파트를 임시 숙소로 삼고 있어 종종 걸어 잠그고 몇 주 몇 달씩 돌아오지 않는 적도 있었다. 그는 욍 쥔 옴므 트레 랑제(아주 깔끔한 젊은이)였다. 시종을 둔 적은 한 번도 없다. 자신의 사별한 아내의 사촌 되는 마담 르블랑이 무슈 캐스카트의 아파르트망을 청소했다. 마담 르블랑은 아주 조신한 부인이다. 하지만 마담 르블랑의 주소를 알고 계시는 편이 좋겠다.

마담 르블랑이 준 정보는 다음과 같았다.

무슈 캐스카트는 아주 매력적인 젊은이로 그 밑에서 편하게 일했다. 아주 너그럽고 가족에 관심이 많았다. 마담 르블랑은 그가 영국 귀부인의 따님과 결혼하기 직전에 죽었다는 소식을 듣고 아주 상심했다. 마담 르블랑은 그 마드무아젤이 지난해 파리에 약혼자를 찾아왔을 때 본 적이 있다. 부인은 젊은 아가씨가 아주 운이 좋다고 생각했다. 무슈 캐스카트처럼 진중한 젊은이는 몇 안 될뿐더러, 거기에 외모까지 갖춘 사람은 더더욱 드물다. 마담 르블랑은 젊은 남자들을 많이 겪어보았고, 사정이 허락하기만 한다면 그들의 비사를 줄줄 읊을 수도 있지만 무슈 캐스카트에 대해서는 그렇게 늘어놓을 만한 얘기가 없다. 방을 늘 쓰지는 않았다. 언제 집에 돌아올지 부인에게 알려주는 습관이 있었고, 그러면 가서 방을 청소했다. 물건을 아주 깔끔하게 정리했다. 그 점에서는 영국 신사 같지가 않았다. 마담 르블랑은 영국 신사를 많이 알고 있지만 그 사람들은 물건들을 엉망진창으로 관리한다. 무슈 캐스카트는 항상 옷차림이 깔끔했다. 특히 목욕을 아주 유난스럽게 했다. 몸 관리에 있어서는 거의 여자만큼 까다로웠다. 불쌍한 신사분. 그렇게 죽어버렸으니. 르 포브르 가르송(불쌍한 분 같으니)! 정말로 그 비보를 듣고 마담 르블랑은 입맛까지 잃었다.

경찰청에서 준 정보는 이러하다.

아무것도 없다. 무슈 캐스카트는 어떤 식으로든 경찰에서 주목할 만한 대상이 아니었다. 무슈 파커가 언급한 돈의 액수에 대해서는 지폐 번호를 준다면 최선을 다해 추적하겠다.

그 돈은 어디로 갔을까? 파커 생각에는 출처는 오직 두 군데뿐이었다. 딴살림 아니면 협박꾼. 분명히 캐스카트처럼 잘생긴 남자라면 아파트 관리인이 모른다고 해도 살면서 여자 한둘은 있기 마련이다. 또 습관적으로 카드 게임에서 속임수를 쓰는 남자라면—속임수를 썼다는 말이 사실이라면 말이지만—사정을 속속들이 아는 누군가에게 좌지우지되고 있었을 가능성도 높다. 현금으로 된 미심쩍은 수익이 그의 재정이 고갈되면서부터 나타나기 시작했다는 점은 주목해볼 만하다. 도박에서 얻은 비정기적인 수입일 수도 있고, 카지노나 환차손, 덴버의 이야기에 진실성이 있다면 사기 도박에서 나온 이득일 수도 있었다. 대체적으로 파커는 협박 이론에 마음이 기울었다. 그와 피터가 리들스데일에서 재구성한 대로 사건의 다른 부분하고도 맞아떨어진다.

하지만 두서너 가지 일이 여전히 파커의 마음을 어지럽혔다. 어째서 협박자는 사이드카 달린 모터사이클을 타고 요크셔 황무지를 어슬렁거려야만 했을까? 녹색 눈의 고양이는 누구의 것일까? 분명히 값비싼 장신구인데. 캐스카트는 돈 대신 장신구를 내밀었던 것일까? 그건 뭔가 바보 같아 보인다. 협박꾼이라면 경멸하면서 내던졌을 것만 같다. 고양이는 지금 파커가 가지고 있는데, 보석상에 가져가 감정해볼 만한 가치가 있다는 생각이 들었다. 하지만 사이드카도 문제이고, 고양이도 문제이며, 무엇보다도 메리 양이 문제였다.

어째서 메리 양은 심리에서 거짓말을 했을까? 그녀가 거짓말을 했다는 데 대해 파커는 전혀 의심이 없었다. 두 번째 총성을 듣고 잠에서 깼다는 메리 양의 이야기를 파커는 하나도 믿지 않았다. 어째서 메리 양은 새벽 3시에 온실까지 갔을까? 선인장 사이에 숨겨져 있던 여행가방—여행가방이 맞다면 말이지만—은 누구의 것이었을까? 어째서 딱히 증세도 없는데, 신경 쇠약이라는 핑계를 대며 피를 나눈 오빠가 심리를 받는데도 치안판사 앞에서 증언을 하거나 대답을 하지 않을까? 메리 양은 덤불에서 다른 사람들이 만나는 자리에 있었을까? 그렇다면 윔지와 파커가 메리 양의 발자국을 발견했을 터였다. 메리 양은 협박꾼과 한편일까? 이 생각은 불쾌하다. 약혼자를 도우려고 애쓰고 있었을까? 파커가 공작 부인에게 들어서 알기론 메리 양은 자기 몫으로 상당한 재산이 있다. 캐스카트를 돈으로 도울 수 있지 않았을까? 하지만 그런 경우라면 어째서 알고 있는 사실을 모두 털어놓지 않을까? 캐스카트에 대한 최악의 사실—카드 조작이 그나마 최악이라고 가정하면—을 대중들이 다 알게 되었고, 당사자도 죽은 마당에. 메리 양이 진실을 알고 있다면 어째서 앞서서 오빠를 구하려 하지 않을까?

이 시점에서 파커는 한층 더 불쾌한 생각이 들었다. 결국 마치뱅크스 부인의 증언에 따르면 서재에서 났다던 소리의 주인공이 덴버가 아니고 다른 사람이라면? 협박범과 약속이 있었을 만한 다른 사람, 캐스카트의 적인 동시에 협박범의 편이었고 덤불에서 캐스카트와 협박범이 마주치면 위험할 수도 있다는 사실을 알고 있었던 사람이라면? 집과 덤불 사이의 잔디밭을 제대로 찾아봤었던가? 어쩌면 목요일 새벽에는 잔디가 밟힌 흔적이 있었지만 그 이후에 비가 내리고 물이 빠져 흔적이 다 사라진 건 아닐까? 피터와 그가 숲 속에 있는 발자국들을 다 찾아낸 걸까? 좀 더 신뢰하고 있던 사람이 바로 앞에서 총알을 발사한 건 아닐까? 다시 또 질문. 초록 눈의 고양이는 누구의 것일까?

파커의 마음속에 추측이 거듭되었고, 새롭게 드는 생각은 항상 이전의 것보다 더 추악했다. 그는 윔지가 준 캐스카트의 사진을 꺼내 들고 한참 동안 이모저모 따져보았다. 피부가 거무스름하고 잘생긴 얼굴. 살짝 곱슬거리는 검은 머리, 높고 잘생긴 코, 호감 가기도 하지만 거만해 보이기도 하는 검은 눈동자. 입술이 약간 두껍긴 해도 입 모양은 좋았고 꽉 다물면 구부러져서 관능적인 기운을 풍기기도 했다. 턱은 양쪽으로 갈라졌다. 솔직히 파커는 이런 얼굴을 매력적이라고 생각하지 않았다. 그런 남자들을 '바이런 풍의 녀석들'이라고 치부해버렸겠으나 경험상 이런 종류의 얼굴은 여자들에게 강렬한 영향을 미치게 마련이었다. 사랑이거나 증오거나.

우연은 보통 신의 섭리라는 측면에서 보면 짓궂은 장난 같은 분위기를 풍긴다. 파커는 이제 곧 이처럼 신의 특혜를 받을—

그런 말이 적절할진 모르겠으나—운명이었다. 사실 파커에게 그런 우연이 일어나는 일은 드물었다. 그런 은총은 보통은 윔지에게 좀 더 어울리는 것이었다. 파커는 수사 부서에서 근무하면서 운 좋은 추리나 운명의 흐름을 타는 묘책보다는 근면과 꼼꼼함, 조심성을 결합한 업무 능력으로 처음의 낮은 지위에서 지금의 존경받는 위치까지 승진한 사람이었다. 하지만 이번만은 하늘의 '이끌림'을 받았는데, 오히려 인간이나 사물의 도리상 그는 도리어 이런 은혜가 고맙지 않다는 느낌을 품게 된다.

파커는 보고서를 마치고 모든 것을 단정하게 책상 속에 넣어두고서, 관할서로 걸어가 열쇠들과 접근 금지 봉인을 고치는 문제에 대해 서장과 의논했다. 그런 후에도 여전히 이른 저녁이었고 그다지 춥지도 않았다. 그래서 파커는 불 미슈^{프랑스의 유명한 식당}에 가서 코냑 넣은 커피를 마시며 우울한 생각을 쫓아버리기로 했고, 그 이후에는 파리 상점가를 산책했다. 파커는 그야말로 자상하고 가정적인 성격이라 누나에게 파리 여자들이 쓰는 물품을 사다 주고 싶다는 생각을 했다. 그의 누이는 독신이었고 배로우 인 퍼니스에서 약간 쓸쓸히 살고 있었다. 파커는 누이가 가엾게도 본인 말고는 아무도 볼 사람이 없는 하늘하늘한 레이스 속옷을 좋아한다는 것을 알고 있었다. 파커는 외국어로 여성 속옷을 사야 하는 난관 따위에 머뭇거리는 남자가 아니었다. 그는 쓸데없이 상상력이 풍부하지 않았다. 파커는 언젠가 학식이 높은 판사가 법정에서 캐미솔이 뭐냐고 물은 적이 있었다는 기억을 떠올렸다. 그 속옷에 대해 설명을 들었을 때도 딱히 남세스럽지 않았던 것도 기억났다. 그는 진짜 파리다운 상점을 찾아서 캐미솔을 달라고 하기로 결심했다. 그렇게 시작하면 프랑스 상점의 아가씨가 더 이상 묻지 않아도 다른 물건들을 보여줄 것이었다.

그리하여 6시가 다 되어갈 무렵, 파커는 겨드랑이에 작은 상자를 끼고 드라페 거리를 걷고 있었다. 생각보다 돈을 좀 더 쓰기는 했지만 여러 지식을 얻었다. 캐미솔이 뭔지 확실히 알았고, 생전 처음으로 크레이프 드신얇은 비단천이 크레이프喪章하고는 크게 눈에 띄는 관련이 없으며 부피에 비해 가격이 어마어마하다는 것도 알았다. 상점 아가씨는 참으로 동정적이었고, 대놓고 눈치를 주지 않으면서 고객에게 약간 우쭐한 기분을 느끼도록 해주었다. 파커는 자신의 프랑스어 발음이 좀 더 나아졌다고 느꼈다. 거리는 화려한 상점 진열장들을 어슬렁어슬렁 지나가는 사람들로 붐볐다. 파커는 걸음을 멈추고, 마치 8만 프랑짜리 진주 목걸이를 살까, 백금에 다이아몬드와 아쿠아마린이 박힌 목걸이를 살까 망설이는 사람처럼 근사한 보석 진열장을 뻔뻔하게 쳐다보았다.

바로 거기에, '본 포르틴행운'이라는 글자가 새겨진 상표 밑에서 그를 보고 짓궂게 윙크하는 초록 눈의 고양이가 걸려 있었다.

고양이는 파커를 쳐다보았고, 그 역시 고양이를 응시했다. 평범한 고양이가 아니었다. 개성이 있는 고양이었다. 둥글게

굽은 작은 몸에는 다이아몬드가 박혀 빛을 발했고, 한데 모은 백금 앞발과 곧추서서 반짝거리는 꼬리에는 선 하나하나마다 미인의 피부에 직접 닿는다는 감각적인 기쁨이 가득 배어 있었다. 머리는 한쪽으로 갸우뚱 기울이고 있어 아래턱을 살살 긁어달라고 조르는 듯했다. 단순히 기능공이 만든 상품이 아니라 섬세한 예술 작품이었다. 파커는 수첩 속을 뒤적였다. 그 안에 들어 있던 고양이를 손 위에 올려놓고 진열장 속의 고양이와 비교해보았다. 두 고양이는 유사했다. 놀랄 정도로 유사했다. 완전히 똑같았다. 파커는 상점 안으로 들어갔다.

"여기 진열장에 걸려 있는 것과 굉장히 비슷한 고양이가 있는데요."

파커는 판매대에 있는 젊은이에게 문의했다.

"혹시 이런 고양이 가격이 얼마나 되는지 알려주실 수 있습니까?"

젊은이는 즉각 대답했다.

"네, 무슈. 이 고양이의 가격은 5천 프랑입니다. 보신 대로 최고의 재료로 만들어졌죠. 게다가 예술가의 작품입니다. 개별 보석의 시세보다 훨씬 더 가치 있죠."

"이건 마스코트 같은 겁니까?"

"네. 몸에 지니고 있으면 엄청난 행운을 불러오지요. 특히 카드 게임에서요. 숙녀분들이 많이들 이런 작은 물건들을 사십니다. 여기 다른 마스코트들도 있습니다만, 모두 다 유사한 질과 가격의 특별한 디자인들뿐이지요. 이걸 사시면 혈통 있는 고양이를 사셨다고 안심하셔도 좋습니다."

"이런 고양이야 파리 어디를 가나 쉽게 살 수 있을 것 같은데요."

파커가 뻔뻔하게 말했다.

"무슨 말씀이십니까. 지금 가지고 계신 고양이와 짝을 맞추고 싶으시면 서두르셔야 할 겁니다. 무슈 브리케는 애초에 이런 고양이를 스무 개밖에 갖고 있지 않은 데다가 이제는 진열장에 걸려 있는 물건 포함, 세 개밖에 남지 않았습니다. 더 이상 만드실 계획도 없고요. 같은 물건을 많이 만들면 격이 떨어지니까요. 물론 다른 고양이들도 있습니다만……."

"다른 고양이는 필요 없습니다."

파커는 갑자기 흥미가 돋았다.

"그럼 이런 고양이는 오로지 무슈 브리케만이 판다는 말씀이시지요? 그럼 내 고양이도 원래는 이 상점 물품이고요?"

"두말할 필요도 없죠. 이건 저희가 판 고양이입니다. 이런 작은 동물들은 저희 장인이 만든 겁니다. 아주 정교한 물품들을 다수 만들어낸 천재 장인입니다."

"혹여 이 고양이가 원래 누구에게 팔렸는지 알아낼 수는 없을까요?"

"판매대에서 현금으로 팔았다면 어렵겠습니다만, 저희 장부에 기입이 되어 있다면 알아낼 수도 있을 겁니다. 손님이 원하신다면요."

"원하고말고요."

파커는 이렇게 말하며 명함을 꺼냈다.

"영국 경찰 소속입니다. 그리고 이 고양이가 원래 누구에게 팔렸는지 알아내는 일은 아주 중요합니다."

"그런 경우라면 저희 사장님에게 안내해드리는 편이 낫겠습니다."

젊은이는 명함을 들고 뒤편으로 들어가더니 이윽고 통통한 신사와 함께 나타났다. 젊은이는 이 신사가 무슈 브리케라고 소개했다.

무슈 브리케의 개인 사무실로 가자, 신사는 사업 장부를 꺼내 와 책상 위에 놓았다.

"아시겠지만, 무슈."

무슈 브리케가 입을 열었다.

"오직 계좌로 송금하신 구매자들의 주소와 이름만을 알려드릴 수 있습니다. 하지만 이렇게 값비싼 물건을 현찰로 사는 경우는 드물지요. 그래도 부유한 영국인들이라면 그런 경우가 간혹 있어서 말입니다. 올해 이전은 볼 필요가 없을 것 같습니다. 이 고양이들이 만들어진 게 올해 초니까요."

그는 짧고 통통한 손가락으로 장부 페이지를 넘겼다.

"처음 판매된 날짜는 1월 19일이군요."

파커는 다양한 이름과 주소를 살폈다. 30분쯤 지났을 무렵,

무슈 브리케가 단정적으로 말했다.

"이게 답니다. 이름을 얼마나 찾으셨죠?"

"열세 개군요."

파커가 대답했다.

"그럼 지금 현재 상점에 남아 있는 재고가 세 개. 원래 스무 개 있었으니 네 개가 현찰로 팔렸군요. 더 확인해보고 싶으시면 일일장부를 조사해볼 수 있습니다."

일일장부를 조사하는 작업은 더 길고 훨씬 피곤했지만 마침내 고양이 네 개가 팔린 기록을 찾아냈다. 하나는 1월 31일, 다른 하나는 2월 6일, 세 번째는 5월 17일, 마지막 하나는 8월 9일에 팔렸다.

파커는 일어서서 칭찬과 감사의 인사를 길게 늘어놓다가, 어떤 생각과 날짜들 사이의 연관성이 갑자기 떠올라 캐스카트의 사진을 무슈 브리케에게 보여주며 이런 사람을 기억하느냐고 물었다.

무슈 브리케는 고개를 저었다.

"저희 단골 손님이 아닌 건 확실합니다. 저는 사람 얼굴은 잘 기억합니다. 저희 상점과 거래를 지속적으로 해온 분이라면 알아두는 게 습관이죠. 게다가 이 신사분은 평범한 얼굴이 아니지 않습니까. 그래도 모르니 저희 조수들에게 물어보죠."

직원 대다수는 이 사진을 알아보지 못했다. 그러나 파커가 사진을 다시 수첩에 집어넣으려는 순간 뚱뚱하고 나이 지긋한 유태인에게 약혼반지를 막 팔고 돌아온 젊은 여직원이 망설이지 않고 말했다.

"메 위, 주 레 뷔, 스 무슈-라(아, 이 신사분 본 적 있어요). 졸리 블롱드를 위해서 다이아몬드를 사셨던 영국인이에요."

"마드무아젤, 부디 그날의 기억을 되살려주었으면 좋겠군요."

파커가 열심히 말했다.

"파르페트망(아무렴요), 쉽게 잊을 수 있는 얼굴이 아닌걸요. 특히 여자분 쪽이. 신사분이 다이아몬드 고양이를 사시고 돈을 지불했어요. 아, 아니네요. 사신 분은 숙녀분이군요. 숙녀분이 일시불로 지불해서 놀랐던 기억이 나네요. 숙녀들은 보통 그렇게 큰 액수의 현금을 지니고 있지 않거든요. 그런데 신사분도 사셨어요. 다이아몬드와 거북 등껍질로 된 빗을 사서 아가씨에게 꽂으라고 주니까, 아가씨가 푸르 포르테 보네르행운의 부적가 될 만한 물건을 사주어야겠다고 말했어요. 그러면서 카드 게임에 유리한 마스코트는 없느냐고 물었죠. 그래서 전 숙녀분에게 신사분에게 좀 더 어울릴 만한 보석들을 보여주었죠. 하지만 이 고양이들을 보더니 마음에 쏙 들어 하시면서 꼭 이 고양이를 선물해야겠다고 하시는 거예요. 이 고양이를 가지면 좋은 패가 들어올 거라면서. 숙녀분은 저에게 그렇지 않느냐고 물었고 저는 '물론이죠. 무슈께서는 게임할 때 이걸 절대로 빠뜨리시면 안 될 거예요.'라고 대답해드렸죠. 그러자 남자분이 크게 웃으시면서 게임할 때면 항상 지니고 있겠다고 약속하셨어요."

"그 여자분은 어떻게 생겼습니까?"

"금발에 아주 미인이셨어요. 약간 키가 크고 날씬하신 분. 옷도 잘 입으셨고요. 커다란 모자에다 진청색 의상을 입으셨죠. 쿠아 앙코르? 부아용……(또 다른 거요? 보자……). 아, 외국인이셨어요."

"영국인이었습니까?"

"잘은 모르겠어요. 프랑스어를 거의 프랑스 사람만큼 잘하셨는데. 그렇지만 약간 외국어 억양이 있었죠."

"이 신사분하고는 무슨 언어로 대화했습니까?"

"프랑스어로요. 우리는 모두 같이 대화하고 있었거든요. 두 분 다 계속 제게 의견을 물어서 모든 대화는 프랑스어로 했어요. 신사분은 프랑스어를 아 메르베유(대단히) 잘하셨어요. 남자분의 옷과 외모에서 풍기는 저 네 세 쿠아(형언할 수 없는 그 무엇) 때문에 영국인이라고 추측한 거죠. 숙녀분도 같은 수준으로 유창하게 프랑스어를 했지만 가끔 가다 외국인 억양이 느껴졌죠. 물론 제가 진열장에서 물건을 가져오느라 한두 번 그 자리를 떴을 때는 두 분끼리만 얘기하셨어요. 그때 무슨 언어로 말했는지는 모르겠어요."

"그럼 마드무아젤, 그게 얼마나 오래된 이야기인지 말씀해 주실 수 있겠습니까?"

"아, 몽 듀. 사 세 플뤼 디피실. 무슈 세 쿼 레 주르 서 쉬방에 세 레상블랑. 부아용(아, 어렵네요. 아시겠지만 매일매일이 비슷비슷하게 지나는 터라. 어디 보자).

"일일장부를 보면 됩니다." 무슈 브리케가 끼어들었다. "다이아몬드 빗과 다이아몬드 고양이가 같이 팔린 날을 보면 되죠."

"그렇겠네요." 파커가 서둘러 대답했다. "돌아가 보죠."

두 사람은 돌아가 1월 장부부터 펼쳤지만 해당 항목을 찾을 수 없었다. 하지만 2월 6일에는 프랑스어로 다음과 같이 쓰여 있었다.

다이아몬드 장식 거북 등껍질 빗: 7천5백 프랑
다이아몬드 고양이((C-5 디자인): 5천 프랑

"그럼 해결됐네요."

파커는 우울하게 말했다.

"무슈께서는 별로 만족하시는 표정이 아니군요."

보석상 주인이 넌지시 말했다.

"무슈, 참으로 친절하게도 적극적으로 도와주셔서 얼마나 감사한지 모릅니다. 하지만 솔직히 고백하자면, 1년 열두 달 중 다른 달이었기를 속으로 얼마나 바랐는지요."

파커는 이 일화에 너무나 기분이 언짢아져서 만화지 두 부를 샀다. 그다음에는 오귀스트 레오폴드 거리 모퉁이에 있는 부데 식당에 가서 마음을 진정시키려는 수단으로 만화를 읽으면서 저녁 식사를 했다. 이후에는 소박한 호텔로 돌아와 술을 주문한 후 피터 경에게 보내는 편지를 썼다. 시간이 많이 걸렸고 별로 즐겁지도 않는 작업이었다. 편지의 결론 문단은 다음과 같다.

> 이 모든 사실을 내 논평 없이 적겠네. 자네는 나처럼, 아니 나보다 더 나름대로 추론을 잘할 수 있겠지. 내 추론은 너무나 당황스럽고 걱정스러워서, 모두 다 헛소리일지도 몰라. 그러길 바라네. 자네 쪽에서 사실을 완전히 다르게 해석할 만한 무언가가 나타날지도 모르지. 하지만 이 모든 일들을 확실히 해두어야 한다고 생각하네. 이 일을 다른 사람에게 넘길 수도 있지만 다른 사람이라면 나보다 더 조급하게 결론을 내리고 엉망으로 만들어버릴 수도 있어. 그렇지만 물론 자네가 그렇게 말한다면, 나는 언제든지 갑자기 병에 걸릴 수도 있네. 자네 생각을 알려주게. 내가 여기서 좀 더 파헤치고 다니기를 원한다면 메리 윔지 양의 사진을 좀 얻을 수 있겠나? 그리고 가능하다면 다이아몬드 빗과 초록 눈의 고양이가 있는지 알아봐 주게. 또 메리 양이 파리를 방문한 2월의 날짜를 정확히 알아봐 주고. 자네 누이는 자네만큼 프랑스어를 잘하나? 그리고 자네가 어떻게 지내는지도 궁금하군.
>
> 자네의 충실한 친구
찰스 파커

파커는 편지와 보고서를 꼼꼼하게 반복해서 읽은 다음 봉투에 넣고 봉했다. 그 후에는 누나에게 편지를 쓰고 소포를 깔끔하게 포장한 후 벨을 울려 호텔 직원을 불렀다.

"이 편지를 즉시 부쳐줘요, 등기로. 그리고 이 소포는 내일 아침 택배 우편으로 보내주고."

이 일을 다 마친 후 그는 침대에 들었고 히브리서에 대한 논문을 읽다가 잠에 빠졌다.

그 후 피터 경의 답장이 도착했다.

찰스에게

걱정 말게. 나도 사태가 돌아가는 형국이 끔찍이도 못마땅하지만 다른 사람 아닌 자네가 이 일을 맡아주는 편이 좋아. 자네도 말했지만 보통 경찰들은 누구를 체포하는지 신경 쓰지도 않지. 그들이 체포나 할 수 있다면 말이지만. 또 다른 사람 일에 시시콜콜 끼어드는 파렴치한들 아닌가. 나는 내 형의 누명을 벗겨주기로 마음을 먹었네. 그게 무엇보다 고려해야 할 과제야. 결국 무슨 일이 생기든 제리 형이 저지르지도 않은 죄를 뒤집어쓰고 교수형을 당하는 것보다야 나을 것 아닌가. 누가 그 범죄를 저질렀든 간에, 애먼 사람이 아니라 당사자가 벌을 받는 게 낫겠지. 그러니 수사를 계속해주게나.

사진 두 장을 동봉하네. 지금 당장 내가 구할 수 있는 건 이

뿐이야. 간호사복을 입고 있는 사진은 잘 안 나왔고, 다른 사진은 커다란 모자를 쓰고 있어서 얼굴이 다 가려져 버렸지.

나는 지난 수요일에 여기서 기묘한 작은 모험을 했네. 다음에 만날 때 얘기해주지. 내가 본 여자는 분명히 필요 이상의 사실을 알고 있었고, 범인일 수도 있는 악한도 찾았지만 애석하게도 알리바이가 있더군. 그리고 10호 발자국 주인에 대한 희미한 단서도 찾았다네. 노샐러튼에서는 별일 없었어. 제리가 재판에 처해졌다는 것 말고는. 다행히도 어머니께서 여기 와 계시네! 어머니가 메리를 야단쳐서 정신을 좀 차리게 해주지 않을까 기대하고 있어. 하지만 지난 이틀 동안 상태가 더 심해져서. 메리 말이야, 어머니 말고. 심하게 아팠지. 틴구미 박사는—이 멍청이 이름이 뭔지는 정확히 모르겠지만—아무것도 알아내지 못하더군. 어머니 말씀으로는 어찌 된 일인지 대낮같이 훤하다며, 내가 하루나 이틀 참을성 있게 기다려주기만 하면 곧 끝을 내시겠대. 난 어머니에게 빗과 고양이에 대해서 물어봐 달라고 부탁드렸어. 메리는 고양이에 대해서는 부정했지만 파리에서 산 다이아몬드 빗은 있다고 말했다는군. 지금 런던에 있다고 하니 가지고 와서 보내도록 하겠네. 메리 말로는 어디에서 샀는지 기억도 나지 않고 영수증도 잃어버렸지만 7천5백 프랑이나 나가는 물건은 아니라고 한다는군. 메리가 파리에 갔던 기간은 2월 2일부터 2월 20일까지야. 지금 내가 해야 할 주요한 업무는 러복을 만나서 은모래와 관련한 작은 문제를 해결하는 거지.

순회재판은 11월 첫째 주에 열릴 예정이야. 사실 다음 주 말쯤이지. 약간 촉박하기는 하지만 중요한 문제는 아닐세. 제리 형을 거기서 재판할 수는 없을 테니까. 표면상으로는 정식 기소장을 내야 할 의무가 있는 대배심 외에 다른 건 문제가 되지 않아. 그 후에는 할 수 있는 한 사건을 미뤄야지. 이게 좀 힘든 일이 될 것 같아. 국회 재판이며 뭐 그런 일들. 빅스는 겉으로는 대리석 조각처럼 냉엄한 표정을 하고 있지만, 사실 속으로는 아주 동요하고 있지. 나는 정말 세습귀족을 재판하는 일 가지고 왜 이리 난리들인지 모르겠어. 60년에 한 번 정도 일어나는 일이고 엘리자베스 여왕만큼 오래된 절차 아닌가. 국회에서는 이런 경우를 대비해 귀족들을 재판하는 최고법관을 임명해야 할 거야. 이런 경우에만 열리는 위원회에서 무서울 정도로 명확하게 일을 처리해야겠지. 리처드 3세 때는 최고법관이라는 지위는 무시무시하게 대단한 지위여서 국정을 좌지우지할 수 있었거든. 그래서 헨리 4세가 왕위에 오르자 이 직위 임명권이 왕의 손에 떨어졌고, 왕은 그대로 유지했지. 대관식이나 제리 형과 같은 경우가 있을 때만 임시로 사람을 임명한다네. 임금님은 언제나 필요한 상황이 될 때까지는 최고법관 같은 제도가 있다는 사실을 몰랐던 척하시다가 누구에게 그 일을 맡겨야 한다고 하면 화들짝 놀라신다네. 자네 이런 사실을 알고 있었나? 나는 몰랐네. 빅스에게 들었어.

힘내게. 나와 관련한 사람들을 다 모른다고 생각하고 수사를 진행해. 어머니가 자네에게 안부 전해달라시는군. 조만간 보자고. 번터도 뭔가 정확하고 존경 어린 말을 전해달라고 했네만 잊어버렸네.

범죄 수사로 맺어진 자네의 형제가.

P. W.

일단 사진에서 나온 증거는 전적으로 아무런 결론도 맺지 못했다는 사실을 밝혀두어야만 하겠다.

6장
고집불통 메리[§]

> 난 어떤 남자이건 어머니에게 받은 것들은
> 공적 생활로 넣죠.
> — 애스터 부인[§§]

요크 순회재판의 개정일, 대배심은 덴버 공작 제럴드에게 살인죄로 정식 기소장을 발부했다. 덴버 공작 제럴드는 그에 따라 법정에 출석해 있었고, 판사는 지난 2주 동안 전국의 모든 신문들이 전 세계를 향해 떠든 내용을 이제야 깨달은 척하며 본인은 작은 일반 평민 배심원단을 거느린 보통 판사이기 때문에 상원의원 자격이 있는 세습귀족을 재판할 수 없

[§] 〈고집불통 메리(Mary Quite Contrary)〉는 영국의 유명한 너서리 라임이다. 어린이 동요지만 불길한 내용을 담고 있어, 여기서 메리는 '블러디 메리'를 의미한다는 일설도 있다.

[§§] 낸시 위처 애스터 남작 부인. 영국 최초의 여성 하원의원이다.

다고 했다. 그렇지만 자진해서 이 사건을 대법관에게 알렸다. (상원의장인 대법관 또한 지난 2주 동안 비밀스럽게 국회 의사당 안 로열 갤러리의 수용 인원을 계산하며 특별 심의회를 구성할 귀족들을 고르고 있었다.) 그에 따라 명령이 내려졌고, 귀족 피고는 끌려갔다.

하루 이틀 후 런던의 침침한 햇볕 속, 찰스 파커는 피카딜리 110번지 2층 아파트의 벨을 울렸다. 번터가 문을 열더니 우아한 미소를 지으면서, 피터 경은 기다리고 계시다가 몇 분 전에 출타하셨지만 부디 안으로 들어와 기다려주시기를 바란다고 알렸다.

"저희는 오늘 아침에야 올라왔습니다." 시종이 덧붙였다. "그래서 아직 정리가 완전히 되지 않았습니다. 괜찮으시면 차 한잔 하시겠습니까?"

파커는 제안을 받아들였고 호사스럽고 긴 의자 모서리에 푹 주저앉았다. 불편하기 짝이 없는 프랑스 가구에서 한참 생활한 후라, 폭신폭신한 의자에 앉아 쿠션을 머리 뒤에 대고서 웜지의 질 좋은 담배를 피우고 있자니 위로를 받는 느낌이었다. 번터는 아직 정리가 완전히 되지 않았다고 말했지만 전혀 그런 흔적을 찾아볼 수가 없었다. 타닥타닥 타오르는 난롯불이 흠집 하나 없는 검은 소형 그랜드피아노 표면에 명랑하게 어렸다. 피터 경이 수집한 희귀본의 말랑말랑한 송아지 가죽 표지가 검은색과 앵초색의 벽에 대비되어 부드러운 빛을 발했다. 꽃병에는 황갈색 국화가 가득 꽂혀 있었다. 주인이 집을 비운 적이 없는 양 각종 신문의 최신호가 이 탁자 위에 놓여 있었다.

파커는 차를 마시면서 메리 양과 데니스 캐스카트의 사진을 윗주머니에서 꺼냈다. 그는 찻주전자에 사진을 세워놓고, 비웃음이 희미하게 어려 있는 거만한 눈빛에서 억지로 의미를 끌어내려는 듯 번갈아 쳐다보았다. 그는 파리에서 적어놓은 쪽지를 다시 꺼내 보며 연필로 여러 가지 점을 하나하나 지워나갔다. "젠장!" 그는 메리 양을 응시했다. "젠장, 젠장, 젠장."

그가 좇고 있던 생각들의 연쇄는 특히 흥미로웠다. 이미지 다음에 이미지가 또 떠오르고, 각각의 이미지는 은밀한 암시로 가득 차서 마음속으로 파고들었다. 물론 파리에서는 제대로 생각할 수가 없었다. 너무 불편했고 방은 중앙난방이었다. 수많은 문제들이 술술 풀려가는 이곳은 난롯불로 뜨듯했다. 캐스카트도 난롯불 앞에 앉아 있었다. 물론 파커도 문제의 해결책을 생각해내고 싶었다. 고양이들이 앉아 불을 말끄러미 쳐다보고 있을 때면, 문제의 해결책을 생각해낸다. 그 생각을 이전에 못하다니 이상했다. 초록 눈의 고양이를 불 앞에 앉혀놓자 그는 풍성하고 검은, 벨벳 같은 암시성으로 바로 빠져들었다. 그것이 가장 중요한 점이었다. 이처럼 맑은 정신으로 생각할 수 있다니 호사스러운 일이었다. 그렇지 않았다면 안타깝게도 속도 제한을 어겼을 테니 말이다. 검은 황무지가 너무나도 빠르게 비틀비틀 지나갔다. 하지만 이제 그는 다시 잊어버리지 못할 공식을 갖게 되었다. 그 연관성이 바로 거기에 있었다. 밀접하고, 꽉 짜였으며, 아주 일관성이 있는 연관성.

"유리 부는 직공의 고양이는 봄스터블이다."

파커는 큰 소리로 분명하게 말했다.

"그거 재미있는 소리인데."

피터 경이 다정하게 씩 웃으며 대답했다.

"낮잠 잘 잤나?"

"내가 뭐? 안녕! 무슨 말인가, 낮잠이라니? 나는 아주 중요한 생각의 끄트머리를 막 잡은 찰나였어. 그런데 자네 때문에 날아가 버렸잖아. 뭐였지? 고양이가, 고양이가……."

파커는 허둥지둥 더듬었다.

"'유리 부는 직공의 고양이는 봄스터블이다.'라고 말했어." 피터 경이 대신 대답해주었다. "아주 근사한 단어네만, 자네가 무슨 뜻으로 그 말을 했는지는 모르겠는걸."

"봄스터블?" 파커는 살짝 얼굴을 붉혔다. "봄…… 아, 그래. 어쩌면 자네 말이 맞는지도 몰라. 졸았는지도 모르겠군. 하지만 지금 막 사건의 진상에 이르는 중요한 실마리를 잡았다고 생각했는데. 그 문장이 아주 중요하다고 생각했어. 심지어 아직까지도. 아니, 이제 생각해보니 내 생각들이 서로 연결이 잘 안 되는 것 같군. 안타까운데. 아주 명료하다고 생각했는데 말이야."

"신경 쓰지 말게." 피터 경이 위로했다. "막 돌아왔나?"

"어젯밤에 해협을 건너왔지. 뭐 새로운 소식이라도?"

"많지."

"좋은 소식이야?"

"아니."

파커의 눈이 사진 위를 떠돌았다.

"난 믿지 않네." 그는 고집스럽게 말했다. "그런 말을 한마디라도 믿으면 천벌 받을 거야."

"무슨 말 말이야?"

"무슨 말이 되었건."

"지금 흘러가는 꼴을 봐서는 자네도 믿어야만 할걸, 찰스."

그의 친구는 손가락으로 파이프 안 담배를 쿡쿡 누르면서 부드럽게 말했다.

"나도 메리가―쿡―캐스카트를 쐈다고―쿡, 쿡―말하는 건 아니야. 하지만 걔는 계속해서 거짓말을 하고 있으니까. ―쿡, 쿡―메리는 범인을 알아. ―쿡―그에 대비를 했지. ―쿡―그 남자를 비호해주려고 꾀병을 부리며 누워 있는 거야. ―쿡, 쿡―우리는 걔의 입을 열어야만 해."

여기서 피터 경은 성냥을 그어 파이프에 불을 붙이고 화난 사람처럼 연기를 뻐끔뻐끔 피워댔다.

파커는 열이 올라서 반박했다.

"이 여인이." 그는 사진을 가리켰다. "캐스카트 살인에 조금이라도 관여했다고 믿는다면, 자네의 증거가 뭐든 난 상관 안 하겠네. 제기랄! 윔지, 자네 여동생이야."

"제럴드는 내 형이기도 해." 윔지가 조용히 말했다.

"내가 지금 좋아서 이런다고 생각하는 건 아니겠지? 하지만 우리가 좀 더 성질을 억누른다면, 좀 더 원만히 해결할 수 있을 것 같네."

"미안해." 파커가 사과했다. "어째서 그렇게 험한 말을 했는지 모르겠어. 미안하네, 친구."

"우리가 할 수 있는 최선은 아무리 추악해도 증거를 있는 그대로 빤히 쳐다보는 걸세. 나도 그런 증거 중 몇몇은 괴물같이 흉악하다는 것을 기꺼이 인정하네.

어머니가 금요일에 리들스데일에 오셨어. 씩씩하게 2층으로 올라오시더니만 내가 복도에서 축 늘어져 고양이나 어르면서 민폐를 끼치는 동안 메리를 완전히 장악하셨더라고. 이윽고 소프 박사가 왔네. 나는 가서 계단참에 있는 궤에 앉았지. 곧 벨이 울리더니만 엘렌이 위층으로 올라오더군. 어머니와 소프 박사가 튀어나오더니 메리의 방 바로 앞에서 엘렌을 잡아 한참을 이러쿵저러쿵 재잘댔어. 이윽고 어머니가 복도로 나와 욕실로 가시지 뭔가. 구두굽 소리가 또각또각 울리고 심기가 불편하신지 귀걸이가 딸랑딸랑 춤추듯 흔들렸어. 나는 슬쩍 사람들을 따라 욕실 문으로 갔지만 안에서 문을 잠가버리는 바람에 아무것도 보이지 않더군. 하지만 어머니가 말하는 목소리는 들을 수 있었지. '자, 내가 뭐라고 그랬니?' 그랬더니 엘렌이 대답했어. '어머나, 마님. 누가 그런 생각을 했겠어요?' 그랬더니 어머니가 이러셨어. '이 말만 해두고 싶다. 내가 비소나 아네모네[§] 같은 다른 약으로 독살당하지 않게 너희들 같은 사람들을 믿고 의지해야 했다면—약 이름은 뭐 틀릴 수도 있지만 뭘 말하는지 알겠지. 잘생기긴 했지만 얼토당토않은 턱수염을 기른 남자가 아내와 장모를 없애버리기 위해서 썼던 약 말이야. 심지어 장모가 딸보다 더 매력적이었다지, 참—난 벌써 죽어서 스필스베리 박사님이 내 시체를 해부하고 있었을 게다. 해부라니, 얼마나 끔찍하고 혐오스러운 작업이니. 불쌍하신 분. 게다가 동물 실험 대상이 된 토끼들은 또 얼마나 불쌍하고.'"

윔지는 숨을 고르기 위해 잠깐 말을 멈췄고, 파커는 걱정스러운 중에도 웃음을 터뜨렸다.

"말씀 하나하나를 정확히 옮기진 않겠네. 자네도 우리 어머니 스타일 알지 않나. 소프 박사는 위엄을 지키려 했지만 어머니는 계속 신경을 살살 긁으면서 빤히 쳐다보시더군. '내가 젊었을 때는, 저런 증세는 히스테리나 응석이라고 했어요. 여자애가 저렇게 눈 가리고 아웅하도록 놔두지 않았답니다. 당신네들은 신경증이라고 하나, 억압된 욕망이라고 하나, 반사작용인지 뭔지라고 하면서 버릇없이 굴도록 놔두죠. 저 멍청한 애가

[§] (원주) 안티모니안티몬 화합물? 공작 부인은 프리처드 의사 사건을 염두에 두고 있는 듯하다.

진짜 병을 앓도록 놔둔 건지도 몰라요. 당신네들은 모두 다 정말 바보 같은 사람들이라서 아기들은 고사하고 자기 병조차 제대로 치유하지도 못한다니까. 슬럼가에서 가족들을 건사하는 어린아이들이 의사 몇 명을 합쳐놓은 것보다 훨씬 더 똑똑할 거야. 메리가 이런 식으로 자기를 광고하고 다니다니 정말 화가 나네요. 쟤는 불쌍하게 생각해줄 필요도 없어요.' 그러시더라니까."

윔지는 여기까지 말하고 덧붙였다.

"세상의 어머니들이 하는 말씀에는 종종 대단한 진실이 있지."

"어련하겠나."

파커가 대꾸해주었다.

"뭐, 그래서 그 후에 어머니를 붙들고 무슨 일이기에 이 난리냐고 여쭤보았지. 어머니 말씀으로는 메리가 자기나 병에 대해서 한마디도 안 하려고 했다는 거야. 가만히 놔둬달라고 했다는군. 그때 소프가 와서 신경 쇠약이니 뭐니 떠들었다지. 자기는 이처럼 구토하는 증세에 대해서도 잘 이해를 못하겠고 메리의 체온이 널을 뛰는 것도 이상하다며. 어머니는 듣고 있다가 의사에게 메리의 체온이 지금은 얼마인지 가서 재보라고 하셨다지. 의사가 체온을 재고 있는데 어머니가 다시 화장대로 와보라고 부르셨다는군. 하지만 어머니는 어찌나 교활한 분이신지, 거울로 살짝 보고 있다가 메리가 뜨거운 물속에 온도계를 넣는 현장을 잡으셨던 거야."

"저런, 나는 전혀 몰랐군!"

"소프도 마찬가지였지. 어머니는 의사가 나이도 그렇게 많지 않은 이가 저런 케케묵은 속임수에 넘어갈 정도라면, 백발이 될 때까지 가족 주치의 노릇은 못할 거라고 하시더군. 어머니는 동생에게 구토에 대해서 꼬치꼬치 따져 물었지. 언제 일어나는지, 얼마나 자주 일어나는지, 식사 전에 일어나는지, 후에 일어나는지 등등. 마침내 아침 식사 후에 보통 일어나고 가끔 다른 때에도 일어난다는 걸 알아내셨어. 어머니는 처음에는 이해를 잘 못 하셨지. 병이나 다른 물건을 찾아 방을 샅샅이 뒤지셨으니까. 어머니는 메리가 매트리스 밑에 뭔가 숨겨놓지 않나 싶어서 방을 정리하는 하녀에게 물어보셨다네. 그랬더니 엘렌은 메리가 목욕을 하는 동안 주로 정리한다고 했다는군. '그때가 언제냐?' 어머니가 물으셨더니, '아가씨가 아침 식사를 하시기 바로 전이에요.'라고 하녀가 대답했다지. '네 멍청한 머리를 주님께서 용서해주시기를 기도해야겠다.' 어머니는 이렇게 말씀하셨지. 그러고는 모두들 욕실로 간 거야. 그랬더니 목욕 소금과 엘리먼 도포액, 크루센 지사제, 칫솔 같은 물건들이 놓인 선반에서 가족들이 먹는 이페카쿠아나 Ipecacuanha§ 병을 찾아냈지. 4분의 3이나 비어 있더라고! 그래서 어머니께서 아까처

---

§ 남아프리카 꼭두서닛과의 관목 뿌리 추출액으로 토제吐劑로 쓴다.

럼 말씀하신 걸세. 그건 그렇고 자네, 이페카쿠아나 철자 쓸 줄 아나?"

파커는 철자를 댔다.

"에잇! 이번에야말로 자네 코를 납작하게 눌러줄 줄 알았는데. 분명 미리 가서 찾아봤을 거야. 정신이 제대로 된 사람이라면 머릿속에 이페카쿠아나 같은 단어를 넣고 다닐 리가 있나. 어쨌든 자네가 말한 대로, 내가 탐정의 본능을 우리 집안 어느 쪽에서 이어받았는지는 쉽게 알 수 있다니까."

"난 그런 말 한 적 없……."

"알아, 왜 안 했지? 어머니의 재능은 세상의 인정을 받아 마땅한데 말이야. 사실 어머니에게 그대로 말했더니 이처럼 명언을 남기시더군. '사랑하는 아들아, 이런 일에 거창한 이름을 붙이는 거야 네 맘이지만, 나는 구식 여자니 그저 어머니의 직감이라고 하겠구나. 그런 재능이 있는 남자는 드무니까, 그런 남자가 있다면 그에 대해서 책을 쓰고 셜록 홈즈니 뭐니 부르는 거겠지.' 그렇지만 모두 차치하고 나는 어머니에게 이렇게 말했지. (물론 남들 없을 때.) '다 좋아요. 하지만 메리가 그저 관심 끌고 싶어서 온갖 야단법석을 피우며 이 꾀병을 부리고 우리를 겁주었다는 게 믿기지가 않는데요. 그런 애는 아니잖아요.' 어머니는 올빼미처럼 나를 빤히 쳐다보시면서 히스테리의 수많은 예를 인용하시다가 마지막에는 남의 집에 파라핀을 던진 하녀 얘기를 하시더군. 그 집에 유령이 들렸다는 소문을 내기 위해 그랬다는 거야. 그러고는 이렇게 끝맺으셨지. 애들이 그저 버릇없는 짓을 하는데도 최신 유행을 따른다는 의사들이 무의식이니 절도광이니 콤플렉스니 하는 각종 근사한 이름을 갖다 붙이며 설명을 하려 드니까 그런 사실을 이용하려는 사람이 있는 것도 당연하다고."

"웜지." 파커는 아주 흥분하며 말했다. "공작 부인께서 뭔가 의심하고 계시다는 뜻인가?"

"이보게, 친구." 피터 경이 대답했다. "어머니는 메리에 대한 일이라면 무엇이든 척 보면 아셔. 어머니에게 우리가 그 시점까지 밝혀낸 사실을 알려드렸더니 어머니는 특유의 기묘한 방식대로 다 받아들이시더군. 알겠지만 어떤 대답도 직접적으로 하지는 않으시지. 그러더니 머리를 한쪽으로 갸우뚱 기울이며 이러시는 거야. '메리가 내 말을 들었다면 구급 간호 봉사대[VAD]보다 좀 더 쓸모 있는 일을 했을 텐데. 결국에는 별로 소득도 없는 일이었잖니. 물론 내가 일반적으로 간호 봉사대에 무슨 악감이 있는 건 아니다만, 메리의 상사라고 하는 멍청한 여자는 세상에서 제일가는 속물이었거든. 메리가 좀 더 잘할 수 있는 제대로 된 일이 있었는데, 어떻게든 런던에 가고 싶어 혈안이 되어서는. 나는 그게 항상 그 우스꽝스러운 클럽 탓이라고 여긴단다. 그렇게 엉망인 음식이 나오는 데서 뭘 기대할 수 있겠니. 분홍색으로 칠한 지하 창고에 오밀조밀 모여 앉아서 서로 목청 높여 이야기하고, 제대로 된 정장을 입은 사람은 한 명도 없었어. 다들 소비에트 점퍼 차림에 구레나룻을 기르고 다니지. 어쨌든 난 저 멍청한 남자에게 사건의 연유를 이렇게 일러줬단다. 그렇지 않고서는 자기들 머리로는 더 좋은 설명을 생각해낼 수도 없을 테니까.' 지당하신 말씀이지. 저들 중 누구라도 꼬치꼬치 캐물으려고 했다가는 어머니의 불호령이 떨어질걸."

"자네는 정말로 어떻게 생각하나?"

파커가 물었다.

"아직 가장 불쾌한 부분에는 이르지도 않았어." 피터가 말했다. "나도 지금 막 들은 터라. 게다가 들었을 때는 속에 메슥거릴 정도로 충격이었지. 인정해야겠네. 어제 러복에게 편지를 받았는데, 나를 만나고 싶다는 거야. 그래서 오늘 아침 런던으로 와서 그에게 들렀다네. 자네도 기억하겠지? 번터가 메리의 치맛단에서 채집한 얼룩을 그에게 보낸 것 말이야. 나도 직접 슬쩍 보기는 했는데, 마음에 들지 않아서 '엑스 아번단티아 카우테로에(아주 주의하는 차원에서)' 러복에게 보냈지. 유감스럽게도 그는 내 의심이 맞다고 확인해주었네. 그건 인간의 피였어, 찰스. 아마도 캐스카트의 피가 아닌가 하네."

"하지만…… 그 얘기는 뭔지 갈피를 잡지 못하겠군."

"그게, 그 치마의 얼룩은 캐스카트가 죽던 날 묻었던 게지. 그날은 또 일행이 황야에 마지막으로 나갔던 날이기도 했어. 만약 그전에 묻었더라면 엘렌이 닦아냈을 걸세. 그 후에 메리는 치마를 가져가려는 엘렌을 한사코 뿌리쳤고 어설프게도 자기 손으로 직접 비누를 묻혀 닦아내려고 했네. 그러니 메리가 그 얼룩이 묻었다는 사실을 알고 있었고 남에게 들키지 않으려 했다는 결론을 내릴 수 있겠지. 메리는 엘렌에게 뇌조 피라고 말했지만 그것도 고의적인 거짓말이고."

"모르지 않나." 파커는 메리 양을 변호하고자 애썼다. "그저 '아, 사냥한 새의 피인가 봐' 정도로 말했을 수도 있잖아."

"사람 피를 옷에 그렇게나 많이 묻힌 사람이 그 사실을 몰랐을 리는 없다고 생각하네. 메리는 아마 그 옆에 무릎을 꿇었을 거야. 가로로 8에서 10센티미터 정도 되는 크기의 얼룩이니까."

파커는 절망적으로 머리를 흔들며 스스로 위로하는 차원에서 기록을 받아 적었다.

"자, 이제," 피터는 말을 이었다. "수요일 밤에는 모두 내려와 저녁 식사를 하고 다들 잠자리에 들었지만 캐스카트만은 밖으로 뛰어나가 돌아오지 않았지. 11시 50분에 사냥터지기인 하드로는 공터에서 나는 듯한 총소리를 들었어. 바로 그 사고가 일어난 장소지. 일단은 사고라고 말해두자고. 그 시간은 새벽 4시 30분에 의사가 검시했을 때 죽은 지 서너 시간이 되었다는 증언과 일치하네. 새벽 3시에 제리는 어딘가로 갔다가 집에 돌아오는 길에 시체를 발견했어. 제리는 시체 위에 몸을 숙이고 있었고, 메리가 아주 적절하게도 코트와 모자, 산책화 차림으로 집에서부터 나왔어. 자, 이에 대한 메리의 설명은 뭐지? 3시에 총소리를 듣고 깼다고 했지. 하지만 개 말고 총소리를 들은 사람은 없었어. 메리 옆방에서 자고 있던 페티그루-로빈슨 부인은 이전부터 하던 습관대로 창문을 열어놓고 있었고 새벽 2시부터 소식을 들은 3시 넘어서까지 깨어 있었지만 총소리를 듣지 못했다고 증언했어. 메리에 따르면 건물 반대편에 있는 애까지 깨울 정도로 총소리가 컸는데도 말이야. 참으로 이상한 일 아닌가? 옆방에 있는 건강하고 젊은 사람이 자다가 깨어날 만큼 큰 소리가 났는데도 이미 깨어 있었던 사람은 아무 소리도 듣지 못했다고 단언하다니? 어찌 되었든, 캐스카트가 그 총을 맞고 죽었다고 해도 형이 발견했을 때는 아직 숨이 붙어 있었을 가능성도 있어. 그렇다고 한다면 덤불에서부터 온실까지 캐스카트를 옮겨온 시간은 어떻게 된 걸까?"

"우리는 이런 근거들을 벌써 살피지 않았나." 파커는 지긋지긋하다는 티를 내며 말했다. "총소리 이야기에는 별로 중요성을 두지 않기로 했잖아."

"안타깝지만 그 이야기에 아주 큰 중요성을 두어야 할 것 같아." 피터 경이 엄숙하게 말했다. "그런데 메리는 어떻게 하지? 총소리가 착각이거나……."

"총소리는 나지 않았어."

"나도 알아. 하지만 그 애 이야기의 모순점을 검사하고 있는 거야. 메리는 그저 밀렵꾼이라 생각해서 아무에게도 경고를 주지 않았다고 했어. 하지만 그저 밀렵꾼이라고 생각했으면서 아래로 내려가 살펴본다는 건 이상하지. 그에 대해 메리는 강도

일지도 모른다고 생각했다고 설명해. 그런데 강도를 찾으러 간 사람 옷차림이 어땠지? 자네나 나라면 어떻게 했겠어? 우리는 잠옷 가운을 걸쳐 입고 소리가 안 나는 슬리퍼를 신고 꼬챙이나 단단한 지팡이 같은 걸 들었겠지. 산책화에 코트, 모자는 아니라고!"

"비가 내리는 밤이었잖아."

파커가 웅얼거렸다.

"친구, 강도인지 보러 가는 사람이 정원 근처를 어슬렁거리면서 찾아다니지는 않아. 보통 가장 먼저 하는 생각은 집에 들어왔을지 모른다는 것이고, 그럼 몰래 내려가 계단이나 식당 문 뒤에서 살펴봐야겠다고 생각하지. 어쨌든 날씨 따위는 아랑곳하지 않고 맨머리로 돌아다니는 요새 여자애가 강도를 찾으러 가면서 모자를 예쁘게 쓰고 나가겠나? 말도 안 되는 일이지, 찰스. 터무니없는 일이야! 게다가 메리는 곧장 온실로 가다가 시체에 걸려 넘어졌어. 마치 미리 어디로 가면 시체가 있는지 알고 있는 사람처럼 정확하게."

파커는 다시 한 번 머리를 저었다.

"자, 이제 메리는 제럴드 형이 캐스카트의 시체 위에 수그리고 있는 모습을 봐. 메리가 뭐라고 하지? 이렇게 외쳐. '세상에, 제럴드. 오빠가 그 사람을 죽였군요!' 그러다가 마치 다시 생각난 듯 '아, 데니스네요! 대체 무슨 일이 일어난 거죠? 사고가 있었나요?'라고 하지. 그게 자연스럽게 나오는 말일까?"

"아니. 마치 거기서 메리 양이 예상한 사람은 캐스카트가 아니라 다른 사람이라는 말투지."

"그런가? 나한테는 그 애가 누군지 모르는 척하려고 했다는 느낌이 들어. 처음에는 '오빠가 그 사람을 죽였군요!'라고 하다가 '그 사람'이 누군지 모르는 게 당연하다는 생각을 해내고 '아, 데니스네요!'라고 하는 거지."

"어쨌든 메리 양의 첫 번째 외침이 진심이었다면 그 남자가 죽었을 거라는 예상은 못했다는 뜻이잖아."

"그래, 못했겠지. 그건 기억해두어야겠군. 죽었다는 사실은 놀라웠다. 아주 좋아. 그런 후에 제럴드 형이 메리에게 가서 사람들을 불러오라고 했어. 여기서 포착할 수 있는 사소한 증거가 있지. 페티그루-로빈슨 부인이 그 일과 관련해서 뭐라고 했는지 기억하나?"

"층계참에서 문이 쾅 닫히는 소리가 났다고 한 얘기 말인가?"

"그래. 요전 날 아침에 내가 겪은 이야기를 해주지. 내가 평소처럼 명랑하게 욕실에서 뛰어나오는데, 층계참에 있는 오래된 궤에 부딪쳤지 뭔가. 그랬더니 뚜껑이 들리면서 '쿵' 하고 닫히는 거야. 그래서 번뜩 생각이 떠올라서 안을 슬쩍 들여다봤지. 뚜껑을 열고 바닥에 개켜놓은 시트와 물건들을 들여다보고 있는데 '헉' 소리가 들리더군. 그래서 돌아보니 유령처럼 하얗게 질린 메리가 나를 빤히 쳐다보고 있었네. 개 때문에 얼마나 화들짝 놀랐는지. 하지만 걔야말로 나 때문에 화들짝 놀랐겠지. 뭐, 내게 별말 하지는 않았지만 신경이 날카로운 것 같기에 방까지 데려다 주었어. 하지만 난 시트 사이에서 뭔가 보고 말았다네."

"뭐였나?"

"은모래였어."

"은……."

"온실에 있었던 선인장들 기억나나? 누가 여행가방인지 뭔지를 놓았던 자국이 있는 자리?"

"그래."

"거기 은모래가 여기저기 흩어져 있었지. 사람들이 알뿌리 식물 같은 것 주위에 뿌려놓는 것 말이야."

"그런데 그게 궤 속에도 있었다고?"

"그래. 잠깐만 기다려봐. 페티그루-로빈슨 부인이 들은 소리가 난 후에, 메리는 프레디를 깨우고 페티그루-로빈슨 씨 부부를 깨워. 그다음에는 어떻게 했지?"

"방 안으로 들어가 문을 잠갔다고 했지."

"그래. 그랬다가 금방 다시 나와서 온실 앞에 있는 사람들 사이에 합류했지. 그 애가 파자마와 맨발 위에 모자와 코트를 걸치고 산책화를 신은 차림이었다는 것을 다들 알아챈 게 그 시점이야."

"그럼 자네가 하고 싶은 말은 메리 양이 새벽 3시에 이미 깨서 옷을 입고 있었다는 건가? 여행가방을 들고 온실 앞까지 나갔고. 다른 사람도 아닌 자기의 약혼자를 죽인 살인자와 만날 약속을 하고? 말도 안 돼, 윔지!"

"그렇게까지 앞질러나갈 필요는 없어." 피터가 말했다. "캐스카트의 죽음은 메리도 예상하지 못했다는 결론을 내리지 않았나."

"그렇겠지. 메리 양은 그럼 누군가를 만나러 나갔다는 말이로군."

"일단은 임시로 10호를 만나러 갔다고 하면 어떨까?"

윔지는 부드럽게 제안했다.

"그렇게 말하는 편이 낫겠군. 그럼 메리 양이 전등을 켰을 때 공작이 캐스카트 위에 수그리고 있는 걸 보고 생각한 건가. 맙소사, 윔지! 결국 내 생각이 맞았군. 메리 양이 '오빠가 그 사람을 죽였군요!'라고 말했을 때는 10호를 말한 거였어. 그게 10호의 시체라고 생각한 거지."

"그렇고말고!" 윔지가 외쳤다. "난 참 멍청하다니까! 그래, 그래서 그다음에 이렇게 말한 거겠지. '아, 데니스네요! 대체 무슨 일이 일어난 거죠?' 그러면 아주 분명해. 그건 그렇고 메리는 여행가방을 어떻게 한 거지?"

"이제 다 알겠군." 파커가 큰 소리로 말했다. "메리 양은 시체가 10호가 아니라는 것을 알고 10호가 살인자가 분명하다고 깨달은 거야. 그래서 다른 사람이 10호가 그 자리에 있었다는 사실을 깨닫지 못하게 하려는 계획을 꾸몄지. 여행가방은 선인장 뒤에 쑤셔 넣었어. 그 후 2층으로 올라가면서 다시 꺼내서 층계참에 있는 참나무 궤에 숨겼겠지. 물론 누가 위층으로 올라오는 소리를 들었는데 사람들을 부르지 않고 방으로 먼저 달려갔다는 것을 알면 이상하게 여길 테니 당장 방으로 옮길 수는 없었어. 그다음에는 아버스노트 씨의 방문을 두드리고 뒤이어 페티그루-로빈슨 씨 부부를 깨웠지. 메리 양은 어둠 속에 있었고 사람들은 너무 당황해서 메리 양이 뭘 입었는지 정확히 보지 못했어. 그런 다음 페티그루-로빈슨 부인에게서 빠져나가 캐스카트 옆에 무릎 꿇었던 치마와 나머지 옷을 벗고 파자마를 입은 후 다른 사람들이 알아봤을지도 모르는 모자를 쓰고 역시 아까 봤을지도 모르는 코트를 입었어. 벌써 발자국을 남겼을지도 모르니 산책화도 그대로 신었지. 그런 후에야 아래로 내려가 모습을 나타낼 수 있었어. 그동안 검시관이 물어볼 때를 대비해서 강도 이야기를 지어냈지."

"그렇게 된 거군." 피터가 말했다. "그 애는 우리가 10호의 흔적을 눈치채지 못하게 하는 데 필사적이어서 자기 얘기가 오빠를 연루시킬 수도 있다는 생각 따위는 하지 못했겠지."

"심리 때가 되어서야 깨달았을 거야." 파커는 열렬히 편들었다. "자살 이론이 나오니까 메리 양이 덥석 매달리던 것 기억나지 않아?"

"그래서 메리는 그 사람—뭐 10호라고 해두지—을 구하려다 보니 오빠를 교수대에 보내는 상황이 되었다는 것을 깨닫자 머리가 혼란스러워서 몸져누웠고 어떤 증언도 하지 않으려 했다는 거군. 우리 집안엔 바보들이 넘치도록 많아."

피터 경이 우울하게 말했다.

"뭐, 불쌍한 아가씨가 달리 어쩌겠어?" 파커가 반문했다. 그는 이제 다시 점점 기운을 되찾고 있었다. "어쨌거나, 이젠 혐의도 벗겨졌고……."

"그럭저럭." 피터 경이 말했다.

"하지만 아직도 숲에서 빠져나가려면 갈 길이 멀어. 메리는 어째서 10호와 손을 잡고 있는 걸까? 그자는 살인자가 아니라면 적어도 협박자 아닌가? 제럴드 형의 리볼버가 어떻게 현장에 있었던 걸까? 녹색 눈의 고양이는 뭐지? 10호와 데니스 캐스카트의 만남에 대해서 메리는 얼마만큼 알고 있었을까? 만약 메리가 그 남자를 만나고 있었다면, 리볼버를 언제든지 그의 손에 쥐여줄 수 있었겠지."

"아니, 그럴 리 없어." 파커가 부인했다. "윔지, 그런 추악한 생각은 하지도 마."

"제기랄!" 피터는 마침내 폭발했다. "우리 모두가 교수대에 가야 한다고 해도 이 흉악한 일의 진실을 알아내고야 말겠어!"

이 순간 번터가 윔지 앞으로 온 전보를 들고 들어왔다. 피터 경은 전보를 읽었다.

수배자 런던 행 흔적. 금요일에 마릴본에서 목격. 자세한 정보는 경찰청에서. ─경찰 총경 고슬링, 리플리.

"훌륭해!" 윔지가 외쳤다. "자, 이제 일에 착수해야지. 자네는 얌전히 여기 있게. 뭔가 밝혀질 경우를 대비해서. 나는 지금 경찰청에 들러보겠네. 자네에겐 저녁을 올려 보내줄 거야. 번터에게 이켐을 한 병 달라고 하게. 괜찮은 와인이거든. 그럼 잘 있게나."

피터는 아파트에서 뛰어나갔다. 잠시 후 택시가 부르릉 소리를 내며 피카딜리 가에서 떠났다.

*7*장

곤봉과 총알

그는 죽었어. 내 손에 의해. 나 자신이 죽는 편이 나았을 것을. 죄책감으로 이토록 괴로워하느니.
―《색스턴 블레이크의 모험》[§]

몇 시간 동안 파커는 가만히 앉아 친구가 돌아오기를 기다렸다. 그는 계속해서 리들스데일 사건을 곱씹으며 그동안 적은 노트를 확인하기도 하고 각 부분들을 더욱 상세히 설명해보는 등 피곤한 머리를 굴리면서 환상적이기 짝이 없는 생각에 빠졌다. 그는 방 안을 바장이며 책꽂이에 꽂힌 책을 이것저것 빼보기도 하고, 피아노 건반을 솜씨 없이 뚱땅거리기도 하고, 주간지들을 살펴보며 하릴없이 만지작만지작했다. 마침내 그는 책장의 범죄학 코너에서 커다란 책을 한 권 꺼

[§] 색스턴 블레이크는 19세기 말에 창조되어 20세기까지 유행했던 영국 탐정 만화의 주인공이다.

내 세상에서 가장 흥미롭고 극적이었던 독약 재판인 세든 사건을 집중해서 읽어보려 했다. 언제나 그러하듯이 그는 미스터리에 푹 빠져버려 초인종이 기운차게 찌릉찌릉 길게 울리자 깜짝 놀라 고개를 들었고 그제야 이미 자정도 훨씬 지난 시각임을 깨달았다.

맨 처음 든 생각은 윔지가 열쇠를 남겨두고 갔을지도 모른다는 것이었고, 그래서 문이 열렸을 때 셜록 홈즈 소설의 서두에 나오는 그대로 익살스러운 인사를 하려고 준비하고 있었다. 하지만 문이 열렸을 때 들어온 사람은 후광처럼 빛나는 금발에 제비꽃 빛깔이 감도는 푸른 눈을 지닌, 키가 크고 아름다운 젊은 여자였다. 하지만 극도로 불안하고 흥분한 상태였고 옷차림도 제멋대로 뒤죽박죽이었다. 두꺼운 여행용 코트 속으로 야회복 드레스가 보였고 연두색 실크 스타킹 위에는 진흙으로 뒤범벅이 된 무거운 브로그 구두를 신었다.

"주인님은 아직 돌아오시지 않았습니다, 아가씨."

번터가 인사했다.

"하지만 여기 파커 씨가 주인님을 기다리고 계시고, 주인님도 언제라도 돌아오실지 모릅니다. 뭘 좀 드시겠습니까, 아가씨?"

"아니, 아니야."

갑자기 나타난 유령 아가씨는 급히 거절했다.

"아니, 괜찮아. 기다릴게. 안녕하세요, 파커 씨. 피터 오빠는 어디 갔나요?"

"연락을 받고 나갔습니다, 메리 양." 파커가 대답했다. "어째서 아직 돌아오지 않는지 모르겠네요. 앉으시지요."

"어디 갔는데요?"

"경찰청에요. 하지만 6시경에 나갔는데요. 당최……."

메리는 절망에 빠져 손짓을 했다.

"그럴 줄 알았어요. 아, 파커 씨. 어떻게 하면 좋을까요?"

파커는 할 말을 잃었다.

"피터 오빠를 만나야만 해요." 메리는 소리쳤다. "이건 사느냐 죽느냐 하는 문제예요. 오빠에게 연락 좀 해주실 수 없어요?"

"하지만 어디 있는지 모르는걸요. 부디 메리 양……."

"오빠는 뭔가 끔찍한 짓을 하고 있어요. 오빠 생각은 다 틀렸어요!" 젊은 아가씨는 필사적으로 열을 내며 손을 쥐어짰다.

"오빠를 만나야만 해요. 말을 해야만 해요. 아, 이렇게 끔찍한 문제에 휘말린 사람이 또 있을까! 난…… 아!"

여기서 아가씨는 큰 소리로 웃다가 울음을 터뜨렸다.

"메리 양, 부탁입니다. 울지 마세요."

파커는 자신이 지금 무능하고 멍청하게 행동하고 있다는 느낌이 강하게 엄습해오자 불안해져서 외쳤다.

"제발 앉아요. 와인 한 잔 드십시오. 그런 식으로 울면 몸에 안 좋아요. 지금 울고 있는 게 맞다면요." 그는 의심스럽게 혼잣말로 덧붙였다. "소리로 봐서는 딸꾹질 같긴 하지만. 번터!"

번터는 가까운 자리에 대기하고 있었다. 실상 그는 작은 쟁반을 들고 문밖에 서 있었다. 그는 정중하게 "실례하겠습니다."라고 양해를 구하면서 몸을 뒤트는 메리에게 다가가 작은 병을 코밑에 갖다 댔다. 효과는 놀라웠다. 환자는 두세 번 겁에 질린 숨을 토하더니 몸을 똑바로 일으켜 앉으면서 벌컥 화를 냈다.

"어떻게 이런 짓을, 번터!" 메리 양이 말했다. "당장 가버려!"

"아가씨는 브랜디를 약간 드시는 게 좋겠습니다."

번터는 이렇게 말하며 병의 뚜껑을 닫았다. 하지만 그 전에 파커는 암모니아의 톡 쏘는 악취를 맡을 수 있었다.

"이건 1800 나폴레옹 브랜디입니다. 이런 말씀 드려도 될지 모르겠지만 그렇게 단번에 들이켜지는 마세요. 주인님께서 이런 귀한 술을 조금이라도 낭비해버린 것을 알면 아주 언짢아하실 겁니다. 오시는 길에 식사는 하셨습니까? 안 하셨다고요? 그렇게 먼 길을 빈속으로 오시다니 그만큼 현명하지 못한 처사가 없습니다. 제가 오믈렛을 만들어 올리겠습니다. 파커 씨도 밤이 깊었는데 밤참을 좀 드릴까요?"

"알아서 해주세요."

파커는 손을 저어 서둘러 그를 쫓았다.

"자, 메리 양. 이제 좀 기분이 나아지셨죠? 제가 코트 벗는 걸 도와드리겠습니다."

오믈렛을 다 먹을 때까지 흥미로운 이야기는 전혀 나오지 않앉고, 메리는 편안하게 체스터필드 소파에 자리 잡고 앉았다. 메리는 이제 다시 평소의 침착한 태도를 되찾았다. 파커는 메리를 바라보다가 최근에 앓은 병이 (일부러 만들어낸 병이기는 했어도) 그녀에게 심한 흔적을 남겼다고 생각했다. 얼굴에는 그가 기억하고 있던 환한 기색이 하나도 없었다. 메리는 긴장하고 하얗게 질린 모습이었고 눈 아래에는 자줏빛 그늘이 짙었다.

"아까 바보같이 행동해서 죄송해요, 파커 씨."

메리는 매력적이리만큼 솔직하고 자신 있는 태도로 그의 눈을 똑바로 보며 말했다.

"하지만 너무도 기분이 우울해서요. 리들스데일에서 서둘러 올라왔어요."

"전혀 아닙니다." 파커는 아무 뜻 없는 말을 했다. "오빠분이 안 계신 동안 제가 뭐 도와드릴 일이라도 있을까요?"

"파커 씨와 피터 오빠는 모든 일을 함께 하시죠?"

"이 수사에서는 서로에게 알려주지 않은 내용이 없다고 할 수 있을 것 같습니다."

"제가 무슨 이야기를 하면, 그것도 마찬가지인가요?"

"그렇습니다. 저한테 비밀 이야기를 하려고 하신다면……."

"잠깐만요, 파커 씨. 전 지금 어려운 처지에 있답니다. 어떻게 해야 할지 모르겠어요. 파커 씨가 좀 알려주실 수 있어요? 그러니까 얼마나 알아내셨는지를."

파커는 약간 움찔했다. 비록 메리 양의 얼굴이 심리 이후부터 계속 그의 마음속에 맴돌았고, 이처럼 낭만적으로 대면하게 되니 두근대는 감정이 부글부글 끓어오르기는 했어도 경찰관으로서 본능적인 경계심을 완전히 잃지는 않았다. 메리 양이 범죄자와 공모했다는 증거를, 뭐가 되었든 잡고 있다면 가진 패를 모두 다 탁자에 펴놓을 만큼 경솔하게 행동해서는 안 되었다.

"죄송하지만, 모두 다 솔직히 말씀드릴 수는 없습니다. 아시겠지만 아직은 심증뿐인 게 대부분이어서요. 자칫하다간 무고한 사람에게 큰 해를 입힐 수도 있으니까요."

"아! 그러면 확실히 누군가를 의심하고 계시군요?"

"불확실하다는 게 더 맞는 말이겠죠." 파커는 미소를 띠었다. "하지만 사건에 실마리가 될 만한 얘기를 알고 있다면 부디 말씀해주십시오. 완전히 헛다리를 짚고 있는지도 모르니까요."

"그렇다고 해도 놀랄 일도 아니죠."

메리는 신경질적으로 날카롭게 웃었다. 손은 탁자 위를 떠돌다가 주황색 봉투를 집어 몇 겹으로 접었다.

"뭘 알고 싶으세요?"

메리는 어조를 바꾸어 불쑥 물었다. 파커는 그녀의 태도가 새롭게 딱딱해졌다는 것을 눈치챘다. 뭔가 공격에 대비하는 듯 굳은 태도였다.

그는 공책을 폈다. 질문을 시작하니 초조한 기분이 가라앉았다. 경찰관으로서의 자신이 돌아왔다.

"지난 2월에 파리에 계셨죠?"

메리는 수긍했다.

"캐스카트 대위와 함께 가셨던 것을 기억하시겠죠? 아, 그런데 프랑스어를 하시죠?"

"그래요. 아주 능숙하게 합니다."

"오빠만큼 잘하십니까? 거의 외국어 억양이 없을 정도로?"

"그 정도로 해요. 어렸을 때 우리 둘 다 프랑스 가정교사에게 배웠고, 어머니는 그 점에 대해 아주 까다로우셨어요."

"그렇군요. 그럼 캐스카트 씨와 2월 6일에 드라페 가에 있는 보석상에 가서 다이아몬드가 박힌 거북 등껍질 빗과 에메랄드 눈이 박힌 백금 고양이를 샀거나 캐스카트 씨가 사주었던 일을 기억하십니까?"

그는 여자의 눈에서 이에 대해 뭔가 알고 있다는 빛이 번득이는 것을 보았다.

"그게 리들스데일에서 탐문하고 다니시던 고양이인가요?"

메리는 따져 물었다.

명명백백한 사실을 부인할 가치도 없으므로 파커는 그렇다고 대답했다.

"덤불숲에서 발견하신 거죠?"

"메리 양이 잃어버리신 겁니까, 아니면 캐스카트 겁니까?"

"그 사람 거라고 말하면……."

"전 기꺼이 메리 양을 믿을 겁니다. 그 사람 겁니까?"

"아니에요." 긴 한숨이 이어졌다. "제 거예요."

"언제 잃어버리신 거죠?"

"그날 밤에요."

"어디에서요?"

"덤불에서 잃어버린 것 같아요. 어디서 발견하셨든지 간에 거기겠죠. 나중까지 잃어버린 줄도 몰랐어요."

"파리에서 사신 겁니까?"

"네."

"어째서 이전에는 메리 양 물건이라고 말하지 않으셨죠?"

"겁이 났어요."

"지금은요?"

"진실을 얘기하겠어요."

파커는 다시 한 번 메리를 쳐다보았다. 그녀는 솔직하게 그의 시선을 맞받아쳤지만 그녀의 태도에는 마음을 먹기까지 굳은 결심이 필요했음을 보여주는 긴장감이 있었다.

"좋습니다. 그렇게 말씀하시니 기쁘네요. 심리에서 솔직하게 말씀하시지 않았던 점이 한둘 있을 것 같습니다만, 그렇지요?"

"그래요."

"이런 질문을 하게 되어서 저도 불편하다는 걸 부디 이해해주시기 바랍니다. 메리 양의 오빠분이 놓인 끔찍한 입장은……."

"오빠가 그런 입장에 처하는 데 저도 일조했죠."

"그런 뜻은 아닙니다."

"그래요. 내가 오빠를 감옥에 보내는 데 한몫 거들었어요. 아니라고는 말하지 마세요. 내가 정말로 그렇게 했으니까요."

"글쎄요. 걱정하지 마십시오. 일을 바로잡을 시간은 충분히 있으니까요. 계속해도 될까요?"

"네."

"그럼 메리 양, 3시에 총소리를 들었다는 건 사실이 아니었죠?"

"아니었어요."

"총소리를 듣기는 했습니까?"

"네."

"언제였죠?"

"11시 50분이었어요."

"그럼 메리 양이 온실 식물 뒤에 숨겨놓은 것은 뭐였습니까?"

"거기엔 아무것도 숨겨놓지 않았어요."

"그럼 층계참의 참나무 궤에는요?"

"내 치마를 숨겼어요."

"밖에 나가셨죠? 왜요? 캐스카트를 만나기 위해서였나요?"

"네."

"다른 남자는 누구였습니까?"

"다른 남자 누구요?"

"덤불에 있었던 다른 남자 말입니다. 키가 크고 금발에 버버리 코트를 입은 남자."

"다른 남자는 없어요."

"아, 죄송합니다, 메리 양. 우리는 덤불에서 온실까지 이어지는 그자의 발자국을 보았습니다."

"아마도 떠돌이였겠죠. 저는 그 사람에 대해서는 아무것도 모릅니다."

"하지만 우리에게는 그자가 거기 있었다는 증거가 있습니다. 그가 무엇을 했으며 어떻게 탈출했는지도. 메리 양, 제발 오빠를 위해서라도 진실을 말해주십시오. 버버리 코트를 입은 남자가 캐스카트를 쐈기 때문입니다."

"그렇지 않아요." 여자는 얼굴이 하얗게 질려서 대답했다. "그럴 리가 없어요."

"어째서 그럴 리 없다는 거죠?"

"데니스 캐스카트를 쏜 사람은 나니까요."

"그래서 사건의 경위가 그렇게 된 거요, 피터 경."

경찰총장은 의자에서 일어나며 이제 가보아도 된다는 뜻으로 친근하게 손을 흔들었다.

"그 남자를 금요일 아침에 마릴본에서 똑똑히 보았다는 목격담이 있소. 불행하게도 지금은 다시 흔적을 놓쳐버렸지만, 머지않아 그자를 다시 확보하게 되겠지. 일이 지체된 건 짐꾼이었던 모리슨이 공교롭게도 병에 걸렸던 탓이라오. 그 사람 증언이 아주 결정적이었거든. 하지만 지금은 지체할 시간이 없어요."

"믿고 맡겨놓아도 될 것 같습니다, 앤드루 경."

윔지는 친근하게 악수하며 대답했다.

"저도 계속해서 파헤쳐보겠습니다. 저희끼리 얘기지만, 우리가 같이 정보를 찾아야죠. 앤드루 경은 경의 작은 구석에서, 저는 제 자리에서. 찬송가에 나오는 가사대로요. 찬송가 맞죠? 어렸을 적 선교에 대한 책에서 그 구절을 읽긴 했는데요. 젊었을 때 선교사가 되고 싶으셨던 적 있습니까? 저는 있거든요. 애들은 한번은 그런 생각을 하는 것 같아요. 참 이상하죠. 그런 애들 대부분이 나중에 얼마나 모자란 사람이 되는지를 보면요."

"그건 그렇고." 앤드루 매켄지 경이 화제를 돌렸다. "피터 경이 직접 그자와 마주치게 되면, 우리에게도 좀 알려주시구려. 경찰이 찾는 수배범을 피터 경이 오다가다 만나는 운이 유난히 좋은 거야 다 아는 사실이니까. 뭐, 판단력이 특히 좋으신 걸 수도 있겠지만."

"제가 그 친구를 잡게 되면 청장님 창문 아래로 와서 절 안으로 들여보내 주실 때까지 고함을 버럭버럭 지르겠습니다. 시간이 한밤이고 청장님이 잠옷 셔츠 차림이라고 해도요. 그건 그렇고 잠옷 셔츠 하니까 생각나는데요, 이 사건이 종결되면 조만간 덴버에 한번 내려오시지요. 어머니께서 안부 전하십니다."

"고맙소." 앤드루 경이 대답했다. "피터 경은 이 일이 다 잘

풀릴 거라 생각하시나 보구먼. 오늘 아침에 파커에게 보고서를 받았는데, 그 친구는 약간 불만스러운 점이 있어 보이던걸요."

"요새 고생스럽게 틀에 박힌 일만 많이 해왔거든요."

윔지는 설명했다.

"그런데도 평소처럼 점잖고 착한 사람으로 처신하려고 하니 말이죠. 저한테는 정말 잘 해준 친굽니다, 앤드루 경. 그 친구와 함께 일할 수 있다니 영광이죠. 그럼 안녕히 계십시오."

피터 경은 앤드루 매켄지 경과의 면담이 두 시간 정도 걸려서 지금은 거의 8시가 다 되었다는 것을 깨달았다. 어디로 가서 저녁을 먹을까 결정하려던 순간 빨강머리 단발에 짧은 체크무늬 치마와 환한 색 점퍼, 코듀로이 재킷을 입고 멋들어진 녹색 벨벳 베레모를 쓴 젊은 여자가 걸어와 말을 걸었다.

"피터 윔지 경 아니세요?"

젊은 여자는 장갑을 끼지 않은 손을 휙 내밀면서 물었다.

"어떻게 지내세요? 메리는 어떻게 지내나요?"

"세상에!"

윔지는 신사적으로 답했다.

"타란트 양 아니십니까. 다시 만나다니 정말 반갑군요. 아주 잘 지냅니다. 메리는 여느 때처럼 건강하지는 않아요. 아시겠지만 이 살인 사건 때문에 걱정이 많다 보니. 조심스럽게 돌려 말하자면 우리에게 '문젯거리'가 생겼다는 소문은 들으셨겠죠?"

"네, 그럼요." 타란트 양은 냉큼 대답했다. "물론 사회주의자로서 귀족 한 명이 잡혀 들어갔다고 하면 기뻐할 수밖에 없지만요. 왜냐하면 그러면 그 귀족이 너무 바보 같아 보이니까요. 상원의원이 바보 같다니. 하지만 정말로 다른 사람의 오빠였다면 잘된 일이라고 생각했겠죠. 메리와 저는 정말 좋은 친구 사이로 지냈답니다. 물론 피터 경이 사건 조사를 하고 계시는 거죠? 시골 영지에서 그냥 살면서 새나 쏘고 그러시는 건 아니겠죠? 둘 사이에는 차이가 있으니까요."

"친절한 말씀 감사합니다." 피터가 대답했다. "불운한 제 출신성분과 다른 결함에 대해서 눈감아주실 마음이 있으시면 저와 함께 어디 식당에 가서 저녁 식사를 할 수 있는 영광을 주시겠습니까?"

"어머, 정말 같이 가드리고 싶네요."

타란트 양은 너무나도 힘차게 대답했다.

"하지만 오늘 밤엔 클럽에 갈 약속을 해서요. 9시에 집회가 있어요. 코크 씨가―노동당 당수시죠―육군과 해군을 공산주의로 전향시키는 과업에 대해 연설을 하실 거예요. 그래서 단속이 있지 않을까 하는데요, 시작하기 전에 대대적으로 스파이를 색출한다고 하더라고요. 저와 클럽으로 같이 가서 식사를 하는 건 어떠세요? 집회에도 몰래 넣어드릴게요. 그러면 피터 경이 체포되어서 정체가 드러나겠죠. 집회에 대해서는 말씀드리지 말걸 그랬나 봐요. 피터 경이 적이라면 아주 무시무시할 테니까요. 하지만 피터 경이 위험한 분이라는 생각은 안 드네요."

"저는 그저 평범한 자본주의자입니다." 피터 경이 대꾸했다.
"아주 사악하죠."

"뭐, 어쨌거나 식사하러 같이 가세요. 저도 그간의 소식이 정말 궁금하네요."

피터는 소비에트 클럽의 저녁 식사란 아주 형편없으리라고 예상하고 핑계를 막 대려다가, 타란트 양이 여동생에 대해서 그가 이제까지는 알지 못했으나 반드시 알아야 할 이야기를 많이 해줄지도 모른다는 생각이 들었다. 그리하여 그는 정중한 거절을 정중한 수락으로 바꿔 타란트 양의 뒤를 따라나섰다. 디란트 양은 성큼성큼 걸어 더러운 지름길을 가로질러 제라드 가로 갔다. 주황색 문과 자홍색 커튼을 친 창들 덕분에 소비에트 클럽이 어디인지는 뻔히 알 수 있었다.

소비에트 클럽은 상류층보다는 자유사상가들을 수용하기 위해 설립된 곳으로, 현실감각이 떨어지는 사람들이 설계한 세속적인 기관이면 어디나 그러하듯이 기묘하게 아마추어적인 분위기가 풍겼다. 클럽에 들어서자마자 어째서 바로 선교사들의 찻집을 떠올렸는지는 정확히 말할 수 없지만, 회원들 모두가 인생에 있어서 목표를 소중히 여기는 듯 보이고 직원들은 다소 대충 훈련을 받은 것 같으면서 눈에 확연히 띄었기 때문인지도 모른다. 윔지는 아주 민주적인 기관에서는 웨스트엔드에 있는 클럽에서 일하는 하인들이 보여주는 우수성을 거기 직원들에게서는 볼 수 없다고 생각했다. 일단 그들은 자본주의자들이 아니지 않는가. 아래층에 있는 식당에 들어서자 과도하게 열띤 분위기, 웅성대는 대화 소리, 기묘하게 짝이 안 맞는 식기들 덕에 한층 더 선교사 찻집과 비슷해 보였다. 타란트 양은 주방 문 근처에 있는 지저분한 탁자에 자리를 잡았고, 피터 경은 커다란 덩치에 벨벳 코트를 걸친 곱슬머리 남자 옆에 어렵사리 걸터앉았다. 남자는 러시아 식 블라우스와 베네치아 구슬 목걸이, 헝가리 식 숄에 스페인 식 빗을 꽂고 있어 '인터내셔널' 연합 전선의 화신처럼 보이는 마른 여자와 열심히 대화를 나누고 있었다.

피터 경은 초대해준 아가씨의 비위를 맞추려고 위대하신 코크 씨에 대해 질문을 던져보았지만, 타란트 양은 언짢다는 듯 "쉿!" 하며 피터 경의 말을 막았다.

"그런 얘기를 큰 소리로 떠들면 어떡해요."

타란트 양은 적갈색 머리채가 피터 경의 눈썹을 간질일 정도로 몸을 가까이 기대며 말했다.

"특급 비밀이란 말이에요."

"미안합니다." 윔지 경은 사과했다. "그건 그렇고, 수프에 지금 달고 있는 구슬 목걸이가 빠진 거 알고 있어요?"

"어머, 그래요?" 타란트 양은 재빨리 빼냈다. "알려주셔서 고마워요. 이거 색이 빠지거든요. 독성이 있는 건 아니겠지."

그러더니 다시 몸을 기대며 쉰 목소리로 속삭였다.

"내 옆에 앉은 여자가 에리카 히스-워버튼이에요. 알죠, 그

작가?"

윔지는 러시아 식 블라우스를 입은 여자를 새로운 관점으로 쳐다보았다. 피터는 웬만해서는 어떤 책에도 얼굴을 붉히는 법이 없었지만, 히스-워버튼 양의 책을 읽었을 때는 얼굴을 붉힐 수밖에 없었던 기억이 났다. 그 여자 작가는 동행에게 인상적인 말을 늘어놓는 중이었다.

"진실한 감정은 종속절에서 저절로 드러난다는 걸 알아요?"
"조이스는 문법의 미신에서 우리를 해방시켰죠."
곱슬머리 남자가 동의했다.
"감정의 역사를 만드는 장면들은 이상적으로는 일련의 동물 소리에서 표현되어야 해요."
"D. H. 로렌스 식 공식이죠."
다른 쪽이 맞장구쳤다.
"아니면 다다이즘이라고 해야겠죠."
여자 작가가 말했다.
"우리는 새로운 표기 방식이 필요해요."
곱슬머리 남자는 양쪽 팔꿈치를 탁자 위에 올려놓다가 윔지의 빵을 쳐서 바닥으로 떨어뜨렸다.
"로버트 스노츠가 북과 양철 피리에 맞춰 시를 낭독하는 걸 들은 적 있어요?"
피터 경이 이 열정적인 대화에서 간신히 정신을 차려보니 타란트 양이 메리에 대해서 뭔가 이야기하는 중이었다.

"사람들이 메리를 몹시 보고 싶어 한답니다. 대단한 열정하며, 집회에서 얼마나 말을 잘했다고요. 노동자를 진정으로 동정할 줄 아는 사람이죠."

"나한테는 놀라운 얘긴데요. 메리가 살면서 제 손으로 일하는 걸 본 적이 없어놔서."

윔지가 대꾸했다.

"어머나!" 타란트 양이 외쳤다. "하지만 실제로 일을 했어요. 우리를 위해서 일했죠. 그것도 얼마나 잘했다고요! 거의 여섯 달 동안 우리 선전협회의 서기 일을 맡아 했어요. 그다음에는 고일스 씨를 위해서 열심히 활동했고. 전시에 간호사 일을 한 건 말할 나위도 없죠. 물론 나는 영국이 전쟁에 임하는 태도에 찬동하지는 않지만 그 일이 힘들지 않다고 할 수는 없잖아요."

"고일스 씨라는 사람은 누굽니까?"

"오, 저희 대표 연설자 중 한 명이에요. 아주 젊은 사람이지만 정부도 두려워하는 인물이죠. 오늘 밤에 여기 올 거예요. 그동안은 북부에서 강연회를 했다는데, 이제는 돌아왔을걸요."

"저기, 조심하세요. 구슬 목걸이가 또 접시에 빠졌습니다."

"그래요? 양념이라고 생각하고 놔두죠, 뭐. 여기 음식은 별로 좋지 않지만 워낙 정기 회원도 적으니까요. 메리가 고일스 씨에 대해서 오빠분에게 말하지 않았다니 이상하네요. 두 사람은 아주 친하게 지냈거든요. 약간 옛날 일이긴 하지만. 사람들은 다들 메리가 고일스 씨랑 결혼할 줄 알았는데 깨진 모양이더라고요. 그런 후에 동생분은 런던을 떠났고. 알고 계셨어요?"

"그게 그 청년이었습니까? 네, 뭐. 우리 집 식구들은 다 그렇게 보고 있진 않지만요. 고일스 씨는 우리 집 사람들이 맞아들일 만한 사윗감이 아니지요. 그래서 식구들끼리 다툼도 있고 그랬던 모양인데, 저는 그 자리에 없었습니다. 설사 있었더라도 메리는 내 말을 듣는 애가 아니라서. 제가 아는 건 그 정도지요."

"그게 바로 부모가 자식에게 저지르는 어이없고 시대에 뒤떨어진 폭압의 좋은 예죠." 타란트 양은 흥분하여 말했다. "전후에도 그런 일이 가능하다니 누가 생각이나 했겠어요."

"그렇게 부를 수 있을지는 모르겠습니다." 윔지가 말했다. "게다가 딱히 부모라고 할 수도 없어요. 저희 어머니는 정말 좋은 분이시거든요. 어머니께서 끼어드셨을 것 같지도 않고요. 실은 어머니는 고일스 씨에게 덴버로 와보라고 했던 것 같은데. 하지만 형이 쌍지팡이를 짚고 반대했죠."

"어머, 뭘 기대할 수 있겠어요?" 타란트 양은 경멸하듯 말했다. "하지만 오빠가 동생 결혼에 무슨 상관인지 모르겠네요."

"상관없을지도 모르지요." 윔지는 동의했다. "하지만 돌아가신 선친께서 여성의 소유권에 경계를 그어놓았기 때문에, 제 형님이 메리가 동의 아래 결혼할 때까지 그 돈을 관리하고 있거든요. 좋은 처사라고 할 순 없겠죠. 실로 고약한 처사입니다.

하지만 이미 그렇게 정해졌으니."

"끔찍하네요!" 타란트 양이 성내며 머리를 휘휘 젓는 모습이 마치 하인리히 호프만의 시에 나오는 정신 나간 피터 같았다.

"야만적이에요! 그렇게 봉건적일 수가. 그렇지만 돈이야 어찌 되었든 상관없잖아요?"

"물론 상관없죠. 하지만 돈을 풍족히 쓰며 살아온 사람이 갑자기 없이 살려면 불편하겠죠. 목욕물 같은 것도 그렇고."

"그렇다고 난 메리가 그 때문에 달라졌다고는 생각하지 않아요." 타란트 양은 애처로울 정도로 끈질기게 주장했다. "메리는 노동자의 삶을 좋아했어요. 언제였나, 8주 동안 노동자 오두막에서 살아보기로 한 적이 있었죠. 우리 다섯이 일주일에 18실링만으로 버티는 거예요. 정말 놀라운 경험이었어요. 햄프셔의 뉴 포레스트 가장자리에 있는 오두막이었죠."

"겨울이었나요?"

"아니, 겨울은 아니었어요. 겨울에 시작하는 건 좀 무리다 싶었거든요. 하지만 그중 아흐레는 비가 왔고, 부엌 굴뚝에선 항상 연기가 났어요. 아시겠지만 장작을 숲에서 해와야 하는데 축축해서 불이 잘 붙지 않잖아요."

"알겠습니다. 흔치 않게 흥미로운 경험이었겠네요."

"절대 잊지 못할 경험이에요." 타란트 양이 말했다. "대지와 원시에 참으로 가까운 느낌. 우리가 산업주의를 철폐할 수 있다면 '유혈 혁명' 말고는 다른 방도가 없을 거예요. 물론 끔찍한 일이지만 축하해야 하고 필연적인 수순이겠죠. 커피 드실래요? 괜찮으시다면 우리가 직접 위층으로 가져가야 해요. 저녁 식사 후에는 하녀가 날라다 주지 않거든요."

타란트 양은 계산서를 들고 갔다가 돌아오더니 커피 한 잔을 그의 손에 쥘러주었다. 이미 잔에서 커피가 넘쳐 접시 위에 흐른 상태였지만, 피터 경이 가림막 한쪽을 돌아 가파르고 비틀린 계단을 올라갈 때는 훨씬 더 흘러넘쳤다.

지하에서 막 올라왔을 때 두 사람은 한 줄로 늘어선 어두운 우편함에서 편지를 찾고 있는 금발 머리 젊은이와 마주쳤다. 아무 편지도 찾지 못하자 젊은이는 라운지로 들어갔다. 타란트 양은 반가워서 환호성을 질렀다.

"어머, 저기 고일스 씨네요."

윔지는 슬쩍 건너다보았다. 그는 부스스한 금발 머리에 오른손엔 장갑을 끼고 있는, 키가 크고 약간 등이 굽은 청년의 모습을 보자 차마 억누르지 못하고 숨을 헉 내뱉었다.

"저 좀 소개해주시겠습니까?"

"가서 데리고 올게요."

타란트 양은 이렇게 말하더니 라운지를 가로질러 젊은이를 불렀다. 청년은 화들짝 놀라더니 윔지를 건너다보고 고개를 흔들면서 사과를 하는 듯했다. 그러면서 시계를 황급히 한 번 쳐다보고 문밖으로 튀어나갔다. 윔지는 벌떡 일어나 그를 쫓았다.

"이상하네요." 타란트 양은 멍한 표정으로 말했다.

"약속이 있다는데요. 하지만 저 사람이 강연을 놓칠 사람이 아닌……."

"실례하겠습니다."

피터가 문밖으로 뛰어나가자 길 건너로 향하는 어스레한 그림자가 보였다. 피터는 그의 뒤를 추적했다. 남자는 도망치며 차링 크로스 로드로 이어지는 어둡고 좁은 골목으로 사라져버렸다. 허둥지둥 쫓아가던 윔지는 얼굴 가까이 갑자기 번쩍하는 섬광과 연기가 쏟아지는 통에 눈이 부셔 아무것도 볼 수 없었다. 왼쪽 어깨가 부서지는 듯한 아픔이 느껴졌고 귀가 떨어질 듯한 폭음이 주변을 빙빙 돌았다. 피터는 비틀거리며 중고 놋쇠 침대틀 위로 쓰러졌다.

8장
파커, 진술을 받다

사람들을 따라 동물원에 간 남자가 기린을 보았다.
아무 말 없이 기린을 한참 응시하던 남자는 이렇게 말했다.
"믿기지가 않는군."

파커에게 맨 먼저 든 생각은 지금 자신이 정신이 나갔나 하는 것이었다. 다음으로는 메리 양이 정신이 나가지 않았나 싶었다. 곧이어 머릿속에 부옇게 낀 구름이 걷히자 그는 메리 양이 그저 거짓말을 하고 있다는 결론을 내렸다.
"그러지 마십시오, 메리 양."
그는 격려하듯이, 하지만 과대망상이 지나친 아이를 나무라는 어조로 말했다.
"지금 그 말을 믿으라는 건 아니시겠지요."
"하지만 믿으셔야 해요."
여자는 엄숙히 말했다.

"사실인걸요. 내가 그 사람을 쐈어요. 실제로요. 그럴 작정은 아니었어요. 그저 뭐랄까, 사고였어요."

파커는 자리에서 일어나 방 안을 맴돌았다.

"제 입장을 아주 곤란하게 만드시는군요, 메리 양. 아시겠지만 전 경찰관입니다. 저는 한 번도 그런 생각은……."

"상관없어요." 메리가 대답했다. "물론 저를 체포하시거나 구금하시거나, 정확한 말은 몰라도 뭐든 하셔야겠죠. 그래서 온 거예요. 조용히 자수할 준비가 되어 있습니다. 그건 맞는 표현이겠지요? 그렇지만 먼저 설명을 드리고 싶어요. 물론 오래전에 설명 드렸어야 마땅하지만, 머리가 돌아버릴까 봐 무서웠어요. 제럴드 오빠가 죄를 뒤집어쓸 줄은 꿈에도 몰랐습니다. 경찰에서 자살이라고 판단하기를 바랐어요. 지금 여기서 진술을 하나요, 아니면 경찰서에 가서 하나요?"

파커는 '끙' 하는 신음을 내뱉었다.

"설마, 사고라고 한다면 심한 처벌은 받지 않겠죠?"

메리의 목소리가 파르르 떨렸다.

"물론 그렇지 않습니다. 받을 리가 없지요. 하지만 좀 더 일찍 말씀만 해주셨어도! 아니."

파커는 정신없이 바장이다가 딱 멈춰 서더니 메리 옆에 앉았다.

"그럴 리가 없어요. 이상하기 짝이 없어요."

파커는 갑자기 여자의 손을 덥석 잡았다.

"어떤 말씀을 하셔도 저는 믿지 않습니다. 이상한 일이에요.

메리 양 답지 않아요."

"하지만 사고라는 것은……."

"제 말은 그런 뜻이 아닙니다. 그런 뜻으로 한 말이 아니라는 건 메리 양도 아시잖습니까. 제 말은 아무 말 않고 가만히 계셨다는 게……."

"두려웠어요. 지금 말씀드리잖아요."

"아니, 아닙니다!" 형사는 소리쳤다. "지금 거짓말을 하고 있어요. 고귀한 이유겠죠. 하지만 그럴 가치가 없습니다. 어떤 남자도 그럴 만한 가치는 없어요. 부탁이니 그 사람을 밝히세요. 진실을 말씀하십시오. 그 남자를 비호하지 마세요. 그 남자가 데니스 캐스카트를 죽였다면……."

"아니에요!"

메리는 손을 획 잡아 빼며 벌떡 일어섰다.

"다른 남자는 없어요. 어떻게 그런 생각을 하실 수가 있죠! 내가 데니스 캐스카트를 죽였어요. 내 입으로 그렇게 말하잖아요. 그러니 내 말을 믿으셔야죠. 맹세컨대 다른 남자란 없어요."

파커는 마음을 가라앉혔다.

"앉으세요, 메리 양. 이렇게 진술하기로 결심하신 겁니까?"

"네."

"제가 그에 따라 조치를 취할 수밖에 없다는 것을 알면서도요?"

"제 말을 듣지 않으시겠다면 곧장 경찰서로 가겠어요."

파커는 공책을 꺼냈다.

"그럼 말씀해보십시오."

장갑을 초조하게 만지작거리는 것 외에 달리 감정을 드러내지 않은 채 메리 양은 맑고 굳건한 목소리로 외우듯이 자백을 시작했다.

"10월 13일 수요일 밤, 나는 9시 반이 넘어서 위층으로 올라갔습니다. 자리에 앉아서 편지를 썼어요. 10시 15분에 오빠와 데니스가 복도에서 싸우는 소리가 들렸습니다. 오빠가 데니스를 사기꾼이라고 하더니 나하고 다시 이야기할 생각 같은 건 하지 말라고 하더군요. 또 그 뒤에 데니스가 뛰어나가는 소리를 들었습니다. 잠깐 귀를 기울였지만 그 사람이 돌아오는 소리는 들리지 않더군요. 11시 반에 기척을 느꼈습니다. 나는 옷을 갈아입고 데니스를 찾아서 데리고 오려고 밖으로 나갔습니다. 그 사람이 좌절해서 뭔가 위험한 행동을 할까 봐 걱정이 되었어요. 한참 찾은 끝에 그 사람을 덤불숲에서 만났습니다. 나는 그에게 들어가자고 부탁했어요. 그 사람은 거절하면서 오빠가 한 비난과 싸움에 대해서 말했습니다. 나는 물론 아주 겁이 났지요. 데니스는 제럴드 오빠가 자신을 망치기로 한 이상 부인해봤자 소용없다면서 도망가서 결혼하고 해외에서 살자고 했어요. 나는 이런 상황에서 어떻게 그런 제안을 할 수 있느냐며 놀랐다고 했습니다. 우리 둘 다 아주 화가 났어요. 그래서 내가 '그만둬요. 내일 첫차를 타고 떠나세요.'라고 했더니 그 사람은 미친 듯 화를 냈습니다. 피스톨을 꺼내더니 이제 다 끝장이라며, 자기 인생은 망가졌고 우리들은 다 위선자라고 했습니다. 그리고 내가 자기를 사랑한 적이 한 번도 없다면서, 그랬다면 자기의 과거 따위는 거리끼지 않았을 것이라 했습니다. 어쨌든 내가 같이 가주지 않으면 다 끝장이라며 어차피 죽을 바에야 차라리 큰일을 저지르고 죽는 편이 낫다고 하더군요. 그러면서 나를 죽이고 자기도 자살하겠다고 했어요. 그때 그 사람은 아주 정신이 나갔던 것 같아요. 그러면서 권총을 뽑아 들더군요. 나는 그 사람 손목을 붙들었어요. 우리는 몸싸움을 벌였죠. 나는 총구를 그의 가슴으로 돌렸어요. 그러다가 내가 방아쇠를 당긴 건지, 저절로 발사되었는지는 모르겠어요. 상황이 너무나 황망하게 돌아가던 중이었으니까요."

메리 양은 말을 멈췄다. 파커가 든 펜은 그녀가 한 말을 하나하나 적었고, 그의 얼굴에는 점점 걱정하는 빛이 퍼져갔다. 메리 양은 말을 계속 이었다.

"그 사람은 총을 맞고도 살아 있었어요. 나는 그 사람을 일으키려 했어요. 우리는 힘겹게 집 근처까지 걸어갔어요. 그렇지만 한 번 넘어지자······."

"어째서 그를 내버려두고 집으로 뛰어가서 도움을 청하지 않았습니까?"

메리 양은 망설였다.

"그런 생각은 떠오르지 않았어요. 너무나 악몽 같았죠. 오직 그 사람을 데려갈 생각만 했어요. 나는…… 나는 그 사람이 죽기를 바랐나 봐요."

무시무시한 침묵이 흘렀다.

"그 사람은 정말로 죽어버렸어요. 문 앞에서 죽었죠. 나는 온실로 들어가서 주저앉았어요. 한참을 앉아 있다가 생각을 하려 했어요. 그 사람이 사기꾼, 건달이었던 게 싫었어요. 나는 결혼 사기꾼에게 바보같이 속아 넘어간 거죠. 그 사람이 죽어서 잘됐다고 생각했어요. 일관성 있게 생각을 못한 채 거기 몇 시간 동안이나 앉아 있었죠. 오빠가 오는 기척이 들리자 그제야 내가 무슨 짓을 저질렀는지 깨달았고, 그 사람을 죽인 혐의를 받을지도 모른다고 생각했죠. 그저 너무 겁이 나서 정신이 없었어요. 나는 순간 아무것도 모르는 척하기로 결심하고 총소리를 듣고 내려왔다고 말하기로 했어요. 이게 제가 저지른 짓이에요."

"어째서 그랬습니까, 메리 양?"

파커는 이제 완벽하게 단조로운 목소리로 물었다.

"어째서 오빠에게 '세상에, 제럴드, 오빠가 그 사람을 죽였군요.'라고 말했습니까?"

다시 한 번 망설이는 듯한 침묵이 흘렀다.

"그런 말 한 적이 없어요. '세상에, 제럴드 오빠, 그 사람이 죽었군요.'라고 말했죠. 자살했다는 의미를 담으려고 했을 뿐입니다."

"심리에선 그렇게 말했다고 인정하지 않았습니까?"

"그랬죠."

메리는 두 손으로 장갑을 이런저런 모양으로 꼬았다.

"그때는 강도 이야기를 꾸며내야겠다고 결심했거든요."

전화벨이 울렸다. 파커가 전화를 받자 전화선을 타고 목소리가 희미하게 들려왔다.

"피카딜리 110번지입니까? 여기는 차링 크로스 병원입니다. 오늘 밤에 환자 한 명이 실려 왔는데, 자신이 피터 윔지 경이라고 밝혔습니다. 어깨에 총상을 입었고 쓰러지다가 머리를 부딪쳤습니다. 의식이 없다가 지금 정신을 차렸습니다. 입원 시각은 9시 15분이네요. 아니요. 지금은 곧 회복될 것 같습니다. 네, 꼭 와주십시오."

"피터가 총에 맞았다는군요."

파커가 말했다.

"저와 함께 차링 크로스 병원으로 가시겠습니까? 더 이상 큰 위험은 없다고 합니다만, 그래도……."

"오, 빨리 가요!"

메리 양이 외쳤다.

형사와 자수한 범인은 서둘러 복도로 나가 번터를 부르고는 팰맬로 뛰어나가 하이드 파크 택시 정류장에서 늦은 택시를 하나 잡아탔다. 택시는 사람 없는 황량한 거리를 미친 듯 질주했다.

9장

고일스

"그러면 저것의 교훈은……."[§]
공작 부인이 말했습니다.
―《이상한 나라의 앨리스》

    다음 날 오전 피터 경의 아파트에서는 네 사람이 모여 늦은 아침 식사, 혹은 이른 점심 식사를 하고 있었다. 그중 가장 명랑한 사람은 피터 경 본인으로, 쑤시는 어깨와 지끈지끈한 두통에도 불구하고 쿠션을 댄 체스터필드 소파 위에 누워 차와 토스트를 들며 흥겨워했다. 구급차를 타고 집으로 실려 온 피터 경은 곧장 건강을 회복하기 위해 잠에 빠졌다가 9시가 되자 지극히 맑고 활발한 정신으로 깨어났다. 파커 씨는 식사를 하다 만 채로 지난밤 들었던 자백의 기억을 비밀에 부

[§] 〈가짜 거북 이야기〉 장에 나오는 말로 이 말 뒤에는 "세상을 굴러가게 하는 건 바로 사랑"이라는 말이 이어진다.

쳐야 한다는 부담을 지고서 경찰청으로 불려갔었다. 거기서 그는 피터 경의 암살자를 붙잡기 위한 적절한 기구를 추진했다.

"나를 공격한 사람이라고 말하지는 마." 피터 경은 말했었다. "리들스데일 사건과 연관시켜 억류해야 한다고 경찰들에게 일러둬. 그 정도만 말해줘도 충분할 거야."

지금은 11시였고, 파커 씨는 우울한 마음과 허기진 배를 안고서 돌아온 후에 이제야 오믈렛과 클라레 와인 한 잔을 드는 중이었다.

메리 양은 창가 자리에 웅크리고 앉아 있었다. 짧은 금발 머리가 옅은 가을 햇살을 받아 얼굴 주변을 흐릿한 빛으로 감쌌다. 그녀는 좀 더 일찍 아침 식사를 하고 자리에 앉아 창밖 피카딜리 거리를 내다보고 있었다. 그날 아침 메리 양은 처음에는 피터 경의 잠옷 가운을 입고 나타났으나, 이제는 능직 치마와 옥색 점퍼를 입었다. 이 옷가지는 지금 이 일행의 네 번째 일원이 런던으로 가져온 것으로, 그 사람은 지금 태연하게 철판 요리를 먹고 파커와 디캔터에 든 와인을 나눠 마시는 중이었다.

이 사람은 약간 키가 작고 통통하며 아주 씩씩한 노부인으로, 새처럼 눈동자가 초롱초롱하고 솜씨 있게 손질한 백발은 아주 아름다웠다. 부인은 간밤에 먼 길을 온 사람이라고는 도저히 상상이 안 될 정도로 네 명 중 가장 침착했고 산뜻했다. 하지만 부인은 화를 내고 있었고, 그 심기를 상당히 장황한 문장으로 표현했다. 이 사람은 바로 선대 덴버 공작 부인이었다.

"메리, 넌 어찌 된 애가 어젯밤에 그렇게 갑작스레 사라져버릴 수가 있니. 그것도 저녁 식사 직전에. 얼마나 우리를 불편하고 놀라게 했는지, 영. 정말로 불쌍한 헬렌은 저녁도 제대로 넘기지 못했다니까. 이런 일이 생기면 헬렌이 얼마나 기분 나빠하는데. 그 애는 항상 무슨 일이 있어도 불쾌해하지 않으려고 애쓰는 애인데 말이야. 그런데 굳이 왜 그러는지는 모르겠더라. 세계의 위인들도 가끔 거리낌 없이 자기 감정들을 드러내잖니. 딱히 남부 사람들을 염두에 두고 하는 말이 아니라, 체스터튼 씨도 꼭 집어 말했듯이 넬슨도 그랬잖아. 그 사람이 아일랜드나 스코틀랜드 사람이 아니라면 분명히 영국 사람일 거야. 그건 잊어버렸다. 하지만 어쨌건 대영제국 사람이라는 거지. (그게 요새는 아일랜드 자유국을 포함하는 개념처럼 쓰인다만. 자유국이라니 얼마나 이상한 표현인지, 그 말만 들으면 꼭 오렌지 자유국§이 생각나더라. 어쨌거나 서로 섞여서 쓰여도 개의치 않을 거야. 둘 다 신생국가니까.) 게다가 옷가지도 제대로 챙기지 않고 가지를 않나, 차까지 가지고 가버리지를 않나. 그래서 난 노샐러튼에서 출발하는 1시 15분 기차를 기다려야만 했잖아. 그런 시간에 기차를 타야 하다니. 기차는 또 얼마나 불편했는지 오늘 아침 10시 반에서야 겨우 정신 차리고 일어났단다. 게다가 런던으로 도망갈 작정이었으면, 왜 그렇

---

§ 18세기에 남아프리카에 생긴 보어국의 독립 공화국으로 후에 영국의 식민지가 되었다.

게 마무리도 없이 떠났니? 떠나기 전에 기차 시간만 제대로 확인했어도, 노샐러튼에서 한 시간 반만 기다리면 된다는 걸 알았을 테고, 그러면 충분히 가방을 싸고도 남았을 거다. 그랬으면 훨씬 깔끔하고 철저하게 일을 처리했을 텐데. 아무리 멍청한 일을 하더라도 말이지. 그리고 정말로 멍청하게도 그런 쓸데없는 얘기를 늘어놓았으니 불쌍한 파커 씨가 얼마나 놀라고 지루해하셨겠니. 물론 애초에 네가 보려던 사람은 피터였겠지만. 그리고 너도 그래, 피터. 러시아 사람들하고 그 흉측한 사회주의자들이 바글바글 모이는 천한 곳에 갔으면, 아무리 하찮아 보이는 인간이라도 그 뒤를 쫓아가서 자극하지 말아야 한다는 것 정도는 짐작했어야지. 커피를 그렇게 마시고 운율도 없는 시를 써대니 정신이 이상해진 사람이 많은 것도 당연하잖니. 뭐, 이런들 아무 소용도 없겠지. 내가 피터에게 직접 다 말해줄 수도 있었을 텐데. 피터가 아직 모른다면 말이야. 아마 알고 있겠지만."

메리는 이 말에 얼굴이 하얗게 질려 파커를 슬쩍 쳐다보았다. 파커는 메리에게라기보다 공작 부인을 향해 대답했다.

"아니, 피터와 저는 아직 논의할 겨를이 없었습니다."

"그런 얘기를 하면 가뜩이나 아픈 내 머리가 더 지끈지끈 쑤시고 열이 오를까 봐 걱정되어서 그랬겠죠."

귀족 청년이 다정하게 덧붙였다.

"자넨 정말 다정하고 사려 깊은 친구야, 찰스. 자네가 없었다면 어떻게 살았을지 모르겠네. 하지만 그 망할 중고품 판매업자가 그날 밤에 물품을 나르지 않았더라면 좋았을걸 그랬지. 그 놋쇠 침대틀에 동그란 손잡이들이 얼마나 많이 달려 있었는지 몰라. 넘어질 때 부딪칠 걸 알았는데도 멈출 수가 없더라고. 그런데 고작 놋쇠 침대틀이 뭐야. 위대한 탐정들은 처음에 무장한 복면 암살자 열다섯 명에게서 잔혹하게 공격을 받으면 좀 어질어질 비틀거리다가도 이내 기력을 회복하지 않던가. 신체가 건강하고 평소에 건전하게 살아왔던 덕분이겠지. 지하실에 갇혀 심한 독가스 공격을 받아도 멀쩡히 견디잖아. 아, 전보? 고맙네, 번터."

전보를 읽는 피터 경은 마음속으로 깊이 만족했는지 기다란 입술 끝을 살짝 비틀었고, 전보를 수첩에 껴 넣은 후에는 만족의 한숨을 슬며시 내뱉었다. 그는 번터를 불러 아침 식사 쟁반을 가져가라고 하고는 이마에 냉찜질 붕대를 새로 갈아달라고 했다. 이 일이 끝난 후에, 피터 경은 쿠션 사이에 다시 몸을 기대고 사악하게 재미있어하는 기색을 띠며 파커 씨를 심문하기 시작했다.

"자, 그래, 자네와 메리는 어젯밤 어떻게 지냈나? 폴리, 이 친구에게 네가 살인을 저질렀다고 말했어?"

어떤 사람에게 괴로운 사실을 알리지 않으려고 안간힘을 다했는데, 그 사람이 벌써 그 사실을 알고 있었으며 생각보다 별로 영향도 받지 않았음이 밝혀진다면, 그보다 더 언짢은 일은 없다. 파커는 너무나 단순하고도 갑작스레 자제심을 잃어버렸다. 그는 벌떡 일어나서 아무런 논리 없이 소리쳤다.

"오, 아무리 애써봤자 말짱 허사로군!"

메리 양이 창가 자리에서 튀어 오르듯이 일어났다.

"그랬어. 그리고 그 말이 진실이야. 오빠가 그렇게 애지중지 하는 사건은 끝났어."

공작 부인은 전혀 침착한 태도를 흩뜨리지 않고 말했다.

"오빠 일은 오빠가 잘 알아서 하도록 놔두거라."

"실은 나도 폴리 말이 맞지 않나 해."

피터가 대답했다.

"그랬으면 좋겠다는 거지. 어쨌거나 그자를 잡았으니 이제 알게 되겠지."

메리 양은 숨을 헉 들이쉬며 턱을 앞으로 쳐들고 주먹을 꼭 쥔 채 앞으로 걸어 나갔다. 이런 어마어마한 재난에 그처럼 용감히 맞서는 메리의 모습을 보는 파커의 마음은 옥죄는 듯 아팠다. 그의 공적인 부분은 전혀 갈피를 잡지 못하고 있었으나, 인간적인 부분은 이 용감한 반항을 즉시 지지하고 나섰다.

"누구를 잡았다고 하던가?"

파커는 자기답지 않은 목소리로 물었다.

"고일스라고 하는 친구."

피터 경은 툭 내뱉었다.

"평소와 달리 아주 재빠르게 체포했지? 하지만 그 친구가 남들 다 하듯이 포크스턴에서 임항臨港 열차를 타려고 했기 때문에 별로 어렵지 않게 잡았다는군."

"그럴 리가 없어."

메리는 발을 콩콩 굴렀다.

"거짓말이야. 그 사람이 거기 갈 리가 없어. 그 사람은 무죄야. 내가 데니스를 죽였다고."

'좋아.' 파커는 속으로 생각했다. '잘됐네, 빌어먹을 고일스. 그 친구가 대체 뭘 했기에 이렇게 감싸줄 가치가 있지?'

"메리, 멍청한 소리 하지 마."

피터 경이 말했다.

"그래."

공작 부인도 아주 평온하게 덧붙였다.

"내가 이 얘기를 하려고 했었단다, 피터. 그 고일스 씨라는 사람 말이야. 이름도 얼마나 끔찍하니. 메리, 솔직히 말해서 그 사람 성격을 싫어하지 않았다손 쳐도 이름부터도 마음에 들지 않았단다. 특히 그 사람이 자기 이름을 지이오 고일스Geo.Goyles라고 서명할 때는. 알겠죠, 파커 씨. 조지라고 써야 하는데 지, 이, 오라고 했다니까요. 그렇게 쓰면 가고일스Gargoyles라고 읽을 수밖에 없잖아요. 피터, 나는 너한테 거의 편지를 쓸 뻔했었지. 런던에서 네가 그 사람을 만나볼 수 있는지 물어보려고. 실은 생각해보니까 그 이페카쿠아나 사건 이후에 나는 그 사람이 관련되어 있다는 느낌이 들었거든."

"그러셨겠죠."

피터 경은 싱긋 웃으며 대답했다.

"항상 그 친구가 뭔가 메스꺼운 데가 있다고 그러셨죠?"

"어떻게 그런 말을, 윔지?"

파커는 메리의 얼굴에서 눈을 떼지 못하고 분개해서 따졌다.

"오빠는 신경 쓰지 마세요." 메리가 말했다. "오빠, 신사적으로 행동할 수 없다면……."

"헛소리 마!" 환자가 갑자기 성질을 터뜨렸다. "내가 아무런 도발도 하지 않았는데 내 어깨에 총알을 박아 넣은 남자가 있어. 나는 쇄골이 부러지고 그 덕분에 동그란 손잡이가 가득 달린 중고 놋쇠 침대틀에 머리를 부딪쳤다고. 그자는 그러고 나서 튀어버렸지. 그나마 그 친구를 메스껍다고 한 것도 내가 볼 때는 아주 온건하고 외교적인 표현이야. 그런데 내 여동생이 오빠더러 신사가 아니라고 해! 이거 봐라! 내 집에서도 머리가 쪼개질 것 같은 두통 때문에 여기 가만히 앉아서 토스트와 차나 홀짝거리고 있는데, 너희들은 철판 요리며 오믈렛을 먹고 훌륭한 빈티지 클라레를 마시고 있잖아……."

"앤, 바보같이." 공작 부인이 타일렀다. "그렇게 흥분하지 마라. 약 먹을 시간이구나. 파커 씨, 벨 좀 눌러주겠어요?"

파커 씨는 아무 말 없이 따랐다. 메리 양은 천천히 걸어와 오빠를 쳐다보며 섰다.

"피터, 어째서 그 사람이 그랬다고 하는 거야?"

"뭘 그랬다는 거야?"

"오빠를…… 쐈다고?"

이 말은 거의 속삭임에 가까웠다.

이 순간 번터가 차가운 바람을 몰고 들어오는 바람에 방 안의 긴장된 공기가 누그러졌다. 피터 경은 약을 마시고 베개를 다시 정리하게 시킨 후, 순순히 체온과 맥박을 재도록 하고, 점심 식사에는 달걀을 주지 말라는 부탁을 했다. 그다음 그는 담뱃불을 붙였다. 번터는 물러갔고, 사람들은 모두 좀 더 편안한 의자에 흩어져 앉자 기분이 나아졌다.

"자, 폴리." 피터가 말을 꺼냈다. "이제 신파극은 집어치워라. 난 지난밤 네가 다니던 소비에트 클럽에서 그 고일스라는 친구와 우연히 마주쳤어. 타란트 양에게 날 좀 소개해달라고 했지만, 고일스는 내 이름을 듣더니 줄행랑치더라. 나는 그 친구하고 말이라도 좀 나눠볼 요량으로 뒤쫓아 간 건데 그 백치 같은 녀석이 뉴포트 코트 모퉁이에서 딱 멈춰 서더니 나를 쏘고 내뺀 거다. 정말 멍청한 짓이지. 내가 범인이 누군지 알고 있는데. 그러니 잡힐 수밖에 없는 거지."

"피터 오빠……."

메리는 유령 같은 목소리로 입을 열었다.

"이거 봐, 폴리." 윔지가 그 말을 가로막았다. "난 네 생각을 했어. 정말로 했다고. 내가 그 친구를 체포하도록 한 게 아니야. 난 그 친구를 고발하지도 않았어. 내가 했나, 파커? 자네 오늘 아침에 경찰청에 갔을 때 경찰들에게 뭐라고 했나?"

"심문을 하도록 고일스를 억류하라고 했네. 리들스데일 사건의 증인으로 원한다고."

파커는 천천히 대답했다.

"그 사람은 그 일에 대해 아무것도 몰라."

메리는 여전히 완고하게 말했다.

"근처에 있지도 않았어. 그 사람은 무죄라고!"

"그렇게 생각해?"

피터 경이 엄숙하게 물었다.

"그 사람이 무죄라고 생각한다면, 어째서 그를 비호하기 위해 온갖 거짓말을 한 거야? 소용없어, 메리. 넌 그 사람이 현장에 있었다는 것을 알고 있어. 그 사람이 유죄라는 사실을 안다고."

"아니야!"

"맞아."

윔지는 멀쩡한 쪽 손을 뻗어 동생을 잡으려고 했으나 동생은 움찔하며 물러서 버렸다.

"메리, 넌 지금 무슨 짓을 하는지 알고나 있어? 위증 죄에다 제럴드 형의 목숨까지도 위태롭게 하고 있어. 너 스스로도 네 애인을 살해했다는 의심을 하고 있는 남자, 분명히 나를 살해하려고 했었던 남자에게 법이 정당한 처벌을 내리지 못하도록 막으면서 말이야."

"오!" 마음이 심히 괴로워진 파커가 외쳤다. "이 심문은 너무도 비정상이야."

"저 친구는 신경 쓰지 마." 피터가 말했다. "네가 정말 올바른 행동을 하고 있다고 생각하니, 메리?"

메리는 1, 2분간 무력하게 오빠를 쳐다보았다. 피터는 붕대를 감은 눈썹 아래로 변덕스럽고 호소력 있는 눈을 깜박거렸다. 메리의 얼굴에서 반항기가 스르르 사라졌다.

"진실을 말할게."

메리가 입을 열었다.

"그래, 착하다."

피터는 한 손을 내밀었다.

"미안하다. 네가 그 청년을 좋아하는 걸 알아. 그리고 우리는 너의 결정을 존중한다. 정말 그래. 자, 어서 말해보렴. 자네는 받아 적게, 파커."

"그게, 조지와의 일은 모두 몇 년 전에 시작되었어. 오빠는 그때 전선에 나가 있었지. 하지만 다른 식구들에게 들었을 거야. 아마 가장 최악의 관점에서 설명해주었겠지."

"그렇게 말하면 안 되지, 얘." 공작 부인이 끼어들었다. "나는 피터에게 네 오빠와 나는 그 젊은이를 만나게 되어서 아주 기뻤다고 써 보냈단다. 실제로는 그렇지 않았던 것, 넌 기억 안 나니. 그 사람이 초대도 안 했는데 어느 날 주말에 갑자기 들이닥쳤잖니. 집 안에 다른 손님도 많았는데. 게다가 다른 사람의 편의 따위는 생각도 안 하고 자기 좋을 대로만 행동하더구나. 너도 네 입으로 직접 그 사람이 불쌍한 마운트위즐 경에게 불필요할 정도로 무례하게 굴었다고 말했잖아."

"그 사람은 자기 생각을 말했을 뿐이에요." 메리가 말했다. "물론 마운트위즐 경은 현재의 젊은 세대는 어른들에게 아첨하지 않고 토론하는 데 익숙하다는 것을 이해하지 못하시죠. 조지가 의견을 말하자, 마운트위즐 경은 그저 그 사람이 반박하고 있다고 생각하신 거예요."

"솔직히 말해서 한 사람이 하는 얘기를 모두 다 부인하면 익숙하지 않은 사람에게는 그게 다 반박으로 들리기 마련이잖니. 하지만 내가 기억하건대, 난 피터에게는 고작 고일스 씨의 태도가 세련미가 부족하고 독립적인 의견은 없어 보인다고 했을 뿐이란다."

"독립적인 의견이 없다고요?"

메리가 눈을 휘둥그레 뜨고 반문했다.

"그래, 난 그렇게 생각했어. 알렉산더 포프였나 다른 사람이 한 말인가, 재치란 생각을 자주 하면 종종 더 잘 표현되는 게 아니니?§ 하지만 요새는 자기 표현을 잘 못하면 못할수록 더 심오한 인물로 평가를 받는다니까. 브라우닝이나 죄다 괴짜들인 형이상학파 사람들처럼. 그 사람들이 진정으로 뜻한 게 진

---

§   알렉산더 포프가 《비평에 대한 소고》에서 한 정확한 표현은 "(재치란) 자주 생각은 해도 결코 잘 표현은 되지 않는 것"이었다.

짜 신부인지 아니면 국교회인지, 진짜 신랑인지 성경인지도 알 수가 없게 시를 쓴다니까. 게다가 성 어거스틴의 글은 얼마나 난해하니. 그 아프리카 히포의 어거스틴 말이야. 여기 캔터베리의 어거스틴 말고. 물론 그 사람은 재미있기는 하지. 그리고 그 당시에는 교구 목사관에서 해마다 작품이나 차를 팔지는 않았을 테니까, 선교사라고 해도 요새 말하는 것과는 아주 같지는 않겠지. 성 어거스틴이 원래 무슨 교도였더라. 맨드레이크 교도? 아, 맨드레이크는 뽑을 때 소리를 지른다고 해서 검은 개를 데려와서 뽑아야 한다는 독풀이었지. 아, 마니교도가 맞다. 그 사람 이름이 뭐였더라? 파우스투스? 아니면 오페라에 나오는 이름하고 혼동하고 있는 건가?"

"아, 어쨌든요."

메리는 공작 부인의 끊임없이 이어지는 생각의 실타래에 방해받지 않고 말을 이었다.

"조지는 내가 유일하게 좋아했던 사람이에요. 지금도 그렇고요. 하지만 너무도 가망이 없어 보였어요. 엄마는 별말씀 안 하셨다고 쳐요. 하지만 제럴드 오빠는 얼마나 많이 말했다고요. 그것도 심하게요!"

"그래. 제럴드는 자기 의견을 말했을 뿐이야. 요즘 세대는 그렇다며. 하지만 익숙하지 못한 사람에겐 약간 무례하게 들릴 수도 있었겠다고 나도 인정한다."

피터는 싱긋 웃었지만 메리는 신경 쓰지 않고 계속했다.

"조지는 단지 돈이 없었을 뿐이에요. 가진 재산을 노동당을 위해 이런저런 식으로 기부했죠. 그리고 정보부에서 해고당했어요. 해외의 사회주의자들에게 지나치게 동조하고 있다는 이유로요. 정말로 부당한 일이에요. 그런 상황에서 그에게 부담이 될 수는 없었죠. 그리고 제럴드 오빠는 너무나 잔인하게도 내가 조지를 쫓아 보내지 않으면 내 용돈을 끊겠다고 했어요. 그래서 나는 오빠 말대로 했지만 그렇다고 해서 우리 두 사람의 감정이 조금도 달라지진 않았어요. 어머니는 좀 더 품위를 지키셨다고 말할 순 있겠네요. 어머니는 조지가 직업을 가진다면 도와주겠다고 하셨으니까요. 하지만 이미 말한 대로 조지가 직업이 있었다면 우리는 애초에 도움을 받을 필요가 없었어요!"

"하지만 얘, 고일스 씨에게 처가에 얹혀살아야 한다는 말을 해서 모욕을 줄 수는 없잖니."

공작 부인이 말했다.

"왜 안 돼요? 조지는 어차피 재산에 관한 구식 사고방식을 믿지도 않아요. 그리고 어머니가 내 재산을 주었다면 그건 내 돈이 될 거였어요. 우리는 남자와 여자가 동등하다고 믿는다고요. 어째서 꼭 한쪽만 밥벌이를 해야 하나요?"

"그 말도 맞을지 모르지. 하지만 난 고일스 씨가 재산 상속과 같은 구식 방식을 믿지 않는다면 불로소득에 기대 살 사람도 아니라고 생각했거든."

"그건 오류예요."

메리는 다소 우물쭈물하다가 서둘러 덧붙였다.

"어쨌든, 그렇게 된 거야. 그리고 전쟁 후 조지는 독일로 사회주의와 노동 문제를 공부하러 갔고, 상황이 신통치가 않았어. 그래서 데니스 캐스카트가 나타났을 때, 난 그 사람이랑 결혼하겠다고 했지."

"어째서?" 피터가 물었다. "그 사람은 네가 좋아할 만한 남자가 전혀 아닌 것 같던데. 적어도 내가 제대로 알았다면 말이야. 그 사람은 공화당원에 외교관 아니냐. 소위 말하는 고리타분한 사람이잖아. 너희들이 무슨 사상적 공통점이 있었다고는 생각할 수 없는데."

"없지. 하지만 그 사람은 내가 사상이 있든 없든 하등 신경 쓰지 않았거든. 나는 그 사람에게서 외교 업무나 이런저런 사람들로 나를 귀찮게 하지 않겠다는 약속을 받아냈고, 그 사람은 내가 자기 명예를 더럽히지 않는 한 마음대로 해도 좋다고 했어. 그래서 우리는 파리로 가서 서로 각자의 길을 따라 살면서 방해하지 않을 작정이었지. 그러면 여기에 있으면서 나랑 같은 계급의 사람을 만나 바자회나 열고 폴로나 구경하고 황태자를 만나러 가면서 사는 것보다는 낫잖아. 그래서 나는 데니스랑 결혼하기로 했지. 나는 그 사람을 하나도 좋아하지 않았고, 그 사람도 나에게는 반 푼어치의 관심도 없었으니까. 그래서 우리는 서로 내버려두면서 살기로 했어. 나는 너무도 간섭 없이 혼자 있고 싶었거든!"

증인이 너무 많다

"그럼 제리 형이 네 돈에 대해서 한 얘기가 맞구나."

피터가 따져 물었다.

"그래, 오빠는 데니스가 대단한 사냥감이 아니라고 했어. 제럴드 오빠가 그렇게 대놓고 빅토리아 초기 시대 사람 같은 식으로 천박하게 말하지 않았으면 좋았을 텐데. 하지만 조지 다음이었으니까 최악은 아니라고 속으로 감사했겠지."

"이것도 적어두게, 찰스."

윔지가 말했다.

"그래서 처음에는 다 괜찮아 보였어. 하지만 시간이 흐를수록 점점 우울해졌지. 알겠지만 데니스에게는 뭔가 경계할 만한 점이 있었잖아. 그는 이상할 정도로 얌전했어. 나는 혼자 있고 싶었지만, 그래도 뭔가 수상하잖아! 그는 아주 정중했어. 데니스는 자제심을 잃고 정열적일 때도—그런 경우도 별로 없었지만—아주 정중하게 굴었어. 이상할 정도로. 오빠도 알겠지만 그 이상한 프랑스 소설에 나오는 사람 같아. 겁이 날 정도로 신체적 매력이 있지만, 아주 비인간적인 사람."

"찰스, 이런!"

피터 경이 외쳤다.

"음?"

"중요한 말이야. 자네, 이 말의 속뜻을 알아차렸나?"

"아니."

"그럼 됐어. 계속해봐라, 폴리."

"내 얘기 때문에 머리 아파?"

"아주 아파 죽겠다. 하지만 오히려 기분 좋은데. 계속해라. 난 고뇌로 인해 흘린 땀의 습기와 열로 인해 흘린 땀의 이슬로 백합을 피우자고 이 고생을 하는 게 아니니까.§ 정말 흥미로워. 네가 방금 한 말은 내가 일주일 동안 찾아낸 단서들보다 훨씬 더 좋은 단서다."

"정말이야?"

메리는 온갖 적대감이 사라진 표정으로 피터를 응시했다.

"난 오빠가 그 부분은 절대 이해 못할 거라고 생각했어."

"무슨 말을! 어째서?"

메리는 고개를 저었다.

"아무튼 나는 그동안 조지와 계속 연락을 주고받고 있었어. 그런데 이번 달 초에 그 사람이 갑자기 독일에서 귀국한다고 편지를 보낸 거야. 사회주의 주간지 〈선더클랩〉에서 주당 4파운드를 받는 신입직원으로 취직했다고. 그래서 나보고 그런 자본주의자들을 팽개치고 자기에게 와서 정직한 여자 노동자로 살지 않겠느냐고 했어. 신문사에 비서직을 얻어주겠다고. 나는 그 사람을 위해 타자도 치고 그 사람이 기사를 쓰는 일을 도울 수 있다고. 그러면 둘이서 주당 6, 7파운드 정도를 벌 수 있으니 살아갈 만하지 않겠느냐고 하더라. 그리고 나는 매일매

---

§ 키츠의 시 〈잔인한 미녀(La Belle Dame Sans Merci)〉의 한 구절을 변용한 것.

일 데니스가 두려워지던 중이었지. 그래서 그러겠다고 했어. 하지만 식구들에게 솔직히 말하면 제럴드 오빠가 난리를 피울 게 뻔했지. 사실 부끄럽기도 했어. 벌써 약혼 사실이 다 공표되었으니 말도 많을 거고, 사람들이 다 나를 설득하려 들 것 아니겠어? 게다가 데니스가 그 일로 제럴드 오빠의 입장을 말할 수 없이 곤란하게 만들겠지. 그 사람은 약간 그런 유의 사람이니까. 그래서 가장 좋은 방법은 일단 도망쳐서 결혼하고 소동을 피하는 거였어."

"참 그렇겠군." 피터가 말했다. "그랬으면 신문에 근사한 기사도 났겠지? '귀족의 딸 사회주의자와 결혼, 사이드카를 타고 낭만적인 도주, 일주일에 6파운드면 행복해요—귀족 영양의 고백.'"

"못됐어, 정말!"

메리 양이 소리 질렀다.

"좋아. 알았다. 그래서 낭만적인 고일스가 리들스데일로 너를 데리러 와서 도망가기로 계획을 짰다는 거군? 그런데 왜 하필이면 리들스데일에서? 런던이나 덴버에서 하는 편이 훨씬 손쉬웠을 텐데?"

"아니야. 일단 그 사람이 북부에 오기로 되어 있었으니까. 그리고 런던에서는 서로서로를 잘 알잖아. 그리고 어찌 되었건 우리는 기다리고 싶지 않았어."

"게다가 월터 스콧 경의 시에 나오는 주인공 로킨바처럼 낭만적인 분위기도 내고 싶었겠지. 좋아. 그런데 왜 새벽 3시야?"

"조지는 수요일 밤 노샐러튼에서 모임이 있었어. 거기서 곧장 와서 나를 데리고 가기로 했지. 그런 다음에는 런던으로 바로 가서 특별 허가증을 얻어 결혼하려고. 그래야 시간이 충분하거든. 조지는 그 다음 날에도 출근해야 했으니까."

"알았다. 그러면 내가 이제 맞춰볼 테니 내 말이 틀리면 얘기해봐. 너는 수요일 밤 9시 30분에 위층으로 올라갔어. 그러고는 여행가방을 쌌지. 너, 슬퍼할 친구들이나 친지들을 안심시킬 편지 같은 걸 쓸 생각이나 했냐?"

"했어. 편지도 썼다고. 하지만……."

"그랬겠지. 그런 후에는 침대에 들었겠지. 아니면 옷을 도로 입고 누웠거나."

"그래, 누워 있었어. 그렇게 한 게 다행이었지. 공교롭게도……."

"그래, 새벽에 일어나서 나간 양 침대를 꾸밀 시간이 없었을 테니까. 그 얘기를 미리 들어봤어야 하는데. 그건 그렇고 파커, 메리가 어젯밤 죄를 고백했을 때 진술을 적어두었나?"

"적었어." 파커가 대답했다. "자네가 내 속기를 알아볼 수 있을진 모르겠지만."

"그렇겠지. 자, 그래서 침대가 구겨져 있었으니 잠자리에 들지 않았다는 네 얘기는 거짓이 되지 않겠니?"

"하지만 나는 그 이야기가 잘 맞아떨어진다고 생각했어!"

"연습 부족이야."

오빠가 다정하게 대답했다.

"다음에는 좀 더 잘하도록 해라. 길고 일관성 있는 거짓말을 꾸며내기가 얼마나 힘든 줄 아니. 실제로 넌 제럴드 형이 11시 30분에 나가는 소리를 들었니? 페티그루-로빈슨 씨가 말한 대로? (귀도 밝지!)"

"누가 움직이는 소리는 들은 것 같아. 하지만 그에 대해서는 별로 생각해보지 않았어."

"그렇겠지. 내가 사람들이 밤에 집 안을 돌아다니는 소리까지 듣는다면 신경이 너무 예민해져서 오히려 아무런 생각도 못 할 거야."

"물론이고말고." 공작 부인이 끼어들었다. "특히 영국에서는 그런 일을 생각한다는 게 아주 부적절하잖니. 피터를 위해서 말해둔다만, 피터는 무엇이든 대륙적인 해석을 할 수 있다면 그렇게 할 애지. 얼마나 사려 깊으냐. 너는 그러면서도 아무 말도 않고 언급도 하지 않으니. 넌 어릴 때도 똑똑하게 그렇게 했단다. 꼬마 때는 얼마나 관찰력이 좋았다고."

"지금도 그러네요."

메리는 오빠를 보면서 놀랄 정도로 친근하게 미소 지었다.

"세 살 버릇 여든까지 가는 법이지." 피터가 말했다. "계속하자. 3시에 너는 고일스를 만나기 위해 아래층으로 내려갔어. 어째서 그 친구가 집까지 올라오기로 한 거지? 오솔길에서 만나는 편이 더 안전했을 텐데?"

"하드로를 깨우지 않고서는 로지 정문을 빠져나갈 수 없으니 어딘가에서 울타리를 뛰어넘어야만 한다는 것을 알았어. 혼자서라면 그럭저럭 가능했겠지만, 무거운 여행가방을 들고서는 힘들지. 결국 조지가 올라와야만 하는 상황이라, 그럴 거면 여행가방을 나르는 것을 돕는 편이 좋다고 생각했어. 온실 문 옆에서는 서로를 놓칠 리도 없고. 나는 그 사람에게 약도를 보냈어."

"아래층에 내려갔을 때 고일스가 와 있었니?"

"아니, 전혀. 그 사람을 보지도 못했어. 하지만 아래에는 불쌍한 데니스의 시체가 있었고, 제럴드 오빠가 그 위에 몸을 숙이고 있었어. 처음에는 제럴드 오빠가 조지를 죽인 줄 알았어. 그래서 '오, 세상에! 오빠가 그 사람을 죽였군요!'라고 말한 거야. (피터는 파커와 눈길을 맞추고 고개를 끄덕였다.) 그때 제럴드 오빠가 시체를 뒤집었어. 그러고 보니 데니스더라고. 그리고 또 그때 덤불 속 어딘가 저 멀리에서 뭔가 움직이는 소리가 들린 듯했어. 나뭇가지가 꺾이는 소리라고나 할까. 그러자 갑자기 그 생각이 들었어. '조지는 어디 있지?' 오, 피터 오빠. 그 순간 모든 게 명확해졌어. 데니스는 거기서 기다리고 있는 조지에게 다가가 그 사람을 공격한 거야. 데니스가 그 사람을 공격한 게 분명하다고 생각했어. 어쩌면 강도라고 생각했는지도 몰라. 아니면 누군지 알고 쫓아버리려고 한 건지도 모르고.

몸싸움을 하다가 조지가 그 사람을 쐈던 거겠지. 너무 끔찍해!"

피터는 여동생의 어깨를 토닥였다.

"불쌍한 것."

"난 어떻게 해야 할지 몰랐어." 여동생은 말을 이었다. "알겠지만 너무 시간이 없었어. 거기 누가 있었다는 것을 아무도 알지 못하게 해야겠다는 생각만 들더라. 그래서 재빨리 내가 거기 있는 핑계를 만들어냈지. 일단 선인장 뒤에 여행가방을 숨겨 넣었어. 제리 오빠는 시체에 정신이 팔려서 알아차리지 못했어. 제리 오빠는 코밑에다 뭘 내밀어도 못 알아차릴 사람이잖아. 하지만 총소리가 났다면 프레디나 마치뱅크스 부부는 들었을 거야. 그래서 나도 들은 척하고 강도를 찾으러 뛰어내려갔다고 했지. 약간 어설프긴 하지만 내가 생각할 수 있는 최선이었어. 제럴드 오빠가 집 안 사람들을 불러오라고 보냈을 때, 계단참에 도착할 즈음에는 이미 얘기를 다 준비해놓고 있었지. 여행가방을 잊어버리지 않아서 얼마나 뿌듯했다고!"

"그래서 궤에 던져 넣었지."

피터가 앞질러 말했다.

"그래. 요전 날 아침 오빠가 그 안을 들여다보는 걸 보고 간이 떨어지는 줄 알았어."

"내가 거기서 은모래를 발견했을 때만 하겠냐."

"은모래?"

"온실에서 묻은 거야."

"세상에!"

메리가 외쳤다.

"계속해봐. 넌 프레디와 페티그루-로빈슨 씨 부부의 방을 두드렸어. 그다음에는 네 방으로 들어가 작별 편지를 없애고 입고 있던 옷을 벗었지."

"그래, 아주 자연스러운 행동은 아니었어. 하지만 비단 속옷을 입고 타이를 꼼꼼하게 묶어 황금 안전핀으로 고정시킨 차림으로 강도를 잡으러 갔다고 하면 믿을 사람이 별로 없을 테니까."

"없겠지. 네가 얼마나 어려웠을지 짐작이 간다."

"결과적으로는 잘됐어. 내가 페티그루-로빈슨 부인을 피해 방 안으로 들어갔다고 하면 모두 다 기꺼이 믿을 수 있었지. 물론 부인 본인만 빼고."

"그래, 심지어 파커도 그 말은 믿더라. 그렇지 않았나, 파커?"

"아, 그럼. 그렇고말고."

파커는 우울하게 대답했다.

"총소리에 대해서는 심각한 실수를 저질렀어."

메리 양은 계속 말을 이었다.

"알다시피, 아주 정교하게 모든 설명을 만들었지. 하지만 총소리를 들은 사람이 아무도 없다는 것을 알게 되었어. 그리고 사건이 모두 덤불에서 일어났다는 것도 나중에 알아냈지. 물론 시간도 맞지 않았지. 그렇지만 심리에서 난 내 얘기를 고집해야만 했어. 그런데 상황이 점점 불리하게 되는 거야. 그러더니 제럴드 오빠에게 누명을 뒤집어씌우더라고. 정신이 하나도 없어서 나는 그런 생각은 조금도 하지 못했어. 물론 내가 급조한 증거가 그에 일조했다는 걸 이제야 깨달았지만 말이야."

"그래서 이페카쿠아나로 꾀병을 부렸구나."

피터가 말했다.

"그렇게 복잡하게 얽혀버리니까."

불쌍한 메리 양이 설명했다.

"차라리 상황을 더 악화시키기 전에 입을 다무는 편이 낫다고 생각했어."

"그럼 너는 아직도 고일스가 범인이라고 생각하냐?"

"난, 난 아무 생각도 나지 않아. 모르겠어. 피터 오빠, 그러면 그 사람 말고 누가 그런 짓을 저질렀겠어?"

"솔직히 말해서 그 사람이 하지 않았다면 누가 범인일지는 나도 모르겠다."

피터 경은 솔직히 고백했다.

"그 사람은 도망쳤잖아."

메리가 항변했다.

"그 친구는 사람 쏘고 도망치는 게 특기인가 봐."

피터가 으스스하게 말했다.

"그 사람이 오빠에게 그런 짓을 하지 않았다면, 나도 결코 털어놓지 않았을 거야." 메리는 느릿느릿 말했다. "차라리 죽는 게 낫지. 하지만 그 사람은 혁명적인 사상을 학습하다가―공산주의 러시아와 온갖 유혈 폭동과 반란을 생각해보면―인간 생명을 경시하기에 이르렀나 봐."

"얘야." 공작 부인이 끼어들었다. "내가 볼 때 고일스 씨는 자기 생명은 별로 경시하지 않는 것 같구나. 상황을 공정하게 봐야지. 사람을 쏘고 도망가는 건 그다지 영웅적인 행동이 아니지 않니. 우리 기준으로 보기에는."

"내가 이해할 수 없는 일은 어째서 제럴드 형의 권총이 덤불숲에 떨어져 있었느냐는 거야." 윔지가 서둘러 끼어들었다.

"내가 정말 알고 싶은 건 데니스가 정말로 카드 사기꾼이었냐는 거다." 공작 부인이 말했다.

"내가 정말 알고 싶은 건 녹색 눈의 고양이입니다." 파커도 거들었다.

"데니스는 내게 고양이를 준 적이 없어요." 메리가 말했다. "그건 거짓말이에요."

"그러면 드라페 가에 있는 보석상에 캐스카트와 가신 적이 없단 말입니까?"

"오, 그래요. 가긴 갔죠. 여러 번 갔어요. 나한테 다이아몬드와 거북 등껍질로 만든 빗을 사주었죠. 하지만 고양이는 사준 적이 없어요."

"그러면 우리는 지난밤의 정교한 자백은 깡그리 무시해도 되겠구나."

피터 경은 미소를 띠며 파커의 노트를 훑어보았다.

"정말로 나쁘지 않은데, 폴리. 나쁘지 않아. 넌 로맨스 소설에는 재능이 있어 보인다. 아니, 진심이야! 여기저기 좀 더 세부 묘사를 더해야 할 필요는 있지만. 가령 심하게 상처 입은 남자를 집까지 끌고 가는데 네 코트에 피가 하나도 묻지 않았다는 게 말이 되냐? 그건 그렇고 고일스가 캐스카트를 알기나 해?"

"내가 알기로는 몰라."

"파커와 나는 다른 가설을 세웠거든. 이에 따르면 고일스는 최악의 죄에서만은 벗어날 수 있게 되지. 자, 친구, 내 동생에게 말해주게. 그건 자네 생각이었잖아."

부추김을 받고 파커는 협박과 자살 이론에 대한 개요를 설명했다.

"개연성은 있어 보이네요." 메리가 말했다. "학술적으로 말하자면 그렇단 뜻이에요. 하지만 그건 정말 조지답지 않아요. 협박이라니, 너무나 야만적이지 않아요?"

"글쎄." 피터가 말했다. "가장 좋은 건 가서 고일스를 만나는 거야. 수요일 밤의 수수께끼를 풀 열쇠가 무엇이든, 그 친구가 쥐고 있을 테니. 파커, 이제 거의 수사 막바지에 다다른 것 같네."

10 장
정오에는 아무것도 남지 않는다

"아아!" 히야가 말했다. "제가 참으로 명예롭게 표현한
감정들은, 태양이 하늘 꼭대기에 와 있어 경비가 삼엄한
집을 남몰래 떠날 수 있는 가능성이 상당히 낮은 때에는
그들이 목적을 달성하기 전날 밤 축축한 과수원에서
말했을 때와는 상당히 다른 중요성을 지니게 되죠."
— 《카이-룽의 지갑》[§]

그리고 그의 짧은 순간은 정오가 지나면 밤이라네.
— 존 던[§§]

고일스는 다음 날 경찰서에서 면담할 수 있었다. 머블스 씨가 배석했고, 메리도 오겠다고 우겼다. 젊은이는 처음에는 고래고래 소리를 질렀지만, 변호사의 건조한 태도에 압도당했다.

"피터 윔지 경이 당신을 확인했소이다."

머블스 씨가 말했다.

"간밤에 살의를 품고 경을 공격했던 범인이라고 말이오. 하지만 참으로 너그럽게도 고발은 하지 않기로 했지요. 이제 우

[§] 《카이-룽의 지갑》 중 〈퉁-펠의 복수〉의 한 구절.
[§§] 존 던의 〈그림자에 대한 강의〉의 마지막 행. 여기서 '그'는 사랑을 의미한다.

리는 당신이 캐스카트 대위가 살해당하던 날 밤 리들스데일 로지에 있었다는 사실을 알아냈다오. 분명히 사건의 증인으로 소환될 겁니다. 하지만 지금 진술을 하면 법 집행에 큰 도움을 주게 되지요. 이건 부분적으로는 친근하고 개인적인 면담이오, 고일스 씨. 아시겠지만, 경찰 대표는 여기 참석하고 있지 않아요. 우리는 그저 당신의 도움을 청하고 있지요. 허나 경고해두건대, 우리 질문에 대답하지 않기로 하는 건 당신 마음이지만, 거절했다가는 좀 더 심각한 죄명을 뒤집어쓸 수도 있다오."

"이건 그냥 협박이나 다름없잖소." 고일스가 대답했다. "말 안 하면 살인 혐의를 뒤집어씌우겠다는 거 아냐."

"무슨 소리. 아니라오, 고일스 씨." 변호사가 대답했다. "우리는 그저 경찰을 좌지우지할 수 있는 정보를 건네줄 뿐이라는 거지요. 그러면 경찰들은 적당하다고 생각되는 조치를 취하겠지요. 저런. 협박 같은 건 아주 비정상적인 일이지. 피터 경을 공격한 건에 대해서는 물론 그분이 분별 있게 알아서 처분하실 거요."

"뭐," 고일스는 뚱하게 대답했다. "무슨 말로 하든 협박인데. 하지만 거리낌 없이 다 털어놓죠. 얘기를 다 듣고 나면 꽤나 실망들 하실 텐데. 당신이 날 경찰에 넘겼군, 메리."

메리는 화가 나서 얼굴이 붉어졌다.

"내 여동생은 이루 말할 수 없이 자네에게 충실했어, 고일스." 피터 경이 말했다.

"이 말은 꼭 해야겠는데, 자네를 위해서 메리는 개인적으로 아주 불편한 입장도 마다하지 않았어. 위험은 말할 것도 없고. 자네를 런던까지 추적할 수 있었던 건 자네가 허둥지둥 줄행랑치면서 뚜렷한 흔적을 남겨놓은 결과일 뿐이네. 내 누이가 리들스데일에서 내게 온 전보를 우연히 뜯어보았을 때, 이 애는 할 수 있는 한 자네를 비호해주려고 온갖 희생을 감수하고 즉시 런던으로 왔어. 운 좋게도 나는 이미 내 아파트에서 똑같은 전보를 받았지. 하지만 그때에도 자네 정체는 확실하지 않았네. 그러다가 우연히 자네와 소비에트 클럽에서 마주치게 된 거야. 허나 자네가 너무나 열심히 나와의 면담을 피하려고 애쓴 덕택에 확신할 수 있게 되었지. 자네를 억류할 수 있는 좋은 핑곗거리와 함께. 실상 자네가 협조해줘서 얼마나 고마운 줄 모른다네."

고일스는 분개하는 표정을 지었다.

"당신이 어떻게 생각했을지는 모르겠어요, 조지……."

메리가 말했다.

"내가 무슨 생각을 하든 상관할 것 없어."

젊은 남자는 거칠게 말했다.

"어쨌든 이제는 다 털어놓았을 거 아냐. 할 수 있는 한 나도 짧게 얘기하도록 하지요. 그러면 내가 그 사건에 대해서 얼마나 아는지 알 테니. 내 말을 못 믿겠다면 할 수 없고. 나는 거기에 3시 15분 전에 도착해서 길 옆에 모터사이클을 세웠어요."

"11시 50분에는 어디 있었나?"

"노샐러튼에서 오는 길 위에요. 모임이 10시 45분에 끝났거든. 이걸 증명해줄 증인은 1백 명이나 되니까."

윔지는 모임이 열렸다는 주소를 적은 후, 고일스에게 계속하라는 의미로 고개를 끄덕였다.

"벽을 기어 올라가서 덤불 속을 걸어갔지요."

"사람은 아무도 못 봤나?"

"산 사람이든 죽은 사람이든 아무도 없던데."

"길 위에서 핏자국이나 발자국을 보지 못했나?"

"못 봤어요. 들킬까 봐 등을 켜고 싶지가 않았거든. 길만 볼 수 있는 정도의 빛은 있었으니까. 3시 직전에 온실 문 앞에 다다랐소. 위로 올라가다가 뭔가에 걸려 넘어졌지. 더듬어보니까 시체 같지 뭐요. 깜짝 놀랐어요. 메리가 쓰러진 건가 생각했죠. 뭐, 아프거나 기절했거나 해서. 용기를 내어 전등을 켜봤더니 캐스카트가 죽어 있는 거요."

"죽었다는 게 확실한가?"

"숨이 완전히 넘어갔습디다."

"잠깐만." 변호사가 끼어들었다. "지금 그 시체가 캐스카트라는 걸 알았다고 했지. 이전에도 캐스카트를 알고 있었소?"

"아니, 전혀. 내 말은 죽은 사람이 있었는데 나중에 알고 보니까 캐스카트였다는 거죠."

"요는, 그러니까 당신은 그 시체가 캐스카트였는지는 몰랐다는 말 아니오?"

"네, 적어도. 나중에 신문에 난 사진을 보고 알아보기는 했지요."

"진술할 때는 반드시 정확해야만 하오, 고일스 씨. 지금 막 한 것 같은 말로는 경찰이나 배심원에게 좋지 않은 인상을 줄 수 있으니."

그렇게 말하며 머블스 씨는 코를 푼 후 코안경을 다시 고쳐 썼다.

"그다음에는 어떻게 했나?"

피터가 물었다.

"누군가 오솔길을 올라오는 소리를 들은 듯한 기분이 들었어요. 시체와 같이 있는 걸 들키면 안 되겠다 싶어서 튀었죠."

"아."

피터는 이루 형용할 수 없는 표정을 지었다.

"그거 참 아주 간단한 해결책이로군. 결혼하기로 약속한 여자가 직접 죽은 남자를 발견하도록 놔두고 약혼자는 도망가버린 것 아냐. 그래 놓고 여자가 어떻게 생각하기를 바란 거야?"

"뭐, 자기 입장을 생각해서라도 입 다물고 있을 줄 알았죠. 사실 분명한 생각이 들지 않더라고. 내가 상관도 없는 일에 끼어들었다는 걸 알았고, 살해당한 남자랑 같이 발견되면 내 입장이 아주 기묘해지리라는 것만 생각했지."

"그럼 이성을 잃고 아주 멍청하고 비겁한 방식으로 도망쳤다는 거군, 젊은이."

머블스 씨가 말했다.

"그런 식으로 말할 필요는 없잖습니까." 고일스가 반박했다. "애초부터 나는 아주 곤란하고 어리석은 상황에 처해 있었던 거니까."

"그래." 피터 경은 역설적으로 대꾸했다. "새벽 3시는 아주 힘들고 썰렁했겠지. 다음에 야반도주할 약속을 하려거든 저녁 6시나 밤 12시에 만나자고 하게. 자넨 음모를 짜는 데는 소질이 있지만 실행하는 건 영 젬병이로군. 사소한 일에도 초조해하지. 난 정말 진심으로 자네 같은 기질의 사람이 화기, 총을 가지고 다녀서는 안 된다고 생각해. 멍청하게도, 대체 어쩌다 어젯밤 내게 총을 쐈나? 내가 머리나 심장, 중요 부위에 우연히라도 총을 맞았으면 자네 상황이 정말 곤란해졌을걸. 시체도 무서워하는 사람이 사람을 향해 총질을 하고 돌아다녀? 어째서 그랬나, 왜? 난 정말로 모르겠단 말이야. 자네가 지금 사실을 말한다면 신변의 위험은 전혀 없을 걸세. 세상에! 자네 같은 멍청이를 잡으려고 들인 노력과 수고를 생각하면! 게다가 불쌍한 메리는 어째. 안간힘을 다 쓰다가 결국 반쯤 자살할 뻔한 지경까지 되었으니. 그 애는 자네가 뭔가 거리끼는 게 없었으면 도망가지 않았을 거라고 추측한 거지. 게다가 같이 도망갈 여자가 아직 안 왔으면 기다려야 하는 거 아니겠어?"

"이 사람이 간이 콩알만 하다는 걸 감안했어야지."

메리가 냉혹한 목소리로 더했다.

"누가 뒤를 밟고 괴롭힘을 당하는 게 어떤 기분인지 안다면……."

고일스 씨가 입을 열었다.

"하지만 자네들 소비에트 클럽 사람들은 의심받는 걸 좋아하잖아." 피터가 말했다. "자네가 정말 위험인물로 간주되었을 때가 태어나서 가장 자랑스러운 순간 아니었나?"

"당신 같은 사람들이 비웃으니까 계급 간의 증오가 자라나는 거요."

고일스는 열정적으로 말했다.

"그 말엔 신경 쓸 것 없소." 머블스 씨가 끼어들었다. "법은 모든 사람들에게 공정하니까. 하지만 본인이 자기 상황을 아주 곤란하게 만든 건 맞지, 젊은이."

머블스 씨가 탁자 위에 있는 벨을 누르자, 파커가 경관 한 명과 함께 들어왔다.

"이 젊은이를 계속 보호관찰을 해주시면 정말 고맙겠소이다." 머블스 씨가 말했다. "이 청년이 얌전하게 행동하는 한 고발할 마음은 없지만, 리들스데일 사건이 재판에 오르기 전에 도주하도록 놔두면 안 되니."

"그렇고말고요."

파커 씨가 대답했다.

"잠깐만요." 메리가 제지했다. "고일스 씨, 여기 당신이 주었던 반지예요. 잘 지내요. 다음번에 결단력 있는 행동을 촉구하는 대중 연설을 할 때면 나도 가서 갈채를 보낼게요. 말은 번지르르하게 잘하는 사람이니. 하지만 그런 경우가 아니라면 다시 만나지 않는 편이 좋겠네요."

"물론이지." 젊은이가 씁쓸히 말했다. "당신네들이 나를 이런 처지에 몰아넣었으니 당신도 등 돌리고 비웃지그래."

"난 당신이 살인자라고 해도 신경 쓰지 않았어요." 메리 양은 경멸하듯 말했다. "하지만 그런 비겁한 인간인 건 신경 쓸 수밖에 없네요."

고일스 씨가 뭐라고 대답하기 전에, 당황하기는 했지만 살짝 고소하게 여기고 있던 파커 씨가 그를 방에서 데리고 나갔다. 메리는 창가로 걸어가서 입술을 깨물며 섰다.

곧 피터 경이 동생에게 다가갔다.

"폴리, 머블스 씨가 점심을 같이 하자던데. 너도 올래? 임피빅스 경도 온다는구나."

"오늘은 그 사람을 만나고 싶지 않아. 머블스 씨에겐 아주 감사하지만……."

"오, 그러지 말고 같이 가자꾸나. 빅스는 유명인사 아니냐. 게다가 조각상처럼 잘생겨서 보고 있으면 눈이 즐겁잖아. 아마 자기가 기르는 카나리아 얘기를 잔뜩 해줄걸."

메리는 쏟아지는 눈물을 참으면서 킥킥 웃었다.

"피터 오빠, 정말 자상하게 위로해주고 웃겨주려고 해서 고마워. 하지만 안 되겠어. 난 너무 바보 같은 짓을 했어. 하루에 바보짓은 이 정도로 족하잖아."

"무슨 소리. 물론 고일스는 오늘 아침 좀 흉한 모습을 보이긴 했지. 하지만 그 사람 처지도 상당히 좋지 않다는 걸 생각해보렴. 같이 가자."

"메리 양이 오셔서 저 홀로 누추하게 사는 집을 빛내주셨으면 좋겠군요." 변호사가 다가와서 말했다. "아주 큰 영광이 될 텐데요. 20년 동안 제 방 안에 숙녀분이 방문해주신 적은 없습니다만. 맙소사, 실로 20년이나 되는군요."

"그런 경우라면 감히 사양할 수가 없겠네요."

메리는 마침내 수락했다.

머블스 씨는 스테이플 인의 쾌적한 방 몇 개를 세내어 살고 있었다. 창문으로는 정식 정원에 있는 작은 화단과 물이 송송 솟는 분수가 내려다보였다. 실내는 머블스 씨의 꼼꼼한 성정이 느껴지는 구식 법률가적 분위기를 기적적으로 유지하고 있었다. 식당은 마호가니 가구로 꾸몄고 터키 식 양탄자를 깔고 선홍색 커튼을 달았다. 찬장에는 근사한 셰필드 접시 몇 점과 목주위에 은으로 상표가 새겨진 디캔터 여러 개가 들어 있었다. 책장에는 가죽 장정의 책들이 가득 꽂혀 있고 난로 위에는 엄해 보이는 재판관을 그린 유화 한 점이 걸려 있었다. 메리는 불현듯 이 신중하고 완고한 빅토리아 식 분위기에 감사하는 마음이 들었다.

"임피 경이 올 때까지 좀 더 기다려야 할 것 같군."

머블스 씨가 시계를 보면서 말했다.

"임피 경은 지금 큉글 앤드 햄퍼 대 트루스 재판을 맡고 있는데, 오늘 아침에는 다 끝날 거라고 했지요. 실상 임피 경은 정오쯤이면 끝나지 않나 내다보고 있던데. 정말 영민한 사람이지. 그는 트루스진실 쪽을 변호하고 있다오."

"변호사치고는 기이한 입장이로군요, 그렇죠?"

피터가 말했다.

"트루스 신문사가 알약 한 개로 쉰아홉 개의 질병을 치료할 수 있다고 선전한 제약회사를 상대로 하는 사건이지." 머블스 씨는 이 농담을 재미있어하며 입술에 살짝 웃음기를 띠었다.

"큉글 앤드 햄퍼는 환자들 중 몇 명을 법정으로 불러서 약의 효능에 대해 증언하게 했다오. 임피 경이 이 사건을 다루는 솜씨를 보면 정말 한 판의 지적 유희지. 정중하고 예의 바른 태도가 노부인들에게 아주 효과가 좋던데. 한번은 임피 경이 증인들 중 한 명한테 재판관석 앞에서 다리를 보여달라고 해서 법정이 정말로 떠들썩했던 적도 있었지요."

"그래서 부인이 정말 다리를 보여주었습니까?"

피터 경이 물었다.

"기다렸다는 듯이 덥석 보여주더라니까, 피터 경. 기회만 기다렸나 보오."

"재판관 쪽에서 여자 증인을 불러낼 배짱이 있었다니 놀랍네요."

"배짱요? 큉글 앤드 햄퍼와 같은 사람들의 배짱이야말로, 셰익스피어 식 표현을 빌리자면 전 우주에 비견할 자가 없을 정도지요. 하지만 임피 경은 멋대로 규칙을 바꾸고 그러는 사람은 아니라오. 그 사람 도움을 받을 수 있다니 우리 쪽에서는 얼마나 다행인지. 아, 그 사람이 오는군요."

계단을 서둘러 올라오는 발걸음 소리가 학식 높은 변호사의 등장을 알렸고, 동시에 아직도 가발을 쓰고 법복을 입은 빅스가 뛰어 들어와서 사과를 했다.

"정말 미안해요, 머블스."

임피 경이 사과했다.

"끝으로 가니 지루할 정도로 길어져서. 나야 최선을 다했지만 다우슨은 완전히 귀가 꽉 막힌 데다가 동작도 너무나 굼뜬 사람이라. 그동안 어떻게 지냈나, 윔지? 막 전쟁이라도 치르고 온 사람 같은데. 우리가 폭행죄를 범한 사람을 상대로 고소할 수 있을까?"

"그보다 더 좋은 건수지." 머블스가 끼어들었다. "이건 거의 살인미수니까."

"대단하군, 대단해."

임피 경이 말했다.

"아, 하지만 고발하지 않기로 했다오."

머블스가 고개를 절레절레 저었다.

"정말입니까! 오, 윔지, 그러면 안 되지. 변호사들도 먹고살 아야지. 아, 여동생이시라고? 리들스데일에서는 미처 만나 뵙지 못했군요, 메리 양. 이제는 완전히 회복되셨겠죠."

"말끔히 나았어요. 고맙습니다."

메리가 강조하며 말했다.

"파커 씨, 물론 이름은 많이 들었지요. 여기 있는 윔지는 파커 씨가 없으면 아무것도 하지 못한다면서요. 머블스, 이 신사분들이 뭐 귀중한 정보라도 가지고 왔어요? 난 이 사건에 관심이 아주 많아요."

"지금 당장은 아니라네."

사무 변호사가 대답했다.

"정말입니까, 그럼 안 되지요. 하지만 지금 내가 관심 있는 건 오로지 이 맛있어 보이는 양고기 요리뿐이야. 내 식탐을 이해해주십시오."

"무슨 소리를."

머블스 씨는 온화하게 미소 지었다.

"식사를 시작하지요. 젊은이들, 나는 구식이라서 아직 칵테일을 마시는 현대식 관습은 받아들이지 못했다오."

"옳으신 처사입니다." 윔지가 단호하게 말했다. "칵테일을 마셔봤자 입맛만 버리고 소화는 안 될 뿐입니다. 영국식 관습은 아니지요. 이 오래된 여인숙에서 그랬다간 신성모독이 될걸요. 미국에서 온 관습인데, 결과적으로는 금주법만 만들지 않았습니까. 술을 제대로 마시는 법을 모르니 이런 일이 생기는 것이지요. 참, 머블스 씨가 주신 클라레는 유명한 와인이로군요. 이런 술을 앞에 두고 칵테일을 운운하는 건 죄악입니다."

"그렇지." 머블스 씨가 대답했다. "라피트 1875년산이라오. 쉰 살 미만의 사람에게 이 와인을 대접하는 일은 극히 드물지요. 하지만 피터 경은 젊어도 그만한 명예를 받을 만하니 특별 대우라오."

"감사합니다, 머블스 씨. 정말 듣기 좋은 칭찬이로군요. 제가 병을 돌려도 되겠습니까?"

"그러세요, 그래요. 우리는 알아서 마실 테니. 심슨, 고맙네." 머블스 씨는 말을 이었다. "점심 식사 후에 정말 진귀한 와인을 마셔보라고 하고 싶군요. 오랜 고객 한 분이 돌아가셨는데, 1847년산 포트와인을 한 상자 남겨두고 가셨지."

"세상에! 47년산이라니! 그러면 거의 마실 수 없는 상태 아니겠습니까?"

"나도 그런 걱정이 들긴 해요. 정말 안타까운 일이지. 하지만 그런 대단한 골동품에는 마땅히 경의를 표해야 한다고 봐요."

"그 와인을 맛본 적이 있는 사람이 할 법한 얘기로군요." 피터 경이 말했다. "마치 위대한 사라 베르나르의 공연에 가는 것과 비슷하죠. 목소리도 가고, 꽃다운 시기도 지났고, 향기도 사라졌으나 여전히 격조 있는 연기."

"아, 나도 사라의 전성기를 기억한다오. 우리 늙은이들은 아름다운 추억으로 보상받으며 살아가니."

"그렇고말고요. 하지만 아직도 아름다운 추억을 계속 쌓으실걸요. 그런데 와인을 주었다는 분은 그 빈티지 와인이 전성기가 지나도록 뭘 하신 거죠?"

"페더스톤 씨는 아주 특이한 분이셨지요." 머블스 씨가 대답했다. "하지만 잘은 모르겠어요. 어쩌면 심오하도록 현명한 분이었는지도. 자린고비로 유명했어요. 새 양복을 사지도 않았고, 휴가를 가지도 않았고, 결혼도 안 했죠. 소송의뢰인이 없는 법정 변호사로 평생을 어둡고 좁은 방 안에서 살았다오. 하지만 선친에게서 한 재산 물려받았고, 그 모두가 그저 쌓이도록 놔두고 있었지요. 포트와인도 1860년에 선친이 돌아가실 때 남기고 간 건데, 그때 내 고객은 서른네 살이었어요. 그는, 그러니까 그 아들은 아흔여섯 살까지 살다가 죽었지요. 그 사람은 별로 기대할 만한 즐거움이 없다고 말했고, 그래서 은자처럼 살았어요. 아무것도 하지 않았지만 했을 수도 있는 일들을 계획하기를 좋아했지. 매일매일 상세하게 일기를 썼고 현실에서는 시험해볼 엄두도 내지 못했던 환상적인 일들을 기록했다오. 그 일기에는 꿈꾸었던 여인과의 행복한 결혼생활도 자세히 적혀 있었지요. 크리스마스와 부활절마다 47년산 와인을 식탁 위에 엄숙히 올려놓았지만 결국 검소한 식사 끝에는 따지도 않은 채 엄숙히 치웠지. 독실한 기독교인이어서 사후에 지복이 올 것이라 기대했지만, 이미 들으셨다시피 빨리 천국에 가고 싶진 않았나 봐. 그 사람은 이런 말을 남기고 죽었어요. "또 우리에게 약속하신 분은 신실하시니."[8] 아마도 마지막에는 확신을 받을 필요를 느꼈던 게지. 아주 특이한 사람이었어요. 정말로 특이했어. 현세대의 모험심이라고는 조금도 찾아볼 수 없는 사람."

"정말 기이하고도 애처로운 이야기네요."

메리가 말했다.

"어쩌면 한때는 얻을 수 없는 사람에게 마음을 두었는지도 모르죠."

파커가 말했다.

"글쎄, 난 모르겠어요." 머블스 씨가 말했다. "사람들은 꿈속의 여자가 항상 꿈인 것만은 아니라고 말하니. 하지만 그 사람은 청혼할 용기를 못 냈을 거요."

"아." 임피 빅스 경이 활기차게 말했다. "법정에서 이런저런 사연들을 보고 들을수록 페더스톤 씨가 옳은 선택을 한 거라고 생각하게 되는데요."

"그럼 그 사람의 선례를 따르기로 결심한 거요? 어쨌든 그런 측면에서는? 어, 임피 경?"

머블스 씨는 슬며시 킥킥 웃으며 대꾸했다.

파커는 창문 쪽을 흘끔 내다보았다. 비가 내리기 시작했다.

---

[8] 〈히브리서〉 10장 23절. 표준새번역 참고.

확실히 47년산 포트와인은 이제 마실 수 없는 와인이었다. 과거의 불꽃과 향취만이 희미하게 남아 있을 뿐이었다. 피터 경은 잔을 들어 잠깐 살폈다.

"마치 정오가 지나자 사그라져 피로만 남은 정열의 맛이로군요."

피터는 갑작스레 진지하게 말했다.

"할 수 있는 일이라고는 고작 이 와인이 생명을 잃었다는 것을 인정하고 치워버리는 것뿐입니다."

결단력 있는 동작으로 그는 나머지 와인을 불 속에 던져버렸다. 얼굴은 다시 조소를 띠었다.

내가 클라이브에게서 좋아하는 점은

그가 더 이상 살아 있지 않다는 것

죽었기 때문에

좋은 점이 아주 많다네[§]

"이 네 줄에 얼마나 고전적인 박력과 간결함이 느껴지는지! 그렇지만 이 경우에는 드릴 말씀이 많이 있지요, 경."

윔지는 파커의 도움을 받아 두 명의 법률가에게 이제까지의 수사 결과를 보고했고, 메리 양은 충실하게도 과감히 나서 사

[§] 에드먼드 클레리휴 벤틀리의 《초심자를 위한 전기》 중에서. 이 책은 유명한 사람들에 대해 네 줄짜리 유머 시를 모아놓은 것이다.

건 당일 밤의 전차를 소상히 알렸다.

"실상 고일스라는 남자는 살인을 저지르지 않음으로써 많은 걸 잃었습니다." 피터가 말했다. "우리는 그가 한밤의 살인자로는 약간 이채롭고 불길한 인물이라고 생각했습니다. 그렇지만 현재 상황으로 봐서는 그자를 목격자라고 보는 게 최선이겠죠."

"그렇군요, 피터 경." 머블스 씨는 천천히 말했다. "경과 파커 씨가 그토록 근면하고 천재적으로 사건을 해결해나갔다니 축하해야 할 일이로군요."

"어느 정도 진전이 있었다는 정도로 말할 수 있겠지요."

파커가 말했다.

"부정적인 진전이기는 하지만."

피터가 덧붙였다.

"바로 그거요."

임피 경은 깜짝 놀랄 만큼 공격적으로 말했다.

"아주 부정적인 결과로군. 피고 입장에서는 사건을 아주 망쳐버렸어. 다음에는 무슨 짓을 할 작정인가?"

"무슨 말이 그렇습니까!" 피터는 분개해서 소리쳤다. "변호인 입장에서 얼마나 많은 점을 명쾌하게 풀어냈는데."

"이런 말은 좀 그렇지만, 그런 점들은 오히려 뒤엉켜 있는 채로 놔두는 게 더 좋았어."

변호사가 말했다.

"헛소리 마요. 우리는 진실을 찾고 싶을 뿐이라고요!"

"그래?"

임피 경이 건조하게 물었다.

"나는 안 그런데. 나는 진실에는 조금도 관심이 없어. 나는 사건에서 이기고 싶을 뿐이야. 캐스카트를 누가 죽였는지는 중요하지 않아. 덴버가 아니라는 걸 증명할 수 있는 게 아니라면. 덴버가 범인이라는 합리적인 의심을 없애버리는 정도만 되어도 충분히 차고 넘쳐. 나한테는 의뢰인이 한 명 있네. 사건 이전에 피해자와 싸우기도 했고, 의심스러운 권총 주인이며, 진술 증언을 하지 않으려 할뿐더러 아주 부적절하고 천치 같은 알리바이를 내놓았지. 나는 기이한 발자국과 시간 차이, 비밀을 가진 젊은 여인, 강도와 치정 사건 사이에 모호한 암시를 흘려서 배심원단의 정신을 흩트릴 준비를 해놓았네. 그런데 자네가 나타나서 발자국을 설명하고, 미지의 남자는 죄가 없음을 밝혀내고, 시간차를 해소하고, 젊은 여인의 동기를 없애버리면서 애써 떼어낸 의심을 다시 원래 있던 자리로 돌려놓았네. 도대체 뭘 기대한 건가?"

"나는 항상 전문 변호사란 인종은 지구 상에서 가장 부도덕한 인간들이라고 말하고 다녔죠. 이제는 확실히 알겠군요."

피터는 으르렁거리다시피 내뱉었다.

"자, 자." 머블스 씨가 끼어들었다. "이 모든 게 의미하는 바는 잠깐 한숨 돌리고 쉴 때가 아니라는 거라오. 피터 경은 계속 수사를 해요. 좀 더 긍정적인 증거를 모아오면 되지, 뭘. 그 고일스라는 친구가 캐스카트를 죽인 게 아니라면 진짜 범인을 잡을 수도 있지 않겠소."

"어찌 되었건, 고마워해야 할 일이 한 가지 있긴 하군요." 빅스가 말했다. "즉, 메리 양이 여전히 몸이 안 좋아서 지난 목요일에 대배심에 나오지 못했다는 거요."

메리는 얼굴을 붉혔다.

"그리고 검찰 기소는 3시경에 총이 발사되었다는 사실을 근거로 구성되었으니, 피할 수 있는 한 어떤 질문에도 대답하지 마세요. 우리 쪽에서 검찰 측에 갑자기 꺼내 보일 테니."

"하지만 그 후에 메리가 재판에서 한 증언을 검찰이 믿어주겠어요?"

피터가 의심스럽게 물었다.

"안 믿어주면 더 좋지. 메리 양은 검찰 측 증인이 될 테니까. 비열한 질문 세례를 받게 될 겁니다, 메리 양. 하지만 신경 쓰지 말아야 해요. 모두 다 계산 안에 있는 거니까. 그저 한 얘기만 계속 주장하고 있으면 나머지는 우리가 다 알아서 할 테니. 봐요!"

임피 경이 장난스럽게 한 손가락을 흔들었다.

"알겠어요. 질문 세례를 받을 테지만, 끈질기게 '전 지금은 진실을 얘기하고 있어요.'라고 계속 말하라는 거군요. 그런 생각이신 거죠?"

메리가 대답했다.

"바로 그겁니다." 빅스가 말했다. "그건 그렇고 덴버는 아직도 자기 행보를 설명하지 않으려 하고 있는 거요?"

"꼼짝도 안 한다오." 사무 변호사가 말했다. "윔지 가는 아주 의지가 굳은 가문인 게지. 하지만 지금 상황으로는 그쪽을 수사해봐도 별수 없지 않나 싶은데. 다른 방식으로 진실을 찾아내 공작에게 들이대면 그때는 설득을 당해 확인을 해주지 않겠소?"

"뭐, 지금은요." 파커가 말했다. "제가 보기에는 수사 방향이 세 가지가 있습니다. 먼저 우리는 외부 증거를 바탕으로 공작의 알리바이를 증명해볼 수는 있습니다. 둘째로는 진짜 살인자를 찾아낸다는 관점에서 증거들을 새로이 점검해보는 거죠. 그리고 세 번째로는 파리 경찰이 캐스카트의 과거 행적에 대해서 뭔가 새로운 사실을 알려줄지도 모릅니다."

"나는 두 번째 방향에서 정보를 찾으려면 다음에는 어디로 가야 할지 알 것 같은데."

윔지가 갑자기 말했다.

"바로 그라이더스 홀이야."

"휴!" 파커가 휘파람을 불었다. "잊고 있었군. 피에 굶주린 농부가 사는 곳이지. 자네에게 개를 풀었다던?"

"그 아내는 정말 미인이었지. 그래, 이거 봐. 뭔가 떠오르지 않나? 이 남자는 아내에 대해 격심한 질투를 품고 아내 근처에 오는 남자라면 누구든 의심하고 있어. 그날 내가 거기 가서 내 친구가 그 전주에 그 근처에 왔을지도 모른다고 하자, 그는 겁이 날 정도로 흥분해서 그 자식의 피를 보겠다고 길길이 날뛰었지. 내가 누구를 말하는지 아는 것 같은 눈치던걸. 그때는 10호에게, 즉 고일스에게 정신이 팔려서 다른 남자는 생각을 못했었지. 하지만 그자가 캐스카트라면? 자, 이제 우리는 고일스가 수요일까지는 근처에 온 적도 없다는 걸 알아내지 않았나. 그러니 그자, 그림소프가 고일스에 대해서 알 리가 없지. 하지만 캐스카트라면 그라이더스 홀 근처를 언제든지 돌아다닐 수 있었고, 눈에 띄었을 가능성도 있어. 그리고 이거 봐! 여기 또 맞아떨어지는 게 있지 않나. 내가 거기 갔을 때 그림소프 부인은 분명히 나를 자기가 아는 다른 사람으로 오인하고 내게 경고를 줘서 서둘러 쫓아내려 했어. 물론 나는 줄곧 부인이 내 오래된 모자와 버버리 코트를 창문에서 보고 나를 고일스로 오인했다고 생각했지만, 이제 생각해보니 문 앞에 나온 여자애에게 내가 리들스데일 로지에서 왔다고 밝혔거든. 만약 아이가 그 애 엄마에게 말했다면 부인은 캐스카트라고 생각했던 게 분명해."

"아니, 아니네, 윔지. 그건 맞아떨어지지 않아." 파커가 끼어들었다. "부인은 그때쯤이면 캐스카트가 죽었다는 사실을 알았을 거야."

"아, 젠장. 그래, 그랬을 게 분명해. 그 늙은 악마가 부인에게 소식이 못 들어가도록 막지 않았다면 말이지. 맙소사! 그가 캐스카트를 죽였다면 바로 그렇게 했겠지. 부인에게는 한마디도 안 했을 거야. 게다가 부인이 신문을 읽도록 허락할 인간도 아니지. 신문을 받아보기나 하는지 모르지만. 아주 원시적인 곳이라서."

"하지만 그림소프는 알리바이가 있다고 하지 않았나?"

"그래, 하지만 아직 검증한 건 아니잖아."

"그럼 그림소프는 어떻게 그날 밤 캐스카트가 덤불에 갈 줄 알고 있었던 거지?"

피터는 곰곰이 생각했다.

"어쩌면 그림소프가 캐스카트를 불렀는지도 모르죠."

메리가 의견을 냈다.

"그래, 바로 그거야!" 피터는 열렬히 외쳤다. "캐스카트가 어쨌거나 고일스로부터 연락을 받아서 약속을 정했을 거라고 우리가 추측했던 것 기억나? 하지만 그 전갈이 그림소프에게서 온 거라면? 캐스카트에 대한 사실을 제리 형에게 불겠다고 협박해서?"

"그럼 지금 피터 경의 속뜻은 이런 거요?" 머블스 씨가 피터의 허튼소리와 성급한 결론에 찬물을 끼얹으려는 듯 어조를 세심하게 조절했다. "캐스카트 씨는 여동생분과 약혼을 하고 있는 그 시점에 자기보다 사회적으로 한참 지위가 낮은 유부녀와 부도덕한 관계를 맺고 있었다는 뜻이오?"

"미안하다, 폴리."

웜지가 사과했다.

"괜찮아. 실은 별로 놀랍지도 않아. 데니스는 항상 그랬으니까. 그러니까 그 사람은 결혼이나 그런 문제에 있어서는 사고방식이 대륙적이었다는 뜻이지. 그 사람에게 그런 문제가 크게 중요했을 거라고 생각하지 않아. 그 사람은 분명히 매사에는 때와 장소가 있다고 말했을 거야."

"정신을 아주 철저하게 구획해놓고 있는 사람이었던 게지."

피터가 생각에 잠겨 말했다. 파커 씨는 오래 런던 생활을 하면서 이런 표리부동한 속사정에 대해서 잘 알고 있었지만, 시골에서 막 온 사람처럼 추잡한 불륜 사건은 마음에 들지 않는다는 듯 눈썹을 찌푸렸다.

"그림소프 씨의 알리바이를 깰 수 있다면." 임피 경은 오른손 손가락 끝을 왼손 손가락 사이에 끼면서 말했다. "그걸로 변론을 만들 수도 있을 것 같은데. 어떻게 생각하세요, 머블스?"

"어쨌거나 그림소프나 그 하인 둘 다 그림소프가 수요일 밤에 그라이더스 홀에 있지 않았다는 사실을 인정했잖소. 그가 스테이플리에 있었다는 사실을 입증하지 못한다면, 리들스데일에 왔을 수도 있는 거겠지요."

"그렇군!" 웜지가 외쳤다. "혼자 마차를 몰고 나가서 어딘가에 세워놓은 다음 말을 놔두고 몰래 돌아가 캐스카트를 만났을 수도 있겠지. 그를 해치우고 나서는 다음 날 기계를 사러 갔다는 둥 얘기를 꾸며서 집으로 돌아가는 거야."

"아니면 스테이플리까지 갔을 수도 있겠지." 파커가 끼어들었다. "일찍 떠났든 늦게 갔든, 오가는 길에 살인을 끼워 넣은 거지. 그가 스테이플리에 있었던 시간을 정확히 확인해야겠네."

"만세!" 윔지가 외쳤다. "난 리들스데일로 돌아가봐야겠네."

"난 여기 있는 편이 좋겠어." 파커는 말했다. "파리에서 뭔가 전갈이 올지도 모르니까."

"그러게나. 뭔가 연락이 오면 곧 알려주게. 참, 친구!"

"뭐?"

"이 사건에는 너무나 많은 단서가 있다는 생각이 들지 않나? 비밀을 가진 사람들, 밀회를 하는 사람들 여남은 명이 여기저기서 끼어들다 보니……."

"피터 오빠는 정말 밉상이야."

메리 양이 말했다.

11장
므리바[§]

오호, 내 친구야! 너는 시골뜨기의 감옥에 갇혔구나.
—《거인을 물리친 잭》

피터 경은 행로를 덴버 공작이 있는 요크 북부로 잡았다. 공작은 노샐러튼 감옥이 곧 문을 닫기로 되어 있었기 때문에 순회재판 이후에는 이 지방으로 이송된 상태였다. 피터는 용케 형과 면회할 수 있었다. 공작은 아주 불편해 보였고 감옥 분위기 때문에 쇠약한 모습이었지만, 괄괄한 성질을 여전했다.

[§] 〈출애굽기〉에서 이스라엘인들이 이집트를 탈출한 후 멈추었던 신 광야와 시나이 광야 사이의 르비딤 지역. 여기서 므리바는 '불평하다'라는 의미와 관련이 있는데, 물이 부족하자 이스라엘 부족들은 야훼의 권능을 의심하며 모세에게 대든다. 야훼의 계시를 받은 모세가 바위를 치자 거기서 물이 솟아 나왔다고 한다.

"운이 안 좋아, 형." 피터가 말했다. "하지만 건강을 해치면 안 돼. 소송 절차라는 게 너무 천천히 진행되거든. 하지만 오히려 그 때문에 여유가 생겼어. 우리 모두에게 잘된 일이지."

"여러모로 민폐를 끼치는구나." 공작이 말했다. "하지만 머블스가 한 말이 무슨 뜻인지 알고 싶어. 여기 와서 나한테 겁을 주더라고. 뻔뻔스럽기도 하지! 다른 사람이 봤으면 머블스가 나를 의심한다고 생각했을 거다."

"이거 봐, 제리 형." 동생은 진지하게 말했다. "그냥 알리바이를 털어놔! 결국에는 피할 수가 없다고. 게다가 어떤 사람이 자기가 뭘 하고 있는지 말하지 않는다고 생각해봐……."

"증명은 내가 할 일이 아니다." 공작은 위엄 있게 반박했다. "내가 현장에 있었고 그 사람을 살해했다는 걸 증명해야 하는 건 검찰이야. 나는 어디 있었는지 말해야 할 의무가 없어. 검찰에서 내가 유죄라는 걸 증명하기 전까지 나는 무죄라고 추정되는 것 아니냐? 이런 걸 정말 망신이라고 하는 거지. 여기 살인 사건이 발생했어. 그런데도 경찰이나 검찰은 진짜 범인을 찾을 일말의 노력도 하지 않는단 말이지. 나는 명예롭게 캐스카트를 죽이지 않았다는 진실만을 말했어. 법정에서 선서를 한 건 말할 것도 없고. 하긴 그 개자식은 죽어도 싸지만. 하지만 경찰들은 전혀 주의도 기울이지 않더라. 그동안 진범은 느긋하게 도망치겠지. 내가 자유의 몸이기만 하다면 한바탕 난리를 피울 텐데."

"그러면 서둘러 끝내지그래?" 피터가 강권했다. "지금 여기서 나한테 하라는 말은 아니야." 그는 지척거리에 있는 교도관을 슬쩍 쳐다보았다. "하지만 머블스에게 할 수는 있잖아. 그러면 우리가 작업에 착수할 수 있을 텐데."

"너는 정말 이 일에서 빠졌으면 좋겠다." 공작이 툴툴거렸다. "네가 이 기회를 틈타 셜록 홈즈 노릇까지 하지 않더라도 헬렌이며 불쌍한 메리, 어머니와 모든 사람들에게 이미 충분히 힘든 일 아니냐? 그래도 네가 가족을 위해서 얌전히 있어줄 정도의 채신머리는 있는 애인 줄 알았는데. 내가 지금 곤란한 입장에 빠져 있는지는 모르지만, 그래도 대중에게 구경거리를 만들어주고 있지는 않아."

"웃기지 마!"

피터가 어찌나 격렬히 분통을 터뜨렸는지 무표정한 얼굴의 교도관이 펄쩍 튀어 일어났다.

"구경거리를 만들어주고 있는 쪽은 형이야! 애초에 형이 아니면 시작되지도 않았을 일이라고. 난들 형과 여동생을 법정으로 끌고 들어가는 게 좋겠어? 기자들이 버글버글하고, 어디를 가나 형의 이름이 실린 신문들이 눈앞에 버젓이 보이는데? 결국 이 역겨운 일이 다른 멍청한 사기 사건들처럼 국회까지 넘어가서 법복을 입은 사람들이 둘러앉아 구경할 대단한 쇼가 된 마당에? 클럽 사람들이 나를 이상한 눈초리로 쳐다보면서 수군댄다고. '덴버의 태도는 정말 수상하지 않은가!'라고. 이제

집어치워, 형."

"뭐, 지금은 어쩔 수 없지." 형이 말했다. "그나마 다행스럽게도 귀족층에는 신사의 말을 어떻게 받아들여야 하는지를 아는 점잖은 친구들이 조금 남아 있으니까. 내 친동생조차 썩어빠진 법적 증거 이상은 보지 않는다 해도."

두 사람이 서로를 노려보고 있는 이 순간, 기이하게도 소위 가족끼리 닮았다고 하는 신체적 특성이 숨어 있다가 튀어나와서, 아주 다르게 생긴 두 형제의 얼굴이 마치 서로의 캐리커처처럼 보이는 마술 같은 효과가 일어났다. 마치 일그러진 거울로 서로를 바라보는 듯했고 목소리는 다른 목소리의 메아리 같았다.

"이거 봐, 형." 피터는 자제심을 되찾았다. "정말 미안해. 그런 식으로 마구 퍼부을 작정은 아니었어. 형이 아무 말도 하지 않겠다면 그렇게 해. 어쨌거나 우리는 나름대로 수사를 하면서 곧 범인을 찾아낼 테니까."

"그런 일은 그저 경찰에게 맡겨두는 편이 좋아. 네가 탐정놀이를 좋아한다는 걸 안다마는 선을 그어야 할 필요가 있지 않겠냐."

"그건 참 심술궂은 말이군." 윔지가 대꾸했다. "하지만 난 이걸 게임으로 보고 있지도 않고 손을 떼지도 않을 거야. 내가 하는 일이 값지다는 걸 알고 있으니까. 하지만 솔직하게 말하자면 형이 무슨 얘기를 하는지도 알겠어. 형이 나를 그처럼 귀찮은 종류의 인간으로 보다니 유감이야. 내가 감정을 느낀다는 것 자체를 형은 안 믿겠지. 하지만 나도 감정이 있어. 그리고 형을 이곳에서 빼내주겠어. 그러다가 번터와 내가 둘 다 나가 떨어지는 한이 있어도. 자, 그럼 잘 지내. 교도관이 시간이 다 됐다고 알려주려고 자리에서 일어나는군. 힘내! 행운을 빌어!"

피터 경은 바깥에서 번터와 다시 합류했다.

"번터."

피터 경은 옛 시가지를 걸어가며 물었다.

"내 태도가 그렇게 사람을 기분 나쁘게 하나? 일부러 그러지 않을 때도?"

"이런 말씀은 외람되지만, 그렇기도 합니다. 주인님의 활기찬 태도는 가끔 모자란 사람들에게는 오해를 살 수 있기도……."

"말조심하게, 번터!"

"상상력이 모자란 사람들이라는 말씀입니다."

"혈통 좋은 영국인들은 상상력이라고는 없어."

"그렇고말고요. 비판하는 의미로 말씀드리는 게 아닙니다."

"아, 번터, 저기 기자야! 도와주게, 빨리!"

"이 안으로 들어가십시오, 주인님."

번터는 주인을 서늘한 대성당 안쪽으로 데리고 갔다.

"감히 말씀드리자면," 번터는 급하게 속삭였다. "겉으로 보기에는 기도하는 사람인 양 가장해야 할 것 같습니다."

손가락 새로 피터 경은 성당지기가 얼굴에 꾸짖는 표정을 띠고 이쪽으로 황급히 걸어오는 모습을 보았다. 하지만 그 순간 기자가 서둘러 따라 들어와 주머니에서 수첩을 꺼냈다. 성당지기는 재빨리 새 먹잇감에게 덤벼들었다.

"우리가 지금 서 있는 이 나선계단은 바로 '요크의 일곱 자매'라는 이름을 지니고 있습니다." 성당지기는 경건하고 단조로운 어조로 입을 열었다. "일설에는……."

주인과 하인은 몰래 걸어 나왔다.

스테이플리 읍내를 방문하기 위해서 피터 경은 오래된 노퍽 정장에다 윗부분이 수수한 스타킹에 튼튼한 구두를 신은 후, 둘레가 다 뒤집어진 오래된 모자를 쓰고 무거운 물푸레나무 지팡이를 짚었다. 가장 좋아하는 지팡이, 탐정 업무에 편리하도록 인치 단위로 눈금이 새겨져 있고 속에는 칼이 들어 있으며 머리 부분에 나침반이 달린 매끈한 말라카 지팡이를 들고 가지 못하는 게 못내 아쉬울 뿐이었다. 하지만 그런 지팡이를 짚으면 거만해 보이는 건 말할 것도 없고 도시 출신 분위기가 나서 그곳 토박이들에게 나쁜 선입견을 심어줄 우려가 있다는 결론을 내렸다. 이처럼 자신의 업무에 헌신하는 건 칭찬해줄 만하지만 그 일의 결과는 결국 거트루드 리드[§]가 한 말의 진실을 여실히 입증하게 된다. "이 모든 자기 헌신은 결국 슬픈 실수일 뿐."

[§] 아놀드 베네트와 E. 노블록이 합작한 희곡 〈마일스톤스〉에 등장하는 인물.

리들스데일에서 있는 작은 이륜마차를 타고 들어가 보니 이 작은 마을은 께느른하게 활기가 없었다. 번터가 그의 옆에 앉았고, 뒷좌석에는 정원사 조수가 앉았다. 피터는 혹여 그림소프 본인을 만날까 싶어 장날에 오려고 했지만, 이젠 상황이 휙휙 급변하고 있어 하루도 낭비할 여유가 없었다. 그날 아침은 날씨가 거칠고 추웠으며 비가 올 것 같았다.

"잠깐 묵어가기에 가장 좋은 여관은 어디인가, 윌크스?"

"'브릭레이어스 암스'라는 곳이 있습죠. 깔끔하고 평판도 좋습니다. 아니면 공장에 있는 '브리지 앤드 보틀'도 좋습니다. '로즈 앤드 크라운'도 있는데, 광장 반대편에 있습니다요."

"장날에 사람들이 보통 묵는 곳이 어디야?"

"아마도 '로즈 앤드 크라운'이 제일 인기가 좋지요. 게다가 주인인 팀 워쳇으로 말하자면, 그런 소식통은 세상에 또 없을 겁니다. 지금 '브리지 앤드 보틀'의 주인은 그레그 스미스인데 그 사람은 아주 음침하고 뚱하거든요. 하지만 거기 술이 참 좋죠."

"음. 내 생각에 우리가 추적하는 사람은 친근한 주인보다는 뚱해도 좋은 술을 내놓는 주인 쪽에 끌렸을 것 같군. 그러면 우리가 가야 할 곳은 '브리지 앤드 보틀'이야. 거기서 허탕을 치면 '로즈 앤드 크라운'으로 가서 말 많은 워쳇을 부추겨보자고."

그리하여 그들은 커다란 석조 주택의 마당 안으로 진입했다. 기다랗고 색칠하지 않은 간판 위에 흐릿하게 "다리 위 전투 태세 완료브리지 임배틀드"라고 쓰여 있었다. 민간 어원에 의해 (자연스러운 연상에 따라) 이 어구가 '브리지 앤드 보틀'로 바뀐 것이었다. 태도가 퉁명스러운 여관 마부에게 피터는 말을 맡기고 아주 사교적인 태도로 인사했다.

"아침 날씨가 아주 고약하군요, 안 그래요?"

"예."

"말에게 먹이를 든든히 줘요. 한동안은 여기 머무를 테니."

"예이!"

"오늘 별로 손님이 없나 보군요?"

"예이!"

"그렇지만 장날에는 바쁘겠죠?"

"예이."

"꽤 먼 동네에서부터 사람들이 올 것 같은데."

"이랴!"

마부가 외쳤다. 말은 세 발짝 앞으로 나아갔다.

"워!"

다시 마부가 일렀다. 말은 가죽 끈을 벗긴 끌채만 멘 채로 멈췄다. 남자는 끌채를 내리며 험악하게 자갈 위를 긁었다.

"이리 와, 워!"

마부는 조용히 마구간으로 사라져버렸고, 붙임성 있게 굴었던 피터 경은 귀족 젊은이로서는 처음으로 철저히 무시당한 채 남겨졌다.

"여기가 바로 그림소프가 올 만한 곳이라는 확신이 더욱더 커지는군. 바 안으로 들어가 볼까. 윌크스, 자네는 지금 당장은 같이 가지 않아도 돼. 가서 점심이나 먹게나. 우리가 얼마나 걸릴지 모르니까."

"감사합니다, 주인님."

'브리지 앤드 보틀'의 바 안에 들어간 두 사람은 긴 청구서를 우울하게 확인하고 있는 그레그 스미스 씨를 발견했다. 피터 경은 번터와 본인이 마실 술을 주문했다. 주인은 이를 제멋대로 하는 무례한 행동으로 여기고 분개하는 듯하더니 여급 쪽으로 고개를 까닥했다. 이 상황에서 가장 합당하고도 적절하게, 번터는 주인이 주문해준 술에 감사를 표한 후 곧바로 여급과 대화를 시작했고 피터 경은 스미스 씨에게 입에 발린 말을 던졌다.

"아! 정말 좋은 술이군요, 스미스 씨."

피터 경은 말을 걸었다.

"여기서 정말 맛있는 맥주를 판다기에 와봤지 뭡니까. 딱 맞는 곳을 찾아온 듯싶군요."

"예이." 스미스 씨는 대답했다. "이전과는 맛이 다른데. 요새는 맛이 그다지 좋지 않아서."

"아, 이 정도만 해도 훌륭한데요. 그건 그렇고, 그림소프 씨는 오늘 왔습니까?"

"예?"

"그림소프 씨가 오늘 아침 스테이플리에 왔느냐고요. 혹시 압니까?"

"내가 뭔 수로 압니까?"

"그 사람이 항상 여기 들르는 줄 알았는데요."

"아!"

"어쩌면 이름을 착각했는지도 모르겠네요. 하지만 그 사람이라면 가장 맛있는 맥주를 내놓는 집에 갈 거라 생각해서."

"예?"

"뭐, 그 사람을 못 봤으면 오늘도 오지 않겠네요."

"어디에 온다는 말이오?"

"스테이플리요."

"그 사람, 여기 사는 게 아니오? 내가 모르는 사이에 왔다 갔을 수도 있지."

"아, 물론이죠!"

윔지는 깜짝 놀라 약간 당황하다가 오해를 깨달았다.

"제 말은 스테이플리의 그림소프 씨가 아니고, 그라이더스 홀에 사는 그림소프 씨였는데."

"어째서 그렇다고 말 안 했소? 아, 그 사람? 그렇지."

"오늘 왔습니까?"

"아니, 나는 잘 모르겠소."

"그럼 장날에만 오나 봅니다."

"가끔은."

"먼 길인데. 하룻밤은 자고 가야겠네요. 그렇죠?"

"여기 하룻밤 머물다 갈 거요?"

"아니, 아닙니다. 내 친구 그림소프 씨를 생각하던 중이었죠. 그 사람은 여기서 묵는 것 같던데."

"그럴 수도 있겠지."

"그럼 지금은 여기 머물지 않습니까?"

"그런 일 없소."

"아."

윔지는 짜증이 치밀어 속으로 생각했다.

'이 동네 사람들이 다 이렇게 입을 꽉 다물면 여기서 밤이라도 새워야겠군, 이런.'

그러고는 큰 소리로 덧붙였다.

"다음에 그 사람이 들르거든 내가 안부 물었다고 전해줘요."

"누구라고 하란 말이오?"

스미스 씨가 퉁명스러운 태도로 물었다.

"아, 그저 셰필드의 브룩스라고 하면 돼요."

피터 경은 기분 좋게 싱긋 웃었다.

"아침 잘 보내십쇼. 다른 데 가서 여기 맥주가 맛있다고 선전하고 다니겠습니다."

스미스 씨는 툴툴댔다. 피터 경은 천천히 걸어 나왔고, 이어서 번터도 다른 사람이 보면 히죽댄다고 할 만한 표정을 희미하게 띠고 씩씩한 걸음걸이로 따라 나왔다.

"뭐 좀 알아냈나?"

주인이 물었다.

"젊은 아가씨 쪽이 저 남자보다는 좀 더 말이 통하는 사람이었기를 바라네."

"저 젊은 아가씨는 아주 상냥하던데요." ("또 무시당했군." 하고 피터 경은 웅얼거렸다.) "하지만 안타깝게도 별로 정보가 없더군요. 그림소프 씨를 알기는 아는데, 여기 묵지는 않는대요. 가끔 제데카이어 본이라고 하는 남자와 함께 오는 걸 본 적은 있다고 합니다."

"그래. 그러면 본이라는 남자를 찾아서 두 시간 후에 내게 진척 상황을 보고해줘. 나는 '로즈 앤드 크라운'에 가볼 테니. 저것 아래서 정오에 만나자고."

'저것'이란 분홍색 돌로 만든 높다란 조형물로, 울퉁불퉁한 바위 모양을 재현하기 위해 세심하게 다듬어져 있었고, 트렌치코트에 철모를 쓴 보병 두 명이 돌처럼 딱 굳은 자세로 지키고 있었다. 조형물의 중간쯤에 박힌 구리 손잡이에서는 가느다란 물줄기가 송송 흘러나오고, 사람들의 이름이 적힌 두루마리가 팔각형의 바닥에 새겨졌다. 주철로 만든 램프 받침대 위에 놓인 가스등 네 개가 이 부조화스러운 기념비에 화룡점정이 되었다. 번터는 이 조형물을 주의 깊게 살피고, 다시 한 번 알아보기 위해 확인을 한 후 조심스레 지나갔다. 피터 경은 '로즈 앤드 크라운' 쪽으로 씩씩하게 열 걸음 정도 옮겼으나 갑자기 어떤 생각이 머리를 스쳤다.

"번터!"

번터가 주인 곁으로 서둘러 돌아왔다.

"아, 아무것도 아니야. 갑자기 저것 이름이 생각나서."

"저것이라면……?"

"저 기념비 말일세." 피터 경이 말했다. "나라면 저것을 '므리바'라고 부르겠네."

"아, 네, 주인님. 분쟁의 샘 말이군요. 참으로 적절한 이름입니다. 조화를 이루는 구석이라고는 전혀 없는 물건입니다. 더 하실 말씀이 있으십니까?"

"아니, 그게 다야."

'로즈 앤드 크라운'의 티모시 워쳇은 그레그 스미스와는 확실히 대조되는 인물이었다. 워쳇은 키가 작고 통통하며 눈이 날카로운 쉰다섯 살의 남자로, 반짝거리는 눈에는 유머가 엿보였으며 머리를 치켜세운 모양은 빈틈이 없어 피터 경은 워쳇을 본 순간 바로 그의 출신을 짐작할 수 있었다.

"좋은 아침입니다, 주인장."

피터 경이 상냥하게 말했다.

"피카딜리 서커스를 마지막으로 본 게 언젭니까?"

"말하기가 어려운데요. 한 35년 됐나. 난 마누라에게 여러 번 말하곤 했지요. '리즈, 당신이 죽기 전에 홀본 엠파이어 극장에 데려가 주지.' 하지만 이런저런 이유로 시간이 어영부영 흘러가 버리더군요. 매일매일이 고만고만 비슷해서. 그러다 보니 내가 몇 살인지도 잊어버렸다니까."

"뭐, 아직 살날도 많으신걸요."

피터 경이 위로했다.

"그래야지요. 나는 소위 이 북부 지방에 당최 익숙해지지가 않아서. 속도가 너무 느릿느릿해. 처음 여기 왔을 때는 어찌나 짜증이 나던지. 사람들 말투도 그렇고. 익숙해지는 데 좀 시간이 걸렸지요. 그런 걸 영어라고 한다면 챈티클리어 식당에서 프랑스 음식을 내놓는다고 하지. 하지만 뭐 습관이 무섭다 하지 않습니까. 요전 날에는 나도 똑같은 말투를 쓰려다가 깜짝 놀라 바꿨지요. 내가!"

"요크셔 사람으로 바뀐다고 해도 별로 걱정하실 일은 없는 것 같은데요." 피터 경이 비위를 맞췄다.

"처음 본 순간 딱 알겠던데요? 워쳇 씨의 바에 들어서자마자 혼잣말로 이랬다니까요. '야, 고향 사람의 집 안에 발을 들여놨구나.'"

"맞아요, 맞아. 자, 그럼 뭐를 드릴까? 잠깐만, 손님. 어디서 손님 얼굴을 본 것 같은데?"

"그러셨을 것 같진 않은데." 피터가 말했다. "그렇지만 생각나는 게 있긴 있네요. 혹시 그림소프라는 사람 아십니까?"

"내가 아는 그림소프만도 다섯 명이오. 어느 쪽을 말씀하시는 걸까?"

"그라이더스 홀의 그림소프 씨 말이지요."

주인의 명랑한 얼굴이 어두워졌다.

"손님 친구신가?"

"그런 건 아니고요. 그냥 아는 사이죠."

"아하, 그렇군!" 워쳇 씨가 카운터에 주먹을 내리치며 외쳤다. "어디서 얼굴을 봤는지 알겠네! 손님, 저기 리들스데일에 사시죠?"

"거기 머무르고 있죠."

"그럴 줄 알았다니까."

워쳇은 의기양양하게 대꾸했다. 그는 카운터 뒤로 뛰어 들어가 신문 뭉치를 끄집어내더니 흥분해서 엄지손가락에 침을 묻혀가며 신문을 넘겼다.

"자! 리들스데일! 바로 이거로구먼!"

그는 2주 전쯤의 〈데일리 미러〉지를 확 펼쳤다. 1면에는 두꺼운 활자로 이런 머리기사가 실렸다. "리들스데일의 수수께끼." 그리고 그 밑에는 거의 실물 같은 스냅 사진과 함께 이런 설명이 붙었다. "웨스트엔드의 셜록 홈즈, 피터 윔지 경이 친형인 덴버 공작의 무죄를 밝혀내기 위해 혼신의 노력을 다해 수사 중이다."

워쳇 씨는 흡족하게 읽어 내려갔다.

"이런 유명한 분을 우리 가게에 모시게 되다니 참으로 영광입니다요, 나리. 자, 젬. 넌 저기 신사분들 시중을 들어라. 저기 기다리시는 거 안 보이냐? 이제까지 나리가 해결한 사건을 신문에서 하나도 빠짐없이 읽었지요. 마치 책처럼 흥미진진하던데요. 그리고 생각해보니까……."

"이거 봐요, 주인장." 피터 경이 주의를 주었다. "그렇게 큰 소리로 말하지 마요. 낮말은 새가 듣고 밤말은 쥐가 듣는다지 않아요. 조용히 입을 다물고 내게 정보를 좀 줄 수 있는지요."

"저희 응접실로 들어가시지요, 경. 거기라면 아무도 우리 얘기를 못 들을 겁니다요."

워쳇은 성의를 다해 이렇게 말하며 카운터 뚜껑을 들었다.

"젬, 여기! 술 한 병 가져와. 나리는 무엇을 드시렵니까?"

"아, 글쎄요. 오늘 몇 군데나 들러봐야 할지 몰라서."

윔지 경은 모호하게 대답했다.

"젬, 에일 한 병 가져와. 이거 특별한 겁니다요, 나리. 이와 비슷한 걸 다른 데서는 본 적이 없어요. 딱 한 번 옥스퍼드만 빼고. 고맙다, 젬. 이제 바로 가서 손님들 시중 들어. 자, 나리."

워쳇의 정보는 이와 같다. 그림소프 씨는 '로즈 앤드 크라운'에 아주 자주 오는 편이고, 특히 장날에는 거의 빼놓지 않고 왔다. 열흘 전 그는 느직이 바에 들렀는데, 이미 술에 취해 이 사람 저 사람에게 시비를 걸었다. 그때 아내도 대동하고 있었는데, 아내는 평소처럼 남편을 아주 무서워하는 듯 보였다. 그림소프는 술을 달라고 했지만 워쳇 씨는 팔지 않았다. 그러다 싸움이 붙었고, 그림소프 부인은 남편이 싸움에 휘말리지 않게 하려고 애써 뜯어말렸다. 하지만 그림소프는 아내를 밀치면서 아내의 정조에 대해 뭐라고 심한 말을 했고, 워쳇 씨는 즉시 술친구들을 다 불러 그림소프를 몰아낸 다음 다시는 이 집에 발을 들이지 못하도록 했다. 그는 여러 군데서 그림소프의 성질머리에 대해 소문을 들었는데, 항상 악명이 너무나 높았고, 최근에는 아주 더 악마같이 변했다는 말까지 돈다고 했다.

"그 일이 얼마나 됐는지, 혹은 언제부터인지 혹시나 계산할 수 있겠습니까?"

"글쎄요, 나리. 생각해보면 지난달 중순인가, 아마도 그보다 좀 전이었던 것 같은데요."

"음!"

"제가 딱히 돌려 말하는 걸 좋아하지 않아서요. 물론 나리도 마찬가지시겠죠."

워쳇이 재빨리 말했다.

"물론 아니지요. 이런 건 어떻습니까?"

"아, 드디어 물으시는군요?"

"말씀해주십시오. 혹시 그림소프가 10월 13일에 스테이플리에 오신 것을 기억합니까? 수요일이었는데."

"그날이 바로…… 아, 그렇군요! 그렇습니다요. 장날도 아닌데 와서 이상하다고 생각했던 게 기억나는군요. 기계를 보러 왔다나. 드릴인가, 뭐 그런 거였습니다요. 예, 왔었지요."

"몇 시에 왔는지 기억합니까?"

증인이 너무 많다 293

"아, 그게, 점심 먹으러 왔었는데요. 저희 집에서 일하는 여자애가 알 겁니다. 이봐, 베트!"

워쳇 씨는 옆문을 향해 소리쳤다.

"혹시 그림소프 씨가 10월 13일 수요일에 여기에 점심 먹으러 왔었는지 기억나냐? 리들스데일에서 불쌍한 신사분이 죽었다던 날인데?"

"그라이더스 홀의 그림소프 씨요?"

일되어 보이는 젊은 요크셔 처녀가 말했다.

"아, 맞아요. 여기서 점심을 먹고 저녁에 자러 다시 왔었잖아요. 똑똑히 기억해요. 내가 그 사람 시중을 들어줬고 아침에 물도 가져다줬는데 팁이랍시고 달랑 2펜스 동전 한 푼 주더라니까요."

"심했네!" 피터 경이 외쳤다. "이거 봐요, 엘리자베스 양. 그날이 13일인 게 확실해요? 내가 친구랑 내기를 걸었는데, 돈을 잃고 싶지가 않아서. 그 사람이 여기서 잔 날이 그날이 맞나? 내가 생각할 땐 분명히 목요일인데."

"아니에요, 나리. 수요일이 맞아요. 그다음 날 남자들이 바에서 살인 사건으로 수군덕대면서 그림소프 씨에게 뭐라고 한 걸 똑똑히 기억하거든요."

"아주 단정적으로 들리는군. 그랬더니 그림소프 씨가 뭐랍디까?"

"참!" 젊은 아가씨가 소리쳤다. "그런 질문을 하시니까 이상하네요. 그 사람이 얼마나 괴상한 행동을 했는지 다들 알아챘을걸요. 그게, 얼굴이 백지장처럼 하얘져 가지고, 두 손을 번갈아 쳐다보더니 이마에서 머리카락을 뽑는 거예요. 마치 뭐에 홀린 사람처럼. 그날은 술도 안 마셨다는 걸 다 알고 있었거든요. 종종 고주망태가 되어 있지만요. 나라면 5백 파운드를 준다고 해도 그 사람 아내 노릇은 못할 거예요."

"내 생각도 마찬가지예요." 피터가 말했다. "아가씨는 그보다는 훨씬 좋은 자리에 가야지. 아이고, 결국 돈을 잃게 생겼네. 그건 그렇고, 그림소프 씨가 몇 시에 자러 왔습니까?"

"거의 새벽 2시 다 되어서요."

처녀는 머리를 흔들며 말했다.

"바깥문이 잠겨서 못 들어오는 바람에, 젬이 내려가서 들여보내줬어요."

"그랬어요? 그러면 좀 더 엄밀하게 따져봐야겠네. 워쳇 씨, 2시면 목요일 아닙니까? 어떻게든 그걸로 우겨봐야겠는데. 아무튼 아주 고마워요. 알고 싶은 건 다 알았으니까."

베트는 생긋 웃더니 이 낯선 신사의 너그러운 처사와 그림소프 씨의 구두쇠 같은 팁을 비교하니 저절로 웃음이 나오는지 킬킬대며 그 자리에서 나갔다. 피터는 자리에서 일어섰다.

"정말 고맙습니다, 워쳇 씨. 젬하고 얘기를 좀 나눠봐야겠군요. 어쨌거나 다른 사람에게는 아무 말 마십시오."

"절대 얘기 안 하지요." 워쳇 씨가 말했다. "저도 사리 분별은 있는 인간이라서요. 행운을 빕니다요, 나리."

젬은 베트의 이야기를 확인해주었다. 그림소프는 10월 14일 새벽 1시 50분경에 술에 취한 데다 진흙 범벅이 되어 돌아왔다. 그는 왓슨이라는 남자와 부딪쳤다는 둥 웅얼웅얼 변명을 늘어놓았다고 했다.

다음으로는 여관 마부에게 물어보았다. 마부는 자기 몰래 마구간에서 밤에 말과 마구를 가지고 나갈 수는 없다고 했다. 왓슨이라는 사람은 알고 있다. 그는 무역업을 하는 운송업자로 윈던 가에 산다.

피터 경은 정보를 알려준 이에게 적당하게 사례를 하고 윈던 가로 갔다.

하지만 같은 업무를 계속 반복하다 보니 지겨워졌다. 낮 12시 15분이 되자 그는 므리바 기념비 앞에서 번터를 다시 만났다.

"뭐 알아낸 거 있나?"

"약간의 정보를 구해서 적어놓았습니다. 저와 증인들이 마신 맥주 값이 다 해서 7실링 2펜스 들었습니다."

피터 경은 아무 말 없이 7실링 2펜스를 주었고, 두 사람은 다시 '로즈 앤드 크라운'으로 자리를 옮겼다. 개인 응접실에 앉아 점심 식사를 주문하고 두 사람은 계속해서 다음 일정표를 그려나갔다.

그림소프의 행적

10월 13일 수요일부터 10월 14일 목요일까지

10월 13일 »

12:30 p.m.	'로즈 앤드 크라운' 도착.
1:00 p.m.	점심 식사.
3:00 p.m.	트리머스 레인의 구치라는 남자에게서 드릴 두 개 주문.
4:30 p.m.	구치와 흥정을 마무리하기 위해 술을 마심.
5:00 p.m.	운송업자 왓슨의 집을 방문해서 개 먹이를 주문하려고 함. 왓슨은 출타 중. 왓슨 부인은 남편이 그날 밤 돌아올 것이라고 함. 그림소프는 다시 들르겠다고 함.
5:30 p.m.	식료품상 마크 돌비를 방문하여 연어 통조림에 대해 불평을 늘어놓음.
5:45 p.m.	안경업자 휴잇에게 안경 값을 내러 갔다가 가격 때문에 논쟁을 벌임.
6:00 p.m.	제데카이어 본과 '브리지 앤드 보틀'에서 술을 마심.
6:45 p.m.	다시 왓슨 부인을 방문. 왓슨은 아직 돌아오지 않음.
7:00 p.m.	경관 한 명이 남자 몇몇과 함께 '피그 앤드 휘슬'에서 술을 마시는 그림소프를 목격했다고 함. 알지 못하는 사람에게 협박적인 어조로 이야기하는 것을 들었다고 함.
7:20 p.m.	'피그 앤드 휘슬'을 두 남자와 함께 나가는 모습을 본 사람이 있음. (두 남자가 누구인지는 아직 밝혀지지 않음.)

10월 14일 »

1:15 a.m.	왓슨이 리들스데일로 향하는 길 1.5킬로미터 지점에서 그림소프를 발견해서 태움. 아주 더러웠고 기분이 나빴으며 맨정신이 아니었다고 함.
1:45 a.m.	'로즈 앤드 크라운'의 종업원인 제임스 존슨이 안으로 들여 보내줌.
9:00 a.m.	엘리자베스 도빈이 깨움.
9:30 a.m.	'로즈 앤드 크라운'의 바에서 남자들이 리들스데일 사건을 이야기하는 소리를 들음. 수상쩍게 행동.
10:15 a.m.	129파운드 17실링 8펜스가 쓰인 수표를 로이즈 은행에서 현금으로 바꿈.
10:30 a.m.	구치에게 드릴 값을 지불함.
11:05 a.m.	'로즈 앤드 크라운'을 떠나 그라이더스 홀로 감.

피터 경은 이 표를 몇 분간 쳐다보더니 '7:20' 이후 텅 비어 있는 여섯 시간의 간격 위에 손가락을 올려놓았다.

"여기서 리들스데일은 얼마나 멀지, 번터?"

"대략 22킬로미터 정도 됩니다."

"총소리는 11시 55분에 들렸어. 걸어서는 그 시간에 댈 수가 없지. 왓슨은 어째서 새벽 2시까지 돌아오지 않았는지 말했나?"

"네, 주인님. 그 사람은 11시쯤 돌아오려고 했는데, 킹스 펜턴과 리들스데일 사이에서 말의 한쪽 편자가 벗겨졌다고 합니다. 그래서 조용히 걸어서 리들스데일까지 들어왔다고 하는군요. 대략 5.5킬로미터 정도 되는 거리입니다. 거기 도착했을 때는 대략 10시여서 대장장이에게 갔다는군요. 그다음에 '로드 인 글로리'에 들러 폐점할 때까지 거기 있었답니다. 그런 다음 친구 한 명과 같이 집에 갔고 몇 잔 더 했답니다. 12시 40분쯤에 집으로 갔는데, 1킬로미터 정도 갔을 때 가까운 교차로 근처에서 그림소프를 만나서 태웠다는군요."

"정황적으로 맞아떨어져 보이는군. 대장장이와 친구라는 사람이 증명할 수 있겠지. 하지만 우선 '피그 앤드 휘슬'에 있던 남자들부터 찾아야겠어."

"네, 주인님. 점심 식사 후에 찾아보겠습니다."

점심 식사는 훌륭했다. 하지만 그걸로 두 사람의 운은 다 소진된 모양인지 3시까지도 술집에 있었다는 남자들은 누군지 찾을 수가 없었고, 단서도 없었다.

그런데 마부인 윌크스가 나름대로 조사에 공헌을 했다. 그는 점심 식사 때 킹스 펜턴에서 온 한 남자를 만났는데, 자연스레 로지에서 일어난 수수께끼 같은 살인 사건에 대해 이야기를 하게 되었다. 남자의 말에 따르면, 고원 황야 지대에 있는 오두막에 한 노인이 사는데 사건 당일 밤 한 남자가 한밤중에 웨멜링 펠 위를 걸어가는 걸 보았다고 했다는 것이다.

"그 얘기를 듣자 갑자기 그 사람이 공작님이 아닐까 하는 생각이 들었지요."

윌크스는 명랑하게 말했다.

더 질문을 해본 끝에 노인의 이름이 그루트라는 걸 알아냈고, 윌크스는 피터 경과 번터를 그루트의 오두막으로 이어지는, 양떼들이 지나는 길 초입에 내려주었다.

피터 경이 형의 조언에 따라 런던에서 초기 간행본이나 수집하고 범죄자들을 연구하는 대신 영국 시골에 와서 스포츠를 하는 데 좀 더 신경을 썼더라면, 아니 번터가 켄트 마을이 아니라 황야에서 자랐더라면, 아니 적어도 윌크스가 (이 지역에서 나고 자란 요크셔 토박이라 다른 사람들의 입장을 미처 고려하지 못했다.) 자신이 단서를 찾아내는 데 중요한 역할을 했다는 기분에 들떠서 지체 없이 그 단서를 추적해야 한다고 앞장서지 않았더라면, 아니 이 세 사람 중 누구 하나라도 상식을 발휘했더라면, 11월에 노스 라이딩의 이런 황야를 걷는다는 터무니

없는 계획은 절대 실현되지 못했을 것이다. 그렇지만 결국 일은 저질러졌고, 피터 경과 번터는 4시 10분 전, 황무지 길 위에 마차를 놔두고 윌크스와 헤어져서 이 고원 지대의 가장자리에 있는 외딴 오두막을 향해 꾸준히 올라갔다.

노인은 귀가 절벽이어서, 한 시간 반 동안 따져 물어 겨우 이 정도를 알아냈다. 살인 사건 당일인 듯한 10월의 어느 날 밤, 노인은 토탄 불을 피워놓고 앉아 있었다. 대략 자정쯤 된 것 같았는데, 키가 큰 남자가 어둠 속에서 불쑥 나타났다. 남자는 남부 억양이었고 황야에서 길을 잃었다고 했다. 그루트 노인은 문으로 나가 리들스데일로 향하는 길을 가리켰다. 낯선 사람은 노인의 손바닥에 1실링을 쥐여주고 사라졌다. 남자의 옷차림을 딱히 묘사할 수는 없고 중절모에 외투 차림이었으며 각반을 찬 것 같았다. 그날이 살인 사건이 일어난 날 밤이라는 것을 거의 확신하는데, 그 후에 마음속에서 되짚어보니 그 사람이 로지에 사는 사람 중 한 명일지도 모른다는 생각이 들었기 때문이었다. 아마도 공작이었던 것 같다. 노인은 한참 생각을 한 끝에 결국 이런 결론에 이르렀고, 누구에게 혹은 어디로 가야 할지 몰랐기 때문에 "나서지 않았다."고 했다.

질문한 이들은 이 정도로 만족해야만 했고, 그루트에게 반 크라운을 준 후 5시가 넘어 황야로 나섰다.

"번터."

피터 경은 땅거미 속에서 말했다.

"나는 이 모든 일에 대한 해답은 그라이더스 홀에 있을 거라는 걸 절대적으로 확신하게 됐네."

"그럴 가능성이 아주 높지요, 주인님."

피터 경은 손가락을 남동쪽으로 뻗었다.

"저기가 그라이더스 홀이야. 가자고."

"좋습니다, 주인님."

그리하여 런던 출신 촌뜨기처럼 두 사람은 씩씩한 걸음으로 좁은 황무지 길을 걸어 그라이더스 홀로 향했다. 11월의 땅거미 속을 뚫고 광막한 웨멜링 펠 위로 조용히 내려오는 거대한 하얀 괴물을 한 번 뒤돌아보지도 않고.

"번터!"

"여깁니다, 주인님!"

목소리가 귓가에서 들렸다.

"다행이야! 자네가 영원히 사라져버린 줄 알았네! 우리가 미리 예상을 했어야 했는데!"

"그러게요, 주인님."

안개가 한걸음에 다가와 그들을 뒤에서 덮쳤다. 두껍고 차가웠으며 목을 조르는 듯했다. 두 사람은 겨우 1, 2미터의 간격을 두고 있었음에도.

"난 바보야, 번터."

피터가 한탄했다.

"그렇지 않습니다, 주인님."

"움직이지 마. 계속 이야기하게."

"네, 알겠습니다."

피터는 오른쪽을 더듬어 번터의 소맷부리를 잡았다.

"자, 이제 어떻게 하지?"

"저도 경험이 없어서 모르겠습니다, 주인님. 이런 현상은 어떤 일정한 습성이 있지 않을까요?"

"일정한 습성은 없는 것 같네. 가끔은 다른 데로 이동해버리지. 하지만 이떤 경우에는 며칠씩 한자리에 머물러 있어. 밤새 기다리다가 동이 트면 걷히는지 봐야겠어."

"네, 주인님. 하지만 기분 나쁘게 축축하네요."

"자네 말대로 약간 그렇군."

주인은 짧은 웃음을 터트리며 동의했다.

번터는 재채기를 하고 정중하게 양해를 구했다.

"남동쪽으로 계속 가면, 분명히 그라이더스 홀에 닿을 거야. 그러면 우리를 하룻밤 재워주든가 안내를 붙여줄 수밖에 없겠지. 내 주머니에 회중전등이 있고, 나침반으로 방향을 잡을 수 있으니까. 아, 젠장!"

"왜 그러십니까?"

"다른 지팡이를 가져왔어. 이 빌어먹을 물푸레나무! 여기엔 나침반이 달려 있지 않잖아. 번터, 우리는 끝장났네."

"계속 내리막길로 내려갈 수 있지 않을까요, 주인님?"

피터 경은 망설였다. 그가 이제까지 듣고 읽은 것들이 마음속에 떠오르며 안개 속에서는 오르막길이나 내리막길이나 똑같아 보인다는 이야기가 기억났다. 하지만 인간은 헛된 그림자 속에 걷는 존재. 한 인간이 진정으로 무력하다는 것을 쉽게 믿지 못한다. 추위가 얼음처럼 선뜩했다.

"한번 해보세."

피터 경은 힘없이 말했다.

"이전에 들었는데 안개 속에서는 같은 자리를 빙빙 돌게 된다는군요."

번터는 뒤늦게야 자신감을 잃어버렸다.

"비탈에서는 안 그럴 거야."

피터 경은 단순한 고집으로 갑자기 대담해졌다.

번터는 평소의 자신을 잃고, 처음으로 아무런 조언도 해주지 못했다.

"뭐, 지금보다 더 나빠지기야 하겠어."

피터 경이 밀고 나갔다.

"해보자고. 계속 소리를 질러봐."

피터 경은 번터의 손을 잡았고 두 사람은 짙게 내린 차가운 안개 속을 조심스럽게 걸어나갔다.

얼마나 이 악몽이 지속되었는지 두 사람 다 알지 못했다. 세계가 두 사람 주변에서 죽어버렸는지도 모른다. 두 사람은 자기들의 외침 소리에 흠칫 놀랐다. 하지만 고함을 지르지 않으면 죽은 듯한 적막이 한층 더 무시무시했다. 두 사람은 질긴 히스에 걸려 넘어지곤 했다. 시야에 아무것도 보이지 않으니 땅의 울퉁불퉁한 표면이 얼마나 실감 나게 느껴지는지 참으로 놀라운 일이었다. 이제 두 사람은 오르막길과 내리막길을 구분할 수 있다는 자신감은 거의 잃어버렸다. 추위에 꽁꽁 얼어버렸지만 긴장과 공포 때문에 땀방울이 얼굴에서 송골송골 흘러내렸다.

갑자기—느낌상으로는 바로 앞쪽으로 몇 미터 떨어진 자리에서—길고 끔찍한 비명이 솟아올랐다. 그 소리는 한 번 더, 다시 한 번 더 이어졌다.

"세상에! 무슨 일이지?"

"말 울음소리입니다, 주인님."

"그렇겠지."

두 사람은 말이 저처럼 비명을 지르는 소리를 들었던 게 기억났다. 포페링에 근처에서 마구간에 불이 났을 때……."

"불쌍한 것."

피터는 충동적으로 번터의 손을 놓고 소리가 들리는 방향을 향해서 나아갔다.

"돌아오십시오, 주인님."

하인은 갑작스레 겁이 덜컥 나서 외쳤다. 그 순간 두려움이 섞인 깨달음이 그의 마음속에서 떠올랐다.

"세상에! 멈추십시오, 주인님. 늪입니다!"
완전한 암흑 속에서 날카로운 외침이 솟았다.
"물러서. 움직이지 마! 나 빠졌네!"
그러더니 무언가 빨려 들어가는 무시무시한 소리가 퍼졌다.

12장
알리바이

실로 게걸스럽고 힘이 센 야생동물의 발톱에 사로잡혔을 때
사지 한 짝을 남겨놓고라도 빠져나오는 것이
바람직한지 아닌지는 길게 생각해볼 문제도 아니지.
―《카이-룽의 지갑》

"정통으로 빠져버렸어."

윔지의 목소리는 암흑 속에서 흔들림 없이 들려왔다.

"빠지는 속도가 어마어마해. 자네는 가까이 다가오지 않는 게 좋겠네. 다가왔다간 자네도 빠질 테니까. 소리를 좀 질러봐야겠어. 아마도 그라이더스 홀에서 별로 멀지 않은 곳에 있는 것 같으니."

"주인님께서 계속 소리를 치시면 제가 주인님 쪽으로 갈 수 있을 것 같습니다."

번터는 이로 꽉 묶인 끈의 매듭을 풀며 헐떡거렸다.

"여이!" 피터 경은 순순히 외쳤다. "사람 살려! 여이! 여이!"

번터는 목소리를 향해 지팡이를 짚어가며 더듬더듬 나아갔다.

"자네는 여기서 멀리 떨어져 있는 게 좋겠어, 번터."

피터 경은 힘 빠진 소리로 말했다.

"우리 둘 다 빠져봤자 좋을 게 없……?"

피터 경은 끽소리 못하고 숨을 삼키면서 다시 버둥거렸다.

"그러지 마십시오, 주인님."

번터는 애원하듯 외쳤다.

"그러면 더 깊이 빠지십니다."

"이제 허벅지까지 빠졌어."

피터 경이 말했다.

"제가 가겠습니다. 계속 소리치십시오. 아, 여기서부터 땅이 물렁해지는군요."

번터는 땅을 조심스럽게 더듬으며 비교적 단단한 풀숲 부분을 골라서 지팡이를 그 안에 꽂아 넣었다.

"여이, 여보세요! 사람 살려!"

피터 경은 고래고래 고함을 질렀다.

번터는 지팡이에 끈 한쪽을 묶고 버버리 코트의 허리띠를 몸에 꽉 묶은 다음 조심스럽게 배로 기면서 한 손에 끈을 들고 앞으로 나아갔다. 격은 좀 떨어지지만 아리아드네의 실타래를 든 테세우스 같은 꼴이었다.

번터가 기어가자 늪이 무섭게 출렁였고 더러운 물이 얼굴에 튀었다. 번터는 손으로 풀숲을 더듬었고 할 수 있을 때까지 풀을 부여잡고 몸을 지탱했다.

"다시 한 번 소리를 질러보세요, 주인님!"

"여기야!"

더 힘이 빠진 목소리가 오른쪽에서 들려왔다. 번터는 나아갈 길을 잃어버리자 풀을 더듬어 찾았다.

"더 빨리 갈 엄두는 안 납니다."

번터는 설명했다. 마치 몇 년 동안이나 계속 기어온 기분이었다.

"아직 여유가 있을 때 빠져나가게." 피터가 말했다. "이제 내 허리까지 찼어. 세상에! 인생을 이런 식으로 마치다니 좀 잔혹하군."

"돌아가실 일은 없습니다." 번터가 이를 악물고 말했다. 그의 목소리가 갑자기 가까이에서 들려왔다. "이제 손을 뻗으세요."

몇 분 동안 고생을 한 끝에 보이지 않는 더러운 오물 위로 두 손이 만났다. 그때 번터가 말했다.

"손을 가만히 놔두세요."

번터는 천천히 원을 그리며 돌았다. 얼굴을 계속 진흙 밖으로 빼놓아야 하니 힘들었다. 손이 더러운 표면 위를 스쳤다. 그때 갑자기 한 팔이 잡혔다.

"감사합니다, 하느님!"

번터가 외쳤다.

"계속 붙잡고 계세요."

그는 앞을 더듬더듬 짚었다. 그는 사람을 위태롭게 빨아들이는 진흙 쪽으로 팔을 뻗었다. 그의 손은 피터 경의 팔을 엉금엉금 타고 올라가 어깨를 짚었다. 번터는 윔지의 겨드랑이에 손을 넣고 영차 들어 올렸다. 그러나 외려 번터의 무릎만 더 늪에 빠지는 꼴이 되었다. 번터는 서둘러 몸을 쭉 폈다. 무릎을 사용해서 버텨봤자 아무런 이점도 없이 오히려 죽음에 한 발짝 더 가까이 다가갈 뿐이었다. 두 사람은 오로지 도움이 올 때까지 필사적으로 버틸 수밖에 없었다. 아니면 당기는 힘이 너무 커서 견딜 수 없을 때까지. 번터는 심지어 소리도 지를 수 없었다. 간신히 물 밖으로 입을 내놓는 게 고작이었다. 어깨를 잡아당기는 긴장감은 참을 수가 없을 정도였다. 숨을 쉬려고만 해도 목에서 경련이 일었다.

"계속 소리치셔야 합니다, 주인님."

윔지는 소리쳤다. 그의 목소리는 갈라지고 끝이 희미했다.

"번터, 이 친구. 자네를 여기까지 끌어들여서 그게 미안할 뿐이야."

"그런 말씀 마십시오."

번터는 오물 범벅이 된 입으로 말했다. 그 순간 무슨 생각 하나가 떠올랐다.

"지팡이는 어디 두셨습니까, 주인님?"

"떨어뜨렸어. 늪에 빠지지 않았다면 어디 있겠지."

번터는 조심스럽게 왼쪽 손을 빼서 주변을 더듬었다.

"여기요! 여기요! 사람 살려요!"

번터의 손이 다행스럽게도 풀이 단단하게 돋아 있는 땅 위에 떨어진 지팡이에 닿았다. 그는 지팡이를 자기 쪽으로 끌어당겨 턱을 그 위에 올릴 수 있게 팔 사이에 가로로 꼈다. 순간적으로 목이 편해지자 용기가 새삼 솟았다. 언제까지라도 버틸 수 있을 것 같았다.

"사람 살려!"

몇 시간 같은 몇 분이 흘러갔다.

"저거 보이나?"

희미한 불빛이 오른쪽 멀리 어딘가에서 깜박였다. 필사적인 힘으로 두 사람은 함께 소리쳤다.

"사람 살려! 사람 살려! 여어! 여어! 도와줘요!"

대답하는 고함 소리. 불빛이 흔들리며 가까이 다가왔고 안개 속에서 퍼져 흐릿해졌다.

"우리 소리를 계속 따라올 수 있도록 해야 해."

윔지 경이 헐떡였다. 두 사람은 다시 소리쳤다.

"어디요?"

"여기예요!"

"여봐요!"

잠시 침묵. 그러다 다시 말이 이어졌다.

"여기 꼼짝 말고 있어."

목소리가 갑자기 가까이에서 들렸다.

"그 끈을 따라와요!"

번터가 소리쳤다. 두 사람은 말다툼하는 듯한 두 목소리를 들었다. 그러더니 끈이 부르르 떨렸다.

"여기! 여기요! 두 사람이오! 서둘러요!"

좀 더 의논하는 소리.

"버텨요. 할 수 있겠소?"

"그래요. 빨리 오기만 한다면."

"울타리를 가지러 갔소. 두 사람이라고 했소?"

"그래요."

"깊이 빠졌소?"

"둘 중 한 사람은."

"알았소. 젬이 오고 있어요."

철벅철벅하는 소리가 들려 젬이 나무를 얽어 만든 울타리를 가지고 왔다는 것을 알 수 있었다. 그 이후로 영원 같은 기다림이 이어졌다. 그러다 나무 울타리가 하나 더 오고, 끈이 부르르 떨렸으며, 전등의 불빛이 격렬하게 흔들렸다. 세 번째 울타리가 늪 속으로 던져지더니 불빛이 갑작스레 물안개 속으로 꺼져버렸다. 한 손이 뻗어 나와 번터의 발목을 잡았다.

"다른 사람은 어디 있소?"

"여기, 거의 목까지 빠졌어요. 밧줄 있어요?"

"아, 물론. 젬! 밧줄 가져와!"

밧줄이 안개 속에서 뱀처럼 스르르 기어 나왔다. 번터는 밧줄을 잡아 주인의 몸에 둘러맸다.

"자, 이제 뒤로 가서 끌어 올리시구려."

번터는 조심스럽게 울타리 위로 기어올랐다. 세 사람은 밧줄을 잡아당겼다. 마치 지구를 궤도에서 끌어 올리듯 힘이 들었다.

"호주에 발이 박혀버렸나 봐."

피터 경은 숨을 헐떡이며 사과하듯 말했다. 번터는 땀을 흘리며 흐느꼈다.

"괜찮아요. 자, 올라옵니다!"

천천히 들어 올리자 밧줄이 사람들 쪽으로 끌려 나왔다. 다들 근육이 찢어지는 듯 아팠다.

갑자기 '팟' 하는 소리와 함께 늪이 피터 경을 놔주었다. 줄을 잡고 있던 세 사람은 나무 울타리 위에서 거꾸로 굴렀다. 오물에 젖어 알아볼 수 없는 뭔가가 무력하게 따라 올라와 납작하게 누워 있었다. 사람들은 그가 다시 끌려 내려갈까 봐 걱정이라도 되는 듯 미친 듯이 그를 끌어냈다. 사악한 늪의 끈적끈적한 손길이 그들 주위에 피어올랐다. 사람들은 첫 번째 울타리를 건너 두 번째로 넘어갔고, 마침내 세 번째 울타리까지 돌아갔다. 사람들은 비틀거리는 다리로 단단한 땅 위로 올라갔다.

"정말 험악한 곳이로군."

피터 경이 힘없는 목소리로 말했다.

"미안해요. 바보같이 이름도 잊어버렸네. 성함이 어떻게 되시더라?"

"아이고, 운이 좋으셨소."

그를 구해준 사람들 중 하나가 말했다.

"누가 소리치는 게 들리는 것 같더라고. 여기는 '베드로피터의 단지'라고 하는 늪인데, 여기 한 번 빠지면 살아서건 죽어서건 나오는 사람이 거의 없다오."

"그러게, 이번에야말로 피터가 단지에 빠져 죽을 뻔했지요."

윔지 경은 이렇게 말한 후 기절해버렸다.

피터 경에게는 그날 밤 그라이더스 홀의 농가에 들어섰던 기억을 떠올릴 때마다 항상 악몽 같은 느낌이 함께 따라왔다. 문이 열리자 똬리 같은 안개가 그들과 함께 구불구불 집 안으로 들어갔고 난롯불은 김을 내며 탁탁 튀어 올랐다. 천장에 매달린 전등은 흐릿한 빛을 드리웠다. 검은 머리에 대비되어 끔찍할 정도로 하얗게 보이는 그림소프 부인의 메두사 같은 머리가 그를 내려다보았다. 털이 수북이 난 앞발이 부인의 어깨를 잡아 옆으로 밀쳐냈다.

"부끄러운 줄 알아! 자나깨나 남자 생각만 하는 계집 같으니. 부를 때까지 가만히 기다리고 있어. 이건 뭐지?"

목소리, 목소리. 주변에서 사납게 내려다보는 수많은 얼굴들.

"베드로의 단지? 도대체 당신들 이런 한밤중에 황야에서 뭔 짓거리를 하고 돌아다닌 거야? 하등 쓸데없는 짓을. 바보나 도둑 아니고서는 안개 속에 나와서 돌아다니는 녀석들은 없다고."

남자들 중 하나, 구부정한 어깨에 마르고 악의 어린 얼굴을 한 농장 일꾼이 갑자기 음조 없는 노래를 부르기 시작했다.

나는 메리 제인을 졸졸 따라다녔지
모자도 없이 일클라 황무지에서

"입 다물어!" 그림소프가 화를 벌컥 내며 외쳤다. "온몸의 뼈가 다 부스러지는 꼴을 당하고 싶어?" 그는 번터를 향했다.

"꺼지죠. 여기 있어봤자 별 소용없으니."

"하지만 윌리엄……."

그의 아내가 입을 열자 그는 마치 개처럼 부인에게 휙 덤벼들었다. 부인은 움츠러들었다.

"지금은 안 돼. 지금은 안 되지."

이전에 윔지가 왔을 때 친절하게 대해주었던 것으로 기억되는 남자가 말했다.

"오늘 밤에는 저 사람들을 받아줘야 해요. 그렇지 않으면 저기 로지에 머무는 사람들하고 말썽이 생길 테니까. 경찰이 뭐라고 할지는 말할 것도 없고. 저 사람이 해를 끼치러 왔다고 해도, 이미 자기 자신에게 해를 끼쳐버렸으니까. 오늘 밤에는 더 이상 별일 없겠지. 이봐요, 저분을 불가로 데리고 가요."

그는 번터에게 몇 마디 덧붙이고는 다시 농부를 향했다.

"만약 저 사람이 폐렴이나 류머티즘 같은 걸로 죽기라도 하면 입장이 난처해질걸요."

합리적인 설명 덕에 그림소프도 부분적으로는 납득한 것 같았다. 그는 툴툴거리기는 했어도 비켜주었고 몸이 바짝 얼고 기진맥진한 두 남자는 불가로 안내되었다. 누군가 그들에게 김이 모락모락 피어오르는 커다란 술잔을 가져다주었다. 윔지의 머리는 맑아지는 듯했지만 다시 나른하게 술 취한 사람처럼 울렁거렸다.

이윽고 피터는 자신이 위층으로 옮겨져 침대에 눕혀졌다는 것을 깨달았다. 커다란 구식의 방으로 벽난로에는 불이 피워져 있고, 무척이나 크고 음침하게 생긴 기둥 네 개짜리 침대가 놓여 있었다. 번터는 피터가 젖은 옷을 벗게 도와주고 몸을 닦아주었다. 다른 남자가 이따금씩 들어와서 번터를 도왔다. 아래에서는 그림소프가 불경하게도 욕을 섞어 목청을 높이고 있었다. 그 순간 어깨가 구부정한 남자가 거칠고 쇳소리가 나는 목소리로 노래를 불렀다.

그러면 벌레가 나와 너를 먹어치울 텐데
모자도 없이 일클라 황무지에서

그러면 오리가 나와 벌레를 먹어치울 텐데
모자도 없이 일클라 황무지에서

피터 경은 침대 안에서 굴렀다.
"번터, 어디, 자네는 괜찮아? 자네에게 고맙다고 말한 적 없었지. 내가 뭘 하는지도 모르겠어. 어디서 잠을 자야 할지, 아?"
피터 경은 망각 속을 떠다녔다 오래된 민요가 비웃듯 들려왔고 그의 꿈속으로 끔찍한 상상들을 풀어놓았다.

그러면 우리가 나와 오리들을 먹어치울 텐데
모자도 없이 일클라 황무지에서

아, 그렇게 된 거라네. 그렇게, 그렇게……

윔지가 눈을 떴을 때 어스레한 11월의 햇빛이 창문 안으로 꾸무럭꾸무럭 밀려들고 있었다. 안개는 임무를 완수하고 떠난 듯했다. 한동안 그는 지금 여기에 어떻게 오게 되었는지도 가늠하지 못한 채 멍하니 누워 있었다. 그러다 점차적으로 기억이 윤곽을 갖추기 시작했고, 맡고 있는 수사에 대한 부담이 평소처럼 자리 잡았다. 한없이 께느른한 몸 상태를 느꼈고 그다음으로는 비틀린 어깨가 뻐근했다. 꼼꼼하게 몸을 살펴보니 겨드랑이 아래와 가슴과 등 둘레에 멍이 들고 살이 물렀다. 구명밧줄을 묶었던 자리였다. 몸을 움직일 수도 없이 아파서 도로 등을 대고 누워 다시 눈을 감았다.

이윽고 문이 열리더니 번터가 들어왔다. 번터는 깔끔한 옷을 입고 근사한 냄새가 나는 햄과 달걀이 든 쟁반을 들고 있었다.

"안녕, 번터!"

"좋은 아침입니다, 주인님! 평안히 쉬셨겠지요?"

"바이올린만큼이나 기운이 넘치네. 그런데 말이 나왔으니 하는 말인데, 왜 바이올린만큼 건강하다는 표현이 나온 걸까? 다만 손가락이 철사 같고 관절이 우둘투둘한 남자들한테 전신 마사지를 받은 듯한 느낌은 남아 있지만 말이야. 자넨 어떤가?"

"팔이 조금 저리지만 괜찮습니다. 그것 말고는 어제 사고를 당했던 흔적은 못 느끼겠습니다. 잠깐 실례하겠습니다, 주인님."

번터는 일어나 앉은 피터 경의 무릎에 쟁반을 조심스레 올려놓았다.

"팔이 빠지고도 남지. 그렇게나 오랫동안 나를 붙들고 있었는데. 이미 자네에게 너무 큰 빚을 져서 어떻게 해도 갚을 수가 없을 거야. 그저 내가 잊지 않겠다는 것만 알아주게나. 좋아.

자네가 쑥스러워할 짓을 그만하지. 어쨌든 정말 고맙네. 그건 그렇고, 어젯밤에 제대로 된 데서 잤나? 지난밤엔 일어나서 살펴볼 여력이 안 되어서 말이야."

"아주 잘 잤습니다. 주인님 덕분에요."

번터는 방 구석에 있는 바퀴 달린 침대를 가리켰다.

"다른 방에 잠자리를 마련해준다고 했습니다만 정황상 주인님 옆에 남아 있는 편이 좋을 듯해서 감히 제 마음대로 그렇게 했습니다. 사람들에게는 오랫동안 늪에 빠져 있던 여파로 주인님의 건강이 나빠지지나 않을까 걱정스럽다고 했지요. 게다가 그림소프의 의도를 몰라 불편하기도 했고요. 그자의 태도가 별로 호의적이지도 않아 보이고 우리가 같이 있지 않으면 그가 뭔가 경솔한 행동을 하지 않을까 두렵기도 했으니까요."

"그럴 만도 하지. 이제까지 내가 본 사람 중에 가장 살인범처럼 생긴 자일세. 오늘 아침에 얘기를 해봐야겠어. 아니면 그림소프 부인하고라도. 내 장담하는데, 부인이 우리에게 뭔가 해줄 이야기가 있을 거야."

"의심할 여지는 거의 없지요."

"문제는 말이야."

윔지는 입안 가득 달걀을 쑤셔 넣고 계속 말했다.

"부인하고 어떻게 접촉해야 할지 모르겠다는 거지. 남편이라는 작자가 이 근처에 오는 바지 입은 사람만 봐도 저렇게 눈에 불을 켜고 의심을 하니. 우리가 소위 사적으로 부인과 말을 나누다 들키기라도 하면, 감정이 앞서 뭔가 후회할 만한 짓을 저지르고 말걸."

"그렇겠습니다, 주인님."

"그래도 이자도 언젠가는 농장 일을 하러 가긴 가야 할 테니까, 그때 부인에게 부딪쳐보자고. 정말 특이한 여자야. 아름답기는 참 아름답지만. 부인이 캐스카트를 어떻게 생각하는지 궁금하군."

윔지는 곰곰이 생각에 잠겼다.

번터는 이런 미묘한 문제에는 알아서 말을 삼갔다.

"그래, 번터. 일어나야겠어. 우리가 여기서 별로 환영받는 것 같진 않아. 어젯밤에 집주인 눈빛을 보니 착각이 아니더라고."

"그렇습니다. 그자는 주인님을 이 방으로 모시는 것까지도 크게 반대했습니다."

"그런데 이 방은 누구 방인가?"

"이 집 안방입니다. 그나마 이 방에 벽난로도 있고 침대도 이미 정돈되어 있어 가장 적당한 듯해서요. 그림소프 부인이 아주 친절하게도 안방을 내주었고, 제이크라는 남자가 그림소프에게 주인님을 융숭히 모셔야 금전적 보상이 있지 않겠느냐고 꼭 집어준 덕입니다."

"그래, 그 사람 참 성격 좋더군. 이젠 일어서서 떠나볼까. 아이고, 온몸이 뻣뻣하군. 번터, 내가 입을 옷이 있나?"

"주인님 옷을 제 힘 닿는 데까지 말려서 털어놓았습니다. 제 마음만큼 깨끗해지지는 않았습니다만, 리들스데일까지 입고 가실 수는 있을 겁니다."

"뭐, 가는 길에 사람도 많을 것 같지 않으니까. 뜨거운 물로 목욕하고 싶은 마음이 간절하군. 면도 물이라도 어떻게 안 되겠나?"

"부엌에서 얻어오겠습니다."

번터가 나가자, 피터 경은 끙끙대며 셔츠와 바지를 입고 창문 쪽으로 갔다. 튼튼하게 지어진 시골집답게 창문은 꽉 닫혀 있었고, 창틀이 덜거덕거리지 못하도록 두꺼운 종이 쐐기를 끼워 놓았다. 그는 쐐기를 빼고 창틀을 위로 밀었다. 토탄질이 섞인 황야의 냄새를 가득 싣고 바람이 신나게 밀려 들어왔다. 그는 기쁘게 공기를 들이마셨다. 모든 일을 겪은 끝에 햇빛을 다시 볼 수 있게 되다니 정말 좋았다. 늪에 빠져 끈적끈적하게 죽어갔더라면 얼마나 비참했겠는가. 몇 분 동안 그는 거기 서서 살아 있기에 누릴 수 있는 혜택에 막연히 감사드렸다. 그런 후에 다시 물러서서 옷을 마저 갖춰 입었다. 그러다 보니 손에 아까 빼낸 종이뭉치를 여전히 쥐고 있기에 불 속에 던져버리려고 했지만, 뭔가가 눈에 밟혔다. 그는 종이를 펴보았다. 내용을 읽어 내려가던 피터 경의 눈썹이 치켜지고 입술은 이루 형언할 수 없는 기발한 발견에 샐쭉해졌다. 번터가 뜨거운 물을 들고 돌아왔을 때 주인은 한 손에는 종이, 다른 손에는 양말을 든 채로 복잡한 바흐 곡을 휘파람으로 불고 있었다.

"번터."

주인이 불렀다.

"나는 참으로 전 기독교도 중에서 제일가는 멍청이일 거야. 이렇게 바로 코밑까지 진실이 바짝 와 있었는데도 알아차리지 못하다니. 망원경을 가지고 스테이플리까지 가서 증거나 찾아 헤매고. 머리에 피가 안 통해서 그랬다면 거꾸로 십자가에 매달려도 싸. 제리! 제리! 그렇지만 당연히 그게 뻔한 사실 아니겠어, 멍청이 같으니! 형은 정말 한심해. 어째서 머블스나 내게 말하지 않았을까?"

번터는 정중하게 의아함을 표시하며 앞으로 나섰다.

"이거 봐, 이거 좀 보게!"

윔지는 신경질적으로 끽끽 웃음을 터뜨렸다.

"오, 세상에! 세상에나! 누구나 볼 수 있는 창틀에 끼어 있더라고. 형다운 짓이지. 이 일에 관련되었다고 자기 이름을 대문짝만 하게 써둔 거나 다름없이 남의 눈에 훤히 띄게 해두고 간 주제에 기사도를 지켜 입을 다물고 있다니."

번터는 물 단지가 쏟아질까 두려워 세면대 위에 올려놓고 종이를 받았다.

그 종이는 바로 토미 프리본이 보냈으나 없어졌다고 한 편지였다.

의심할 여지가 없었다. 덴버 공작의 증언이 진실됨을 증명해주는 증거가 있었다. 게다가 13일 밤의 알리바이도 입증해주는 증거였다.

캐스카트가 아니었다. 덴버 공작이었다.

덴버 공작은 뇌조 사냥철이 이미 8월에 개시했는데도 사냥 친구들에게 10월에 리들스데일로 돌아오자고 제안했다. 공작은 농부 그림소프가 기계를 사러 집을 떠난 날 밤 11시 30분에 서둘러 빠져나와 3킬로미터가 넘는 들판을 가로질러 갔다. 폭풍우가 몰아치는 밤이어서 공작은 창틀이 덜거덕거리지 못하도록 남들이 다 볼 수 있는 자리에 자기 이름이 쓰여 있는 중요한 편지를 끼워두었다. 공작은 집에 돌아오는 수고양이처럼 새벽 3시에 집으로 터덜터덜 걸어오다가 온실 앞에서 손님의 시체에 걸려 넘어졌다. 명예에 대해서는 친절하고 멍청하고 영국 신사 특유의 관념을 가진 덴버 공작은 변호사에게 어디 갔었는지 털어놓는 대신 고집스럽게 입을 다물고 감옥에 가는 편을 택했다. 잘못된 방향을 가리켰던 덴버 때문에 사람들은 뻔한 수수께끼를 앞에 두고도 그 해결법을 찾아 사방팔방 미친 듯 헤매야만 했다. 그림소프 부인은 그 기념할 만한 날에 피터 경의 목소리를 덴버의 목소리로 착각하고 피터의 팔 안에 뛰어들었던 것이다. 한 여자의 명예를 지키기 위해 꾹 입을 다물고 있는 덴버 때문에 동료 귀족들은 한동안 전례가 없었던 귀족 재판을 번거롭게도 재개해야만 했다.

바로 그날, 아마도 귀족들로 구성된 특별 위원회는 '덴버 공작을 신속히 재판하기 위해 귀족 형사 사건에 대한 전례를 찾아 상원 회의록을 점검하고, 그에 따른 적절한 조치가 무엇인지를 상원에 보고하기 위해' 한데 모여 회의를 하고 있을 것이었다. 그 시점, 위원회는 여기까지 결정을 내렸다. 폐하께 재판일로 제안된 날짜를 알려드리기 위해 대표 대신들이 상주서를 올린다. 웨스트민스터 홀영국 국회 의사당 안의 왕실 갤러리에 재판 준비를 한다. 국회 의사당에 이르는 접근로를 확보하기 위해 충분한 경찰력을 배치해달라고 요청한다. 폐하께 황공하게도 최고법관을 임명해주십사 하는 청원을 한다. 모든 귀족 의원에게는 법복을 입고 참석해달라는 소환장을 보낸다. 전례를 순순히 따라 모든 귀족들은 판단을 내림에 있어 오른손을 가슴에 얹고 명예를 지켜 의견을 개진한다. 국회 경호대장은 왕의 이름으로 정숙을 수호한다는 성명을 발표한다 등등. 결정해야 할 사항은 끝도 없었다. 그런데 여기 창틀 틈에 더러운 종이 한 장이 끼어 있다. 일찍 발견되기만 하였다면 이 끔찍한 의식적 절차들이 하등 필요 없었을 편지가.

웜지는 늪에서 생사의 모험을 한 후라 정신이 불안정한 상태였다. 그는 침대에 앉아 웃어댔고 눈물이 얼굴을 타고 흘렀다.

번터는 아무 말도 하지 않았다. 말없이 그는 면도기를 꺼내더니—번터가 어디서 어떻게 이 면도기를 적절히 손에 넣었는지, 웜지는 끝까지 알지 못했다—조심스럽게 손바닥에 대고 면도날을 다듬기 시작했다.

이윽고 웜지는 정신을 차리고 다시 창문으로 비틀비틀 걸어

가서 차가운 황야의 공기를 약간 들이마셨다. 그러고 있노라니 와글와글하는 소리가 시끄럽게 귓가를 강타했고 저 멀리 마당에서 그림소프가 개들 사이를 돌아다니고 있는 모습이 보였다. 개들이 짖으면 그림소프는 회초리를 내려쳤고 개들은 다시 짖어댔다. 갑자기 그림소프는 창문 위를 올려다보았다. 그의 얼굴에 떠오른 격렬한 증오가 너무도 선연해서 윔지는 한 대 얻어맞은 사람처럼 서둘러 뒷걸음질을 쳤다.

번터가 면도를 해주는 동안, 윔지는 아무 말 하지 않았다.

피터 경은 이제 미묘한 성질의 면담을 앞두고 있었다. 어떻게 보든 불쾌한 상황이었다. 그는 여주인에게 깊은 감사를 드려야 할 상황이었다. 하지만 한편 덴버의 입장을 생각해보면 그런 사소한 고려는 접어두어야 할 때였다. 그럼에도 피터는 그라이더스 홀의 계단을 내려가면서 자신이 참으로 비열한 사람이 된 느낌을 지울 수가 없었다.

농가의 커다란 부엌에 가보니 건장한 시골 아낙네 하나가 스튜 냄비를 젓고 있었다. 그림소프 씨가 어디 있느냐고 물어보니 밖에 나갔다는 대답이 돌아왔다.

"그러면 그림소프 부인하고 말씀 나눌 수 있을까요?"

아낙네는 피터를 의심스럽게 쳐다보더니 손을 앞치마에 닦고 식기실에 들어가서 소리쳤다.

"그림소프 부인!"

대답이 어딘가 밖에서부터 들려왔다.

"신사분이 좀 보자세요."

"그림소프 부인은 어디 있습니까?"

피터가 서둘러 끼어들었다.

"착유실에 있을걸요."

"그럼 제가 뵈러 가죠."

윔지는 씩씩하게 밖으로 나갔다. 돌이 깔린 식기실을 지나 1미터쯤 지난 길에서 때마침 어두운 문에서 나오는 그림소프 부인과 마주쳤다.

마침 차가운 햇빛이 부인의 고요하고 죽은 듯 창백한 얼굴과 숱 많은 검은 머리 위에 떨어지고 있어 부인은 그림 액자 속에 들어 있는 듯 한층 더 아름다워 보였다. 길고 검은 눈과 구부러진 입 모양에서는 요크셔 혈통의 흔적이 보이지 않았다. 코와 광대뼈의 곡선을 보건대 어딘가 먼 지방 출신임이 확실했다. 어둠 속에서 나오는 부인은 마치 피라미드 속의 무덤에서 일어나 건조하고 향유에 젖은 붕대를 벗는 사람 같았다.

피터 경은 다시 정신을 차렸다.

"외국 출신이로군."

피터 경은 사실을 전하듯 혼잣말했다.

"유태인 혈통일 거야, 아니면 스페인 쪽인가? 어쨌든 눈에 띄는 여자로군. 제리 탓만을 할 수는 없지. 나라도 헬렌 형수하고는 못 살 테니까. 자, 이제 나서볼까."

그는 재빨리 앞으로 나섰다.

"안녕하세요." 부인이 인사했다. "이제 좀 괜찮아지셨어요?"

"이제 거뜬합니다. 고맙습니다, 친절히 대해주셔서. 이 은혜를 어떻게 보답해야 할지 모르겠군요."

"지금 당장 떠나주시면 보답해주시는 거예요."

부인은 특유의 아련한 목소리로 말했다.

"남편은 낯선 손님을 좋아하지 않아요. 운 나쁘게도 지난번에 보셨겠지만요."

"곧장 가겠습니다. 하지만 그 전에 잠깐 말씀을 좀 나누고 싶습니다만."

피터는 부인 뒤쪽의 침침한 착유실을 건너다보았다.

"저기라면 괜찮을까요?"

"저랑 무슨 말을 하시겠다는 건가요?"

부인은 그렇지만 뒤로 물러섰고, 피터가 따라 들어올 수 있도록 허락해주었다.

"그림소프 부인, 저도 이런 말씀 드리게 되어 고통스러운 입장입니다. 제 형인 덴버 공작이 감옥에 갇혀서 재판을 기다리고 있다는 건 아시겠죠? 지난 10월 13일 밤에 일어난 살인 사건 때문에 말입니다."

부인은 표정 하나 바꾸지 않았다.

"그렇다고 들었어요."

"형은 아주 결연하게도 그날 밤 11시부터 3시까지 어디에 있었는지 밝히기를 거부하고 있습니다. 형이 그렇게 입을 열지 않고 있기 때문에 목숨이 위태로운 상황이죠."

부인은 흔들림 없는 눈빛으로 피터를 쳐다보았다.

"형은 명예를 걸고 그날의 행선지를 밝히지 않아야 한다고 생각하는 모양입니다. 하지만 전 형이 입을 열기로 한다면 누명을 벗겨줄 증인을 데려올 수 있다는 것을 알고 있습니다."

"그분은 아주 명예로운 분이신 모양이군요."

차가운 목소리는 아주 살짝 흔들렸으나 이내 침착해졌다.

"네, 본인의 관점에서는 분명히 옳은 일을 하고 있는 거겠죠. 하지만 부인도 이해하실 수 있겠지만, 저는 동생 된 입장으로서 당연히 사건의 진상을 밝혀야 하지 않겠는가 생각하고 있습니다."

"어째서 제게 이런 이야기를 하시는지 잘 모르겠네요. 그렇지만 그분 쪽에서는 뭔가 불미스러운 일이 있다면 밝히고 싶지 않으시겠죠."

"분명히 그렇겠죠. 하지만 우리에게는—형수와 어린 아들, 누이와 제 입장에서는—형의 목숨과 안위가 가장 중요한 문제입니다."

"명예보다 더 중요하다는 건가요?"

"그 비밀은 어떤 면에서는 수치스럽기도 하고 가족에게는 고통을 안겨다 주겠죠. 하지만 형이 살인죄로 처형된다면 그쪽이 한층 더 수치스러울 겁니다. 이 경우에는 상흔이 그 이름을 가진 모든 사람들까지도 다 끌고 들어가게 됩니다. 그렇지만 저도 우리의 부당한 사회에서는 진실을 밝혔을 때 형보다는 형의 증인이 온갖 수치를 당하게 될 거라는 점이 좀 우려되기는 합니다."

"이런 경우에도 증인이 앞으로 나서줄 것이라고 기대하시나요?"

"무죄인 남자가 유죄를 선고받지 못하도록 하기 위해서요? 네, 저는 감히 그런 기대를 하고 있습니다."

"다시 한 번 묻겠는데 왜 이런 이야기를 제게 하시는 거죠?"

"왜냐하면 그림소프 부인은 형이 이 살인 사건에서 무고하다는 걸 저보다 더 잘 아시기 때문이죠. 믿지 못하실지도 모르겠지만, 저도 이런 말씀을 드리게 되어서 참으로 마음이 아픕니다."

"전 형님분에 대해선 아무것도 몰라요."

"외람되지만, 사실이 아닌 말씀이지요."

"전 아무것도 몰라요. 그리고 분명히 공작님께서 말씀을 안 하신다면 동생분도 형님의 판단을 존중해주어야 하는 것 아닌가요?"

"전 어쨌든 그럴 의무는 없습니다."

"아무튼 전 도와드릴 수 없을 것 같군요. 시간만 낭비하셨네요. 사라진 증인을 찾을 수 없다면 어째서 진짜 살인자를 찾아 나서지 않는 거죠? 그렇게 하신다면 수고롭게도 이런 알리바이를 찾을 필요가 없을 텐데요. 형님의 행동은 형님 자신의 일이죠."

"부인께서 이런 태도를 보이지 않으시기를 바랐습니다." 윔지가 말했다.

"할 수 있다면 부인을 이 일에 연루시키지 않기 위해 무엇이든 했을 겁니다. 이제까지 진짜 살인자를 찾으려고 열심히 수사했지만 소용이 없었지요. 재판은 아마 이달 말에 열릴 겁니다."

이 말을 듣자 부인의 입술이 약간 떨렸지만 결국 아무 말도 하지 않았다.

"전 부인의 도움을 받아 우리가 어떤 설명을 함께 만들어낼 수 있지 않을까 바랐었지요. 진실을 다 밝힐 필요는 없겠지만 형을 구명할 수 있을 정도의 이야기면 됩니다. 지금 사정이 이렇다면 저는 입수한 증거를 내놓고 일이 그저 흘러가는 대로 놔둘 수밖에 없습니다."

마침내 이 말에 부인의 경계심이 무너지고 말았다. 홍조가 천천히 부인의 뺨 위로 올라왔다. 부인은 기대고 있던 착유기의 손잡이를 한 손으로 꽉 쥐었다.

"증거라니 무슨 뜻이시죠?"

"13일 밤에 형이 제가 어제 묵었던 방에서 잤다는 것을 입증할 수 있습니다."

윔지는 섬세하게 계산하여 잔인하게 말했.

부인은 움찔했다.

"거짓말이에요. 입증하실 수 없을걸요. 그분은 아니라고 할 거예요. 나도 그럴 거고요."

"형이 거기 오지 않았다고요?"

"오지 않았어요."

"그럼 어떻게 이게 침실 창틀에 끼어 있게 된 겁니까?"

편지를 보자 부인은 털썩 주저앉으며 탁자에 기댔다. 얼굴에 잡힌 주름이 일그러져 두려움이 여실히 드러났다.

"아니, 아니에요! 거짓말이에요! 오, 그럴 리가 없어요!"

"쉿!"

윔지는 단호하게 말했다.

"누가 듣겠습니다."

윔지는 부인을 일으켜 세웠다.

"사실을 말씀해주세요. 그러면 빠져나갈 방법이 있는지 알아보도록 하겠습니다. 형이 그날 밤 여기 있었다는 게 사실입니까?"

"아시잖아요."

"언제 왔죠?"

"12시 15분에요."

"누가 들여보내 줬습니까?"

"열쇠를 가지고 계세요."

"언제 떠났습니까?"

"2시 좀 지나서요."

"네, 그럼 일단 제대로 들어맞는군요. 오는 데 45분, 가는 데 45분이니까요. 형이 이걸 끼워놓은 건 창틀이 덜거덕거리는 걸 막기 위해서였겠죠?"

"바람이 몹시도 불었어요. 저는 마음이 불안했고요. 소리가 들릴 때마다 남편이 돌아오는 기척 같았어요."

"남편은 어디에 있었습니까?"

"스테이플리에요."

"남편이 이 사실을 의심했습니까?"

"네, 한동안은요."

"형이 8월에도 여기 왔었기 때문에요?"

"네. 하지만 남편은 증거가 없었어요. 증거만 있었다면 나를 죽였을 거예요. 남편을 보셨잖아요. 그 사람은 악마예요."

"흐음."

웜지는 입을 다물었다. 여자는 겁을 잔뜩 먹고 그의 얼굴을 흘끗 쳐다보다가 뭔가 희망을 읽었는지 그의 팔을 꽉 잡았다.

"저한테 증언을 하라시면 남편에게 들켜요. 제발 너그럽게 봐주세요. 소환장이라도 날아오면 그게 제 사형 집행 명령장이 될 거예요. 낳아주신 어머니를 생각해서라도 절 좀 불쌍하게 생각해주세요. 살아서 제 삶은 지옥이었는데 죽어서도 지은 죄 때문에 지옥에 갈 거예요. 다른 방법을 찾아봐 주세요. 하실 수 있잖아요. 꼭 해주셔야 해요."

웜지는 조심스럽게 팔을 뺐다.

"그러지 마십시오, 그림소프 부인. 이러다 들킵니다. 부인의 입장에 깊이 동정하고 부인을 끌어들이지 않고 형을 이 사건에서 빼낼 수 있으면 그러겠다고 약속하겠습니다. 하지만 아시다시피 어려운 일이지요. 어째서 그자와 헤어지지 않습니까? 아예 대놓고 부인을 괴롭히던데요."

부인은 웃었다.

"법적 절차를 천천히 밟는 동안 내가 빠져나가도록 그가 살려둘 것 같아요? 그 사람을 보셔서 아시겠지만 그런 생각이 드세요?"

웜지도 정말로 그럴 것 같지는 않았다.

"이건 약속드리겠습니다, 그림소프 부인. 부인의 증언을 받지 않아도 해결되도록 할 수 있는 일은 다 하겠습니다. 하지만 다른 방법이 없다면 소환장이 발부되는 순간부터 경찰 보호를 받을 수 있도록 알아봐 드리죠."

"앞으로 내내요?"

"일단 런던으로 가시면 남편에게서 빠져나갈 수 있도록 해 드리죠."

"안 돼요. 저를 소환하시면 저는 그 순간 타락한 여자가 돼요. 하지만 다른 방법을 찾아봐 주실 거죠?"

"노력은 하겠습니다. 하지만 아무것도 약속드릴 순 없어요. 대신 부인을 보호할 수 있는 거라면 뭐든지 하겠습니다. 제 형에게 조금이라도 호감을 품으셨다면……."

"전 모르겠어요. 그저 뼛속까지 무서울 뿐이에요. 그분은 제게 친절하고 다정하게 대해주셨어요. 그분은…… 너무도 달랐죠. 하지만 무서워요. 정말 무서워요."

윔지는 몸을 돌렸다. 겁에 질린 부인의 두 눈이 문지방 위에 어린 그림자를 쳐다보았다. 그림소프가 문가에 서서 두 사람을 이글이글 타는 눈으로 쏘아보고 있었다.

"아, 그림소프 씨."

윔지가 명랑하게 외쳤다.

"여기 계셨군요. 이렇게 만나 뵙게 되어서 기쁩니다. 그리고 저를 재워주셔서 너무 고맙습니다. 그림소프 부인에게 그런 말씀을 드리고 저 대신 작별 인사를 좀 전해달라고 부탁하던 참이었습니다. 이제는 가봐야겠군요. 번터와 저는 두 분께 진심으로 감사드립니다. 참, 혹시 어젯밤에 당신네 늪에서 저를 꺼내준 힘 좋은 두 분이 누구였는지 좀 알려주시겠습니까? 당신네 늪인지는 모르겠지만요. 참 그런 게 대문 앞에 있다니 정말 성가신 노릇이지요. 그 두 사람에게 고맙다는 말을 전하고 싶습니다만."

"불청객을 막기엔 딱 좋지."

남자가 사납게 말했다.

"거기다 내던지기 전에 어서 가는 게 좋을 거요."

"지금 막 떠나려던 참입니다. 안녕히 계십시오, 그림소프 부인. 다시 한 번 감사드립니다."

그는 번터를 불러 구조해준 사람들에게 두둑이 사례를 하고 격노한 농부로부터 열렬한 배웅을 받으며 떠났다. 몸의 상처와 마음의 혼란을 안은 채로.

18장
마농

친애하는 왓슨, 자네가 그렇게 즐겨 묘사하는 대로
내가 정말 이상적인 추론가였다면
그 한 단어만 보고서도 사건의 진상을 다 파악했겠지.
— 《셜록 홈즈의 회상록》

"정말 잘됐네." 파커가 말했다.
"이로써 그 문제는 해결되었군."
"그렇지. 하지만 아직은 아니기도 해."
피터 경이 대꾸했다. 그는 소파 구석의 통통한 비단 쿠션에 등을 기대며 명상에 잠겼다.
"물론이지. 이 여자의 정체를 밝혀야 하는 건 마음에 들지 않아." 파커는 분별 있고도 유쾌하게 말했다. "하지만 그렇게 해야 한다면 해야지."
"알아. 단순하게 보면 모두 잘된 일이겠지. 그 불쌍한 여자를 이런 난장판에 끌어들인 건 제리 형인데도 그 입장부터 먼저 고려해줘야 하니까. 나도 아네. 그리고 우리가 그림소프를 성공적으로 막지 못한다면 부인의 목을 그어버릴 거야. 그렇게 된다면 제리 형은 평생 동안 비참하게 그 기억을 안고 살아가 겠지……. 참, 제리 형도! 우리가 진상을 바로 알아차리지 못하다니 얼마나 바보 멍청이였는지! 물론 형수는 정말로 좋은 여자야, 진심일세. 그렇지만 이 그림소프 부인은…… 휴! 그 여자가 나를 제리 형으로 착각했을 때 이야기를 했었지? 아주 찰나였지만 근사한 순간이기도 했고, 또한 불안하기도 하면서 만감이 교차하더군. 그때 알아차렸어야 했는데. 물론 형과 내 목소리는 비슷하고 어두운 부엌에서는 내 얼굴이 보이지 않았을 테지. 그 여자에게 공포 말고 다른 감정이 조금이라도 남아 있다는 생각은 안 드네. 아, 하지만 맙소사! 그 눈과 피부하며! 뭐, 신경 쓰지 말게나. 그럴 자격이 없는 남자가 행운을 다 차지하다니. 정말 그럴듯한 이야기를 꾸며냈나? 없다고? 뭐, 그럼 내가 자네에게 좀 얘기해주지. 마음을 넓혀봐. 육군성에 있는 젊은이에 대한 시를 아나?"

파커 씨는 다섯 개의 이야기를 상당히 참을성 있게 듣다가 갑자기 포기해버렸다.

"만세!" 윔지가 외쳤다. "자넨 정말 대단해! 자네가 간혹 세련된 미소를 슬쩍슬쩍 흘릴 때 참 보기 좋아. 젊은 주부와 자전거 바퀴가 구멍 난 여행자 얘기도 근사하긴 하지만, 그건 하지 않기로 하지. 찰스, 난 정말로 캐스카트를 죽인 사람이 누군지 알고 싶네. 법적으로는 제리의 무죄를 밝혀내는 것만으로도 충분하지만 그림소프 부인을 위해서는, 아니 그림소프 부인이 아니라도 전문적인 능력 면에서 면목이 없지 않나. '아버지로선 약해져도, 총독으로서는 확고하네.'[§] 즉, 동생으로서 나는 만족하네. 마음이 가벼워졌다고 할 수 있겠지. 하지만 탐정으로서는 실패했고 망신을 당했고 나밖에 믿을 데가 없어. 그야말로 '참외밭의 원두막'[§§]이야. 게다가 모든 변론 중에서도 알리바이를 증명해내기가 가장 어렵지. 각기 개별적이고 사심 없는 증인 여럿이 한데 모여 철저하게 물 샐 틈 없이 증언하지 않는다면. 제리 형이 계속 부인한다면, 대부분은 형이나 그림소프 부인이 한 사람을 위해 희생하고 있다고 확신할 테지."

"하지만 자네가 편지를 가지고 있잖아."

"그래. 하지만 그게 그날 밤 온 편지라고 어떻게 증명할 수가 있나? 봉투는 없어졌어. 플레밍은 편지에 대해서 아무것도 기억 못해. 제리 형이 그 전날 받았다고 할 수도 있지. 아니면 완전히 위조한 편지일 수도 있고. 혹시 내가 직접 거기다 끼워 놓고 찾아낸 척할 수도 있지 않겠나? 결국 나는 소위 사심 없는 증인이라고 할 수 없다고."

"자네가 찾아낸 걸 번터가 봤잖아."

"번터는 못 봤어, 찰스. 바로 그 순간에 번터는 면도 물을 가

[§] 리처드 브린슬리 셰리든의 희곡 〈비평가들〉에 나오는 대사를 변형한 것.
[§§] 〈이사야서〉 1장 8절. 고립무원의 상태를 의미.

증인이 너무 많다

지러 방 밖에 나갔었어."

"아, 그랬나?"

"게다가, 오로지 그림소프 부인만이 정말로 중요한 점을 확인해줄 수 있네. 제리가 언제 와서 언제 나갔는지. 형이 적어도 12시 30분 이전에 그라이더스 홀에 도착하지 않았다면, 형이 거기 있었는지 없었는지도 중요하지 않아."

"그렇군. 그래도 그림소프 부인을 소위 비책으로 대비해놓을 수 있지 않겠나……."

"약간 포기한 듯 들리는군." 피터 경이 말했다. "하지만 자네가 원한다면 기꺼이 부인을 비책으로 숨겨놓을 수도 있겠지."

"그리고 그동안……." 파커 씨는 신경도 쓰지 않고 계속 말했다. "진범을 찾으려고 최선을 다해야지."

"아, 그렇지." 피터 경이 말했다. "그러고 보니 생각나는 게 있네. 로지에서 뭔가 발견한 게 있어. 적어도 그렇다고 생각하네. 로지의 튼튼한 창문을 억지로 열려고 했던 사람이 있었다는 거 아냐?"

"아니, 정말이야?"

"그래. 분명한 흔적을 찾았네. 물론 살인이 일어난 후 오랜 시간이 지났지만, 분명히 걸쇠에 긁힌 자국이 있었어. 펜나이프 같은 게 남긴 흔적일세."

"그때 조사를 안 했다니 참 멍청했군."

"생각해보면 굳이 할 이유가 어디 있었겠나? 어쨌든 플레밍에게 물어봤더니 기억난다고 하더군. 생각해보니까 목요일 아침에 창문이 열려 있었는데, 영문을 몰랐다고 하네. 그리고 여기 또 하나 있어. 오늘 내 친구 팀 워쳇에게서 편지를 받았다네. 자, 이거 봐."

 피터 경, 우리가 나누었던 대화에 대해서 알아보았습니다. 13일 저녁에 〈피그 앤드 휘슬〉에서 문제의 사람과 어울렸던 남자를 찾아냈습니다. 그의 말로는 그 문제의 사람이 자신의 자전거를 빌렸고, 바로 그 자전거는 그 사람이 다른 무리를 만나 마차를 타고 갔다던 곳에 있는 도랑에서 손잡이가 휘고 바퀴가 구부러진 채로 발견되었다고 합니다.
 피터 경이 보여준 귀중한 호의가 계속 이어지기를 바라며.
티모시 워쳇

"어떻게 생각하나?"

"계속해볼 만한 가치가 있지." 파커가 대답했다. "적어도 이제는 더 이상 끔찍한 의심으로 방해받고 있지는 않잖아."

"그렇진 않지. 게다가 내 여동생이긴 하지만, 메리는 정말 정신 나간 여자들 중에서도 제일가는 애일 거야. 애초에 그 천박한 인간과 어울린 것 자체가……."

"메리 양은 아주 훌륭하게 처신했네."

파커는 약간 얼굴이 달아오르며 항변했다.

"단지 메리 양이 자네 여동생이기 때문에 얼마나 훌륭하게 처신했는지 인정하지 못하는 거야. 어떻게 메리 양같이 관대하고 너그러운 천성을 가진 사람이 그런 남자의 속을 꿰뚫어볼 수 있었겠나? 참으로 성실하고 자신에게 충실했기 때문에 모든 이를 같은 기준으로 보는 거지. 고일스 같은 이를 겪기 전까지는 그처럼 사람이 천박하고 마음이 허약할 수 있다는 걸 상상도 못했을 걸세. 심지어 그때도 메리 양은 고일스가 직접 자기 입으로 털어놓기 전까지는 나쁘게 생각하려고 하지 않았잖아. 메리 양이 그 작자하고 맞선 걸 보면 정말 대단해. 그렇게 훌륭하고 곧은 여성에게 그게 무슨 의미일지는……."

"알았어, 알았네."

피터는 놀라서 친구에게서 눈을 떼지 못하고 쳐다보았다.

"그렇게 흥분할 건 없잖아. 자네 말이 맞아. 용서해주게. 나야 그냥 오빠일 뿐이니까. 오빠들은 다 바보지. 연인들은 다 광인이고. 셰익스피어가 그렇게 말했지.[8] 자네, 메리에게 반한 건가? 나를 놀라게 하는군. 하긴 오빠들은 언제나 놀라게 마련이니까. 자네들을 축복하겠네, 귀여운 것들!"

"헛소리 마, 윔지!"

파커는 벌컥 화를 냈다.

"자넨 그런 말을 할 자격이 없어. 난 그저 내가 얼마나 자네

---

[8] 〈한여름 밤의 꿈〉 5막 1장. 그렇지만 셰익스피어가 한 정확한 말은 "광인과 연인과 시인은 모두 상상력이 풍부하다."이다.

여동생을 존경하고 있는지 말했을 뿐이야. 누구든지 그 같은 용기와 심지 굳은 태도는 존경할 걸세. 그걸 가지고 모욕을 줄 것까진 없잖아. 나도 자네 여동생이 귀족 영양 메리 윔지 양인 데다가 어마어마하게 부자인 반면, 나는 그저 기대할 만한 연수입도 없고 연금도 없는 평범한 경찰관일 뿐이라는 걸 아네. 하지만 그렇다고 비웃을 필요는 없잖아."

"비웃는 게 아니야."

피터는 분개해서 대꾸했다.

"나는 누구든 간에 내 여동생하고 왜 결혼하고 싶어 하는지 이유를 당최 모르겠지만, 자넨 내 친구이고 참으로 좋은 남자니까 그럴 가치가 있는 일에는 기꺼이 축복을 해줄 걸세. 게다가―제기랄―대놓고 말하자면 자칫하면 이보다 더 꼴이 우스웠을지도 몰라. 인정도 없고 혈통도 없는 병역 거부 사회주의자냐, 과거도 불투명한 카드 사기꾼이냐. 어머니나 제리 형은 꼭 집어서 점잖고 신을 공경할 줄 아는 배관공이라도 환영한다고 했지. 그러니 경찰관이면 감지덕지일걸. 다만 내가 걱정하는 건 메리야. 걔는 남자 취향이 영 형편없지 않나. 그러니 자네처럼 정말 괜찮은 남자를 알아볼까 모르겠어."

파커 씨는 무가치한 의심을 한 죄에 대해 친구에게 용서를 빌었고, 두 사람은 잠깐 동안 아무 말 없이 앉아 있었다. 파커는 포트와인을 마시며 장밋빛 깊은 곳에서 따뜻하게 빛나는 상상 불가능한 환상을 보았다. 윔지는 수첩을 꺼내서 나른하게 내용을 넘겨보고 옛날 편지들을 불 속에 내던지거나 쪽지를 폈다 다시 접었으며 다른 사람들의 잡다한 명함들을 살폈다. 그는 마침내 리들스데일의 서재에서 가져온 압지 쪽지를 보았다. 그 위에는 파편적으로 이런저런 표시가 있었지만 지금껏 거의 생각을 해보지 않았다.

이윽고 파커 씨는 포트와인을 다 들이켜고 애써 아까 일을 되짚어보다가 메리 양의 이름이 다른 생각을 깡그리 몰아내기 전에 피터에게 뭔가 얘기하려고 했었다는 걸 기억해냈다. 그는 집주인 쪽을 향한 후 말하려고 입을 벌렸으나 막 종을 치려고 하는 시계가 미리 딸각 소리만 내는 것처럼 더 이상 말을 하지 못했다. 그가 몸을 돌렸을 때, 피터 경이 탁자 위에 놓인 유리병이 딸그락거리도록 주먹을 쾅 내리치더니 갑작스레 이제 다 깨달았다는 듯 큰 소리로 외쳤기 때문이었다.

"마농 레스코!"

"응?"

파커가 물었다.

"이 머리를 삶아버리든지 해야지!" 피터 경이 말했다. "삶아서 으깬 후 버터를 발라 순무 요리와 함께 내는 거야. 아무짝에도 쓸모가 없으니. 날 봐! (파커에게는 굳이 이런 부탁을 할 필요도 없었다.) 여기서 우리는 제리 형에 대해 걱정하고, 메리에 대해 걱정하고, 고일스와 그림소프 식구들을 찾아다니고, 아무도 모를 범인을 찾아 헤맸는데, 그동안 나는 내내 이 작은 종잇조각을 주머니에 넣고 다녔다니. 종이 테두리에 압지로 눌려 찍힌 자국, 그에게는 압지로 눌린 자국일 뿐 더 이상 아무것도 아니었지. 하지만 마농은, 마농! 찰스, 내가 만약 조금만 머리가 있었어도, 그 책을 보고 전체 진상을 파악할 수 있었을 거네. 그러면 우리가 이런 헛고생을 할 일도 없었겠지!"

"그렇게 흥분하지 말게. 자네가 앞길을 그렇게 훤히 알게 되었다니 정말 잘되었기는 하네만, 나는 《마농 레스코》도 읽지 않았고, 자네가 압지 종이도 보여주지 않았으니 자네가 뭘 찾아냈는지 전혀 감을 잡을 수가 없네."

피터 경은 아무 말 없이 그 유물을 넘겨주었다. 파커는 살피더니 말했다.

"내가 볼 때 이 종이는 약간 구겨지고 더러운 데다가 담배 냄새와 러시아 가죽 냄새가 짙게 풍기는데. 거기서 추론하자면 자네가 수첩에 넣고 다닌 게 틀림없군."

"이럴 수가!" 윔지가 짐짓 경탄하듯 소리쳤다. "내가 종이를 꺼내는 걸 실제로 보기라도 했나? 홈즈, 어떻게 알아낸 건가?"

"한쪽 모서리를 보니 눌러쓴 자국이 두 개 보이는군." 파커는 계속 말을 이었다. "하나는 다른 자국보다 더 커. 누군가 거기서 펜을 흔들었나 본데. 이 눌린 자국에 뭔가 수상한 점이라도 있나?"

"난 아무것도 알아채지 못했는데."

"눌린 자국 한참 아래에 공작이 자기 이름을 두세 번 서명한 듯한데, 직위를 썼다고 해야 하나. 그걸로 보아 친지에게 보내는 편지는 아니었다는 추론을 할 수 있겠지."

"그 추론은 정당한 것 같네."

"마치뱅크스 대령은 서명이 깔끔하네."

"그 사람은 허튼 짓을 할 사람이 아니지." 피터가 말했다. "정직한 사람답게 이름을 서명하고 있어. 계속해보게."§

"근사한 뭘 다섯 개 어쨌다는 이야기가 구불구불한 글씨로 쓰여 있어. 여기서는 뭔가 신비스러운 점이 있나?"

"다섯이라는 글자는 신비주의적인 의미가 있겠지만, 그 의미가 뭔지는 모른다는 걸 인정하네. 감각도 다섯, 손가락도 다섯, 중국 오계도 다섯, 모세의 오경도 다섯, 딜리 송에 나오는 수상한 존재는 말할 것도 없지. '기둥 아래 플램보이는 모두 다섯 명.' 난 항상 플램보이가 뭘까 너무 궁금했었다니까. 하지만 모르니까 이 경우에는 어떤 도움도 받을 수가 없네."

"그래, 그게 다야. 한 줄에 'oe'라고 되어 있는 글자가 조금 보이고, 그 밑에는 'is fou'라고 쓰여 있네."

"그게 뭐라고 생각하나?"

"'발견되다(is found)' 아닐까?"

"그렇게 생각해?"

"그건 가장 단순한 해석이긴 하지. 혹은 '그의 부정(his foul)'

---

§ 이 부분은 《이상한 나라의 앨리스》의 한 부분을 변형했다.

일 수도 있겠지. 거기서 갑자기 잉크가 빨리 쓰인 것 같은데. '그의 부정'이라고 생각해? 공작이 캐스카트의 부정에 대해서 쓰려고 했던 건 아닐까? 그게 자네가 하려던 말인가?"

"아니. 그렇게 해석하진 않아. 그리고 제리 형의 글씨체도 아니고."

"그럼 누구의 글씨체일까?"

"나도 모르겠네. 하지만 짐작할 수는 있지."

"이 단서를 보고 뭔가 알아낼 수 있어?"

"전체 진상을 알려주지."

"아, 터놓고 말해보게, 윔지. 심지어 왓슨 박사라도 참을성을 잃을 지경이야."

"쯧쯧, 그 윗줄을 다시 읽어보게."

"뭐, 거기는 'oe'라고밖에 안 쓰여 있는데."

"그래, 그래서?"

"글쎄, 잘 모르겠네. 시인(poet), 시(poem), 책략(manoeuvre), 러브(Loeb) 고전 문고, 시트로엥(Citroen). 뭐든지 될 수 있지."

"그건 모르겠어. 영어 단어에는 'oe'가 들어 있는 단어가 많지 않아. 가까이 쓴 걸로 보아 거의 이중모음처럼 보여."

"어쩌면 영어 단어가 아닐지도 모르잖나."

"맞아. 아마도 아닐 거야."

"아하! 알겠군. 프랑스어란 말인가?"

"이제 감이 오는 모양일세."

"여동생(sœur), 일(œuvre), 달걀(œuf), 소(bœuf)."

"아니, 아니야. 맨 처음이 가장 가까웠어."

"여동생(sœur), 심장(cœur)!"

"심장(cœur). 잠깐만 멈춰봐. 이 앞에 긁힌 자국을 봐."

"잠깐만 기다려보게. er, cer……."

"'꿰뚫다(percer)'는 어떤가?"

"자네 생각이 맞는 것 같네. '심장을 꿰뚫다.'"

"그래, 아니면 '심장을 꿰뚫을 것이다.'"

"그게 낫군. 그럼 이제 다른 글자 한두 개를 찾아봐야지."

"그럼 자네가 '발견되다(is found)'라고 했던 부분을 봐."

"미쳐(fou)!"

"누가?"

"누구라고는 말하지 않았어. 단어가 '미쳐'라는 뜻이라고."

"그렇게 말했다는 거 알아. 내 말은 누가 미쳤다고 쓰여 있냐는 거지."

"아, 'is'가 있군. 이런, '나는 미쳤어(Je suis fou)'야."

"아 라 보네르(좋아)! 그러면 거기 있는 말은 '고통으로(de douleur)'나 뭐 그런 비슷한 게 아닐까 싶어."

"그럴 수도 있겠군."

"신중한 척하기는! 확실히 그런 것 같네."

"그래, 그렇다고 하면?"

"그러면 모든 게 드러나지."

"아무것도 모르겠는데?"

"다 알려진 거라니까. 생각해보게. 이 편지는 캐스카트가 죽던 날 쓰인 걸세. 그때 그 집에 있던 누가 이 편지를 썼을까 생각해봐. '심장을 꿰뚫어…… 나는 고통으로 미쳤어'라니? 하나하나 따져봐. 제리 형의 글씨는 아니지. 게다가 그런 표현을 쓸 사람도 아니고. 마치뱅크스 대령 부부? 천만의 말씀! 프레디? 목숨이 걸렸다고 해도 프랑스어로 이렇게 열정적인 편지를 쓸 수 없을 거네."

"아, 물론 아니지. 그러면 캐스카트나…… 메리 양이겠군."

"헛소리, 메리는 아니야."

"어째서 메리 양은 아니라는 건가?"

"성별을 바꾸지 않는 이상 아니지."

"아, 아니겠군. 여자라면 남성형인 '푸(fou)' 대신 '폴르(folle)'를 썼어야 할 테니. 그러면 캐스카트가……."

"그래, 그 친구는 평생 프랑스에서 살았으니까. 통장을 보게, 생각해봐……."

"세상에! 윔지, 우리는 바보였어."

"그래."

"게다가 들어보게. 할 말이 있었어. 프랑스 여자 경찰이 편지를 보냈는데, 캐스카트가 발행한 수표 한 장을 추적했다는군."

"어디였다던가?"

"에트왈 근처에 부동산을 많이 소유하고 있다는 프랑수아라는 남자였다는데."

"그리고 아파르트망을 하나 세냈다던가?"

"그랬다지."

"다음 열차가 언제지, 번터?"

"네, 주인님."

번터가 부르는 소리를 듣고 서둘러 문으로 왔다.

"파리로 가는 다음 임항 열차가 언제 있나?"

"8시 20분입니다, 주인님. 워털루 역에서 출발합니다."

"그 기차로 가지. 얼마나 오래 걸리나?"

"20분 정도면 준비됩니다."

"칫솔도 넣고 택시를 불러."

"알겠습니다."

"하지만 윔지, 이 사실이 캐스카트 살인 사건의 진상을 어떻게 밝혀준단 말인가? 이 여자가……."

"시간이 없어." 윔지는 급하게 말했다. "하지만 하루나 이틀이면 돌아올 테니까, 그동안……."

그는 성급히 책장을 뒤졌다.

"이거나 읽어보게."

그는 책을 친구에게 던져준 뒤 침실로 뛰어 들어갔다.

11시, 기름과 종잇조각으로 얼룩진 더러운 물이 영국 부두와 프랑스 사이에 흐르고 있었다. 단련된 승객들은 차가운 햄과 피클을 뱃멀미로 울렁이는 뱃속에 밀어 넣었고, 좀 더 신경이 날카로운 사람들은 선실에서 구명조끼를 살폈다. 항구의 불빛이 깜박이며 좌우로 흘러가는 동안 피터 경은 바에서 이류 영화배우를 만나 친분을 쌓았다. 그 시간, 파커는 피카딜리 110번지의 벽난로 앞에 앉아서 당황하여 찡그린 표정으로 아베 프레보의 섬세한 걸작을 처음으로 읽으며 지식을 쌓았다.

# 14 장
도끼의 날이 내려오다

4막 1장
웨스트민스터 홀. 국회로 입장한다. 볼링브로크, 오멀, 노섬벌랜드, 퍼시, 피츠워터, 서리, 칼라일 주교, 웨스트민스터 대수도원장. 다른 귀족 한 명, 의전관들, 장교들, 배거트

볼링브로크: 배거트를 대령하라.
　　　　　자, 배거트, 기탄없이 이야기하라.
　　　　　고귀한 글로스터의 죽음에 대해 아는 바가 있는가.
　　　　　폐하께 고하여 그의 때 이른 죽음을 도모한 자가
　　　　　누구인가?
배거트: 그러면 오멀 경과 대질시켜 주십시오.
—⟨리처드 2세⟩

　　　　　덴버 경의 살인 혐의에 대한 역사적인 재판은 크리스마스 연휴 이후 국회가 재개되자마자 열렸다. 신문에는 각종 제목으로 다양한 사설이 실렸다. 한 여성 변호사가 "귀족 재판"이라는 제목으로 기고했으며, 한 역사학과 학생은 "귀족의 특권—폐지되어야만 하는가?"라는 제목의 의견을 보냈다. ⟨이브닝 배너⟩ 지는 한 골동품 애호가가 쓴 "명주 밧줄"이라는 제목의 편파적인 글을 실었다가 경멸적인 어조 때문에 필화에 휘말렸다. 노동당 기관지인 ⟨데일리 트럼펫⟩은 냉소적으로 귀족이 재판을 받을 때, 어째서 로열 갤러리의 입장권을 얻어낼 수 있는 몇몇 세도가들만 이런 재미있는 쇼를 볼 수 있는지를

질문했다.

　머블스와 형사 경감인 파커는 면밀히 의논하면서 딴 데 정신이 팔린 얼굴을 하고 돌아다녔으며, 임피 빅스 경은 칙선 법정 변호사인 글리버리 씨와 브라운리그-포테스큐 씨를 비롯, 그보다 더 지위가 낮은 수행원들에게 둘러싸여 사흘 동안 완전히 모습이 보이지 않았다. 변호인단의 계획은 실로 그늘에 가려져 있었다. 게다가 재판 전날 밤까지도 주요한 증인이 없고, 피고가 기꺼이 증언을 해줄지도 전혀 알 수 없는 상황이 되자 변호인단은 더욱 비밀스럽게 행동했다.

　피터 경은 나흘 만에 파리에서 돌아와 태풍처럼 그레이드 오몬드 가로 들이닥쳤다.

　"찾아냈어. 하지만 상황이 아슬아슬하네. 들어봐!"

　한 시간 동안 파커는 열심히 받아 적으면서 귀를 기울였다.

　"이걸 수사해보게." 윔지가 말했다. "머블스에게 말해. 난 빠지겠어."

　윔지가 다음으로 나타난 곳은 미국 대사관이었다. 하지만 대사는 왕궁에서 저녁 식사 초청을 받아 부재중이었다. 윔지는 저녁 식사를 저주한 후, 예의 바르게 응대하는 뿔테 안경 비서들을 버려두고서 택시를 잡아타고 버킹엄 궁전으로 향했다. 여기서 아연실색한 관리들과 한참을 옥신각신한 끝에 고위 관리를 만났고, 그다음 더 고위직인 관리를 만난 후에야 마침내 미국 대사와 왕족을 만날 수가 있었다. 두 사람은 아직도 고기를 우물우물 씹는 중이었다.

"아, 네."

대사가 말했다.

"물론 처리해드릴 수 있지요······."

"그래요, 그래." 왕족은 상냥하게 말했다. "지체해서는 안 되겠지. 그랬다가는 국제적으로 오해가 생길뿐더러 엘리스 섬[§]에 대한 기사가 여럿 나지 않겠어요? 재판을 늦춰야 한다면 민폐가 너무 크지요. 끔찍한 난장판이 벌어지지 않을까? 우리 비서들이 경찰 병력을 추가 배치하고 좌석 정리에 관한 결재 사항이 있다면서 서류를 끝도 없이 가져오고 있다오. 행운을 빌어요, 윔지. 서류가 준비되는 동안 와서 식사나 좀 하지그래요. 배는 언제 출발하지요?"

"내일 아침입니다. 한 시간 후에 리버풀 행 기차를 타야 합니다. 시간이 된다면요."

"그러시겠지요." 대사가 서류에 서명하며 친절하게 말했다. "영국 신사는 서두르는 법이 없다고들 하지만."

그리하여 모든 서류를 갖춘 피터 경은 다음 날 아침 배를 타고 떠났다. 그동안 변론 계획의 대안을 세우는 일은 그의 법정 대리인들에게 맡겨졌다.

[§] 당시 엘리스 섬에는 미국 이민국 출입국 사무소가 있었다. 모든 이민자들은 이곳을 거쳐 미국으로 입국할 수 있었다.

"그러면 귀족 여러분, 두 분씩 짝을 지어 순서대로 입장하십시오. 가장 젊으신 남작부터 들어가십시오."

문장관은 아수라장이 될까 봐 안달복달하며 수줍게 예복을 입느라 애쓰고 있는 영국 귀족들 3백 명 사이를 어수선하게 돌아다녔다. 한편 의전관들은 모인 귀족들을 줄 세우고 일단 한번 정리가 되면 빠져나가 돌아다니지 못하도록 하기 위해서 최선을 다했다.

"이 웃기는 소동이 다 뭐람!"

아텐베리 경은 짜증을 냈다. 키가 작고 덩치가 있는 아텐베리 경은 화를 잘 내는 사람이었는데, 지금도 키가 아주 크고 마른 스트라스길란-벡 백작 옆에 서게 되어 기분이 언짢았다. 백작은 금주법과 서출 인정법에 대해 강력한 발언을 하는 사람이었다.

"그런데, 아텐베리." 친절하고 얼굴이 벽돌처럼 붉은 귀족이 말을 걸었다. 어깨에 담비 문장을 다섯 줄 두른 사람이었다. "윔지가 아직 돌아오지 않았다는 게 사실인가? 우리 딸이 그러는데, 윔지가 증거를 찾으러 미국으로 갔다더군. 왜 미국인가?"

"난들 아나." 아텐베리가 대답했다. "하지만 윔지야 아주 명석한 친구니까. 그 친구가 내 에메랄드를 찾아준 사건을 자네도 알지……."

"나리, 나리."

문장관보가 필사적으로 끼어들며 외쳤다.

"나리께서는 지금 줄에서 벗어나 계십니다."

"어, 그래?" 얼굴이 붉은 귀족이 말했다. "아, 그렇군! 명령에 복종해야지, 별수 있나."

그래서 그는 백작들로부터 끌려나가 윌트셔 공작 옆자리에 밀어 넣어졌다. 윌트셔 공작은 거의 귀가 멀었고, 덴버 공작과는 모계 쪽으로 먼 친척 관계에 있었다.

로열 갤러리는 사람들로 들붐볐다. 일반석과 관계자석을 구분하는 난간 아래, 여성 귀족들을 위해 예약된 자리에 덴버 선대 공작 부인이 앉아 있었다. 아름답게 옷을 차려입은 부인은 도전적인 표정이었다. 부인은 옆에 앉은 며느리 때문에 고생하는 중이었다. 덴버 공작 부인 헬렌은 기분이 나쁠 때는 상대하기 아주 힘든 여자였다. 아마도 이는 한 남자에게 닥칠 수 있는 가장 혹독한 저주로, 그 남자는 평생 슬퍼할 운명이리라.

웨스트민스터 홀 가운데에 어깨까지 내려오는 가발을 쓴 변호인단이 위풍당당하게 정렬해 있고 그 뒤에는 증인석이 있었다. 번터는 바로 여기에 자리를 잡았다. 증인석에 앉아 있다가 변호인단이 알리바이를 입증해야 할 필요가 있다고 생각하면 소환될 예정이었다. 하지만 다른 증인들 대부분은 로빙 룸에 갇혀 손톱을 깨물거나 서로를 쏘아보거나 했다. 양쪽 난간 위에는 귀족 좌석이 마련되었다. 그들은 각기 나름대로 사실과 법률에 대한 판단을 내리는 중이었다. 한편 높은 연단에는 최고법관이 앉을 거대한 의자가 준비되었다.

작은 책상 앞에 앉은 기자들은 손을 까닥거리며 시계를 보기 시작했다. 사람들의 자잘대는 소리와 벽 너머로 빅 벤이 느릿느릿 11시를 치는 소리가 멍멍히 울리며 공중에 걸렸다. 문이 열렸다. 기자들은 주춤주춤 일어섰다. 변호인단도 일어섰다. 모두들 기립했다. 선대 공작 부인은 참지 못하고 옆에 앉은 이에게 에덴 동산 위로 내려오는 주님의 목소리가 생각난다고 속삭였다. 높다란 창문에서 비쳐 들어오는 겨울 햇빛을 받으며 행렬이 천천히 입장했다.

소송 절차는 국회 경호대장의 정숙 요청으로 개정되었고, 그 이후로는 대법관청의 국새부장이 왕좌 앞에 무릎을 꿇고 국새가 찍힌 위임장을 최고법관에게 바쳤다.[8] 최고법관은 위임장에 별다른 쓸모가 없는 걸 확인하고 아주 엄숙하게 국새부장에게 돌려주었다. 국새부장은 그에 따라 절망적이고 피곤할 정도로 긴 위임장의 내용을 읽었고, 그 덕에 모인 청중들은 실내음향이 아주 좋지 않다는 것을 확인할 수 있었다. 경호대장은 그에 대한 대답으로 영국 국가인 〈주여, 폐하를 보호하소서〉를 불렀고, 문장관과 흑장관은 다시 무릎을 꿇고 최고법관에게 관직을 의미하는 지휘봉을 올렸다. ("정말 장관이로구나. 그렇지 않니?" 선대 공작 부인이 말했다. "아주 고高교회파적

---

[8] (원주) 이 경우에는 수상이 여느 때처럼 최고법관으로 임명되었다.

이군.")

 이송 명령서와 공판 절차 회부서가 낭랑한 목소리로 길게 낭독되었다. 처음에 조지 5세와 은혜로우신 주님으로 시작해서, 사법부와 중앙형사재판소의 재판관들을 호명하고 런던 시장과 지방법원 판사, 상당수의 시의회 의원과 치안 판사들을 열거한 후에, 다시 국왕 폐하로 돌아갔다가 런던 시와 런던, 미들섹스, 에섹스, 켄트, 서리 주 들을 늘어놓은 다음 선대왕 윌리엄 4세를 거명했다가, 곁가지로 빠져 지방자치법 1888조를 언급했다. 그 후에는 잠시 길을 잃어서 온갖 반역 사건과 살인, 중죄와 경범죄에 대한 설명이 이어졌다. 누가 무슨 방법으로 누구에게 언제 어떻게 범죄를 저질렀는지, 그다음에는 전술한 사건에 대한 모든 방식과 관련 조항과 경우를 늘어놓고 그 하나하나를 다 설명하고 나서 전체 대법관들의 이름을 읊은 후, 마침내 갑자기 간결해져서 의기양양하게 기소 사항을 요약했다.

 "우리 국왕 폐하를 위한 배심원들은 선서하에 고귀한 권세가의 상속자, 세인트 조지 자작이자 덴버 공작, 대영 제국의 귀족인 제럴드 크리스천 윔지가 서기 1920년 10월 13일에 요크셔 주의 리들스데일 교구에서 데니스 캐스카트를 살해한 사건을 법원에 제출합니다."

 이 이후에 하원 경비대장은 흑장관에게 기소 사항에 대답할 수 있도록 세인트 조지 자작이자 덴버 공작인 제럴드 크리스천 윔지를 재판관석으로 인도할 것을 요청했다. 덴버 공작은 재판

관석 앞으로 나와 최고법관이 일어나도 좋다고 허가할 때까지 무릎을 꿇었다.⁵

푸른색 능직 양복을 입고 있는 덴버 공작은 왜소해 보이는 데다가 얼굴도 불그스름하고 외로워 보였으며 동료 귀족들 사이에서 유일하게 맨머리였지만, 귀족 피고를 위해 적당하게 마련된 '재판석 안의 좌석'으로 인도될 때도 일말의 위엄을 잃지 않았다. 공작은 최고법관이 혐의 내용을 읽어보는 연습을 하는 동안 그에게 꽤 어울리는 단순하고 진지한 태도로 열심히 귀를 기울였다.

그 후 상술된 덴버 공작은 의회 서기관에게 평소처럼 신문을 받았으며 유죄인지 무죄인지 질문을 받았지만, 그에 대해 피고는 무죄를 주장했다.

그리하여 법무장관 위그모어 린칭 경이 검찰 측 논고를 개시하기 위해 일어섰다. 이 사건이 아주 고통스러우며 엄숙한 경우라는 의미의 평범한 서론 후에, 위그모어 경은 처음부터 사건 개요를 설명하기 시작했다. 다툼, 새벽 3시에 들린 총소리, 피스톨, 시체 발견, 편지 분실, 그리고 나머지 익숙한 이야기. 더욱이 그는 덴버 공작과 캐스카트 사이의 다툼에 피고가 주장한 것이 아닌 다른 동기가 있음을 보여주는 증거가 제시될 것이라 은근히 암시했으며, 또한 피고가 캐스카트의 손에 폭로될

---

⁵ (원주) 절차 보고를 보려면 당일 국회 회의록을 참고하라.

까 두려워한 충분한 이유가 드러날 것이라고도 암시했다. 그 시점에서 피고가 불안하게 변호사를 흘끗 쳐다보는 모습이 남의 눈에 띄었다. 사건 설명은 아주 금방 끝났으며, 위그모어 경은 곧 증인 출석을 요청했다.

검찰 측은 덴버 공작을 소환할 수 없었으므로 처음으로 나온 주요 증인은 메리 윔지 양이었다. 피해자와의 관계를 설명하고 다툼을 묘사한 후에 메리 양은 말을 이었다.

"3시에 저는 일어나서 아래층으로 내려갔습니다."

"어떤 연유로 그렇게 했습니까?"

이 질문을 하면서 위그모어 경은 대단한 효과를 불러일으키고자 하는 인상을 풍기며 법정을 휙 둘러보았다.

"어떤 친구와 만날 약속을 했기 때문이었습니다."

모든 기자들이 그 순간 비스킷을 얻어먹으려 하는 강아지처럼 고개를 쳐들었다. 위그모어 경은 어찌나 깜짝 놀랐던지 사건 적요서를 쳐서 그 아래 앉아 있던 국회의장 머리 위로 떨어뜨려 버렸다.

"사실입니까! 증인은 지금 진실만을 말할 것을 선서했다는 사실을 잊지 말고 주의 깊게 답변하길 바랍니다. 어째서 3시에 깨어났죠?"

"저는 애당초 자고 있지 않았습니다. 약속을 기다리고 있었습니다."

"그럼 기다리는 동안 아무 소리도 못 들었습니까?"

"아무 소리도 못 들었습니다."

"자, 메리 양, 여기 지난번에 검시관에게 제출한 선서 증언이 있습니다. 그 내용을 읽어드리죠. 주의 깊게 들어주십시오. 그때 이렇게 말씀하셨지요. '3시에 총소리를 듣고 깨어났다. 아마도 밀렵꾼인지 모른다고 생각했다. 소리는 아주 크게 집 가까이에서 나는 것 같았다. 나는 무슨 소리인지 알아보려고 내려갔다.' 이런 진술을 하신 것을 기억하십니까?"

"네. 하지만 그건 사실이 아니었습니다."

"사실이 아니었다고요?"

"아니었습니다."

"그럼 이 진술서에도 불구하고, 여전히 3시에는 아무 소리도 못 들었다는 말씀이시죠?"

"아무 소리도 못 들었습니다. 저는 약속이 있었기 때문에 아래층으로 내려갔습니다."

"재판장님."

위그모어 경은 아주 벌게진 얼굴로 말했다.

"그러면 허가를 받아 이 증인을 반대편 증인으로 대하도록 하겠습니다."

하지만 위그모어 경의 격렬한 맹공은 어떤 효과도 불러일으키지 못했고, 아무런 총소리도 듣지 못했다는 진술만 반복될 뿐이었다. 시체 발견과 관련해서, 메리 양은 이렇게 설명했다. "오, 세상에! 제럴드, 오빠가 그 사람을 죽였군요."라고 말했을 때는 그 시체가 그날 밤 만나기로 약속한 친구라고 착각했다. 여기서 약속에 관한 이야기가 관련이 있는지에 대해 격렬한 논쟁이 벌어졌다. 귀족들은 대체적으로 관련이 있다는 결론을 내렸다. 고일스에 대한 전체 이야기가 나오면서 고일스 씨가 법정에 있으며 증인으로 소환될 것이라는 발표가 있었다. 마침내 위그모어 린칭 경은 큰 소리로 코웃음을 치며 증인을 임피 빅스 경에게 넘겼고, 변호인은 순순히 일어나서 아주 잘생긴 외모를 과시하며 논의를 한참 전으로 되돌렸다.

"이런 성격의 질문을 드리는 것을 용서해주십시오." 임피 경은 꾸벅 절했다. "하지만 이제는 고인이 된 캐스카트 대위가 증인을 깊이 사랑했다고 생각하십니까?"

"아니요, 그러지 않았다는 게 분명합니다. 우리는 상호 편의에 의해서 이어진 사이였습니다."

"증인이 아는 피해자의 성격상, 타인에게 깊은 애정을 품을 수 있는 사람이라고 생각합니까?"

"그에게 어울리는 여자에게라면 그럴 수도 있을지 모른다고 생각합니다. 그는 아주 정열적인 성격이었다고 말할 수 있습니다."

"고맙습니다. 증인께서는 지난 2월 파리에 머무를 때 캐스카트 대위를 여러 번 만났다고 말씀하셨지요. 그와 함께 보석상에 가신 기억이 납니까? 드라페 가에 있는 무슈 브리케의 보석상입니다만?"

"갔을지도 모르겠습니다. 정확히 기억은 나지 않습니다."
"기억을 돕기 위해서 날짜를 말씀드리면 6일이었습니다."
"그래도 잘 모르겠습니다."
"이 장신구를 알아보실 수 있겠습니까?"
여기서 증인에게 녹색 눈의 고양이가 건네졌다.
"아니요. 이전에 본 적이 없습니다."
"캐스카트 대위가 이와 같은 것을 준 적이 있습니까?"
"없습니다."
"이런 보석을 가지고 있지 않았습니까?"
"결코 본 적이 없습니다."
"그렇군요. 이 다이아몬드와 백금으로 만들어진 고양이를 증거물로 제출하겠습니다. 고맙습니다, 메리 양."

제임스 플레밍은 우편물 배달에 관하여 면밀한 질문을 받았지만 여전히 흐릿한 대답을 계속하며 기억나지 않는다고 해서 법정에는 그날 밤 공작에게 우편물을 가져다주지 않은 게 아닌가 하는 인상을 주었다. 최초 진술에서 피해자의 성격을 비방하려는 불길한 의도를 넌지시 비추었던 위그모어 경은 기분 나쁘게 웃으며 증인을 임피 경에게 넘겼다. 임피 경은 증인은 어느 쪽이든 확실하게 말할 수 없다는 인정을 끌어내는 것으로 만족했고, 곧장 다른 요점으로 넘어갔다.

"그날 집에 있던 다른 사람에게 같은 우편으로 편지가 왔는지 기억하고 있습니까?"

"네. 세 통인가 네 통인가를 당구실로 가져다 드렸습니다."

"누구한테 온 편지인지 말씀해주실 수 있을까요?"

"마치뱅크스 대령님에게 온 편지가 몇 통 있었고, 캐스카트 대위님 앞으로 온 편지가 하나 있었습니다."

"캐스카트 대위는 그때 거기서 편지를 뜯어보았습니까?"

"저는 잘 모르겠습니다. 공작님의 편지를 서재에 가져다 드리기 위해 그 방에서 바로 나갔으니까요."

"그러면 로지에서 아침에 어떻게 편지를 수거하는지 말씀해주시겠습니까?"

"잠겨 있는 우편가방에 넣습니다. 공작님이 열쇠 하나를 지니고 계시고, 우체국에서 다른 하나를 가지고 있습니다. 편지는 위에 있는 가는 틈으로 넣습니다."

"캐스카트 씨가 죽은 날 아침에도 평소처럼 편지를 모아 우체국으로 가지고 갔습니까?"

"네."

"누가요?"

"제가 직접 가지고 갔습니다."

"혹시 그 안에 무슨 편지가 있는지 보셨습니까?"

"여자 우체국장이 가방에서 꺼낼 때 보니 편지가 두세 통이 있었습니다만 누구에게 보내는지 등등은 알 수가 없었습니다."

"고맙습니다."

위그모어 린칭 경은 기분 나쁜 상자 속의 용수철 인형처럼 벌떡 일어났다.

"살인 사건이 일어났던 날 밤, 캐스카트 대위에게 편지를 배달했다는 사실을 언급한 건 이번이 처음 아닙니까?"

"여러분, 이런 식의 표현에 항의합니다." 임피 경이 외쳤다. "우리는 아직 살인 사건이 일어났다는 증거도 없습니다."

임피 경이 택한 변론 방향이 이제야 처음으로 나타난 터라, 좌중은 흥분해서 술렁였다.

최고법관의 질문에 변호인은 이렇게 대답했다.

"저는 이제까지 살인을 입증할 만한 시도가 없었으며, 검찰 측에서 살인 사건을 입증할 때까지는 증인이 그런 표현을 쓰게 하는 것은 부적절하다고 주장합니다."

"위그모어 경, 어쩌면 다른 표현을 쓰는 게 더 좋을지도 모르겠군요."

"본 사건에는 별 차이가 없습니다, 존경하는 재판장님. 저는 재판장님의 결정에 경의를 표합니다. 제가 아주 가볍거나 사소한 표현으로라도 이런 심각한 사건의 변호를 방해하려는 의도가 없었음은 하늘이 알 것입니다."

"재판장님." 임피 경이 끼어들었다. "만약 고명하신 법무장관께서 살인이라는 단어가 아주 사소하다고 생각하셨다면 대체 어떤 단어에 중요성을 부여하시는지 알고 싶군요."

"법무장관은 다른 단어로 대체하는 데 동의하셨습니다."

최고법관은 달래듯 이야기하며 위그모어 경에게 고개를 끄덕여 계속하라는 신호를 보냈다.

임피 경은 법무장관이 증인에게 퍼붓는 맹공격에서 처음의 추진력을 빼앗고자 하는 목적을 달성했기 때문에 자리에 앉았고, 위그모어 경은 질문을 계속했다.

"저는 3주 전에 머블스 씨께 말씀드렸는데요."

"머블스 씨는 피고의 사무 변호사지요."

"네, 그렇습니다."

"그러면 어떻게 심리나 본건의 소송 절차에서 이 편지 얘기를 언급하지 않은 겁니까?"

위그모어 경은 코안경을 다소 눈에 띄는 코 위에 거칠게 고쳐 쓰면서 증인을 쩨려보았다.

"아무도 물어보지 않았으니까요."

"그럼 어째서 갑자기 나서서 머블스 씨에게 그 얘기를 하게 된 겁니까?"

"머블스 씨가 여쭤보셨으니까요."

"아, 물어봤다 이거죠. 그러면 그 질문을 받자 편리하게도 그런 편지가 있었다는 게 불쑥 떠올랐다는 거죠?"

"아니요. 항상 기억은 하고 있었습니다. 즉, 딱히 생각해보지는 않았던 것뿐입니다."

"아, 항상 기억은 하고 있었는데, 딱히 생각해보지 않았던 것뿐이군요. 자, 그러면 이제 머블스 씨가 암시를 주기 전까지는 그에 대해서는 기억하고 있지 않았다고 해도 되겠군요."

"머블스 씨는 어떤 암시도 주지 않으셨습니다. 다만 그날 같은 우편으로 다른 편지가 왔는지를 저에게 여쭤보셨던 거고, 그래서 기억을 했습니다."

"바로 그겁니다. 그러니까 암시를 받고 기억했다는 거잖습니까. 그 이전에는 생각하지 못하다가."

"아닙니다. 그러니까, 이전에도 물어봤더라면 기억하고 있었으니 대답을 했겠지만, 물어보신 분이 없었기 때문에 별로 중요하다고 생각하지 않았다는 것입니다."

"피해자가 죽기 몇 시간 전에 편지를 받았는데도 별로 중요하다고 생각하지 않았군요?"

"네. 중요한 일이라면 경찰이 저에게 물어봤겠지요."

"자, 그러면 제임스 플레밍 씨. 다시 묻겠는데, 캐스카트 대령이 죽던 날 밤에 편지를 받았다는 사실은 변호인이 머릿속에 그 생각을 불어 넣어주기 전까지는 떠오르지 않았다는 거죠?"

증인은 이런 부정 의문문에 약간 당황해서 헷갈리는 대답을 했고, 위그모어 경은 마치 '이 사람 말 바꾸는 것 보셨죠?'라고 말하듯이 의원들을 한 번 둘러보고 계속했다.

"또 우편가방에 든 편지에 대해서 경찰에 알릴 생각도 떠오르지 않았겠죠?"

"예."

"어째서죠?"

"제가 그런 말을 할 주제가 아니라고 생각했기 때문입니다."

"그에 대해서 생각해본 적은 있고요?"

"없습니다."

"생각을 하긴 합니까?"

"아니요. 아니, 제 말은 한단 겁니다."

"그러면 지금 하는 말에 대해서 잘 좀 생각해보세요."

"네."

"그 모든 중요한 편지들을 허가도 없이, 경찰에 알리지도 않고 가지고 나갔다는 말이죠?"

"전 명령을 받았습니다."

"누구에게서요?"

"공작님에게서요."

"아, 공작님의 명령이다. 그 명령을 언제 받은 겁니까?"

"매일 아침 우편가방을 가지고 가는 일은 제 평상시 업무의 일환입니다."

"그렇지만 이런 경우에는 적절한 정보를 경찰에게 주는 것이 명령보다 더 중요하다는 생각은 전혀 들지 않던가요?"

"들지 않았습니다."

위그모어 경은 질렸다는 표정을 지으며 앉았다. 임피 경이 이제 증인을 맡았다.

"캐스카트 대위에게 배달된 편지에 대한 생각은 그가 살해당한 날로부터 머블스 씨가 그것에 대해 이야기한 날까지 전혀 스쳐 지나가지 않았습니까?"

"음, 굳이 말하자면 스쳐 지나가기는 했습니다."

"언제였습니까?"

"대배심 전이었습니다."

"그럼 어째서 그때는 말하지 않았습니까?"

"그 신사분께서 말하시기를 묻는 말에만 대답하고 마음대로 아무 말이나 하진 말라고 하셔서요."

"그렇게 강요한 신사분은 누구였습니까?"

"검찰 측의 검사셨습니다."

"고맙습니다."

임피 경은 매끄럽게 말하며 자리에 앉은 후, 몸을 기울여 재미있어 보이는 말 몇 마디를 글리버리 씨에게 건넸다.

편지 문제는 프레디 훈작사의 신문에서도 좀 더 거론되었다. 위그모어 린칭 경은 고인이 수요일 밤 잠자리에 들 때 아주 건강하고 기운찼으며 다가올 결혼에 대해서 이야기했다고 확인해준 증인의 말에 아주 강조점을 두었다.

"특히 기분이 째지는 듯했습니다."

프레디 훈작사가 말했다.

"특히 기분이 어쨌다고요?"

최고법관이 물었다.

"째진다고 했습니다."

위그모어가 약간 경멸하듯이 고개를 까닥했다.

"그런 단어가 사전에 있는지는 모르겠군요." 최고법관은 꼼꼼하게 정확성을 기해 기록했다. "일단은 '기분이 좋다.'와 동의어로 받아들이겠습니다."

프레디 훈작사는 항의하며 단순히 기분이 좋은 것 이상으로 좀 더 명랑하고 밝았다는 뜻으로 쓴 단어라고 말했다.

"그러면 '특이할 정도로 활발한 기분이었다.' 정도로 받아들여도 되겠죠?"

검사가 제안했다.

"어떤 기분이든 좋을 대로 받아들이십시오."

증인은 이렇게 웅얼거리다 좀 더 기분이 좋아져서 덧붙였다.

"'존 벡 한 펙을 마셔라.'[§]와 같은 거죠."

"고인은 잠자리에 들 때 특히 활발하고 명랑했다 이거죠."

위그모어 경은 얼굴을 찌푸렸다.

"그리고 가까운 미래에 결혼하리라 고대하고 있었고요. 그의 상태를 이렇게 진술해도 괜찮겠습니까?"

프레디 훈작사는 이에 동의했다.

임피 경은 다툼을 묘사한 증인의 설명에 반대 신문을 하지는 않고 곧바로 요점으로 들어갔다.

"피해자가 살해된 날에 배달된 편지에 대해서 뭔가 생각나는 점이 있습니까?"

"네, 제가 친척 아주머니에게 한 통 받았습니다. 대령이 좀

[§] 존 벡 위스키 광고 슬로건. 한 펙은 위스키 한 잔을 말한다.

받은 것 같고, 캐스카트가 한 통 받았습니다."

"캐스카트 대위가 그때 거기서 편지를 읽었습니까?"

"아니요. 읽은 것 같지 않습니다. 알다시피 전 제 편지를 뜯었지만 그 사람은 자기 편지를 주머니에 넣는 걸 봤습니다. 그래서 그때 저는 생각하기를……."

"본인 생각을 말씀하실 필요는 없습니다." 임피 경이 말을 막았다. "그래서 어떻게 하셨습니까?"

"저는 이렇게 말했지요. '참견해서 미안하네만, 남이 있어서 꺼리는 건 아니겠지?' 그랬더니 그가 '전혀 아닙니다.'라고 하더군요. 하지만 자기 편지를 읽지는 않았습니다. 그래서 이렇게 생각했던 기억이 납니다."

"아시겠지만 의견을 들을 수는 없습니다."

최고법관이 말했다.

"하지만 그 생각 때문에 그 사람이 편지를 뜯지 않았다는 것을 그렇게 확신할 수 있는 겁니다."

프레디 훈작사는 상처받아서 말했다.

"그때 참 비밀스러운 친구라고 혼자 생각했었죠. 그래서 기억하고 있습니다."

위그모어 경은 입을 벌린 채 펄쩍 튀어 올랐다가 다시 자리에 앉았다.

"고맙습니다, 아버스노트 씨."

임피 경은 미소 지었다.

마치뱅크스 대령 부부는 11시 30분에 공작의 서재에서 기척을 들었다고 증언했다. 총소리나 다른 소음은 듣지 못했다고 했다. 반대 신문은 없었다.

페티그루-로빈슨 씨는 다툼에 대해서 선명하게 설명한 후 아주 자신 있게 공작의 침실 문이 열리는 소리를 똑똑히 들었다고 주장했다.

"새벽 3시가 약간 넘었을 때 아버스노트 씨가 저희를 불렀습니다."

증인은 계속 증언했다.

"그래서 온실로 가봤더니 피고와 아버스노트 씨가 피해자의 얼굴을 씻기고 있었습니다. 저는 그 사람들에게 별로 현명하지 못한 짓이라고 했죠. 경찰이 볼 수 있는 귀중한 정보를 없애버리고 있는 셈이니까요. 그런데도 제 말엔 귀도 기울이지 않더군요. 문 주변에 발자국이 많아서 조사를 해보려고 했습니다. 왜냐하면 제 이론이······."

"친애하는 귀족 여러분." 임피 경이 외쳤다. "이 증인의 이론을 들어볼 수는 없습니다!"

"안 됩니다!" 최고법관이 말했다. "질문에만 대답을 하세요. 자신의 설명은 덧붙이지 말고."

"물론, 뭔가 이상이 있다고 말하려던 건 아닙니다." 페티그루-로빈슨 씨는 변명했다. "하지만 제 생각에······."

"어떻게 생각하셨는지는 신경 쓰지 마십시오. 제 말에만 주의를 집중해주세요. 처음 시체를 보았을 때 어떻게 누워 있었습니까?"

"등을 대고 누워 있었고, 덴버와 아버스노트가 얼굴을 씻기고 있었습니다. 분명히 뒤집은 것 같았습니다. 왜냐하면……."

"위그모어 경." 최고법관이 끼어들었다. "증인 좀 자제시키십시오."

"부디 증언에만 집중해주십시오."

위그모어 경은 약간 열을 내며 말했다.

"그에 대한 추리는 필요 없습니다. 시체를 보았을 때 등을 대고 누워 있었다고 했죠. 맞습니까?"

"그리고 덴버와 아버스노트가 씻기고 있었습니다."

"예, 그럼 이제 다른 논점으로 넘어가고 싶습니다. 왕립 자동차 클럽에서 식사했던 때를 기억하십니까?"

"기억납니다. 지난 8월 중순에 점심 식사를 했었죠. 16일, 아니면 17일 같습니다."

"그 당시 무슨 일이 있었는지 얘기해주시겠습니까?"

"저는 점심 식사 후에 끽연실로 들어가 등이 높은 안락의자에 앉아 책을 읽고 있었습니다. 그런데 지금 저기 앉아 있는 피고가 고인이 된 캐스카트 대령과 함께 들어오는 것을 보았습니다. 즉, 난로 위에 걸린 큰 거울에 비친 모습을 보았다는 뜻입니다. 두 사람은 거기 누가 있는지 알아채지 못했지요. 그랬다면 좀 더 조심스럽게 이야기를 나누었겠죠. 두 사람은 제 가까이에 앉아서 이야기를 시작했는데, 이윽고 캐스카트가 몸을 앞으로 숙이더니 제가 들을 수 없을 정도로 목소리를 낮추었습니다. 저기 피고는 겁에 질린 얼굴로 펄쩍 뛰면서 외쳤어요. "세상에나, 나를 배반하지 말게, 캐스카트. 그랬다간 앞으로 큰 대가를 치르게 될걸." 캐스카트는 뭔가 확인하는 말을 했습니다. 무슨 말인지는 듣지 못했지만, 목소리에는 남에게 뭔가 숨기고 싶어 하는 기색이 있더군요. 그랬더니 피고가 대답했어요. "자, 그러지 말게. 그게 다야. 다른 사람의 손에 넘겨줄 여유가 없어." 피고는 아주 경계하는 듯했습니다. 캐스카트 대령은 웃고 있었지요. 두 사람은 다시 목소리를 낮추더군요. 제가 들은 건 그게 답니다."

"고맙습니다."

임피 경이 악마 벨리알처럼 정중하게 증인을 넘겨받았다.

"대단한 관찰력과 추리력을 지니셨군요, 페티그루-로빈슨 씨."

임피 경은 이렇게 입을 열었다.

"게다가 사람들의 동기와 성격을 찬찬히 분석하기 위해 동정 어린 상상력을 연습하는 것도 좋아하시나 봅니다."

"저는 스스로를 인간 본성의 연구자로 칭하죠."

페티그루-로빈슨 씨는 훨씬 누그러진 기분으로 말했다.

"의심할 여지 없이 사람들은 증인에게 비밀을 털어놓는 걸 좋아하겠지요?"

"분명히 그렇습니다. 저는 사람들이 비밀을 털어놓고 싶어 하는 갈대밭과 같은 사람이라고 할 수 있습니다."

"캐스카트 대위가 죽던 날 밤, 세상에 대한 증인의 넓은 견식은 가족들에게 큰 위안과 도움이 되었겠군요?"

"그 사람들은 제 경험을 이용하지 않았습니다."

페티그루-로빈슨 씨는 갑자기 폭발했다.

"완전히 무시당했어요. 만약 그 당시 내 충고를 받아들이기만 했더라도……."

"캐스카트 대위가 인생에서 어떤 비밀이나 고민거리를 안고 있었다면, 증인에게 털어놓았을 것 같습니까?"

"정신이 제대로 박힌 젊은이라면 반드시 그렇게 했겠죠."

페티그루-로빈슨 씨는 호통쳤다.

"하지만 캐스카트 대위는 기분 나쁠 정도로 비밀이 많았어요. 딱 한 번 내가 그 친구의 개인사에 친절한 관심을 보여줬는데, 실로 무례하게 굴더군요. 나한테 뭐라고 불렀느냐면……."

"그 정도면 됐습니다."

임피 경이 성급히 끊어버렸다. 질문에 대한 대답이 기대한 방향으로 나오지 않았기 때문이었다.

"고인이 뭐라고 불렀는지는 중요한 사안이 아닙니다."

페티그루-로빈슨 씨는 투덜대는 아저씨라는 인상만 남긴 채 증인석에서 물러갔다. 이 인상이 글리버리 씨와 브라운리그-포테스큐 씨에게는 무척 재미있었던지, 두 사람은 다음 두 증인이 증언하는 동안 계속해서 낄낄거렸다.

페티그루-로빈슨 부인은 심리 때 했던 증언에 별달리 덧붙이지 않았다. 캐스카트 양은 임피 경이 소환한 증인으로 캐스카트의 부모에 대한 질문을 받았고, 목소리에 못마땅한 기색을 가득 담아, 닳고 닳은 중년이었던 동생이 갖은 경험에도 불구하고 열아홉 살의 이탈리아 여배우에게 홀려 넘어가서 결혼했다고 설명했다.

"그 애들이 아슬아슬하게 살았다고 해도 놀랄 일이 아니죠."
캐스카트 양은 말했다. 그 후에 그녀는 어린 조카를 맡아야만 했다. 캐스카트 양은 데니스가 고모의 영향력에 항상 짜증을 부렸고, 고모가 마음에 들어 하지 않는 애들과 어울려 다녔으며, 마침내는 혼자 힘으로 외교관으로서 이력을 만들어보겠다고 파리에 간 이후로는 거의 보지 못했다고 했다.

크레이크스 경위의 대질 신문에서는 흥미로운 점이 제기되었다. 펜나이프를 보여주자 그는 그 칼이 캐스카트의 시체에 있던 것이라고 확인해주었다.

글리버리 씨가 물었다.
"칼날에서 어떤 흔적도 보지 못했습니까?"
"손잡이 부분에 살짝 긁힌 자국이 있더군요."
"창문 걸쇠를 억지로 비틀어 열려다가 생긴 자국일 수도 있겠죠?"
크레이크스 경위는 그럴 수도 있다고 동의하기는 했으나 칼이 너무 작아서 그런 목적에 적합한지 모르겠다고 했다. 리볼버가 제출되었고 소유주에 대해서 질문이 제기되었다.

"재판장님." 임피 경이 말했다. "우리는 이 리볼버의 주인이 공작이라는 데 반론을 제기할 생각은 없습니다."

최고법관은 이 말에 다소 놀란 듯했다. 사냥터지기인 하드로가 11시 50분에 들었다고 한 총소리에 대해서 증언한 이후 의사가 증인으로 나왔다.

임피 빅스 경이 물었다.

"상처가 자해일 수도 있습니까?"

"그럴 수도 있습니다."

"즉사할 만큼 치명상이었습니까?"

"아니요. 오솔길 위에서 발견된 피의 양으로 보아, 현장에서 즉사하지는 않았습니다."

"그럼 박사의 의견으로는 발견된 핏자국이 고인이 집으로 기어간 자국과 일치합니까?"

"네. 피해자는 아마도 그럴 수 있을 정도의 힘은 있었을 겁니다."

"그런 상처 때문에 열이 나기도 합니까?"

"그럴 수 있습니다. 한동안 의식을 잃었을 수도 있고 축축한 자리에 누워 있었기 때문에 오한과 열이 났을 수도 있습니다."

"겉모습이 상처 입은 채 몇 시간 동안 살아 있었다는 사실과 일치합니까?"

"보기에는 상당히 그런 듯합니다."

다시 점검하면서 위그모어 린칭 경은 상처와 땅의 일반적인 형태가 고인이 가까운 거리에서 다른 사람에게 총을 맞고 생명이 끊어지기 전 집까지 끌려갔다는 이론과도 마찬가지로 일치하는지를 확인했다.

"증인의 경험상, 자살하는 사람은 가슴이나 머리를 쏘는 게 더 일반적이지 않습니까?"

"머리가 보통 더 일반적입니다."

"그럼 상처가 가슴에 났을 때는 살인으로 추정하는 경우도 그만큼 많죠?"

"그 정도는 아닌 것 같습니다."

"하지만 다른 요소가 동일하다면, 머리에 난 상처는 몸에 난 상처보다는 자살을 암시하는 경우가 더 많다고 할 수 있겠군요?"

"그렇습니다."

임피 빅스 경이 물었다.

"하지만 심장을 쏴서 자살하는 경우가 결코 불가능한 건 아니죠?"

"아, 그럼요. 네."

"그러한 경우가 있었습니까?"

"아, 물론요. 많이 있었습니다."

"지금 증인의 앞에 놓인 의학적 증거가 자살의 가능성을 배제할 정도는 아니죠?"
"무엇이 되었든 아닙니다."
이것으로 검찰 측 진술은 끝났다.

15장
악천후가 예상된다

저작권자: 로이터, 전보 교환 연합 통신, 중앙 뉴스

    둘째 날 아침, 임피 빅스 경이 최초 변론을 시작하려고 일어섰을 때, 사람들은 그가 약간 걱정스러워 보인다고 생각했다. 그에게는 드문 일이었다. 변론은 아주 간략했으나, 그 몇 마디 말만으로도 그 자리에 모여 있는 좌중에게 전율을 일으켰다.

    "존경하는 재판장님, 이 변론을 시작하기 위해서 일어나는 저는 지금 평소보다 더 걱정스러운 입장에 있습니다. 여러분이 어떤 판결을 내릴지 의심해서가 아닙니다. 제 고귀한 의뢰인의 경우보다 더 피고의 무죄를 명확하게 밝힐 수는 있는 사건은 없을 것입니다. 그렇지만 송구스럽게도 재판 연기를 요청해야만 하는 사정을 설명드리겠습니다. 지금 현재 가장 중요한 증인과 결정적인 증거를 법정에 보여드릴 수 없기 때문입니다. 귀족 여러분, 저는 지금 제 손에 이 증인이 보낸 전신을 들고 있습니다. 이 증인의 이름을 말씀드리죠. 바로 피고의 동생 되는 피터 윔지입니다. 이 전신은 어제 뉴욕에서 보낸 것입니다. 여기 그 내용을 읽어드리겠습니다. '증거 확보. 오늘 밤 그랜트 조종사와 함께 떠날 예정. 진술서 사본과 증언서는 만약의 경우를 대비해 증기선 루카니아 호로 발송. 목요일 도착 예정.' 여러분, 이 순간 가장 중요한 증인이 저 드넓은 대서양 위 창공을 가르며 다가오고 있습니다. 이런 추운 겨울 날씨에도 피터 경은 세계적으로 유명한 조종사의 도움을 얻어 그 아닌 다른 사람이라면 무서워서 벌벌 떨 위험을 무릅쓰고 있습니다. 그의 형이 뒤집어쓴 이 끔찍한 누명을 벗겨내기 위해서 잠시라도 지체할 수 없었던 것입니다. 그런데, 악천후가 닥치고 있습니다."

마치 고요한 된서리가 내린 듯 반짝이는 귀족들 좌석은 잠잠해졌다. 예복을 입은 귀족들, 호화로운 모피를 걸친 귀족 부인들, 어깨까지 내려오는 가발을 쓰고 굽이치는 긴 법복을 입은 변호인단, 높은 좌석에 앉은 최고법관, 안내관들, 전령관들, 문장원 관리들은 자기 자리에 꼼짝도 못하고 앉아 있었다. 오로지 피고만이 약간 황망해서 변호인단과 최고법관을 번갈아 쳐다보았고, 기자들은 미친 듯이, 그리고 필사적으로 내일 아침 신문에 끼워 넣을 속보 기사를 써 내려갔다. 선정적인 머리기사, 생생한 묘사, 놀라운 일기예보가 바쁘게 걸어가는 런던 사람들의 발걸음을 붙잡을 것이었다. "귀족 가문의 아들 대서양 횡단", "동생의 헌신", "웜지는 시간에 댈 것인가?", "리들스데일 살인 재판: 놀라운 반전." 이것이 진정한 뉴스였다. 사무실과 클럽에 있는 수백만 대의 전신수신기가 째깍째깍 돌아갔고, 사무원들과 사환들은 이 기계 주위에 만족스러운 듯 둘러앉아 결과를 두고 내기를 걸었다. 괴물 같은 윤전기 수천 대는 뉴스를 빨아들여 납으로 녹여내고 총알로 만들어 거대한 위에서 꿀꺽 삼켰다가 소화시켜 신문으로 만들어냈고, 다시 발톱으로 움켜쥐고 앞으로 내밀어 흔들었다. 비미 리지 전투에서 웜지 소령을 포탄 구덩이에서 구조하는 작업을 도왔던 전직 군인 한 명은 이렇게 말했다. "신께서 소령님을 도와주시길. 그분 정말 사람 괜찮지요." 이제는 초라하게 살고 있는 이 청교도 군인은 신문들을 킹스웨이에 있는 나무 앞 철제 격자 사이에 끼워 넣고, 간판이 잘 보이도록 걸었다.

임피 빅스 경은 간략한 진술 속에서 단순히 의뢰인의 무죄뿐만 아니라 (직무 외 업무로) 비극의 사소한 부분까지도 명확히 밝히고서, 지체 없이 증인들을 소환했다.

맨 처음 소환된 증인은 고일스 씨로, 그는 새벽 3시에 발견했을 때는 이미 캐스카트가 우물 옆에 놓인 물통 가까이에 머리를 두고 죽어 있었다고 증언했다. 하녀인 엘렌은 다음으로 나와 제임스 플레밍 씨가 우편가방에 대해 한 증언을 확인해주었고 매일 서재에 놓인 압지를 바꾼다고 설명해주었다.

파커 경감이 내놓은 증거는 좀 더 흥미와 당혹감을 불러일으켰다. 파커가 녹색 눈의 고양이를 발견한 과정을 묘사하자 사람들은 열심히 귀 기울여 들었다. 그는 또한 발자국과 끌린 자국에 대해서 설명했으며, 특히 화단에 찍혀 있던 손자국을 자세히 묘사했다. 표시가 있는 압지가 여기서 제시되고 압지 사진을 귀족들이 볼 수 있도록 돌렸다. 양쪽 사안에 대해 한참 논의하며, 임피 빅스 경은 화단에 찍힌 손자국은 사람이 엎드려서 기어오다가 몸을 일으키려고 할 때 생긴다는 것을 보여주려 했다. 반면 위그모어 경은 최선을 다해 고인이 끌려가면서 반항하려고 할 때도 그런 자국이 찍힐 수 있다는 것을 인정받으려 했다.

"손가락의 위치가 집 쪽으로 향해 있다는 사실은 끌려갔다는 추정과는 반대 아닙니까?"

임피 경이 주장했다.

하지만 위그모어 경은 부상당한 남자가 머리부터 끌려갔으면 그럴 수도 있다고 증인에게 말했다.

"제가 지금 증인의 옷깃을 잡고서 끌고 간다고 해봅시다. 여러분께서는 제 의도를 이해하시겠죠……."

위그모어 경이 말했다.

"그건 솔비투어 앰뷸란도[8]한 사항 같군요." 최고법관이 한마

---

[8] 여기 쓰인 라틴어는 가만히 앉아서 생각해보는 것보다는 실제로 행하면 문제를 풀 수 있다는 뜻이다.

디 던지자 좌중이 폭소했다. "점심 시간에 휴정하면 고인과 키와 몸무게가 비슷한 분을 뽑아 몇몇이서 실험해보도록 합시다."

(귀족 의원들은 모두 서로를 쳐다보며 누가 불운하게도 그 역에 뽑힐지 눈치만 살폈다.)

파커 경감은 그다음에 서재 창문을 억지로 비틀어 열려고 했던 자국에 대해 말했다.

"증인의 의견으로는 걸쇠를 열려고 했던 칼자국이 고인의 시체에서 발견된 칼과 동일합니까?"

"그럴 수도 있겠죠. 저도 비슷한 유형의 칼로 직접 실험을 해보았습니다."

그 이후에 압지에 쓰인 전갈이 앞뒤로 읽히고 여러 가지 가능한 방식대로 해석을 해본 다음, 변호인단은 이 언어가 프랑스어이며, '나는 고통으로 미칠 것 같다.'라는 뜻이라고 했다. 검찰 측에서는 너무 무리한 해석이라고 따졌고, 영어 해석인 '찾아냈다', 혹은 '그의 잘못'이 맞을 것이라고 했다. 필적 전문가가 소환되어 캐스카트가 직접 쓴 편지와 비교했고, 그 후에 검찰 측에게 호된 공격을 받았다.

쟁점이 되는 문제는 일단 귀족들 자신의 생각에 맡겨두기로 하고, 변호인은 지루할 정도로 증인들을 호출했다. 콕스 은행의 지배인과 크레디 리요네의 무슈 투르조가 나와 캐스카트의 재정 상태를 자세히 설명했다. 생 오노레 가의 수위와 마담 르블랑이 증언했다. 대부분 하품을 하기 시작했지만 예외적으로 몇몇 셈이 빠른 귀족들은 공책을 꺼내 계산하면서 재정가끼리는 알겠다는 표정을 교환했다.

다음으로는 드라페 가에서 보석상을 하는 무슈 브리케와 키가 크고 금발의 외국 숙녀분이 녹색 눈의 고양이를 샀다고 말해준 여직원이 나왔고, 여기서 모두들 잠에서 깼다. 변호인은 이 사건은 캐스카트의 약혼녀가 파리에 있었던 2월에 일어났다는 사실을 좌중에 다시 한 번 주지시켰다. 임피 경은 보석상 직원에게 그 외국 숙녀가 여기 법정에 있는지 둘러보고, 있으면 말해달라고 부탁했다. 한참 걸리기는 했으나 대답은 부정적이었다.

"이 사실에 누구도 의심을 품지 말았으면 합니다." 임피 경이 말했다. "또 고명하신 법무장관의 허가를 받아 이 증인을 메리 윔지 양과 대질시키려 합니다."

그에 따라 윔지 양이 증인 바로 앞에 앉았다. 증인은 바로 자신 있게 대답했다.

"아니, 이분은 그 숙녀분이 아니십니다. 이분은 전에 본 적이 없어요. 키나 머리 색깔이나 단발 형태가 닮았지만 그 외에는 전혀 비슷하지 않습니다. 조금도 비슷하지 않아요. 같은 유형이 아니에요. 마드무아젤은 매력적인 영국 숙녀분이시고, 이분과 결혼하실 남자분은 아주 행복하시겠지만, 다른 쪽은 벨르 아 서 서스위시데, 즉 사람이 자살할 정도의 미인, 그 때문에 온갖 난리를 피울 만한 숙녀분이셨습니다. 정말입니다, 신사분들. (그러면서 여직원은 고명하신 청중을 향해 함박웃음을 보냈다.) 저 같은 일을 하면 그런 분들을 볼 기회가 있죠."

이 증인이 내려갈 때 좌중이 심히 웅성댔고, 임피 경은 쪽지를 적어 머블스 씨 쪽으로 내려보냈다. 그 안에는 딱 한 단어가 쓰여 있었다. "대단하군요!" 그러자 머블스 씨도 이렇게 답장을 적어 보냈다.

"난 한마디도 하지 않았소. 이렇게 놀라운 경험이 전에도 있었어요?"

머블스 씨는 좌석에 등을 기대고 고딕 건물의 기둥 위에 붙어 있는 아주 작고 깔끔한 괴물상처럼 히죽 웃었다.

그다음으로 나온 증인은 국제법 전문가인 에베르 교수로 전쟁 전 파리에서 떠오르는 젊은 외교관으로 유망했던 캐스카트의 직업적인 측면에 대해서 설명했다. 그 후에는 장교 몇 명이 나와 고인의 뛰어난 참전 기록을 증언했다. 다음으로는 드부아-고비 우댕이라고 하는 귀족적인 이름의 증인이 나왔다. 그는 기억을 완벽히 되살려 캐스카트 대위와 카드 게임을 하던 중 불편한 논쟁이 일어났었으며, 이 이야기를 저명한 영국 기술자인 무슈 토머스 프리본에게 언급한 적이 있었다고 했다. 이 증인을 찾아낸 것은 파커가 근면하게 노력한 덕분으로, 그는 위그모어 린칭 경이 불편하게 안절부절못하는 모습을 건너다보고 미처 웃음을 감출 수가 없었다. 글리버리 씨가 이들을 모두 잘 다루자 오후의 재판은 순조롭게 진행되었고, 따라서 최고법관은 다른 귀족들에게 다음 날 오전 10시 30분까지 휴정할 수 있겠느냐고 물었다. 귀족들은 아주 모범적일 정도로 입을 맞춰 "예"라고 대답했고, 그에 따라 휴정이 선포되었다.

의원들이 팔러먼트 광장으로 줄지어 나갈 때, 가장자리가 삐쭉삐쭉한 먹구름이 빠르게 몰려오며 불길하게 서쪽을 향했고 갈매기들은 끽끽 울어대며 강에서부터 날아왔다. 찰스 파커는 오래된 버버리 코트를 꼭 여미고 그레이트 오몬드 가에 있는 집으로 가기 위해 버스를 탔다. 차장이 "바깥 자리만 있습니다!"라고 말하며 그가 도로 내리기도 전에 종을 쳤을 때 불안한 마음이 좀 더 짙어졌다. 그는 위층으로 올라가 모자를 꼭 눌러쓰며 앉았다. 번터는 우울하게 피카딜리 110번지로 돌아가 7시가 될 때까지 불안하게 집 안을 돌아다녔다. 그 후에는 응접실로 들어가 스피커를 켰다.

"런던 방송입니다."

보이지 않는 목소리가 공평하게 말했다.

"2LO 방송입니다. 일기예보를 보내드리겠습니다. 저기압이 대서양을 횡단하고, 또 다른 저기압이 영국 섬 위에 이동하지 않고 멈춰 있습니다. 호우와 진눈깨비를 동반한 폭풍이 전국 곳곳에 불겠으며, 남부와 남동부 지역에서는 강풍이 예상됩니다……."

예보를 들은 번터는 중얼거렸다.

"주인님 침실에 불을 피워놓는 편이 좋을지도 모르겠군."

"비슷한 날씨가 앞으로도 계속되겠습니다."

16장
또 하나의 줄

오, 그가 무너진 다리 위에 다다랐을 때
활을 구부리고 헤엄쳤네
무성히 자란 푸른 잔디밭에 이르렀을 때
풀숲을 헤치며 달렸네

오, 그가 윌리엄스 경의 문 앞에 이르렀을 때
문을 두드리지도 않고 사람을 부르지도 않고
구부러진 활만 가슴에 안고
벽을 휙 뛰어넘었네
— 〈메이즈리 양의 연가〉§

　　피터 경은 차갑게 몰려오는 구름 사이를 내다보았다. 얇은 강철판은 말할 수 없이 약해서 천천히 흔들렸고, 저 아래 번득이며 흘러가는 빛 속에서는 너른 대지가 회전하는 지도처럼 어지럽게 펼쳐졌다. 앞에 고집스럽게 등을 구부리고 앉은 동료의 매끄러운 가죽 재킷을 비가 얇게 뒤덮었다. 그는 그랜트가 자신감을 잃지 않기를 바랐다. 포효하는 엔진 소리에 간혹 조종사가 동료 승객에게 외치는 고함 소리는 다 삼켜져

---

§　하버드의 영문과 교수 프랜시스 차일드가 수집한 영국과 스코틀랜드의 민요 연가 모음집에 수록된 곡으로, 임신한 한 처녀가 진정한 사랑을 포기하지 않다가 결국 불에 타 죽는다는 비극적인 내용을 담고 있다. 인용된 부분은 전갈을 받은 처녀의 애인이 찾아오는 장면을 담고 있다.

버렸고, 두 사람은 바람을 타고 덜컹덜컹 흔들렸다.

피터 경은 현재의 불안한 상황에서 정신을 돌려 아까 일어난 이상하고도 급박했던 장면을 다시 떠올렸다. 대화의 파편이 그의 머릿속에서 빙빙 돌았다.

"마드무아젤, 당신을 찾아서 두 대륙을 건너왔습니다."

"그렇다면 아주 긴급한 일이겠네요. 하지만 큰 곰이 와서 불평하며 으르렁댈지도 모르니 빨리 하세요. 어쨌거나 난 소동을 일으키고 싶진 않답니다."

야트막한 탁자 위에 전등이 하나 놓여 있었다. 피터 경은 그 불빛 속으로 후광처럼 비치던 짧은 금발을 떠올렸다. 그녀는 키가 크지만 날씬했고, 검정과 금색이 섞인 거대한 쿠션에 앉아 그를 올려다보았다.

"마드무아젤, 아가씨가 이름이 반 험퍼딩크라는 사람과 밥을 먹고 춤을 추거나 하며 어울리다니 정말 믿을 수가 없군요."

그렇게 시간도 부족하고 제리의 일이 위급한 상황에 뭐에 홀려서 그런 말을 했던 걸까?

"무슈 반 험퍼딩크는 춤 못 춰요. 그 말을 하려고 대륙 두 개를 건너오신 건가요?"

"아니, 전 진지합니다."

"에 비엥(그럼 좋아요). 앉으시죠."

여자는 그에 대해서 아주 솔직했다.

"그래요, 불쌍한 사람. 하지만 전쟁 이후로 살림살이를 유지하는 데 얼마나 돈이 많이 드는지. 몇몇 좋은 건들은 거절했어요. 하지만 언제나 소동이 있었죠. 게다가 돈은 얼마나 부족한지. 뭐, 나라도 똑똑하게 굴어야죠. 게다가 나이도 들고. 신중하게 굴어야 할 필요가 있잖아요, 안 그래요?"

"그렇고말고요."

여자는 약간 외국어 억양이 있는 영어를 썼다. 아주 익숙했다. 처음에 그는 어디 억양인지 알 수가 없었다. 그러다 생각이 났다. 전쟁 전의 빈, 백치들의 수도였다.

"그래요, 그래. 편지를 내가 보냈어요. 나는 아주 친절하고 분별 있게 굴었죠. 불어로 이렇게 썼어요. '난 골칫거리를 감당할 수 있는 여자가 아니에요.' 셀라 스 콩프랑, 네스 파(당신노 이해하죠)?"

쉽게 이해할 수 있는 문제였다. 비행기는 갑자기 저기압 지역으로 곤두박질쳤고, 프로펠러는 헛되이 무력하게 돌았다. 그러다 다시 일직선으로 날더니 반대 방향으로 빙그르르 돌며 솟구쳤다.

"네, 신문에서 봤어요. 불쌍한 사람! 누군지 모르지만 어째서 그 사람을 쏜 걸까요?"

"마드무아젤, 그래서 제가 만나러 온 겁니다. 깊이 사랑하는 제 형이 살인 혐의를 받고 있습니다. 교수형을 당할지도 모릅니다."

"어머나!"

"본인이 저지르지도 않은 살인 사건 때문에요."

"몽 포브르 앙팡(가엾기도 해라)!"

"마드무아젤, 좀 진지하게 대해주셨으면 합니다. 내 형이 고발을 당했고 재판정에 서 있게 될 겁니다……."

일단 관심을 보이기 시작하자, 여자는 아주 동정적이었다. 푸른 눈동자에는 호기심과 매력 넘치는 장난기가 어렸다. 내리깐 눈꺼풀 새로 가늘게 빛이 반짝였다.

"마드무아젤, 편지 내용이 무엇이었는지 기억을 좀 떠올려주십시오."

"하지만, 몽 포브르 아미(불쌍한 분), 어떻게 기억을 할 수 있겠어요? 읽지도 않았는데. 그동안 얼마나 길고 지루하게 소동을 피웠는지. 이제 다 끝난 얘기예요. 그리고 나는 어쩔 수 없는 일에는 신경 쓰지 않아요."

하지만 목적 달성에 실패한 피터 경이 진정으로 좌절하자 여자도 마음이 흔들렸다.

"제 말 좀 들어봐요. 어쩌면 아주 다 끝난 건 아닐지도 몰라요. 아직 편지를 어디다 보관하고 있을 수도 있겠네요. 아델에게 물어보죠. 제 하녀예요. 그 애는 편지를 모아서 협박용으로 쓰니까. 아, 그럼요. 나도 알고 있죠! 하지만 그 애는 미용 솜씨가 아주 좋아서요. 잠깐만요. 먼저 찾아보죠."

그러면서 여자는 싸구려 책상에서 편지나 작은 장신구들, 향긋한 쓰레기들을 끊임없이 꺼내 던져버리고, 란제리가 가득한 서랍들을 열어보다가 ("저는 칠칠맞지 못한 편이에요. 저 때문에 아델이 골머리를 썩죠.") 수백 개는 될 듯한 가방을 다 뒤졌다. 그래도 소용이 없자 마침내는 입술이 샐쭉하고 눈에 경계심이 가득한 아델을 불렀다. 하녀는 처음부터 발뺌했고 주인이 화가 나서 뺨을 한 대 치며 프랑스어와 독일어로 욕을 해도 계속 모른다고 했다.

"그러면 소용없겠군요." 피터 경이 말했다. "마드무아젤 아델이 내게 그처럼 귀중한 물건을 찾지 못한다니 참 아쉬운 일이군요."

'귀중하다'는 말에 아델의 기억력이 돌아왔다. 아직 찾아보지 않은 마드무아젤의 보석상자 하나가 남아 있었다. 아델이 가서 가지고 왔다.

"세 셀라 퀴 세르셰 무슈(신사분이 찾으시는 게 이건지요)?"

그 후 갑자기 코넬리우스 반 험퍼딩크 씨가 들이닥쳤다. 그는 아주 돈이 많고 키가 땅딸막하며 의심이 많은 남자였다. 그래서 아델에게는 엘리베이터 안에서 교묘하게 남의 방해를 받지 않고 사례를 해주었다.

그랜트가 뭐라고 소리쳤으나 그 말은 힘없이 암흑 속으로 날아가 사라져버렸다.

"뭐라고?"

윔지는 귀에 대고 목청을 높였다. 그랜트는 다시 고함을 질렸으나 이제는 '주스'라는 단어만 들렸을 뿐, 나머지는 파드득 날아갔다. 그렇지만 그 뉴스가 좋은 소식인지 나쁜 소식인지 피터 경은 알 수가 없었다.

머블스 씨는 자정이 약간 지난 시각에 누가 문을 천둥처럼 두드리는 바람에 깨어났다. 약간 놀라 머리를 창문 밖으로 내밀어보니 등불을 든 짐꾼 하나가 빗속에서 김을 모락모락 피우며 서 있었다. 그리고 그 뒤에는 형체 없는 인물이 서 있었는데 그 순간 머블스 씨는 누구인지 알아볼 수가 없었다.

"무슨 일이오?"

변호사가 물었다.

"여기 숙녀분이 급히 뵙기를 청하십니다요."

형체 없는 인물은 고개를 들었고, 그 순간 머블스 씨는 푹 눌러쓴 모자 밑으로 등불에 비친 금발 몇 가닥을 볼 수 있었다.

"머블스 씨, 부디 와주세요. 번터가 제게 전화를 걸었어요. 증언을 하고자 하는 여자가 와 있대요. 번터는 그 여자를 혼자 두고 오고 싶지 않다고 하는군요. 너무 겁에 질려 있어서. 하지만 무시무시할 정도로 중요한 일이라고 하네요. 아시겠지만 번터의 말은 틀리는 법이 없잖아요."

"번터가 그 여자의 이름을 얘기했습니까?"

"그림소프 부인이라고 했어요."

"맙소사! 잠깐만 기다려요, 아가씨. 일단 들어와요."

그리고 실로 생각보다 훨씬 빨리 머블스 씨는 예거 잠옷 가운을 입고 현관 앞에 나타났다.

"들어와요. 몇 분 안에 채비를 갖출 테니. 내게 온 건 아주 잘한 일이오. 그렇게 해줘서 정말, 정말 기쁘다오. 날씨 한번 참 험하군! 퍼킨스, 머피 씨를 깨워서 내가 전화 좀 써도 되겠느냐고 물어봐 주겠나?"

머피 씨는 다정하지만 소란스러운 아일랜드 계 법정 변호사로, 깨울 필요도 없었다. 그는 친구 몇 명과 함께 유흥을 즐기던 중이어서 기꺼이 전화를 빌려주었다.

"빅스요? 여기 머블스라오. 그 알리바이 말인데……."

"네?"

"자기 발로 왔어요."

"이런! 진짭니까?"

"피카딜리 110번지로 올 수 있겠소?"

"곧장 가죠."

그렇게 해서 피터 경의 난롯가에 기묘한 조합의 무리가 모이게 되었다. 무슨 소리만 나도 움찔움찔 놀라는 창백한 얼굴의 여자, 빈틈없고 단련된 얼굴을 한 법조인들, 메리 양, 유능한 번터. 그림소프 부인의 이야기는 지극히 간단했다. 부인은 피터 경이 말해준 이후에 사실을 알고 번민했다. 그래서 남편이 '로드 인 글로리'에서 술에 취해 늘어진 틈을 타 말에 안장을 얹고 스테이플리까지 갔다.

"가만히 입을 다물고 있을 수가 없었어요. 어차피 불행하니까 차라리 남편의 손에 죽는 편이 낫겠죠. 주님에게 간다고 하면 더 나빠질 것도 없을 테고. 그분이 저지르지도 않은 일 때문에 교수형을 당하는 편보다는 낫잖아요. 그분은 친절했고, 저는 정말 너무나도 불행했어요. 그게 진실이에요. 그분 부인이 이 사실을 알아도 남편에게 너무 심하게 하지 않으셨으면 좋겠네요."

"아니, 아닙니다."

머블스 씨는 헛기침을 했다.

"잠깐만 실례해요, 마담. 임피 경……."

변호사들은 창가 자리로 가서 속삭였다.

"아시겠지만, 부인은 여기에 옴으로써 다시 돌아갈 길이 없어요." 임피 경이 말했다. "우리에게 남은 큰 문제는, 위험을 무릅쓸 가치가 있을까 하는 겁니다. 어쨌거나 윔지의 증거가 어느 정도인지도 모르지 않습니까."

"아니, 그래서 나는 이 증거를 내세우고 싶은 겁니다. 비록 위험은 있다고 해도."

머블스 씨가 대답했다.

"전 위험을 무릅쓸 준비가 되어 있어요."

그림소프 부인은 결연하게 말했다.

"그 점은 아주 고맙습니다." 임피 경이 대답했다. "하지만 우리가 가장 먼저 고려해야 할 점은 우리 의뢰인이 무릅써야 할 위험이죠."

"위험요?" 메리가 외쳤다. "하지만 이 증거를 대면 오빠의 누명이 벗겨지잖아요!"

"덴버 공작이 그라이더스 홀에 도착한 정확한 시간을 확실히 증언해줄 수 있습니까, 그림소프 부인?"

변호사는 마치 메리의 말을 듣지 못한 양 물었다.

"부엌 시계로 12시 15분 지나서였어요. 아주 정확한 시계랍니다."

"그리고 떠난 시각이……."

"2시 5분 정도였어요."

"그러면 빠르게 걸으면 리들스데일까지 얼마나 걸립니까?"

"아, 족히 한 시간은 걸릴걸요. 아주 걷기 힘든 길이에요. 시내 위아래로 이어지는 둑이 아주 가팔라요."

"검사들이 그런 점을 지적해도 당황해서는 안 됩니다, 그림소프 부인. 그 사람들은 공작이 출발하기 전이나 돌아온 후에 캐스카트를 죽일 시간이 있었다는 것을 증명하고 싶어 할 겁니다. 공작이 인생에 숨겨두고 싶어 했던 비밀이 있었다는 것을 인정하면 검사들에게 이제까지 없었던 걸 주는 셈이 되죠. 즉, 자기를 목격한 사람을 죽이고 싶을 수도 있다는 동기 말입니다."

충격 어린 침묵이 흘렀다.

"이런 질문을 해도 될지 모르겠습니다만, 마담." 임피 경이 물었다. "혹시 의심 가는 사람이 있습니까?"

"제 남편은 짐작하고 있을 거예요."

부인은 쉰 목소리로 대답했다.

"분명해요. 남편은 항상 눈치채고 있었어요. 하지만 증명할 수 없었죠. 바로 그날 밤……."

"어떤 날 밤 말입니까?"

"살인이 일어난 날 밤요. 남편은 덫을 놓았어요. 한밤중에 스테이플리에서 돌아와 우리를 잡아 죽이려고 했죠. 하지만 출발하기 전에 술을 너무 많이 마셔서 도랑에서 밤을 보내는 바람에 기회를 놓쳤어요. 그렇지 않았다면 지금 여기 계신 분들이 수사해야 할 살인 사건은 제럴드와 제가 살해당한 사건이 되었을 거예요."

그녀가 이런 사람들 앞에서 스스럼없이 오빠의 이름을 부르는 것을 듣고 메리는 기묘한 충격을 받았다. 메리는 갑자기 뜬금없이 물었다.

"파커 씨가 여기 계시나요?"

"아니, 아니라오."

머블스 씨가 책망하듯 말했다.

"이건 경찰이 개입할 일이 아니지요."

"우리가 할 수 있는 최선은 부인의 증언을 끼워 넣는 겁니다." 임피 경이 말했다. "그리고 필요하면 이 부인을 위해 보호를 해드리도록 하죠. 그동안에는……."

"저와 함께 가서 어머니 댁에 묵으면 돼요."

메리 양은 결심한 듯 대답했다.

"메리 양, 그건 이 상황에서 아주 부적절해요." 머블스 씨가 이의를 제기했다. "메리 양은 잘 이해를 못하는 것 같은데……."

"어머니도 그러라고 말씀하셨어요." 메리 양이 대꾸했다. "번터, 택시 좀 잡아줘."

머블스 씨는 어쩔 수 없다는 듯 손을 흔들었지만 임피 경은 약간 재미있어하는 표정이었다.

"그래 봤자 소용없어요, 머블스." 임피 경이 말했다. "시간이 흐르고 갖가지 사건을 겪다 보면 진보적인 생각을 가진 젊은 여자도 나긋나긋해지기 마련이죠. 하지만 진보적인 생각을 가진 노부인은 이 지상의 힘으로는 말릴 수가 없는 법입니다."

그래서 결국 메리 양이 찰스 파커 씨에게 전화를 걸어 그 소식을 알려준 곳은 선대 공작 부인의 시내 저택이었다.

17 장

죽은 자도 말이 많다

나는 마농을 잘 알았습니다.
그러니 어째서 미리 예측했어야 할 재난이 닥쳤다고
괴로워하겠습니까?
―《마농 레스코》

폭풍우가 걷히고 청명한 날씨로 바뀌었다. 광활한 하늘은 맑고, 세찬 바람은 뭉게구름을 푸른 공기 아래로 밀어 보냈다.

피고는 한 시간이나 변호인단과 씨름한 끝에 마침내 법정에 들어섰다. 가발 사이로 보이는 임피 경의 고전적인 얼굴도 상기되어 있었다.

"난 아무 말도 안 할 거요."

공작은 고집스럽게 말했다.

"그런 추잡한 짓을 어떻게 할 수 있나. 참으로 갸륵하게도 그 사람이 나와주겠다고 하면 내가 당신네들을 막을 수는 없겠지. 하지만 내가 금수만도 못한 인간이라는 생각이 들어."

"그건 그저 놔두는 편이 좋겠군." 머블스 씨가 말했다. "그럼 좋은 인상을 줄 테니. 공작을 증인석에 세우고 그저 신사도를 완벽히 지키도록 하는 거지. 그럼 사람들이 좋아할 거요."

얼마 안 되는 휴식 시간 동안 변론을 수정하고 있던 임피 경은 고개를 끄덕였다.

그날 나온 첫 번째 증인은 놀라웠다. 증인으로 나온 여자는 엘리자 브리그스라는 이름으로, 뉴 본드 가에서는 마담 브리짓으로 알려져 있다고 밝혔다. 미용과 향수의 전문가인 마담 브리짓은 남녀 할 것 없이 귀족 고객이 많았고 파리에도 지점이 있었다.

마담 브리짓은 질문에 답했다. "고인은 몇 년 동안 두 도시에서 단골손님이었지요. 그는 마사지와 손톱 손질을 받았어요. 전후에는 폭탄 파편 때문에 약간 흉터가 남아 관리를 받으러 왔지요. 그는 외모에 아주 꼼꼼한 사람으로, 그걸 남자의 허영기라고 부른다면, 그는 확실히 허영심이 많았다고 말할 수 있겠네요." "증언해주셔서 고맙습니다." 위그모어 린칭 경은 증인을 반대 신문하려 하지 않았고, 귀족들은 도대체 왜 이런 증인을 불렀는지 서로를 바라보며 수군댔다.

이 시점에서 임피 빅스 경은 앞으로 몸을 숙이더니 소송 적요서를 집게손가락으로 두드리며 입을 열었다.

"귀족 여러분, 우리 사건은 너무 명료해서 알리바이를 제시할 필요도 없다고 생각했습니다만……."

그때 법정 경비병이 문간에서 일어난 사소한 소란에서 뛰어들어와 임피 경의 손에 쪽지를 찔러 넣었다. 임피 경은 쪽지를 읽더니 얼굴이 붉어졌다. 그는 법정을 내려다보며 자신의 소송 적요서를 내려놓고 깍지 낀 손을 그 위에 올린 후 갑자기 윌트셔 공작의 가는귀도 꿰뚫을 만큼 쩌렁쩌렁 울리는 목소리로 말했다.

"여러분, 드디어 저희 증인이 도착했다는 소식을 기쁘게 알려드립니다. 피터 윔지 경을 소환하겠습니다."

그 순간 모든 사람이 목을 쭉 뺐었고, 긴 방 안으로 가뿐가뿐 걸어오는 추레하고 더러운 인물에게 시선을 집중했다. 임피 빅스 경은 머블스 씨에게 쪽지를 건네준 후, 안면이 있는 사람들에게 웃어 보이면서 간간이 하품을 해대고 있는 증인을 향해 진실만을 말하겠다는 선서를 요구했다.

증인의 이야기는 다음과 같았다.

"저는 피고의 동생인 피터 데스 브레든 윔지입니다. 현재는 피카딜리 110번지에 살고 있으며, 압지에 쓰인 흔적을 보고 해독한 결과에 따라, 어떤 숙녀분을 찾으러 파리에 갔습니다. 그 숙녀분의 이름은 마드무아젤 시몬 본데라라고 합니다. 그런데 파리에 가봤더니 그분은 반 험퍼딩크라고 하는 남자와 함께 파리를 떠났더군요. 그래서 그 여자분을 추적했고, 마침내 뉴욕에서 만났습니다. 전 숙녀분께 캐스카트가 죽던 날 밤에 썼던 편지를 달라고 부탁드렸습니다. (좌중 동요) 이 편지를 증거물로 제출하겠습니다. 저기 있는 위그모어 경이 건네드리면 알아볼 수 있게 마드무아젤 본데라의 서명이 한쪽 구석에 되어 있습니다. (환희의 동요가 일어 분개한 검찰 측의 항의는 묻혀버렸다.) 이렇게 급하게 알려드리게 되어서 죄송합니다만, 저도 어제서야 입수한 증거물이라서요. 가능한 한 빨리 오려고 했습니다만 화이트헤븐 근처에서 엔진 이상이 생겨서 고도를 낮춰야만 했습니다. 아마 5백 미터만 더 아래로 내려갔더라도 지금 이 자리에 있을 수 없었을 것입니다. (박수갈채가 터지자 최고 법관이 황급히 제지했다.)"

"귀족 여러분." 임피 경이 말했다. "여러분들은 제가 이 편지를 이전에는 전혀 본 적이 없다는 사실의 증인이십니다. 저는 그 내용도 모릅니다. 그렇지만 이 편지가 제 의뢰인의 사건을 입증해주리라는 것을 확신하고 있고, 기꺼이—네, 열렬히—있는 그대로 검토하지 않고 무엇이 되었든 이 문서의 내용을 지지하도록 하겠습니다."

"필적이 고인의 것인지 확인해야만 하겠군요."

최고법관이 중재했다.

기자들이 미친 듯이 펜으로 종이를 득득 긁으며 휘갈겨갔다. 〈데일리 트럼펫〉지에 기사를 쓰는 마른 남자는 상류층의 추문을 냄새 맡고 입술을 핥았지만 방금 더 큰 추문이 간발의 차로 빠져나갔다는 사실은 꿈에도 몰랐다.

리디아 캐스카트 양이 필적을 확인하기 위해 재소환되었고, 편지는 최고법관에게 건네졌다. 최고법관은 알렸다.

"이 편지는 프랑스어로 되어 있습니다. 통역가를 불러야겠군요."

"편지 안에서 압지에 남은 단어들의 흔적을 볼 수 있습니다." 증인이 불쑥 말했다. "이렇게 말씀드리는 것을 용서해주십시오."

"이 사람을 전문가 증인으로 내세우는 겁니까?"

위그모어 경이 기가 죽어 물었다.

"그렇지요!" 피터 경이 말했다. "다만 아시겠지만 빅스도 미처 예기치 못했던 결정이지요."

비기 앤 위기
멋쟁이 두 남자
법원에 갔다네
시계가 울리자……

"임피 경, 제발 부탁인데 당신 증인 좀 진정시키시죠."

피터 경은 싱긋 웃었고 통역가가 불려와서 선서를 할 때까지 잠깐 진행이 멈췄다. 마침내 사람들이 숨죽여 침묵을 지키는 가운데, 편지가 낭독되었다.

리들스데일 로지
스테이플리
요크셔 주
1920년, 10월 13일[s]

시몬

방금 당신의 편지를 받았어. 내가 무슨 말을 해야 하나? 간청을 하든 비난을 하든 소용없겠지. 당신은 이해하지 못할 거고 이 편지를 읽지 않을지도 모르는데.

더욱이 난 항상 당신이 나를 배신할 거라고 예감했었어. 지난 8년 동안 질투로 인한 고통 때문에 인생이 지옥이었지. 당신이 내게 상처 줄 뜻이 없었다는 건 알아. 당신의 경박함과 경솔함, 깜찍하게 거짓말하는 방식까지도 사랑스러웠어. 그 모든 걸 알고도 당신을 여전히 사랑했지.

아, 아니야, 당신. 난 환상을 가진 적이 없어. 우리가 카지노에서 처음 만났던 날을 기억하겠지. 당신은 열일곱 살이었고 심장이 멎을 정도로 귀여웠어. 당신은 바로 다음 날 내게 왔어. 아주 예쁘게 나를 사랑하고 내가 당신의 첫 남자라고 했지. 깜찍하게

---

[s] 이 책이 처음 출간된 것은 1926년이고, 그 후 30년대에 재출간되었다. 피터 윔지 경은 1890년 생으로 설정되어 있고, 이 작품은 1923년에 출간된 《시체는 누구?》에 바로 이어지는 사건인 데다가 초반에 피터 경이 서른세 살이라고 쓰여 있으므로 편지의 날짜는 1923년으로 보는 게 맞다. 원문에는 불어본과 영어본이 함께 실려 있다.

도 그 말은 사실이 아니었어. 당신은 혼자 있을 때면 내가 얼마나 쉽게 넘어갔는지를 생각하고 비웃겠지. 하지만 비웃을 것도 없어. 난 우리가 처음 키스했던 순간부터 이 순간을 예감했으니.

하지만 난 너무 심약하여 당신이 내게 저지른 짓들을 말하고 싶어져. 아마 미안해할지도 모르지. 하지만 아닐걸. 뭔가 후회한다면 당신은 시몬이 아니겠지.

8년 전, 전쟁이 일어나기 전에는 나도 부유했었지. 당신이 새로 만나는 미국인만큼은 아닐지 몰라도, 당신이 원하는 것이라면 뭐든 사줄 정도는 됐어. 당신도 전쟁 전에는 많이 바라지 않았고, 시몬. 내가 전쟁에 나갔던 동안 도대체 어디서 그렇게 사치스러운 습관을 들인 거지? 아예 물어보지 않는 편이 낫겠지. 뭐, 내 돈의 대부분은 러시아와 독일 채권에 들어갔고, 그 돈의 4분의 3 정도가 서방으로 흘러갔어. 물론 대위 월급도 있지만 쥐꼬리만 했지. 심지어 전쟁이 끝나기 전에 당신은 내 예금 모두를 탕진해버렸어. 물론 내가 바보였어. 수입이 4분의 3가량 줄어버린 남자가 돈이 많이 드는 애인과 클레베르 가의 아파트를 유지할 여유가 되나. 그 여자를 놓아주든가 아니면 약간의 자기 희생을 요구했어야지. 하지만 난 감히 아무것도 요구할 엄두가 나지 않았어. 어느 날 내가 당신에게 가서 이런 말을 한다고 생각해봐. "시몬, 난 이제 빈털터리가 됐어." 그럼 당신은 내게 뭐라고 말했을까?

내가 어떻게 했다고 생각해? 아마 당신은 그런 생각도 안 해봤을걸. 당신과 헤어지지 않기 위해서 내가 돈과 명예와 행복을 다 내던져도 당신은 신경 쓰지 않았지. 난 필사적으로 도박을 했어. 심지어 더 심한 짓까지도 했지. 카드에서 속임수도 썼으니까. 이 말을 들으면 당신은 어깨를 으쓱하며 그러겠지. "잘했네요!" 하지만 정말 해먹지 못할 노릇이야. 건달이나 하는 짓이지. 들키기라도 했다면 그나마 있는 대위 자리에서도 쫓겨났겠지.

게다가 영원히 계속하지도 못해. 증거는 없었지만 이미 파리에서 그 때문에 다툼이 있었으니까. 그래서 나는 당신에게 말한 영국 여자랑 약혼을 했어. 공작가의 딸이라는 여자. 대단하지? 아내의 돈으로 정부를 둘 생각을 하다니! 하지만 난 당신을 도로 찾기 위해서라면 그렇게 했을 거고, 또 할 거야.

그런데 당신이 나를 내버리는군. 그 미국인 재벌은 어마어마하게 부유하다면서. 당신은 한동안 아파트가 너무 작니, 죽을 만큼 지루하다느니 귀가 따가울 정도로 불평해댔지. 당신의 '좋은 친구'가 차와 다이아몬드도 사주고—알라딘의 궁전이로군—달까지도 따다 줄 거라고 했다면서. 그에 비하면 사랑과 명예는 하찮게 보인다는 걸 인정해야겠군.

아, 게다가 이 공작이라는 작자는 고맙게도 참 멍청이야. 책상 서랍 속에 리볼버를 아무렇게나 놔두더군. 게다가 방금 들어와서 카드 사기 사건은 어떻게 된 거냐며 따지다 갔어. 자, 그러니 이제 게임은 끝난 거지. 당신 탓은 하지 않아. 이들은 소문날까 두려워서 내 자살을 덮을 거야. 더 잘됐지. 일요일 신문에 내 연애 사건이 실리는 건 원치 않으니까.

잘 있어, 그대. 오, 시몬, 내 사랑, 내 사랑, 안녕. 새 애인과 행복하기를. 나 따위는 잊어. 그게 무슨 소용이겠어? 내가 얼마나 당신을 사랑했는지. 지금도 억누르지 못하고 여전히 당신을 얼마나 사랑하는지. 이제 모두 끝났어. 당신은 내 심장을 다시 꿰뚫진 못할 거야. 나는 미쳤으니까. 고통으로 미쳤으니까! 안녕.

18 장
최후 변론

"아무도 아니야. 나, 나 자신이 저지른 일이지. 그러면 안녕."
— 오셀로[§]

캐스카트의 편지를 읽은 후에 피고가 증인석에 나왔지만 재판은 이미 절정을 넘어 시들시들해진 분위기였다. 법무장관의 반대 신문에서도 피고는 사건 당일 몇 시간 동안 아무도 만나지 않고 황야를 헤매고 다녔다고 끈질기게 우겼지만, 아래층에 내려갔던 게 2시 30분이라고 했던 심리 진술과는 달리 실은 11시 30분이었음은 인정하지 않을 수 없었다. 위그모어 린칭 경은 이 점을 잘 집어내고 의기양양해져서 캐스카트가 덴버 공작을 협박하고 있었다는 주장을 하려고 했다. 검사

[§] 1장의 제사에 나온 에밀리아의 대사에 바로 이어지는 데스데모나의 대사.

가 얼마나 질문을 퍼부었던지 임피 빅스 경과 머블스 씨, 메리 양과 번터는 이 저명하신 검사의 눈이 벽을 꿰뚫고 나가 옆방에서 다른 증인들과 떨어져 앉아 대기하고 있는 그림소프 부인을 바라보고 있는 게 아닌가 싶을 정도였다. 점심 식사 후에 임피 경은 자리에서 일어나 최후 변론을 시작했다.

"친애하는 귀족 여러분, 이제까지 들으셨다시피, 저 또한 최근 사흘 동안 안절부절못하며 지켜보고 청원도 올렸습니다. 그러니 이제 관심과 자비심을 가지고 사건의 진상을 헤아려주시기 바랍니다. 저희 의뢰인이 끔찍한 살인 혐의에 대응하여 자신을 변호하기 위해 내놓은 증거를 보십시오. 이제 고인이 된 피해자가 좁은 무덤에서부터 자신의 목소리를 높여 그 13일 밤의 이야기를 들려주는 것 같지 않았습니까. 이제 이 이야기가 진실하다는 데 마음속에 한 점 의심도 없으실 것입니다. 여러분도 아시다시피 저는 방금 법정에서 편지가 낭독될 때까지 그 내용에 대해서는 전혀 몰랐습니다. 또한 제 마음에도 깊은 인상을 남겼으니 여러분에게도 참으로 어마어마하고 고통스러운 영향을 끼쳤을 것임을 알 수가 있습니다. 저 또한 형사 사건에 경험이 많지만 이 불행한 젊은이보다 더 우울한 사연을 가진 이를 만나본 적이 없습니다. 이 청년은 치명적인 열정―닳고 닳은 표현이지만 여기서는 몹시도 중요한 말입니다―진정으로 치명적인 열정으로 인해 계속 아래로 타락하다가 마침내는 자기 손으로 목숨을 끊게 된 것입니다.

지금 여러분 앞 이 법정에 선 우리들의 동료 귀족은 이 젊은 이를 죽인 죄로 기소당했습니다. 우리가 이제까지 들은 증언들에 비추어보면, 피고가 무죄라는 사실은 여러분들에게도 명약관화할 테니 더 이상의 설명을 드려봤자 사족이겠지요. 이런 종류의 사건들 대부분에서는 증언들이 서로 뒤섞이고 모순되는 경우가 많습니다. 하지만 사건의 진행은 아주 명확하고 일관적이어서 우리가 마치 모든 것을 다 내려다보시는 주님처럼 현장에서 직접 드라마가 펼쳐지는 것을 우리 두 눈으로 봤다면 그날 밤의 모험을 아주 선명하고 정확하게 볼 수 있었을 것입니다. 실로 데니스 캐스카트의 죽음이 그날 단독으로 일어났다면 진실이 한 순간도 의심받지 않았을 것이라 감히 말씀드릴 수 있습니다. 그렇지만 전대미문의 우연들이 연속으로 일어나서 데니스 캐스카트의 이야기의 끈은 다른 사건들과 얽혀버렸던 것입니다. 그러니 구름 떼와 같이 수많은 증인들이 우리를 둘러싸고 있어ᶳ 모호한 부분이 남지 않도록 제가 처음부터 사건의 전차를 설명드리겠습니다.

자, 그러면 처음으로 돌아가 보겠습니다. 데니스 캐스카트가 다른 혈통의 부모 아래서 태어났다는 얘기는 이미 들어서 아시지요. 그는 어리고 사랑스러운 남쪽 지방 아가씨와 그보다 스무 살 연상인 영국 남자의 결합에서 태어났습니다. 아버지는

ᶳ 〈히브리서〉 12장 1절.

오만하고, 정열적이며, 냉소적인 성격이었죠. 열여덟 살이 될 때까지 데니스 캐스카트는 대륙에서 부모와 함께 살며 여기저기를 여행하고 동년배의 프랑스 소년보다 훨씬 더 세상을 많이 보았습니다. 그러면서 치정 사건이 여기에서보다는 더 잘 이해되고 용서받는 나라에서 사랑의 법칙들을 배웠지요.

열여덟 살이 되었을 때 그에게 크나큰 시련이 닥쳤습니다. 얼마 안 되는 간격을 두고 부모를 둘 다 잃었던 거죠. 아름답고 사랑받았던 어머니와, 살아 있었더라면 타고난 성급한 성격을 조절하는 법을 배웠을지도 모르는 아버지까지. 그렇지만 아버지는 죽으면서 마지막으로 소원을 두 개 남겼습니다. 둘 다 당연하기는 하지만 그런 상황에서는 재난이라고 할 만큼 나쁜 결단이었지요. 하나는 아들을 몇 년이나 보지 못한 누이에게 맡긴 것이고, 다른 하나는 자신의 모교에 아들을 보내야 한다는 지시였지요.

귀족 여러분께서는 리디아 캐스카트 양을 이미 보셨고 증언도 들으셨습니다. 그분이 기독교인답게 자기를 희생하며 양심적이면서도 올곧게 맡겨진 임무를 수행했는지를 다들 보셨을 것입니다. 그렇지만 불가피하게도 어린 조카와 마음을 맞추지는 못했습니다. 불쌍한 젊은이는 늘 부모를 그리워했고, 케임브리지 대학에 진학하면서 그와는 완전히 다른 환경에서 교육받은 젊은 청년들 무리에 내던져졌습니다. 코스모폴리탄적인 경험을 했던 젊은이에게는 스포츠며 클럽이며 순진한 야유회를 벌이며 노는 케임브리지의 젊은이들은 정말 유치하게 보였겠지요. 여러분 모두 모교에서 했던 경험을 돌이켜보면 데니스 캐스카트가 케임브리지에서 보낸 시절을 재구성할 수 있을 겁니다. 겉으로는 활기차지만 안으로는 공허하지 않습니까.

외교관이 되고 싶다는 야심을 가졌던 캐스카트는 부유하고 세력 있는 가문의 자제들과 널리 교제 관계를 맺었습니다. 세속적 관점으로 보기에는 잘 지내는 것처럼 보였겠고, 스물한 살 나이에 상당한 재산을 상속받으면서 성공적인 삶에 이르는 길도 열린 듯했습니다. 졸업시험을 통과하자마자 케임브리지의 학문적 먼지를 훌훌 털어버리고 프랑스로 떠나서 파리에 자리를 잡았고, 조용하지만 결단력 있게 국제 정치 세계에 틈을 만들어 파고 들어갔습니다.

그렇지만 바로 이때, 그에게서 재산과 명예, 결국은 삶 그 자체까지도 앗아가는 엄청난 힘이 등장하게 됩니다. 그는 세련되고 저항할 수 없는 매력과 미모를 지닌 젊은 아가씨를 만나 사랑에 빠지죠. 오스트리아의 수도는 이런 미인이 많기로 세계적으로 유명하니까요. 그는 마농 레스코에 빠진 기사 데그리외만큼이나 시몬 본데라에게 몸과 영혼이 다 사로잡혀버립니다.

우리는 이 문제에 있어서 캐스카트는 엄격하게 대륙적 규칙을 따랐다는 점에 주목해야 합니다. 완전한 헌신, 완전한 배려. 그가 얼마나 조용히 살았는지, 얼마나 단정하게 살았는지 이미 들어서 알고 계시지요. 우리는 그가 분별 있게 은행 계좌를 관리했고, 자기 앞으로 상당한 액수의 수표를 발행했으며, 액수가 큰 지폐를 현금으로 인출했고, 분기별로 충분한 정기적 수입을 모았다는 증언을 들어 알고 있습니다. 데니스 캐스카트의 인생은 이제 넓어졌습니다. 아름답고 순종적인 애인을 가진 부유하고 야망 있는 남자. 세상이 그의 앞에 열려 있었죠.

그때, 전도유망했던 직업적 앞날에 세계대전이라는 날벼락이 떨어집니다. 전쟁은 그의 보호막을 가차 없이 뚫고 들어와 야망을 내던져버리고 인생을 아름답고 바람직하게 만들어주었던 모든 것들을 여기저기 파괴하고 망가뜨렸습니다.

또한 우리는 캐스카트의 뛰어난 군대 경력에 대해서도 들었습니다. 그 점을 자세히 짚을 필요는 없겠죠. 수천 명의 다른 젊은이들처럼 그 또한 용감하게 긴장과 환멸 속에서 5년을 보냈습니다. 그러다 마침내 살아서 건강하게 돌아왔습니다. 실로 거기까지는 많은 동료들보다 더 행복했을 것입니다. 그렇지만 그의 삶에 남은 것은 폐허뿐이었습니다.

넉넉했던 재산은 대부분을 러시아와 독일 채권에 투자하는 바람에 말 그대로 아무것도 남지 않았습니다. 그처럼 교육을 잘 받았고 인맥도 넓으며 손만 뻗으면 얻을 수 있는 괜찮은 일자리도 많이 있는 젊은이에게 그런 게 무슨 문제가 되었을까요? 손실을 만회하기 위해서는 몇 년만 기다리면 되었습니다. 아아, 그렇지만 그는 기다릴 여유가 없었습니다. 그는 재산이나 야망보다도 그에게 더 소중한 것을 잃을 위험에 처했습니다. 그래서 상당한 돈이 필요했죠. 그것도 당장.

여러분, 우리가 방금 들은 이 감정적인 편지에서는 이 고백이 가장 감동적이고 끔찍합니다. '나는 당신이 나를 배신할 수밖에 없으리라는 것을 알았어.' 겉으로 보기에는 행복했던 시절에도 그는 자신의 행복이 공중누각이라는 것을 알았던 거죠. '당신에게 기만당한 적이 없어.' 그는 이렇게 말하고 있습니다. 맨 처음 만났을 때부터 여자는 그에게 거짓말을 했지만 그는 알고 있었지요. 그 사실을 알았다고 하더라도 치명적인 격정에 묶여버린 그는 빠져나올 수 없었습니다. 여러분 중 한 사람이 이렇게 저항할 수 없는, 운명적 방식으로 작용하는 사랑의 힘을 안다면, 제 부족한 표현보다는 경험을 이용해서 이 상황을 해독해보십시오. 프랑스의 위대한 시인 한 명과 영국의 위대한 시인 한 명은 몇 마디 말로 이 문제를 요약했습니다. 라신은 그러한 격정에 대해 이렇게 말했죠.

그건 먹이에 달라붙은 비너스 그 자체야.[§]

우리의 셰익스피어는 연인들의 절망적인 완고함을 가련한 두 줄에 담았죠.

[§] 〈페드르〉 1막 3장 306행. 페드르가 의붓아들 이폴리트에 대한 격정을 고백하는 부분이다.

> 만약 내 연인이 자신이 진실하다 맹세한다면
> 나는 거짓말인 줄 알면서도 그 말을 믿노라.[§]

여러분, 데니스 캐스카트는 죽었습니다. 이제 그를 비난하는 건 우리의 역할이 아니죠. 우리는 오로지 그를 이해하고 가엾게 여길 뿐입니다.

여러분, 군인이었고 신사였던 남자가 불행하게도 체면을 잃고 타락하게 되는 충격적인 변화에 대해서 자세하게 설명할 필요는 없겠지요. 무슈 드부아-고비 우댕이 증언해준 차갑고 추악한 면면을 이미 들었고 고인의 마지막 편지에서 수치와 회한을 품은 헛된 표현들을 보았으니 말입니다. 그가 처음에는 정직하게 도박을 했으나 후에는 부정직하게 사기를 쳤다는 것을 알고 있습니다. 언젠가부터 항상 은행 잔고가 바닥나기 직전에 거액의 돈이 불분명한 출처에서 불규칙적으로 현금으로 들어왔다는 것도 알고 있습니다. 이 여자를 너무 냉엄하게 비판할 필요는 없겠지요. 자신의 관점에서는 그를 부당하게 이용한 것도 아니니까요. 자신의 이득을 챙겨야 하는 건 당연합니다. 그가 돈을 줄 수 있었을 때, 이 여인은 그에게 아름다움과 정열, 웃음과 적당한 정절을 바쳤죠. 그가 더 이상 돈을 줄 수 없게 되자 다른 자리를 찾는 게 합리적인 방안이었던 겁니다. 캐스

[§] 셰익스피어의 〈소네트 138〉의 첫 두 행.

카트도 이 점은 이해하고 있었습니다. 무슨 짓을 해서라도 돈을 마련해야 했죠. 그리하여 필연적으로 불명예스러운 구렁텅이에 빠져버렸습니다.

바로 이 시점에서 데니스 캐스카트와 그의 불운한 운명이 제 의뢰인과 그의 여동생의 인생에 끼어들게 됩니다. 이 시점부터 10월 14일의 비극에 이르게 되는 복잡한 사건들이 시작된 것이고 우리가 이 문제를 풀어내기 위해서 바로 이 엄숙하고 역사적인 모임을 가지게 된 것입니다.

18개월 전, 캐스카트는 필사적으로 돈을 확실히 얻어낼 수 있는 수입원을 찾아다니다가 아버지가 생전에 알고 지내던 지인의 아들인 덴버 공작을 만나게 됩니다. 두 사람의 교제가 점점 깊어졌고 캐스카트는 메리 윔지 양을 소개받습니다. 메리 양이 솔직히 증언해준 대로, 이 시점에 메리 양은 약혼자였던 고일스 씨와 헤어지면서 '장래의 목표도 없었고', '세상사에 지쳤으며', 좌절한 상태였습니다. 메리 양은 가족에게서 독립해야 할 필요를 느꼈고, 서로 간섭하지 않고 독자적인 삶을 살 수 있다는 단서를 달아 데니스 캐스카트를 받아들였습니다. 캐스카트가 이런 결혼을 받아들인 목적은 제가 더 이상 더할 필요 없이 그 자신의 신랄한 말에서 알 수 있겠죠. '아내의 돈으로 정부를 둘 생각을 하다니!'

그래서 일은 올해 10월까지는 그렇게 진행되어 갔습니다. 캐스카트는 약혼녀와 영국에서 시간을 함께 보내야 했으므로 시몬 본데라를 감시도 붙여두지 않고 클레베르 가의 집에 그대로 남겨두었죠. 그때까지는 꽤 안전하다고 느낀 모양입니다. 다만 문제점은 타고난 천성상 실제로 사랑하지도 않는 남자의 손에 인생을 맡길 수 없는 메리 양이 결혼 날짜를 정해주지 않으려는 것뿐이었죠. 클레베르 가에서 쓸 돈은 이전보다 더 부족해졌지만 드레스며 모자 값, 유흥비 등등은 줄지도 않았습니다. 그 와중에 미국인 백만장자 코넬리우스 반 험퍼딩크가 공원에서, 경마장에서, 오페라 극장에서, 캐스카트가 세낸 아파트에서 마드무아젤 시몬을 만납니다.

하지만 메리 양은 약혼에 대해서 점점 더 불편하게 여기게 되죠. 그리고 이 결정적인 순간, 고일스 씨는 갑자기 일자리를 얻게 됩니다. 수입은 소박하지만 확실히 보장된 자리라 아내를 부양할 수 있을 정도죠. 메리 양은 선택을 합니다. 그래서 고일스 씨와 도망가기로 하죠. 그런데 운명의 장난인지, 도망가기로 한 날이 10월 14일 목요일 새벽 3시였습니다.

10월 13일 수요일 밤 9시 30분, 리들스데일 로지에 모인 사람들은 각자 흩어져 침실로 올라갔습니다. 덴버 공작은 총기실에, 다른 사람들은 당구실에 있었습니다. 숙녀분들은 일찍 자리에 들었고 그 이후에 남자 하인인 플레밍이 저녁 우편물을 가지고 왔습니다. 덴버 공작에게는 놀랍고도 아주 불쾌한 내용이 담긴 편지를 가져다주었죠. 데니스 캐스카트에게는 다른 편지를 가져다주었습니다. 우리는 그 편지의 내용을 볼 수 없겠지만, 쉽게 짐작을 할 수 있습니다.

아버스노트 씨의 증언을 들어서 아시겠지만 캐스카트는 편지를 읽기 전에는 명랑하고 희망찬 기분으로 위층에 올라갔다고 했죠. 곧 결혼 날짜를 잡고 싶다고 하면서요. 그렇지만 10시가 조금 지나 덴버 공작이 만나러 갔을 때는 태도가 싹 바뀌어 있었습니다. 공작이 당면한 문제를 꺼내기도 전에 캐스카트는 무례하고 거칠게 말했고 신경이 아주 날카로워 보였죠. 자기를 가만 내버려두라고 했습니다. 우리가 오늘 들은 이야기, 마드무아젤 본데라가 10월 15일에 베렝가리아 호를 타고 뉴욕으로 갔다는 사실에 비추어보면, 그 사이에 데니스 캐스카트의 인생 전부를 송두리째 바꾸어놓았던 소식이 무엇인지 짐작하는 게 어렵지 않으시겠죠?

캐스카트가 애인이 그를 떠났다는 황망한 소식을 직면한 이 불행한 순간에, 덴버 공작도 역시 무시무시한 비난을 담은 편지를 가지고 옵니다. 공작은 캐스카트에게 천한 진실을 부과하죠. 그가 내주는 빵을 먹고 그의 지붕 아래서 잤으며 누이와 결혼하기로 한 이 남자가 다름 아닌 카드 사기꾼이라는 진실을요. 캐스카트가 그 혐의를 부인하려고도 하지 않았을 때—괘씸하게도 이제까지는 열렬히 구애해놓고도 이 귀족의 따님과 결혼할 마음이 없다고 선언했을 때—공작이 이 사기꾼에게 화를 내고 다시는 메리 윔지 양에게 손대거나 말이라도 걸 생각조차 말라고 한 건 당연하지 않습니까? 일말의 명예로운 감정을 지닌 사람이라면 그렇게 할 수밖에 없었을 겁니다. 제 의뢰인은 캐스카트에게 다음 날 집을 떠나라고 명령했습니다. 캐스카트가 미친 듯 폭풍 속으로 뛰어나갔을 때, 공작은 돌아오라고 소리를 쳤고 심지어 수고롭게도 캐스카트가 나중에 편히 들어올 수 있도록 온실 문을 열어놓으라고 일러두기까지 했지요. 캐스카트에게 더러운 악한이라고 욕한 건 사실이고 군대에서 쫓겨나게 하겠다고 으름장을 놓았던 것도 사실입니다만 정당한 사유가 있죠. 공작이 창문 밖으로 '돌아오게, 바보같으니!'라고 외쳤다고는 하지만, 한 증인은 공작이 '삐리리 같은 바보'라고 말했을 때는 거의 애정이 섞여 있었다고 증언하고 있습니다. (좌중 폭소)

그러면 이제 동기라는 관점에서 제 의뢰인에게 씌워진 혐의가 얼마나 허술한지 보여드리겠습니다. 두 사람이 다툰 동기는 덴버 공작이 증언 중에 설명하지 않았지만 두 사람 사이의 개인적인 문제라는 주장이 제기되었죠. 하지만 이 주장은 어림도 없고 증거 비슷한 것도 없습니다. 오직 저 특이한 증인인 로빈슨 씨는 아는 사람들에게 다 앙심을 품은 것처럼 보이고 사소한 망상을 아주 중요한 문제로 확대시키는 것 같더군요. 여러분도 증인석에서 그가 어떻게 처신하는지를 보셨으니 그 증언의 신빙성을 직접 판단하시기 바랍니다. 반면 우리 편에서는 분쟁의 원인이 완전히 사실에 입각해 있음을 잘 보여드렸지요.

그래서 캐스카트는 정원으로 뛰쳐나갔습니다. 쏟아지는 빗

속에서 그는 암담한 미래를 앞에 그리며 발길 닿는 대로 거닐었죠. 사랑과 부와 명예가 다 사라진 황무지를 말입니다.

그 사이 복도 문이 열리고 누가 슬금슬금 계단을 걸어 내려옵니다. 우리는 이제 그 사람이 누군지 알죠. 페티그루-로빈슨 부인이 잘못 들은 게 아니었습니다. 덴버 공작이었죠.

이건 인정합니다. 하지만 이 시점부터 고명하신 검사님과 저희는 의견을 달리합니다. 검찰 측 주장은 공작이 그 문제를 곰곰이 되씹어보다가 캐스카트는 사회의 위험 분자이니 죽는 게 낫겠다거나 덴버 가문을 모욕했으니 피로 갚아야 한다는 결론을 내렸다는 뜻이 됩니다. 그리고 공작이 아래로 살금살금 기어 내려가 서재 책상에서 리볼버를 꺼낸 후 한밤에 밖으로 나가 캐스카트를 찾아서 냉혹하게 해치워버렸다는 것이죠.

여러분, 이 주장이 그 자체로 얼마나 우스꽝스러운지 제가 굳이 짚어가며 말씀드릴 필요가 있겠습니까? 공작이 말 한마디면 해치울 수 있는 남자를 이처럼 냉혹하게 죽여버려야 할 합당한 이유가 어디 있답니까? 한편으로 검찰 측에서는 공작이 곰곰이 생각해보니 마음속에 입은 상처가 커져서 큰 부분을 차지하게 되었다는 암시도 했습니다. 여러분, 저는 결백한 한 남자의 어깨에 살인 충동이라는 무거운 혐의를 지우면서 이처럼 엉터리 구실을 대는 경우는 처음 봤습니다. 아무리 검찰 측이 천재적이라고 하더라도요. 굳이 이 점을 따져가며 시간을 낭비하고 싶지도 않고 여러분의 지성을 모욕하고 싶지도 않습니다. 또한 이 싸움의 원인은 겉보기와는 다르며, 공작은 캐스카트 쪽에서 뭔가 무서운 짓을 할까 두려워할 이유가 있었다는 주장도 있었습니다. 이 부분은 벌써 해결해버렸지요. 이건 박학하신 검사님께서 주어진 사실을 일관성 있게 꿰어 정황을 맞추려다 보니 만들어낸 근거 없는 추정에 불과합니다. 동기가 이처럼 많고 다양하다는 것 자체가 검찰 측에서도 논고의 허술함을 알고 있다는 증거겠지요. 불합리한 기소를 성립시키려다 보니 정신 없이 갖다 붙인 거겠지요.

여기서 다시 파커 경감이 서재 창문을 조사해서 알아낸 중요한 증거에 대해 관심을 가져주시기 바랍니다. 경감 말로는 바깥에서 서재 창문의 걸쇠를 칼로 젖혀 연 흔적이 있다고 했습니다. 만약 11시 반에 서재에 있었던 사람이 덴버 공작이라면 창문을 억지로 열 이유가 무엇이겠습니까? 이미 집 안에 있었는데요. 게다가 캐스카트의 주머니에서 칼이 발견되었고 칼날에는 금속 걸쇠를 억지로 젖히려 했을 때 생긴 듯한 긁힌 자국도 있습니다. 그러니 공작이 아니라 캐스카트가 온실 문이 열려 있다는 걸 모르고 피스톨을 가지러 창문을 넘어 들어온 게 분명합니다.

하지만 이 점을 힘들게 따질 필요도 없습니다. 우리는 이미 그때 캐스카트 대위가 서재에 있었다는 사실을 알고 있지요. 압지에 캐스카트가 시몬 본데라에게 쓴 편지의 흔적이 남아 있고, 피터 윔지 경이 직접 캐스카트가 죽고 나서 며칠 후 서재의 압지판에서 압지를 가져왔다고 말했습니다.

 그러면 여기서 다시 증언에 있어서 중요한 점을 짚고 넘어가도록 하겠습니다. 덴버 공작은 문제의 13일 직전에 서랍에서 리볼버를 보았고, 그때 캐스카트가 같이 있었다고 말했지요."

최고법관　잠깐만 기다리시오, 임피 경. 내 기록에는 그런 말이 없소만.

변호사　제가 만약 틀렸다면 부디 용서해주시기 바랍니다.

최고법관　내 기록을 한 번 읽어주리다. '요전 날에도 캐스카트에게 줄 메리 사진을 찾으려고 서랍을 뒤지다가 권총을 봤습니다.' 여기에 캐스카트가 옆에 있었다는 말은 없군요.

변호사　그다음 문장을 다시 한 번 읽어주시면……

최고법관　그러지요. 다음 문장은 이렇소이다. '그때 이렇게 놔두니 녹이 슬었다고 말한 기억이 납니다.'

변호사　그다음에는요?

최고법관　'누구에게 그런 말을 하셨습니까?' 그 대답은 이렇군요. '잘 모르겠습니다. 하지만 분명히 그 말을 한 것은 기억납니다.'

변호사　감사드립니다. 저기 있는 피고가 그 말을 했을 때는 캐스카트 대위에게 줄 사진을 찾고 있다고 했죠. 그렇다면 이 말 자체는 고인에게 했다고 추론하는 게 타당하다고 봅니다.

최고법관　(의원들을 향해) 의원 여러분, 물론 이 주장의 가치는 직접 판단하시기 바랍니다.

"데니스 캐스카트가 리볼버의 존재를 알고 있었을지도 모른다는 주장을 받아들이신다면 그가 정확히 언제 보았는지는 사소한 문제죠. 들으셨다시피 탁자 서랍에는 항상 열쇠가 꽂혀 있었습니다. 봉투나 봉인 밀랍 같은 걸 찾다가 보았을 가능성도 얼마든지 있죠. 어쨌든 마치뱅크스 대령 부부가 수요일 밤에 들었다던 부스럭거리는 소리는 바로 데니스 캐스카트가 움직이는 소리였습니다. 그가 이별 편지를 쓰는 동안—아마 이때 벌써 권총을 탁자 옆에 두고 있었겠죠—바로 그 순간에 덴버 공작은 계단을 내려가서 온실 밖으로 나갔습니다. 바로 여기에 이 사건의 믿을 수 없는 점이 있습니다. 다시 한 번 서로 연관이 없는 두 사건이 같은 시점에 모여서 너무나 혼란스러운 상황을 빚어냈다는 것입니다. 저는 여기서 '믿을 수 없다'는 표현을 썼는데, 우연이 있다는 게 믿을 수 없기 때문이 아닙니다. 우리가 살다 보면 소설에서보다도 더 놀라운 우연들을 만날 수 있다는 예를 매일매일 보지 않습니까. 하지만 고명하신 검사님께서 제게 앙갚음하고 싶은 마음에 부메랑처럼 돌려주시려고 그 표현을 막 꺼낼 기세이시라서 제가 먼저 써버린 것입니다. (좌중 폭소)

여러분, 첫 번째로 믿을 수 없는 우연은 이렇습니다. (저는 주저 없이 이 말을 쓰겠습니다.) 11시 30분, 공작은 아래층으로 가고 캐스카트는 서재로 갑니다. 검사님께서는 제 의뢰인을 반대 신문 하실 때 심리에서 했던 진술과 현재 진술 사이에 차이가 있다는 점을 정당하게 이용하셨죠. 즉, 심리 때는 2시 30분까지 집에서 나가지 않았다고 했는데, 지금은 11시 반에 떠났다고 했으니까요. 여러분, 공작이 그렇게 말한 동기에 대해서 어떠한 해석을 하시든지 재량에 맡기지만, 처음 진술을 했을 당시에는 모두들 총이 3시에 발포되었다고 생각하고 있었기 때문에 그렇게 거짓 진술을 했더라도 알리바이를 성립시키려는 데는 하등 소용이 없었다는 점을 다시 한 번 말씀드립니다.

공작이 11시 30분부터 새벽 3시까지 어디 있었는지 알리바이를 대지 못한다는 점은 그동안 계속 강조되었습니다. 그렇지만 공작이 아무도 만나지 않고 줄곧 황야를 헤매 다녔다는 말이 진실이라면 어떤 알리바이가 성립할 수 있겠습니까? 24시간 내내 사소한 행동 하나하나에 동기를 대야 할 의무는 없습니다. 또 공작의 이야기를 반박할 만한 증거도 나오지 않았습니다. 캐스카트와 그런 소동을 피운 후에 잠을 잘 수가 없어서, 마음을 진정하기 위해 산책을 좀 했다면 참으로 합리적인 설명이죠.

그동안 캐스카트는 편지를 마무리하고 우편가방에 집어넣었습니다. 이 사건 자체에서 그 편지보다 더 역설적인 존재는 없을 겁니다. 남자의 시체가 문간에 번듯이 누워 있고 형사며 의사들이 여기저기 단서를 찾아 돌아다니는 와중에도 일상적인 영국 가정의 집안일은 딱히 의문을 사지 않고 평소처럼 진행되었다니요. 사건의 진상을 담고 있는 편지는 우편가방에 얌전히 놓였다가 당연한 일처럼 우체국으로 가게 되어 우편함에 넣어지죠. 결국에는 두 달 후에 엄청난 비용과 시간, 생명이 왔다 갔다 하는 위험을 겪고 다시 돌아오게 됩니다만. 그야말로 영국의 위대한 금언, '정상 영업 중입니다.'를 지킨 셈이지요.

위층에서는 메리 윕지 양이 여행가방을 싸고 가족들에게 보낼 편지를 쓰고 있었습니다. 마침내 캐스카트는 자기 이름을 서명한 후 권총을 들고 서둘러 덤불로 갑니다. 그래도 그는 이제는 아무도 모를 생각을 하면서 한참을 왔다 갔다 합니다. 아마도 헛된 회한과 무엇보다도 그를 파멸시킨 여인에 대한 애증에 시달리며 과거를 반추했겠죠. 그는 사랑의 정표, 애인이 행운의 부적으로 주었던 백금과 다이아몬드로 만든 고양이를 떠올립니다. 어쨌건 그는 그것을 가슴에 얹고 죽을 순 없었습니다. 화가 나서 멀리 던져버리죠. 그런 후에 피스톨을 머리에 댑니다.

하지만 그는 주춤합니다. '이건 아니야! 이건 아니야!' 그는 끔찍하게 훼손된 자기 시체를 상상해봅니다. 부서진 턱. 튀어나온 눈알. 사방팔방에 퍼진 피와 뇌수. 아니다, 차라리 깨끗하게 심장에 대고 쏘자. 죽어가면서도 외모를 신경 쓰는 사람이었던 거죠. 참.

그는 리볼버를 가슴에 대고 방아쇠를 당깁니다. 약간 신음하며 그는 젖은 땅 위에 쓰러집니다. 무기가 손에서 떨어지죠. 손가락으로 가슴을 할큅니다.

총소리를 들었다고 한 사냥터지기는 밀렵꾼들이 아주 가까이까지 온 줄 알고 당황합니다. 어째서 황야에 있지 않은 건가? 사냥터지기는 농장 안에 있는 토끼를 생각합니다. 그래서 등불을 들고 가랑비를 맞으며 찾으러 나갑니다. 그런데 아무것도 없습니다. 비에 젖은 풀과 물방울이 뚝뚝 떨어지는 나무들밖에는. 그는 그저 사람입니다. 결국 잘못 들었다고 결론을 내리고 따뜻한 침대로 돌아가죠. 자정이 지납니다. 1시가 지납니다.

비는 이제 가늘어집니다. 잠깐! 저기 덤불 속에 뭐죠? 뭔가 움직입니다. 총을 맞은 사람이 움직이고 있습니다. 약간 신음하면서 기다가 일어나려 합니다. 뼛속까지 오한이 들고 출혈 때문에 기운이 다 빠지고 상처 때문에 열이 나 몸이 떨리면서도, 그는 어렴풋이 원래 목적을 기억합니다. 그는 가슴에 난 상처를 손으로 더듬어봅니다. 손수건을 꺼내 상처를 막습니다. 그는 몸을 질질 끌면서 일으키려다 미끄러지고 쓰러집니다. 손수건은 땅으로 흘러내려 낙엽 사이 리볼버 옆에 떨어집니다.

그는 고통스러워하면서도 머릿속으로는 집으로 기어가야 한다는 생각을 하게 됩니다. 아프고, 고통스럽고, 더웠다가 추웠다가, 참을 수 없이 목이 탑니다. 누가 자기를 데려가서 보살펴주었으면, 마실 걸 주었으면. 비틀비틀 흔들흔들, 이제 두 손 두 발로 기면서, 이리저리 질질 몸을 끌면서 집으로 향하는 악몽 같은 여행을 시작합니다. 걸었다가, 기었다가, 무거운 팔다리를 질질 끌면서. 마침내 온실 문이 보입니다! 저기에 가면

도움을 받을 수 있겠지. 우물 옆 물통에는 열을 식힐 물이 있겠지. 그는 두 손 두 발로 거기까지 기어가서 애써 몸을 일으키려 합니다. 숨쉬기가 점점 힘들어집니다. 무거운 게 가슴을 짓누르는 것 같습니다. 그는 몸을 일으킵니다. 그때 딸꾹질에 가까운 심한 기침이 터져 나옵니다. 피가 입에서 쏟아지죠. 그는 다시 쓰러집니다. 이제는 완전히 끝나버렸죠.

다시 한 시간이 지납니다. 3시, 밀회의 시간이 다가옵니다. 젊은 연인이 열렬히 담을 뛰어넘어 미래의 신부를 맞으러 덤불을 헤치며 오고 있습니다. 춥고 축축하지만 행복감 때문에 그는 주변을 돌아볼 겨를이 없습니다. 그는 아무 생각 없이 덤불을 지나칩니다. 그리고 온실 문 앞에 다다르죠. 그 문만 지나면 곧 사랑과 행복이 그에게 오겠죠. 그런데 그 순간 그는 뭔가에 걸려 넘어집니다. 남자의 시체입니다!

그는 공포에 사로잡힙니다. 멀리서 발걸음 소리가 들려옵니다. 딱 한 가지 생각밖에 들지 않죠. 이 가공할 만한 난장판에서 빠져나가야겠다. 그는 덤불로 몸을 날립니다. 그 순간 약간 피곤하기는 하지만 잠깐 산보를 하고 나서 마음이 한결 진정된 덴버 경이 씩씩하게 길 위로 걸어옵니다. 그때 몰래 나오던 미래의 신부와 그녀의 약혼자의 시체 앞에서 마주치죠.

여러분, 나머지는 명확합니다. 메리 윔지 양은 정황상 자신의 연인이 살인자라고 생각하고는 여러분이 남자라면 다들 이해해주실 만한 용기를 짜내어 조지 고일스를 현장에서 숨겨주려고 합니다. 이와 같은 판단 착오 때문에 사건은 복잡해지고 미스터리로 돌변했습니다. 하지만 여러분, 기사도가 살아 있는 동안에는 우리 중 누구도 이 용감한 숙녀분에게 비난의 말을 던질 수는 없을 것입니다. 옛 노래에 이런 구절이 있지요.

주님은 결국에는 모두에게
그러한 매와 그러한 개와 그러한 친구를 보내주신다네.

여러분, 저는 이제 더 이상 할 말이 없을 것 같습니다. 이제 저기 있는 귀족의 일원, 여러분의 동료를 이 부당한 혐의에서 풀어주는 엄숙하고도 즐거운 임무는 여러분의 손에 맡기겠습니다. 의원 여러분은 단지 인간일 뿐이고, 이처럼 중세에나 있었던 요란한 법적 절차를 밟는 데에 대해 불평도 하고 비웃기도 하셨을 것으로 압니다. 이토록 실용적인 시대의 취향과 습속에는 너무도 낯선 것이지요. 여러분들은 분별이 있으신 분들이니 다음 구절은 다 잘 알고 계실 것 같습니다.

향유도, 왕의 홀도, 공도 아니라네.
칼도, 도끼도, 황제의 왕관도 아니라네.
금사와 진주로 짠 의상도 아니고
우스꽝스러운 직함도 아니며
세상의 높은 바닷가에 밀려오는 파도처럼 화려한 위용도

아니라네.⁸

　이러한 것들이 귀족의 혈통에 위엄을 더해주지 못함은 다 알고 계시겠지요. 그러나 이제까지 목도하셨듯이 영국에서 가장 유서 깊고 고귀한 가문의 수장이 동료 귀족들에게서 떨어져 여기 홀로 서 있습니다. 역사적 명예는 다 빼앗긴 채, 오로지 정당한 대의명분만을 지니고 있을 뿐입니다. 이것만 보아도 여러분은 모두 동정하시고 분개하실 수밖에 없을 것입니다.

　고귀한 계층의 전통적 상징이었던 덴버 공작을 복권시켜 줄 수 있다는 것은 행복한 특권입니다. 이제 국회의장이 여러분께 엄숙한 질문을 던질 겁니다. '덴버 공작, 세인트 조지 자작 제럴드가 이 끔찍한 살인 혐의에 유죄입니까, 무죄입니까?' 그러면 여러분 모두 한 점의 의심도 없이 자신 있게 손을 가슴에 얹고 대답하실 겁니다. '제 명예에 걸고 무죄입니다.'"

---

⁸　셰익스피어, 〈헨리 5세〉 4막 1장.

19 장
누가 집으로 가지?

귀족만큼 취했다고요?§
계급으로 말하자면 그들은 실로 아주 말짱하답니다.
— 클루어 판사, 법정에서.

검사가 간단할 뿐만 아니라 모든 이의 구미에 맞는 결론을 다시 흐트러트리려는 성가신 작업을 하는 동안, 피터 경은 파커를 라이언스 식당으로 끌어내어 어마어마하게 양이 많은 달걀과 베이컨 요리를 시켜놓고서 그림소프 부인이 런던으로 뛰어온 사건에 대한 간단한 설명과 메리 양의 반대 신문에 대한 긴 설명을 들었다.

"뭣 때문에 히죽히죽 웃고 있나?"

---

§ '귀족만큼 취했다'는 숙어적 표현으로서, 1700년대와 1800년대는 한자리에서 술을 많이 마실 수 있다는 게 경제적 여유와 연관되어 귀족의 상징처럼 쓰였기 때문에 유래한 표현이라고 한다.

파커가 딱딱거리는 말투로 따졌다.

"사람들의 타고난 어리석음 때문이야." 피터 경이 대답했다. "불쌍한 캐스카트. 그 여자는 어린애일 뿐이었는데! 말이 나왔으니 말이지만 아직도 애지. 나는 왜 그 여자에게서 눈을 뗀 순간부터 그 여자가 마치 죽기라도 한 양 과거형으로 말하나 몰라."

"그거야 자네가 자기밖에 모르는 자기중심적인 인간이어서 그렇지."

"나도 알아. 어렸을 때부터 그랬네. 하지만 걱정스러운 건 내가 점점 남의 영향을 받기 시작하고 있다는 거야. 바버라에게 차였을 때……."

"실연의 상처는 다 나았잖아." 친구는 잔인하게 말했다. "사실 난 한참 전부터 눈치채고 있었다네."

피터는 깊이 한숨지었다.

"난 항상 자네의 공평무사한 태도를 높이 평가한다네, 찰스. 하지만 말을 그렇게 냉정하게 하지는 않았으면 좋겠어. 게다가…… 아, 사람들이 나오는 건가?"

팔러먼트 광장에 모인 사람들이 흩어지면서 퍼져나갔다. 띄엄띄엄 줄지어 가는 사람들이 거리를 건너오기 시작했다. 세인트 스티븐스 술집의 회색 돌 위로 붉은빛이 비쳤다. 머블스의 직원이 황급히 문간으로 뛰어왔다.

"잘됐습니다. 공작님은 만장일치로 무죄 판결을 받으셨습니다. 다시 와주시겠습니까?"

세 사람은 뛰어나갔다. 피터 경의 모습에 달뜬 구경꾼 몇몇은 환호성을 질렀다. 광장에 세찬 바람이 불어와 막 퇴정하는 귀족들의 진홍색 가운이 둥둥 부풀었다. 피터 경은 한 사람, 한 사람과 인사를 나누면서 무리의 가운데에 이르렀다.

"실례합니다, 주인님."

번터였다. 팔에는 한때 불명예의 상징이었던 수치스러운 푸른 능직 양복을 감싼 귀족 예복을 들고 있었다.

"존경을 담아 축하드립니다."

"번터!" 피터 경이 외쳤다. "맙소사, 저 사람 정신이 나갔군! 젠장, 이거 치워요."

피터 경은 나비넥타이를 맨 기자에게 덤벼들었다.

"너무 늦었습니다, 경."

기자는 의기양양하게 사진판을 사진기에 밀어 넣으며 말했다.

"피터." 공작이 불렀다. "음, 고맙구나."

"괜찮아." 동생이 대답했다. "아주 즐겁기 짝이 없는 여행이었지. 형은 건강해 보이네. 아, 악수는 하지 마. 그럴 줄 알았어! 저 사람이 괘씸하게도 또 셔터를 누르잖아."

두 사람은 밀려드는 군중을 헤치고 차로 갔다. 두 공작 부인이 벌써 타고 있었고, 공작이 그 뒤를 따르는데 총알 하나가 날아와 덴버의 머리를 간발의 차로 스치며 창문 유리를 관통했다. 총알은 다시 앞 유리에 튀어 군중 사이로 날아갔다.

누군가 후다닥 튀어 달아나는 모습이 보이고 고함이 들렸다. 턱수염을 기른 남자가 경찰 세 명과 씨름했다. 연이어 총이 난사되더니 다시 누군가 격렬히 돌진했다. 군중들이 마치 여우를 쫓는 사냥개처럼 흩어졌다 다시 모이며 국회의사당을 지나 웨스트민스터 다리로 향했다.

"저자가 여자를 쐈다! 저 버스 밑에 깔렸어! 아니, 아니군! 이봐요! 살인 사건이야! 저자를 잡아!"

새된 비명과 외침. 경찰의 호루라기 소리. 사방팔방에서 뛰어오는 경관들. 택시 위로 뛰어드는 남자.

택시 운전사는 다리 건너로 빙그르르 돌다가 보닛에 매달린 성난 얼굴을 보고 브레이크를 밟았다. 미친 남자의 손가락은 마지막으로 방아쇠를 당겼다. 총소리와 타이어가 긁히는 소리가 거의 동시에 났다. 택시는 갸우뚱 오른쪽으로 미끄러졌고 남자를 매단 채로 강둑 막다른 길에 손님 없이 세워져 있던 전차에 크게 부딪쳤다.

"어쩔 수가 없었어요!" 택시 기사가 큰 소리로 항변했다. "저 사람이 날 쐈다고요! 하느님 맙소사, 어쩔 수가 없었다고요!"

피터 경과 파커는 숨을 헐떡이며 함께 도착했다.

"이봐요, 경관."

피터 경이 숨찬 목소리로 말했다.

"내가 아는 자요. 내 형에게 원망을 품은 사람이지. 저기 요크셔에서 밀렵 문제와 관련해서. 검시관이 자세한 사항을 알고 싶거들랑 내게 오라고 해요."

"알았습니다."

"저건 찍지 마요."

피터 경은 갑자기 옆에 나타난 사진기자에게 말했다.

사진기자는 고개를 저었다.

"독자들도 저런 사진은 보고 싶어 하지 않아요. 충돌 장면과 구급요원들만 좋아하지. 밝고 뉴스거리가 되는 사진은 괜찮지만 흉악한 사진은 안 되죠."

남자는 설명하듯 고갯짓으로 길에 떨어진 검은 얼룩들을 가리켰다.

"저건 돈이 안 돼요."

그때 공책을 든 빨강머리 기자가 뜬금없이 나타났다.

"이봐요." 피터 경이 불렀다. "사정 얘기를 듣고 싶나? 내가 지금 설명해주지."

결국 그림소프 부인의 문제는 거의 아무런 말썽 없이 처리되었다. 공작의 탈선 행위는 창피스럽게 망신을 당하지 않고 저절로 풀리기는 어려운 일이었다. 실로 신사도 빼면 아무것도 남지 않는 공작은 용감하게 후회와 감상에 가득 차서 여자를 만났다. 어리석다 할 수 있는 외도를 벌이긴 했지만 그는 소동에서 도망가지도 않았고, 눈물바람으로 매달리는 사람을 앞에 두고 '이제 난 가봐야겠다.'며 발뺌하지도 않았다. 보통 연애 사건에서는 남자들이 그런 태도를 보이는 바람에 수많은 여자들이 좌절하고 가끔은 서로 헐뜯는 결말에까지 이르기도 한다. 그렇지만 이 경우는 별일 없이 평이하게 끝나버렸다. 여자 쪽에서 별 관심이 없었던 것이다.

"난 이제 자유로워요." 여자는 말했다. "콘월에 있는 친정으로 돌아가겠어요. 난 아무것도 원하지 않아요. 이제 그 사람이 죽었으니까요."

공작은 의무감으로 달래보았지만 결국 시시하게 실패해버렸다.

피터 경은 블룸즈버리에 있는 점잖은 호텔에 여자가 머물 곳을 마련해주었다. 여자는 택시와 크고 반짝이는 상점들, 옥상 광고를 좋아했다. 두 사람은 가는 길에 피카딜리 광장에 들러 본조 강아지가 담배를 피우고 있고 네슬레의 아기가 우유를 마시는 광고들을 구경했다. 여자는 '스완 & 에드거' 상점의 진열상에 놓인 상품 가격이 스테이플리에서 파는 물건들 가격보다 더 합리적이라며 놀라워했다.

"저 파란 스카프를 하나 사고 싶어요." 여자가 말했다. "하지만 저한테는 어울리지도 않을 거 같네요. 과부가 되었으니까요."

"지금 사서 나중에 두르면 되지 않습니까. 콘월에서요."

피터 경이 제안했다.

"그래도 되겠네요."

여자는 자신의 갈색 옷을 내려다보았다.

"여기서 검은 옷을 좀 사도 될까요? 장례식에서 입을 게 필요해요. 드레스와 모자, 코트면 될 것 같아요."

"좋은 생각이십니다."

"지금 사도 괜찮나요?"

"편할 대로 하십시오."

"돈도 가지고 있어요." 여자가 말했다. "남편 책상에서 꺼내 왔어요. 이젠 제 돈이라고 해도 되겠죠. 남편에게 빚을 지고 싶진 않아요. 하지만 그런 식으로 보지 않아도 되는 거겠죠."

"저라면 두 번 생각하지도 않겠습니다."

피터 경이 힘을 주었다.

여자는 피터 경보다 앞서 상점으로 들어갔다. 마침내 그녀는 남에게 의지하지 않는 독립적인 여자가 되었다.

이른 아침, 우연히 팔러먼트 광장을 지나던 서그 경위는 팔머스톤 경의 동상 앞에서 열을 내며 충고를 퍼붓는 듯 보이는 택시 운전사를 만났다. 이 무분별한 행위에 분개한 서그는 앞으로 나섰다가 이 위대한 정치가가 서 있는 포석 위에 함께 서 있는 야회복 차림의 신사를 보았다. 신사는 한 손으로는 불안정하게 몸을 지탱하고, 다른 손으로는 빈 샴페인 병을 눈에 대고서 주변 거리를 관찰하고 있는 중이었다.

"여보세요!" 서그가 불렀다. "뭘 하고 있는 거요? 빨리 내려와요!"

"안녕하시오!"

신사는 인사를 하다가 갑자기 균형을 잃고 굴러떨어지듯 비틀비틀 내려왔다.

"혹시 내 친구 못 보셨소? 아주 이상한, 정말 이상한 친구인데. 혹시 어디서 그 친구를 찾을 수 있는지 아실까 모르겠군. 모르는 게 있으면 경찰에게 물어봐야 않겠소? 내 친구요. 오페라 모자를 쓰고 아주 위엄 있는 친구지. 프레디라는 이름이라오. 착한 프레디. 항상 그렇게 부르면 대답하는데! 착한 사냥개처럼!"

남자는 내려와 두 발로 서서 환하게 웃으며 경찰을 바라보았다.

"아니, 피터 경 아니십니까?"

이전에 다른 사건에서 피터 경을 만난 적이 있었던 서그 경위가 말했다.

"집에 돌아가시는 게 좋겠습니다. 공기가 차요. 그러다 감기 걸립니다. 자, 여기 택시가 있습니다. 어서 올라타시지요."

"안 돼요." 피터 경이 거부했다. "안 되지. 그럴 수는 없단 말이오. 착한 프레디 없이는 못 가지. 절대 친구를 버릴 순 없어요. 친애하는 서그, 난 프레디를 버리지 않을 거요."

피터 경은 한 다리를 택시 계단 위에 올려놓으려고 했지만 거리를 잘못 계산하는 바람에 도랑을 디디면서 예기치 않게 곤두박질치듯 택시로 고꾸라졌다.

서그는 피터 경의 다리를 쑤셔 넣고 문을 닫으려 했지만 피터 경은 의외로 민첩하게 이 동작을 막으면서 계단 위에 주저앉았다.

"이건 내 택시가 아니란 말이오."

그는 엄숙하게 설명했다.

"프레디의 택시지. 친구의 택시를 타고 도망가면 쓰나. 아주 못된 짓이지. 난 프레디의 택시를 잡으려고 모퉁이를 돌아갔어요. 프레디는 내 택시를 잡으려고 모퉁이를 돌아갔고. 우정이란 그렇게 아름다운 거야. 그렇게 생각하지 않소, 서그? 친구를 버려두고 가지 않는다 이거지. 게다가 저기 파커도 있고."

"파커 씨요? 어디요?"

서그 경위는 걱정스럽게 물었다.

"쉿! 깨우지 마요. 착한 친구니까. 아기처럼 자고 있어요. 둥지에 있는 양 웅크리고. 정말 편하게 들어앉아 있지 않소?"

피터 경의 시선을 따라가다가 서그는 경악하고 말았다. 그의 상관이 팔머스톤 동상의 건너편에 편안하게 웅크린 채 행복한 미소를 띠면서 자고 있는 게 아닌가. 서그는 놀라서 감탄사를 내지르며 잠자는 이를 흔들어 깨웠다.

"그런 불친절한 짓을 하면 안 되지!"

피터 경은 저음의 목소리로 비난했다.

"불쌍한 친구를 방해하지 마시오. 얼마나 열심히 일하는 경찰관인데. 시계가 울리고서야 일어날 거야. 평소에 드문 일이지."

피터 경은 여기까지 말하다가 다른 생각이 났다는 듯 덧붙였다.

"그런데 어째서 시계가 울리지 않는 거지, 서그?"

피터 경은 흔들흔들하는 손가락으로 빅 벤을 가리켰다.

"태엽 감는 걸 잊어버린 것 아냐? 이렇게 부끄러울 데가! 〈타임스〉에 기고해서 항의해야겠군!"

서그는 더 이상 쓸데없이 말싸움하지 않기로 하고 자고 있는 파커 씨를 일으켜서 택시에 태웠다.

"절대로, 절대로, 친구를 버려선……."

피터 경은 그를 계단에서 끌어내리고 하는 사람들을 온 힘을 다해 물리치면서 다시 입을 열었다. 그때 두 번째 택시가 화이트홀 쪽으로부터 다가오더니 프레디 아버스노트 훈작사가 몸을 내밀고 명랑하게 소리쳤다.

"이게 누구야! 바로 서그 경위 아니신가. 자, 우리와 함께 집에 갑시다."

"저건 내 택시인데."

피터 경이 끼어들더니 위엄 있게 택시 쪽으로 비틀비틀 걸어갔다. 두 남자는 순간 한데 엉켰다. 그러다 프레디 훈작사가 서그의 팔 안으로 쓰러졌고, 피터 경은 만족했다는 분위기로 "집으로 가세!"라고 새 택시 기사에게 외치더니 곧 차 구석에 쓰러져서 잠들어버렸다.

서그 경은 머리를 긁적이고서 기사에게 피터 경의 주소를 준 후 떠나는 택시를 배웅했다. 그런 다음 통통한 가슴으로 프레디 훈작사를 지탱하면서 다른 택시 기사에게는 파커 씨를 그레이트 오몬드 가 12A번지로 데려다 주라고 부탁했다.

"날 좀 집에 데려다 줘."

프레디 경이 눈물을 흘리면서 소리쳤다.

"다들 나만 남겨두고 가버렸어!"

"제게 맡겨두십시오."

경위는 어깨 너머로 세인트 스티븐스 술집을 쳐다보았다. 거기서는 하원의원 몇 명이 밤을 새운 후에 나오는 중이었다.

"파커 씨도 그렇고 모두들 주님에게 감사해야 할 겁니다."

서그 경위는 경건하게 덧붙였다.

"증인이 될 목격자가 없기에 망정이지."

옮긴이의 말

이성의 승리에 대한 경의

☞ 내용이 언급되니 반드시 작품을 다 읽은 후에 보시기 바랍니다.

피터 윔지 경의 두 번째 장편 《증인이 너무 많다(*Clouds of Witness*)》(1926)는 시대적으로 첫 작품인 《시체는 누구?》(1923)에 바로 이어지는 소설이다. 전작에서 사건을 해결하고 심신이 지친 피터 윔지 경이 코르시카에 휴양을 갔다가 형인 제럴드 덴버 공작이 여동생의 약혼자를 살해했다는 혐의를 받고 있다는 소식에 다시 영국으로 돌아온다는 내용의 이 소설은 주요 등장인물을 쏟아내며 시리즈의 본격적인 시작을 알리는 작품이라고 할 수 있다. 여기서 독자들은 전작에서는 짤막하게만 등장했던 피터 윔지 경의 가족을 다 만나볼 수 있고, 인물들의 성격은 더욱 공고하게 구축된다. 일례로 전작에서 현학적인 딜레탕트이자 아마추어 탐정으로만 보였던 피터 윔지 경은 이 작품에서는 가족에 대한 의무감과 애정을 드러내고, 충직한 경찰로 묘사된 찰스 파커는 사랑에 빠진 청년으로서 인간적인 면모를 드러낸다. 또 성실하고 영민한 하인인 번터는 여전히 여자들에게 인기가 많은 수완가로서의 매력을 발산하고, 자상한 어머니인 선대 공작 부인은 아들 못지않은 추리 실력을 자랑한다. 실로 이 작품의 매력 중의 하나는 등장인물 하나하나가 강렬한 개성을 보여준다는 데 있다. 비도덕적인 난봉꾼으로 그려지는 데니스 캐스카트도 약간의 동정을 불러일으킬 만큼 순수한 정열이 있고, 하다못해 피터 윔지에게 정보를 주는 술집 주인조차 개인적인 이력과 성격이 있는 독자적인 인물이다.

황금기 추리소설의 고전적인 플롯을 따르고 있는 《증인이 너무 많다》를 이해하는 한 방식도 대비되는 세 명의 인물을 통하는 것이다. 피터의 여동생 메리 양에게는 세 명의 구혼자가 있는데, 작가인 도로시 L. 세이어즈는 이 대비되는 남성상을 통해서 고전 추리소설의 이데올로기를 구축한다. 먼저 약혼자이자 피해자인 데니스 캐스카트는 귀족 계급의 부도덕성과 속물주의를 대표하는 인물이다. 그는 한때 명예로운 군인으로 제1차 세계 대전에 참전하였으나, 종전 후 전쟁이 가져온 황폐한 파괴행위를 이기지 못하고 정신까지 파멸되어 버린다. 메리 양의 애인인 조지 고일스는 사회 혁명을 부르짖는 사회주의자이지만, 타인의 입장을 고려하지 않으며 이기적인 원칙에 따라 행동한다. 이 두 사람은 아주 흥미로운 대조를 이루는데, 세이어즈는 소설 전체에서 속물주의에 젖어 있는 귀족 사회에 비판적인 태도를 보이고 있지만, 귀족에 공격적인 세력에도 호의적이지 않다. 이런 점은 비도덕적이면서도 나름대로 기사도를 유지하는 제럴드 덴버 공작과 기질까지도 비천한 농부 그림소프 사이의 대조에서도 여실히 볼 수 있다. 이는 소위 황금기 추리소설이 왕성했던 시기인 1920년대와 1930년대가 제1차 세계대전으로 인한 기존 가치에 대한 전복 세력의 출현을 예고하면서도 동시에 여전히 부르주아가 지배하던 사회였기 때문일 것이다. 사회학자 에르네스트 만델은 이 시기의 추리소설들은 부르주아의 애호물이라고 말한다.[8] 이 소설의 큰 주제 중 하나는 확실히 귀족의 속물주의이다. 부제에 '덴버 공작 상원 재판'이 큰 비중으로 언급되어 있는 것만 봐도, 세이어즈가 귀족 한 명을 재판하기 위해서 벌이는 우스꽝스러운 소동을 풍자하고 있음을 짐작할 수 있다. 그럼에도 작가는 여전히 상류계급의 가치에 중점을 두고 있고, 귀족들은 일말의 고상함을 끝까지 유지한다. 실제로 옥스퍼드에서 학위를 받은 최초의 여성들 중 한 명인 세이어즈는 속물인데다가 반유태주의자였으며 소설에서 하층민들을 멸시한다고 비판을 받고 있기도 했다. 그녀의 태도 자체가 당시 대중 전체의 사상을 어느 정도 대변할 수 있

---

[8] 에르네스트 만델, 《즐거운 살인: 범죄소설의 사회사》(이동연 옮김, 이후, 2001, p. 59).

다고는 해도 현대의 독자들은 달리 해석할 수도 있는 점이다.

갈등 속에서 메리 양의 가장 바람직한 구혼자가 경찰인 찰스 파커로 설정되어 있는 것도 어느 정도 당시 추리소설의 가치관을 짐작할 수 있는 부분이다. 파커는 윔지 경이나 메리 양과는 달리 귀족 계급은 아니지만, 그래머 스쿨에서 준수한 교육을 받았고 신학에 흥미 있는 지적인 인물이다. 그런 면에서 파커는 황금기 추리소설의 주된 독자인 중간계급의 구성원을 대표한다. 그는 현학적인 윔지에 대한 조연을 맡고 있기는 하지만, 사건 해결에 점잖은 일 역을 담당함으로써 제1차 대전 이후 불안에 시달리고 있는 사람들을 위로한다. 이들은 전쟁 이전의 질서를 갈구하고, 이성의 힘으로 미스터리를 풀어나가면서 무너진 사회의 윤리를 다시 바로잡기를 바란다.

따라서 황금기 추리소설이 형식적인 플롯에 집중하고 있는 것도 이러한 시대상황의 결과물이다. 기-승-전-결이 명확하고 마지막에 사건이 완결되는 구성과 아리스토텔레스 식의 드라마의 조화로운 규칙을 통해 독자들은 질서를 수복하고 안심한다. 《증인이 너무 많다》는 이런 형식성에 충실한 작품이다. 시간과 장소, 행위는 통일되어 있어, 사건은 리들스데일 로지 한 곳에서 10월 14일 수요일 11시에서 3시라는 특정한 시간에 벌어지고 주요 증인들은 다 그 자리에 있다. 문학 평론가 마틴 그린은 배경이 주인공의 정서를 설명하는 데 중요한 역할을 하는 하드보일드 소설과 달리, 세이어즈의 소설에서는 집이나 내

부 가구를 설명하는 데 할애하는 부분이 크지 않다고 지적하였다.[§] 즉, 사건이 벌어지는 시골의 저택이나 마을은 딱히 당대의 사회적, 정치적 권력과는 별 상관 없이 전형적이라는 의미로 해석할 수 있다. 이는 부르주아들의 향수에서 비롯된 배경으로 당시 추리소설에 공통적으로 등장하며, 여기서 일어나는 사건들은 이성의 힘에 의해서 분석되고 합리적으로 해결된다. 이 시기의 소설들이 중점을 두는 부분은 사건의 배경에 숨어 있는 인간의 처지에 대한 동정이나 연민이 아니라, 공식적인 증거를 수집하고 법원에 제출하여 배심원들의 합리적인 판결을 요구하는 절차 그 자체였음을 주목해볼 필요가 있다. 《증인이 너무 많다》의 사건은 C.S.I. 프랜차이즈 식의 수사방식에 익숙해진 현대의 독자에게는 시시하게 여겨질 수도 있을 만큼 간단하게 해결될 수 있다. 하지만 독자가 재미를 느낄 수 있는 부분은 무죄 판결을 얻어내기 위해 증거가 쌓이고 증언을 만드는 세세한 과정이다. 지적인 독자는 이성을 사용해가는 즐거움을 느끼며 합리적인 사회의 질서를 향유하는 것이다. 이런 형식성은 한편으로 지나치게 극단적이어서 후대의 작가 레이먼드 챈들러의 말대로[§§] 인물들은 플롯을 따르기 위해 비현실적으로 행동하기도 하지만, 이들 소설 속에 건설된 세계들은 어떤 면에서는

[§] Green, Martin, *The Seven Types of Adventure Tale: An Etiology of Major Genres*(The Penn State University Press, 1991).

[§§] Chandler, Raymond, *The Simple Art of Murder*(Boston: Houghton Mifflin, 1950).

아주 이상적인 정신의 세계임을 인정하면 훨씬 더 느긋한 마음으로 즐길 수 있다.

합리의 추구라는 측면에서 이 소설의 원제인 'Clouds of Witness'는 역시 세이어즈 추리소설의 정신을 잘 표현해주는 경구이다. 파커가 5장 마지막에 읽고 있는 히브리서 12장 1절에 등장하는 구절, "구름 떼와 같이 수많은 증인들이 우리를 둘러싸고 있으니 (Wherefore seeing we also are compassed about with so great a cloud of witnesses)"는 원래는 우리가 짐과 죄를 벗고 달려나가는 것을 바라보는 목격자들이 있음을 의미하지만 여기서는 우리의 눈을 가리는 수많은 혼란된 증거들을 은유한다. 환상과 착각을 이성의 힘으로 걷고 난 후에야 우리는 진실을 목도할 수 있게 된다. 이는 당대 추리소설 작가들에게는 다 공유되는 기본 정신이기는 했어도 특히 신학자였던 세이어즈 개인의 신념이기도 했을 것이다. 이 신념에 의거하면 세이어즈 소설의 독자들은 사건의 목격자인 동시에 자신의 지성을 사용해서 사건을 헤쳐나가야 한다. 그러므로 히브리서의 어구는 두 가지로도 해석할 수 있는데, 작품 상의 내용처럼 수많은 증인으로 인해 진실은 가려지기도 하지만, 또 성경 구절에서처럼 수많은 증인들이 보는 앞에서 탐정과 독자들은 진실을 향해 달려나가는 것이기도 하다. 실로 《증인이 너무 많다》의 독해는 그다지 쉽지 않은데 원문에 섞여 있는 라틴어와 불어 표현들을 비롯, 각 장에는 본문의 내용을 미리 예고해주는 제사epigraph와

문학 작품의 인용이 가득하다. 일례로 사건이 제시되는 1장과 사건이 마무리되는 18장에는 똑같이 셰익스피어의 희곡 〈오셀로〉에 등장하는 대사가 제사로 인용된다. 언뜻 읽기에 이 두 대사는 각 장에서 일어날 사건을 개요적으로 제시하는 듯하지만, 〈오셀로〉의 사건이 질투로 인해 시발되었고, 자살로서 마감된다는 맥락을 이해하고 있는 독자라면 사건의 진실을 좀 더 일찍 짐작할 수도 있을 것이다. 또한 아베 프레보의 《마농 레스코》의 줄거리를 알고 있는 독자라면 캐스카트가 이 책의 열렬한 독자임을 암시하는 부분에서 진상을 눈치챘을지도 모르겠다. 이처럼 문학적 수수께끼를 하나하나 풀어나가면서 독자들은 사건을 하나의 일관된 서사로 깨끗하게 정리할 수 있게 된다. 즉, 세이어즈는 내용과 형식이 둘 다 이성의 사용을 촉구하도록 소설을 구성했던 것이다.

 이런 장르적 구현에 대해 개인의 호오는 다를 수 있지만 누구나 즐겁게 즐길 수 있는 세이어즈의 독창성은 경쾌한 문체이다. 여타 황금기 작가와 세이어즈의 소설을 가르는 명확한 특징은 유머라고 할 수 있겠는데, 《증인이 너무 많다》는 전작에 비해 한층 더 세련된 유머를 구사한다. 사건의 내용은 무겁지만 파커와 번터의 만담은 여전히 발랄하고, 재판 과정의 묘사는 농담들이 가득하다. 셜록 홈즈의 귀족 버전인 피터 경은 속물snob적인 성격에도 불구하고 유머가 넘치는 매력적인 인물이고, 세이어즈의 소설 역시 그렇다. 일단의 비평가들은 등장인물들이 스놉적인 성격을 보이는 것은 도덕적으로 안정된 세계에 대한 욕망을 보여주기 위함이라고 진단한다. 하지만 등장인물의 속물적인 면은 한편으로는 유머의 근원이 되기도 한다. 독자는 멍청할 정도로 우직한 기사도에 웃고, 가족의 위험에 닥쳐서도 여자의 매력에 빠지는 어리석음에 공감하면서도 재미있어 하고, 점잔 빼는 귀족들의 허례허식에 해학을 느낀다.

세이어즈는 대중소설가로서 자신의 작품이 문학적인 성취를 이루지 못했다고 말했다고 하나§ 전형성과 독창성을 기교 있게 아우른 덕분에 세이어즈의 작품은 영국 문화사에 큰 영향을 끼쳤고 피터 윔지는 여전히 사랑받는 소설 인물 중 하나이다. 추리소설의 역사에서 볼 때 세이어즈는 언제나 윌키 콜린스에게서 영향을 많이 받았다고 언급했다지만 도덕과 윤리적 문제를 제기하도록 구성되는 심각한 주제 의식과 인생의 희극을 담는 플롯의 구현은 다른 작가에게는 볼 수 없는 세이어즈만의 특장特長이다. 그런 면에서 세이어즈의 작품은 라디오극이나 드라마로도 만들어져 대중에게 향유되었는데, 이 작품 또한 1973년 5부작 TV시리즈로 만들어지기도 했다. 번역본에서 몇몇 고유명사의 발음이나 독해는 피터 윔지 경 역할을 맡은 이언 카마이클 경의 해석에 바탕을 두었음을 밝혀둔다. 또한 《증인이 너무 많다》에서 전개된 황금기 추리소설의 구성은

---

§   443쪽 두 번째 각주 참고.

1927년 《부자연스러운 죽음(Unnatural Death)》으로 이어지며 더 정교해지며 꽃을 피운다.

결국 개인의 사회정치적 지향점이 무엇이든 간에 세이어즈의 소설은 간단한 반응을 불러일으키기보다 유머와 비판, 수긍과 반항이라는 복잡다단한 감정을 요구하면서 읽는 이에게 지성적인 기쁨을 주는 작품인 것만은 확실하다. 이 소설은 그런 면에서 좋은 황금기 추리소설의 전범이고, 문학적 대중소설이며, 합리적 이성을 위한 게임이다. 이 소설이 출간된 지도 80년이 넘었고, 이 소설을 읽는 대부분의 독자도 피터 윔지 경처럼 한가하지는 않은 바쁜 사회인이겠지만 소설이 주는 즐거움은 여전하다. 아니, 어쩌면 다른 관점에서 새록새록 솟아날지도 모르겠다. 현대는 거대한 합리성이 지배하는 세계라는 신념에서 멀어진 시대, 그래도 어떤 면에서는 다들 한 번도 실제로 존재하지 않았을지도 모르는 합리적인 이성의 질서에 대한 경의는 거의 1세기가 지나는 시점에도 의식의 한구석에 남아 있는 것이다.

2010년 3월
박현주

옮긴이 **박현주**

고려대학교 영어영문학과와 동 대학원을 졸업하고 일리노이대학교 언어학 박사 과정을 졸업하였다. 옮긴 책으로《살인의 해석》《레이먼드 챈들러 전집》《경계에 선 아이들》《잉글리시 페이션트》《이별 없는 아침》《인 콜드 블러드》《빌리 밀리건》《시체는 누구?》《퍼스트 폴리오》《사토장이의 딸》《핑크 카네이션-비밀의 역사》《억만장자의 식초》《그림자 숲의 비밀》등이 있다. 지은 책으로는《로맨스 약국》이 있다.

증인이 너무 많다

2010년 3월 20일 초판 1쇄 인쇄
2010년 3월 30일 초판 1쇄 발행

지은이 | 도로시 L. 세이어즈
옮긴이 | 박현주
발행인 | 전재국

본부장 | 이광자
주간 | 이동은
책임편집 | 박윤희
마케팅실장 | 정유한
책임마케팅 | 조용호

발행처 (주)시공사
출판등록 1989년 5월 10일(제3-248호)

주소 | 서울특별시 서초구 서초동 1628-1(우편번호 137-879)
전화 | 편집(02)2046-2852 · 영업(02)2046-2800
팩스 | 편집(02)585-1755 · 영업(02)585-0835
홈페이지 www.sigongsa.com

ISBN 978-89-527-5820-0 04840
　　　 978-89-527-5819-4 (세트)

본서의 내용을 무단 복제하는 것은 저작권법에 의해 금지되어 있습니다.
파본이나 잘못된 책은 구입하신 서점에서 교환해 드립니다.